1

Ihr ist immer noch schlecht. Im Waschraum sagt eine Frau:

»An der frischen Luft ginge es Ihnen besser. Wollen Sie nicht lieber auf Deck hochgehen?«

Auf Deck ist es kalt, und vom Wind tun ihr die Ohren weh. Nachdem sie sich über die Reling hinweg übergeben hat, fühlt sie sich besser und geht wieder nach unten, zu dem Platz, an dem sie gesessen hat, bevor sie zum Waschraum gegangen ist. Die Kleider, die sie für ihre Reise ausgesucht hat, sind in zwei grünen Tragetüten verstaut; das Geld ist in ihrer Handtasche. Sie mußte die Tüten bei Chawke's bezahlen, für jede fünfzig Pence. Es steht Chawke's darauf, mit einem keltischen Muster drum herum. Im *bureau de change* hat man ihr für ihre irischen Geldscheine englische gegeben.

Es reisen nur wenige Leute. Schulkinder laufen ständig an dem Platz vorbei, wo sie zusammengekauert hockt, kreischen und tun so, als würden sie das Gleichgewicht verlieren. Eine Familie sitzt ruhig in einer Ecke, alle mit geschlossenen Augen. Zwei ältere Frauen und ein Priester unterhalten sich über englische Rennbahnen.

Es ist die Abendfähre; die am Morgen hat sie nicht mehr erreicht. »Da ist *Ireland's Eye*«, rief eines der Kinder, kurz nachdem das Schiff vom Kai abgelegt hatte, und Felicia fühlte sich in Sicherheit. Es scheint, als ob ein Jahr vergangen sei, seit letzter Nacht, als sie mit den Tüten aus dem Schlafzimmer, das sie mit ihrer Urgroßmutter teilt, zu dem Schuppen hinten im Garten geschlichen ist, um sie hinter einem Haufen alter Dielen zu verstecken, aus denen ihr Vater ein Frühbeet bauen will. Am Morgen wartete sie, während die alte Frau noch schlief, in dem Schuppen, bis in der Küche das Licht anging, Zeichen dafür, daß ihr Vater mit der *Irish Press* von Heverin's zurück war. Dann schlüpfte sie hinten heraus und huschte zum Hauptplatz, fünfundzwanzig Minuten zu früh für den Bus um 7.45 Uhr. Die ganze Zeit hatte sie Angst, ihr Vater oder ihre Brüder könnten auftauchen, und als der Bus losfuhr, schielte sie, eine Hand vorm Gesicht, seitlich aus dem Fenster. Sie sagte sich immer wieder, daß sie von dem Geld noch nichts wissen konnten, daß sie bestimmt nicht einmal die Nachricht gefunden haben, die sie hinterlassen hatte, aber das half alles nichts.

Felicia schläft eine Weile und geht dann wieder zum Waschraum. Zwei Mädchen mit aufgeknöpfter Bluse machen sich frisch und reichen sich gegenseitig den Deoroller. »Entschuldigung«, sagt Felicia, nachdem sie sich übergeben hat, aber die Mädchen sagen, das sei schon in Ordnung. Sie denkt, daß sie nicht mehr viel in sich haben kann, weil sie an diesem Tag nicht viel gegessen hat. »Trinken Sie einen Schluck Wasser«, rät eines der Mädchen. »In zwanzig Minuten sind wir da.« Das andere Mädchen fragt, ob sie okay sei, und sie sagt, ja. Sie putzt sich die Zähne, und eine Frau neben ihr nimmt sich die Zahnbürste, als sie diese auf den Beckenrand legt. »O Gott, das tut mir leid!« entschuldigt sich die Frau, als Felicia protestiert. »Ich habe gedacht, die gehört zum Schiff.«

Typisch für sie, um so eine Uhrzeit aus dem Haus zu sein, hat ihr Vater bestimmt gesagt, als sie nicht da war, um bei der Zubereitung des Frühstücks zu helfen; typisch dafür, wie sie sich im Moment verhält. Die Nachricht wird er erst gefunden haben, als er mit dem Frühstück für die Alte ins Schlafzimmer gegangen ist. »Sie hat sich aus dem Staub gemacht«, hat er sicherlich zu ihren Brüdern gesagt, und sie werden keine Zeit gehabt haben, darüber zu reden, bevor sich ihre Brüder zum Steinbruch aufgemacht haben. Sie fragt sich, ob er zur Polizei gegangen ist; kann sein, daß er das trotz allem nicht wollte, bei dem wußte man nie. Aber er muß nebenan vorbeigeschaut haben, um Mrs. Quigly zu bitten, tagsüber auf die Alte aufzupassen und ihr um zwölf ihre salzlosen Cracker und eine halbe Dose Suppe zu geben, wie Mrs. Quigly es immer getan hatte, als Felicia noch in der Fleischfabrik arbeitete.

Es wird etwas durchgesagt. Unter den Passagieren herrscht ein aufgeregtes Treiben, Koffer werden zusammengepackt, und gehorsam versammelt man sich in einem markierten Bereich. Ein Schwall kalter Luft dringt herein, als die Türen zum Aussteigen geöffnet werden, dann marschiert die kleine Schar über die Gangway. Am Abend, wenn ihr Vater und ihre Brüder ins Haus zurückgekehrt sind, haben sie sicher in der Küche gesessen, die Nachricht auf dem Tisch, und ihr Vater hat langsam und traurig den Kopf geschüttelt, so, als wäre vor allem er schlecht behandelt worden: Immer war alles für ihren Vater am schlimmsten. Bestimmt hat einer ihrer Brüder gesagt, er geht jetzt in die McGrattan Street, um es Aidan zu erzählen, und hat dann, egal, welcher von beiden es war, auf dem Rückweg in Myles Bradys Bar vorbeigeschaut. Und bestimmt hat ihr Vater mit versteinerter Miene am Herd gestanden und das Abendessen für die Alte und dann für sich selbst und die Brüder gekocht.

Felicias Nervosität kehrt zurück, während sie mit den anderen Passagieren ein trostloses, unmöbliertes Gebäude betritt, in dem ein Sicherheitsbeamter ihr Fragen stellt. »Können Sie sich ausweisen?« will er wissen.

»Ausweisen?«

»Wie heißen Sie?«

Felicia sagt es ihm. Er fragt, ob sie einen Führerschein habe.

»Ich kann gar nicht fahren.«

»Haben Sie etwas anderes, um sich auszuweisen?«

»Ich glaube nicht, daß ich so etwas habe.«

»Keinen Brief? Keinerlei Papiere?«

Sie schüttelt den Kopf. Er fragt, ob sie im Vereinigten Königreich wohnhaft sei, und sie sagt, nein, in Irland.

»Sind Sie auf Besuch hier, Fräulein, oder?«

»Ja.«

»Und was ist der Zweck dieses Besuchs?«

»Einen Freund treffen.«

»Und wohin reisen Sie genau?«

»In die Gegend von Birmingham. Nördlich von Birmingham.«

»Darf ich mir kurz Ihre Tüten ansehen? Würden Sie bitte zur Seite treten, Fräulein?«

Er stöbert zwischen ihren Kleidern und dem zweiten Paar Schuhe herum, das sie mitgenommen hat. Sie denkt, er wird eine Bemerkung machen, wenn er die Geldscheine in ihrer Handtasche sieht, aber er tut es nicht.

»Ich notiere mir einfach die Adresse Ihres Freundes«, sagt er. »Würden Sie mir die bitte geben?«

»Ich kenne sie nicht. Ich muß ihn erst finden.«

»Er erwartet Sie nicht?«

»Eigentlich nicht.«

»Sind Sie sich sicher, daß Sie ihn finden?«

»Ja, über seinen Arbeitsplatz.«

Der Fragesteller nickt. Er ist ungefähr so alt wie ihr Vater, mit einem Gesicht ohne besondere Kennzeichen. Er trägt einen schwarzen Mantel, der vorn offen ist.

»Ich notiere mir einfach Ihre Adresse in Irland«, sagt er.

Sie sagt, sie komme aus Mountmellick, das ist die erste Stadt, die ihr in den Sinn kommt. Sie gibt eine Adresse an, die sie sich ausdenkt: St. Mary's Terrace 23.

»Gut«, sagt der Sicherheitsbeamte.

Am Zoll hält sie keiner an. Sie fragt, wo die Züge abfahren, und man sagt ihr den Weg. Als sie sich weiter erkundigt, erfährt sie, daß der Zug nach Birmingham laut Fahrplan erst um Viertel nach zwei fahre. Es ist jetzt kurz nach Mitternacht.

Im Wartesaal schläft sie eine Weile. Sie träumt: Bei Scaddan's kauft sie Fleisch ein, Mr. Scaddan klatscht ein riesiges Stück Leber auf die Waage und sagt, er habe sie dem Ochsen eigenhändig herausgenommen. Das stimmt nicht; in ihrem Traum ist ihr klar, daß es nicht stimmt; Mr. Scaddan ist bekannt für seine unglaublichen Geschichten. Einer der jungen Brüder Christi kommt in den Laden, und Mr. Scaddan sagt, es sei eine Schande, aber sie weiß nicht, wovon der Metzger spricht. »Ich hab mal abends einen Spaziergang gemacht«, sagt er zu dem Mönch. »Unten beim alten Gaswerk.« Da weiß sie Bescheid.

Der Zug läuft lange vor seiner offiziellen Abfahrtszeit ein. Felicia vergewissert sich, daß es der richtige ist, und als die Fahrt beginnt, schläft sie wieder ein. Als sie vom Schaffner geweckt wird, ist sie einen Augenblick lang benommen und verwirrt, weiß nicht, wo sie ist. Der Mann wartet geduldig, während sie in ihrer Handtasche nach der Fahrkarte sucht. Die ruhigen Gesichtszüge ihrer Mutter sind in ihren Gedanken hängengeblieben, Überreste eines anderen Traums.

»Danke«, sagt der Mann und geht weiter.

Der Traum von ihrer Mutter hat sich verflüchtigt; aber obwohl sie sich nicht daran erinnern kann, wovon er handelte, hat er ihr Gedächtnis angeregt. »Lauf jetzt und hol Mrs. Quigly«, befahl ihr die Urgroßmutter an jenem Tag vor einer halben Ewigkeit. »Und sag Pater Kilgallen, daß er schnellstens gebraucht wird.« Die Alte hielt ihrer Mutter eine Tasse Tee an die Lippen, und die Augen der Mutter waren halb geschlossen; ihre Wangen hatten die Farbe von Kalk. »Mrs. Quigly! Mrs. Quigly!« Es war ihr sechster Geburtstag, und sie hämmerte gegen den Briefkasten des Nachbarhauses. Später mußte sie rennen, um mit Pater Kilgallens eiligem Schritt die Hauptstraße entlang und über den Platz mitzuhalten, und als sie beim Haus ankamen, halfen Mrs. Quigly und die Alte ihrer Mutter gerade ins Schlafzimmer. Dort flüsterte Pater Kilgallen, und dann kamen ihre Brüder aus der Schule der Brüder Christi, und Aidan ging los, um ihren Vater aus dem Garten des Nonnenklosters zu holen. Es war ihr Vater, der ihrer Mutter das Bettlaken übers Gesicht zog, und er hatte noch ein paar letzte Minuten mit ihr, während sie in der Küche warteten und Aidan weinte. Der Ranzen mit ihren Schulbüchern lag auf dem Fußboden, wo sie ihn hatte fallenlassen, hellblau und glänzend, Minnie Mouse mit rosa Schuhen auf der Klappe. »Tut mir leid«, sagte Mrs. Quigly und zog, nachdem sie sich bekreuzigt hatte, ihre Schürze aus, da die Blumen darauf jetzt zu bunt waren. »Gott sei Dank«, sagte Pater Kilgallen, weil er noch rechtzeitig gekommen war. »Wieder hab ich eine überlebt«, sagte die Alte.

Der Zug ruckelt weiter, rattert auf den Gleisen, kommt fast zum Stillstand und gewinnt wieder an Geschwindigkeit. Felicia macht die Augen auf. Im Dunst der Dämmerung liegen Bauernhäuser, Silos und bucklige Scheunen über schattige Felder verstreut. Später kriechen lange Autoschlangen träge über nahegelegene Straßen, auf Bahnhöfen stehen ausdruckslose Frühmorgengesichter. Masten und Antennen wuchern aus einer Skyline, Vögel suchen auf einer Müllkippe nach Nahrung. Nirgends gibt es ein Stück bloße Landschaft.

Der Zug füllt sich. Zeitungen werden schweigsam gelesen, Blicke, die sich zufällig treffen, werden sofort abgewandt. Alles – Leute, Häuser und Autos, Masten und Antennen – ist so zusammengedrängt, als gäbe es nicht genug Platz dafür. In die Gesichter tritt ein nervöser Ausdruck, als der Zug zu halten droht, obwohl er nicht in einem Bahnhof ist.

Johnny wird jetzt auch gerade zur Arbeit gehen: Felicia stellt sich vor, wie er sich genau wie alle anderen beeilt, aber unbekümmert, ohne sich darüber Sorgen zu machen, weil das seine Art ist. So lange wie möglich bewahrt sie das Bild seines gelassenen Gesichts und dann das seines Profils an jenem Nachmittag, an dem er den Bus genommen hat, das letzte Mal, daß sie ihn sah, und als er nicht wußte, daß sie sich noch auf dem Platz aufhielt; als weit entferntes, flüsterndes Echo hört sie das Gemurmel seiner Stimme.

2

Obwohl er nichts davon weiß, wiegt Mr. Hilditch 124 Kilogramm, ein Gewicht, das seit mehr als einem Dutzend Jahren gleichgeblieben ist und nur selten um ein Pfund nach oben oder unten abweicht. Mr. Hilditch wurde vor fünfundvierzig Jahren auf den Namen Joseph Ambrose getauft, trägt eine Brille mit gesprenkeltem Gestell, hat kurzes, taubengraues Haar, trägt immer einen Anzug mit Weste, bindet seine gestreifte Krawatte mit einem festen, kleinen Knoten, poliert zweimal täglich seine Schuhe und hat die Angewohnheit, freundlich zu lächeln. Gleichmäßig rollen die Fettwülste zurück, die seine Gesichtszüge wölben, und es zeigen sich gutgepflegte Zähne, während ein Funkeln die hinter seiner Brille verschwommenen Pupillen belebt. Seine Stimme ist etwas hoch.

Mr. Hilditchs Hände sind klein und scheinen nicht zum Rest zu gehören: geschickte, zierliche Finger, die eine Batterie in eine Armbanduhr einsetzen oder ein Hühnchen kunstvoll anrichten können, letzteres eine nützliche Fertigkeit, denn Mr. Hilditch ißt für sein Leben gern. Er denkt oft während einer Mahlzeit, daß er nicht genug zu sich genommen hat, und gönnt sich einen Bountyriegel, ein Mars oder ein Päckchen Kekse. Die Wertschätzung des Essens nennt er das insgeheim.

Früher Fakturist, ist Mr. Hilditch jetzt folgerichtig Kantinenleiter. Vor fünfzehn Jahren, als sein Vorgänger auf diesem Posten in Rente gegangen ist, wurde er zur Werksleitung zitiert und ihm ein Stellenwechsel vorgeschlagen. Wie er wohl wußte, war es Firmenpolitik, freie Stellen soweit wie möglich mit Leuten aus dem Betrieb zu besetzen, und sein Interesse an Mahlzeiten und Nahrungsmitteln war nicht unbemerkt geblieben; einzige Bedingung war, daß er an einem kurzen Lehrgang über Gastronomie teilnehmen sollte. Was ihn betraf, so war er sich bewußt, daß immer mehr Bürokräfte Computern zum Opfer fallen würden, und als man ihm das

Angebot machte, war er nicht so dumm, lange zu zögern: Als Belohnung für lange und zufriedenstellende Dienste sorgte man dafür, daß er nicht arbeitslos wurde.

Mr. Hilditch bewohnt ganz allein ein freistehendes Haus, das rundherum von Büschen umgeben ist, Duke of Wellington Road Nr. 3. 1979 starb seine Mutter in diesem Haus; seinen Vater hatte er nie kennengelernt. Nach ihrem Tod sich selbst überlassen, versteigerte er die Möbel, die sich während des Lebens seiner Mutter angesammelt hatten, und machte von da an Nr. 3 einzig und allein zu seinem Haus. An den Wochenenden besuchte er Auktionen und stopfte das Haus mit Einrichtungsgegenständen voll, kleinen und großen, alle nach seinem persönlichen Geschmack: riesige Mahagonischränke und -truhen, Schmucksachen aus Elfenbein für seine Kaminsimse, indische Teppiche aus zweiter Hand und kunstvoll gerahmte Porträts von Fremden. Zwanzig Mezzotinti mit südafrikanischen Militärszenen schmücken die Wand im Treppenhaus, ein Schirmständer aus Marmor und Mahagoni wetteifert in einem geräumigen Flur mit einem Geweih um den Ehrenplatz. In Duke of Wellington Road Nr. 3 ist genug Platz für alles, was Mr. Hilditch gekauft hat: 1867 nach den Plänen eines Teehändlers erbaut, erstreckt es sich von diesem hohen Flur zu Küche und Speisekammern auf der Rückseite und Wohnräumen von großzügigem Ausmaß links und rechts der Haustür. In den oberen Stockwerken wiederholt sich diese Großzügigkeit. Vier Schlafzimmer gehen vom Flur im ersten Stock ab, darüber liegen vier weitere. Die Decken sind mit Stuckleisten und -friesen reich verziert. Kunstvoll gearbeitete Gaslampen, die nicht mehr in Gebrauch sind, hängen noch an den Wänden. Mr. Hilditch staubt sie regelmäßig ab, eine Pflege, die im Laufe der Jahre zu einem matten Glanz an den vorspringenden Stellen dieser Ziergegenstände geführt hat. Im Frühling und im Sommer widmet er sich den Büschen, hält sie frei von Unkraut, pflanzt aber nichts Neues an. Er fegt im Herbst die Blätter zusammen und bessert von Zeit zu Zeit den hölzernen Zaun aus.

Das Privatleben von Mr. Hilditch ist einerseits normal und erwartungsgemäß, andererseits aber geheimnisvoll. Auf seine Kollegen in der Fabrik wirkt er im wesentlichen genauso fröhlich und liebenswürdig wie es sein Äußeres verspricht. Seine massige Gestalt deutet auf einen Mann, der sich keine Gedanken darüber macht, wie lange er lebt, sein lächelndes Auftreten läßt eine extrovertierte Lebenseinstellung erkennen. Aber Mr. Hilditch rückt in seinen einsamen Augenblicken oft näher heran an andere, dunklere, Seiten des Unergründlichen, das in ihm liegt. Wenn kein Lächeln mehr nötig ist, kann er zum Melancholiker werden.

Aber an einem Mittwoch morgen im Februar ist Mr. Hilditch äußerst euphorisch gestimmt: Mittwochs gibt es in der Fabrik alle vierzehn Tage Putenpastete, und es sind vierzehn Tage vergangen, seit sie zuletzt auf der Speisekarte stand. Er denkt über diesen Umstand nach, als er seine Frühstückseier, die Würste und den Speck brät und Stücke dick geschnittenes Mother's Pride toastet. Seine Gedanken bleiben darauf gerichtet, während er in Hemdsärmeln und Weste am Küchentisch ißt und dann am Spülbecken abwäscht. Dann tritt das ersehnte Mittagsgericht zumindest vorübergehend in den Hintergrund. Er läßt das Trockengestell von der Decke herab, hängt das Geschirrtuch, das er benutzt hat, über eine Stange und zieht das Gestell wieder hoch. Er geht mit dem *Daily Telegraph* auf die Toilette, tritt bald darauf aus der Haustür und schließt sie zweimal hinter sich ab. Sein kleines grünes Auto wartet in der kiesbedeckten Einfahrt. Die Büsche, die das Haus von der Straße abschirmen, sind an dem nebligen Morgen feucht und tropfen.

Mr. Hilditch fährt langsam, wie es seine Gewohnheit ist. Er fährt nie schnell, er sieht keinen Sinn darin. Da er aus der Gegend stammt, in der Stadt, durch die er nun fährt, geboren und aufgewachsen ist, hat er manche Veränderung erlebt. Die dauerhafteste und grundlegendste fand in den fünfziger Jahren statt, als die Stadt sich ausdehnte und weitgehend neu aufgebaut wurde, um die Beschäftigten der Fabriken, die während dieser Zeit in die Gegend kamen, mit Wohnungen und öffentlichen Einrichtungen zu versorgen. Diese Fabriken unterscheiden sich von denen, die früher das Stadtbild bestimmten, denn ihre Produktionsverfahren sind von einfacherer Natur. Jetzt gibt es überall schlichte, sich ähnelnde Architektur, Läden und Büroblocks, die in einem geradlinigen Gitternetz mit rechtwinkligen Kreuzungen angelegt sind. Breite Bürgersteige wurden in den fünfziger Jahren in der Mitte mit Sträuchern und Blumen in langen, erhöhten Beeten bepflanzt; und die Architekten der neuen Stadt dachten auch an knospende Arkaden und Hängekörbe an den Straßenlaternen. Seit damals ist der Boden in den langen, erhöhten Beeten sauer geworden; das Heidekraut dort ist eingegangen und hat nur ein braun gewordenes Gestrüpp zurückgelassen, in dem Bierdosen und fallengelassene Pappteller und Pappschachteln die einzigen Farbtupfer darstellen. Die blühenden Arkaden sind zu kahlen Metallbögen geworden, die Hängekörbe verrostet. Aber Graffiti aus der Spraydose beleben den glatten braunen Beton einer Skulpturengruppe – Mann, Frau und Kind in stilisiertem schwerfälligen Gang unterwegs vom Postamt zu einem mehrstöckigen Parkhaus. Zwischen niedrigen Büroblöcken formt ein Pseudomosaik an der Mauer der Filiale einer Ladenkette ein Bild. Vertraute Embleme – von Läden, Banken und Bausparkassen – beanspruchen energisch Aufmerksamkeit.

Nach Mr. Hilditchs Meinung ist die Stadt eine Großstadt und sollte als solche bekannt sein. Sie hat die Ausmaße einer Großstadt und die Einwohnerzahl einer Großstadt, aber keine Kathedrale, was Bedingung für den Rang einer Großstadt ist, worauf jemand – sein Onkel Wilf, soweit er sich erinnern kann – einmal hingewiesen hat. Statt dessen gibt es sechs Kirchen, von vier verschiedenen Konfessionen, eine Synagoge und eine Moschee. Es gibt ein Freizeitzentrum, 1981 fertiggestellt, das Mr. Hilditch noch nie betreten hat und für eine Verschwendung öffentlicher Gelder hält.

Er fährt jetzt daran vorbei, dann am Rand des Stadtzentrums entlang und wartet geduldig am Kreisel, wo der Verkehr morgens um diese Uhrzeit unweigerlich stillsteht. Danach kommt man leichter voran, und nach wenigen Minuten fährt er durch gelbe Fabriktore. Er parkt da, wo sein Autokennzeichen auf den Asphalt gemalt ist, und geht gemächlich zu seinem Büro – einer abgeteilten Ecke eines ehemals größeren Büros – jenseits der Verladeplätze. Früher, als Fakturist, bevor die ganze Unterteilung losging, arbeitete er dort mit sieben anderen Angestellten im gleichen Raum, jeder an einem Schreibtisch.

Kurz vor Mittag an diesem Mittwoch – ein Tag, der Mr. Hilditch, abgesehen von der Aussicht auf Putenpastete, bis dahin in keiner Weise besonders vorkommt – macht er sich auf den Weg zur Küche, um das ganze Mittagsmenü zu probieren. Er beginnt mit der Pastete, geht vom Blätterteig zum Fleisch über und schlürft dann von der Soße. Das alternative Gericht ist Rinderragout mit Gemüse: Pflichtbewußt kostet er auch davon – und von den Bratkartoffeln, dem Kartoffelbrei, dem Rosenkohl und den Pastinaken. »Hervorragend«, macht Mr. Hilditch seinen Köchen ein Kompliment. »Ausgezeichnet.« Er probiert den gekochten Himbeerpudding, die Vanillesoße und den Apfelstrudel. Er kontrolliert einen Ausdruck, auf dem die Kosten für jedes Gericht einzeln kalkuliert sind, die Arbeits- und Stromkosten sowie die Zutaten einzeln aufgeführt werden. Seine Aufgabe besteht darin, Verluste zu vermeiden – eine Aufgabe, die sein Vorgänger selten bewältigte –, und über fünfzehn Jahre lang hat er das jetzt getan, verantwortlich für eine Veränderung bei der Abrechnung für das Kantinenessen, die Anerkennung gefunden hat.

»Gut, das ist sehr gut«, erklärt er, als er die Zahlen rasch durchgesehen hat, der angenehme Himbeergeschmack haftet ihm immer noch am Gaumen. Er lächelt, als er die Papiere zurückgibt, und denkt, daß er sich bestimmt für den Himbeerpudding entscheiden wird, wenn er sich aussucht, was er nach der Putenpastete haben will. Er schlendert noch kurz durch die riesigen, fettigen Küchenräume und plaudert lebhaft mit dem Küchenpersonal, das größtenteils aus teilzeitbeschäftigten Frauen besteht. Dann ist sein Appetit angeregt, und er macht sich auf den Weg zur Kantine. Es gefällt ihm, jeden Tag als erster in der Kantine zu sein: Er hat das Gefühl, daß dies seine Position unterstreicht und die Aufmerksamkeit darauf lenkt, daß diese Erholungspause für alle Fabrikarbeiter, unabhängig von ihrer Stellung, von ihm gestaltet wird. Es gibt einen Speisesaal für die Führungskräfte, wo er essen könnte, was er aber nie tut. Das Essen ist überall dasselbe.

Um zehn vor eins ertönen die Werkssirenen, und bald darauf treffen die Arbeiter ein, Männer und Frauen, Verkäuferinnen und Lehrlinge. Sie stellen sich mit Tabletts in einer Schlange an der langen Theke auf, rufen sich etwas zu, erzählen sich Witze und machen anzügliche Bemerkungen. Mr. Hilditch lächelt einzelnen Leuten zu, wenn sie, alle in Arbeitskleidung, einige mit der *Sun* oder dem *Daily Mirror* unter dem Arm, an seinem Platz vorbeigehen. Er spürt, daß sie ihm vertrauen. Sie vertrauen dem Essen, für das er letzten Endes verantwortlich ist, weil sie aus Erfahrung wissen, daß sie es tun können, und das freut ihn. Er kann sich nicht vorstellen, wie sein Leben jetzt aussähe, wäre er Fakturist geblieben. Erster Fakturist wäre er mit der Zeit geworden, aber nur seine engsten Mitarbeiter hätten gewußt, daß es so eine Bezeichnung gibt. An einen Platz im Speisesaal für Führungskräfte oder den Luxus, ihn abzulehnen, wäre nicht zu denken gewesen.

»Eine Stunde feucht, die nächste wieder kalt«, schimpft ein Mann, der vorbeigeht. »Man weiß nicht mehr, wo man dran ist, Mr. Hilditch.«

»Furchtbar.« Mr. Hilditch lächelt zurück. »Aber wenigstens werden die Tage wieder länger.«

»Lassen Sie sich's schmecken, Mr. Hilditch.« Eine Frau mit einem Tablett nickt freundlich, als sie vorbeigeht.

»Sie auch, Iris.«

Das ist eine Redewendung, die sie oft gebrauchen: »Lassen Sie sich's schmecken« – vermutlich im Fernsehen aufgeschnappt. Mr. Hilditch selbst hat keinen Fernseher. Er hat sich einmal einen gemietet, dann aber festgestellt, daß er ihn nie angeschaltet hat. Manchmal sagt er als Erwiderung auf die guten Wünsche für sein Essen, er lasse es sich immer schmecken, ein kleiner Scherz, der unweigerlich Heiterkeit erregt.

Inzwischen herrscht mehr Betrieb in der Kantine. Er kann die Begrüßungen und Bemerkungen aus der Schlange an der Theke nicht mehr verstehen. Teller, Messer und Gabeln klirren auf den Tabletts, die ihrerseits geräuschvoll abgestellt werden. In der Raucherzone werden Zigaretten angezündet; eine andere Schlange bildet sich für eine Tasse Tee oder Kaffee; Zeitungen werden auf den Tischen ausgebreitet.

Mr. Hilditch sieht sich das alles gern an. Flirts beginnen in der Kantine oder werden dort fortgesetzt; Mädchen, manchmal auch Frauen, beäugen die jungen Lehrlinge; Männer, von denen Mr. Hilditch weiß, daß sie verheiratet sind, versuchen ihr Glück. Abgesehen davon gibt es ein paar lange bestehende Liebschaften. Ein Mann namens Frank von der Endabnahme, ein paar Jahre älter als Mr. Hilditch, sitzt jeden Tag bei einer der Inderinnen; Annette aus der Lackiererei hält am selben Ecktisch einen Platz für den jungen Kevin frei, der mindestens fünfzehn Jahre jünger ist als sie. Es läßt sich nicht sagen, was da vor sich geht oder ob bei anderen Gelegenheiten, außerhalb der Fabrik, diese Freundschaften weitergehen. Alle wissen davon, und doch glaubt Mr. Hilditch, daß keiner, wenn er den Ehepartnern dieser Leute begegnete, etwas ausplaudern würde. Die Fabrik ist eine andere Welt; und innerhalb der Fabrik gilt das auch für seine Kantine.

Er ißt seinen Pudding auf, stellt sich für Tee an und tauscht mit den Leuten rechts und links von ihm weitere Ansichten übers Wetter aus. Dann kehrt er in die Küche zurück, steht einen Augenblick lang in der Tür und geht schließlich aus dem Gebäude zu seinem Büro jenseits der Verladeplätze.

Während er über den Asphalt geht und sich Zeit zum Verdauen nimmt, bemerkt er vor sich eine einzelne Gestalt. Es handelt sich um ein Mädchen in einem roten Mantel und mit Kopftuch, das zwei Plastiktüten trägt. Als er näherkommt, bemerkt er, daß sie ein rundes Gesicht mit großen Augen hat und verloren aussieht. Er kennt sie nicht; sie ist nicht von hier. *Chawke's* steht auf den Plastiktüten, in fetten schwarzen Buchstaben auf grünem Grund. Er hat den Namen noch nie gehört; auch der ist nicht von hier.

»Ich weiß nicht, ob ich hier richtig bin«, sagt das Mädchen, als er an ihr vorbeigehen will, und Mr. Hilditch lächelt wie immer. Irin, sagt er sich.

»Wonach suchen Sie?«

»Nach der Rasenmäherfabrik. Mir hat jemand gesagt, daß sie hier sein könnte.«

»Tut mir leid, wir stellen keine Rasenmäher her.«

»Dann hab ich's falsch verstanden.«

»Das fürchte ich auch.«

»Kennen Sie die Fabrik, nach der ich suche?«

Er schüttelt den Kopf. Rasenmäher würden hier in der Nähe nirgends hergestellt, sagt er.

»Oh.«

Sie steht betreten da, mit hängenden Mundwinkeln und besorgtem Blick. Kleine Büschel blondes Haar gleiten unter dem Kopftuch hervor und wehen ihr übers Gesicht; ein winziges Kreuz an einer billigen silbernen Kette ist unter ihrem Mantel gerade noch zu sehen. Da er von Natur aus neugierig ist, fragt sich Mr. Hilditch, was wohl in ihren Plastiktüten steckt.

»Ein Freund von mir arbeitet im Lager einer Rasenmäherfabrik. Ich bin mir bloß nicht sicher, wo sie ist.«

»Hier werden wirklich nirgends Rasenmäher hergestellt.«

Was dem am nächsten komme, sei das eine halbe Meile entfernte Industriegebiet, wo es Ausstellungsräume für Gartengeräte gebe. Pritchard's verkaufe auf diesem Gelände Rasenmäher – Mountfield, Flymo, Japaner.

»Haben Sie nicht die Adresse von Ihrem Freund?«

Das Mädchen schüttelt den Kopf. Sie hat nur den Namen dieser Stadt und die Information über die Rasenmäher.

»Pritchard's ist ein Laden, da wird nichts hergestellt.«

»Vielleicht hab ich das mit der Fabrik falsch verstanden.«

»Versuchen Sie's da mal. Könnte sein, daß die Ihnen weiterhelfen können.«

Mr. Hilditch, der ein vorsichtiger Mensch ist, will nicht mit einem Mädchen auf dem Fabrikgelände gesehen werden. Niemand hat bemerkt, daß sie sich begegnet sind, da ist er sich sicher. Es gibt keine Fenster mit Blick auf das asphaltierte Areal; niemand ist oder war in der Nähe. Man hat ihn noch nie in Gesellschaft eines Mädchens auf dem Fabrikgelände gesehen, und auch in der näheren Umgebung nicht. So etwas macht man nicht vor der eigenen Tür, heißt seine Regel.

»Gehen Sie durch die gelben Tore nach draußen, auf dem Weg, den Sie gekommen sind.« Er rasselt die Richtungsangaben herunter und wartet kaum das dankbare Kopfnicken ab, das sie auslösen. »Gehen Sie nach rechts und dann immer weiter, bis Sie an die Schnellstraße kommen. Gehen Sie da nach links. Dann sehen Sie schon das Schild zu dem Gelände. Blackbarrow Industriegebiet steht drauf.«

Mr. Hilditch nickt vor sich hin, ein Zeichen, daß die Begegnung zu Ende ist. Dann wendet er sich jäh von dem Mädchen ab und geht weiter.

3

Seit sie an jenem Morgen in der Stadt angekommen ist, hat Felicia festgestellt, daß sie nicht immer verstehen kann, was die Leute sagen, weil sie mit einem Akzent sprechen, der ihr fremd ist. Selbst wenn sie ihre Äußerungen wiederholen, ist es schwierig, und manchmal muß sie es aufgeben. In dem Industriegebiet erkundigt sie sich in einem Gebäude, wo Bürobedarf verkauft wird – Aktenschränke und Drehstühle sowie Papier en gros, Mengen an Briefumschlägen, Büroklammern und Tesafilm, alles kunterbunt übereinandergestapelt, nicht wie in einem Laden. Die Hälfte dessen, was die Verkäuferin antwortet, entgeht ihr, aber sie weiß, daß das keine Rolle spielt, weil die Verkäuferin ständig den Kopf schüttelt und auf diese Weise anzeigt, daß sie von einer Rasenmäherfabrik nichts weiß.

Das Industriegebiet ist eine endlose Wiederholung unscheinbarer Firmengebäude, jedes mit einem Hof zum Parken. Markennamen künden von: Toyota, Ford, Toys 'Я' Us, National Tyre and Autocare, Kwik-Fit, Zanussi, Renault Lastwagen, Pipewise, Readybag, Sony, Comet. Neben der Britannia Gerüstbau ist die Motorway Auspuffabrik, dann die C & S Dachdeckerei, ein Tiefbohrunternehmen und Tomorrow's Cleaning Today. Ein Stück weiter an einer Kreuzung teilen sich eine Abwrackfirma und die OK Blast & Spray Ltd. das Eckgrundstück.

Die Betonstraßen des Industriegebietes sind lang und gerade. Niemand läuft zufällig oder zu seinem Vergnügen dort herum. Dort begegnen sich keine Hunde. Überall stehen Betriebe, An- und Verkauf, Entsorgung und Besorgung, Rabatt bei Barzahlung. Felicia braucht beinahe zwei Stunden, um Pritchards Garten-Center ausfindig zu machen.

»Sie denken an einen mit rotierenden Schermessern, oder?« antwortet der Verkäufer auf ihre Frage, und sie fragt, ob das hier eine Fabrik sei und ob die Rasenmäher hier hergestellt würden.

»Wir haben eine Kundendienstwerkstatt hier. Wir empfehlen eine jährliche Inspektion, obwohl das völlig Ihnen überlassen bleibt. Sie haben es auf einen elektrischen abgesehen, nicht wahr?«

»Ich suche einen Freund. Er arbeitet im Lager einer Rasenmäherfabrik.«

Das Verhalten des Mannes ändert sich. Er könne ihr nicht helfen, sagt er klipp und klar, und aus Enttäuschung verschwindet jegliche Freundlichkeit aus seiner Stimme.

»Jemand, den ich getroffen habe, hat gesagt, daß Sie mir vielleicht sagen könnten, wo eine Fabrik ist.«

»Unsere Maschinen werden in Fabriken im ganzen Land hergestellt. Tut mir leid. Ich glaube, jemand anders braucht mich.«

Ein Paar mißt mit einem Maßband Gartenmöbel aus. Sie suchten etwas für ihren Wintergarten, erläutern sie dem Verkäufer. Felicia geht.

Ein Mann in einem Ausstellungsraum von Volkswagen hat Geduld mit ihr, weiß aber nichts von einer Rasenmäherfabrik in der näheren Umgebung. Als sie geht, fällt ihm dann noch etwas ein, und er erwähnt den Namen einer Stadt, die, so sagt er, fünf- oder sechsundzwanzig Meilen entfernt liege. Als es ihm vorkommt, als sei sie verwirrt von dem, was er sagt, schreibt er den Namen an den Rand eines Prospekts. »Nicht ganz richtig im Kopf«, ist ein Ausdruck, den ihr Vater benutzt, oder »nicht alle Tassen im Schrank«: Sie fragt sich, ob der Mann das gerade denkt.

Keiner kann ihr helfen. Sie geht durch das Industriegebiet, überprüft jede Straße und erkundigt sich in einem Heimwerkermarkt und bei der Britannia Gerüstbau. Bei der OK Blast & Spray Ltd. zeichnet eine Frau ihr einen Plan, aber als sie den Pfeilen darauf folgt, findet sie sich vor einem Lager für Installationsbedarf wieder, das geschlossen ist. In der Hoffnung, daß der Verkäufer jetzt nicht beschäftigt ist, kehrt sie zu Pritchards Garten-Center zurück. Er ist noch mürrischer als vorher und schenkt ihr keine Beachtung.

Auf dem grasbewachsenen Seitenstreifen einer breiten zweispurigen Schnellstraße stapft sie müde in die Stadt zurück. Eine endlose Reihe von Lastwagen und Autos fährt dicht an ihr vorbei, das Geräusch ihrer Motoren dröhnt, schwillt alle paar Augenblicke zu einem Crescendo, die Scheinwerfer sind an, weil es neblig geworden ist. Das stoppelige Gras, auf dem sie geht, ist grau, stellenweise schwarz, geziert von den Abfällen, die um sie herum verstreut liegen – zerknüllte Zigarettenpäckchen, Plastiktüten, Dosen und Flaschen, zerknitterte Zeitungsseiten, Kartons. Am Vormittag hat sie eine Tasse Tee getrunken und ein Stück Obstkuchen gegessen; seitdem hat sie nichts zu sich genommen, sie hat auch keinen Hunger, aber sie weiß, daß sie, sobald sie wieder in die Stadt kommt, etwas zum Übernachten finden muß. Vom Gewicht der beiden Tüten tun ihr die Arme weh; ihre Füße sind wund, an zwei Stellen hat sie Blasen, und an einer ihrer Fersen hat sich die Haut abgeschält. Sie wußte, daß es nicht leicht werden würde; schon bevor sie aufbrach, hatte sie gewußt, daß es so sein würde; sie hatte nichts anderes erwartet. An dem, was passiert ist, ist sie selber schuld, wegen ihrer eigenen Dummheit, nicht dafür zu sorgen, daß sie eine Adresse hat. Sie kann niemand anderem die Schuld in die Schuhe schieben.

Doch ohne all das wäre sie nicht hier, näher bei ihm. Am Tag von Aidans Hochzeit, als sie Connie Jos Brautjungfer war und den Strauß Herbstblumen hielt, wußte sie kaum, daß es ihn gab, und doch war es seitdem ein besonderer Tag, weil er da plötzlich auftauchte und alles anfing. In der Erlöserkirche hatte sie gedacht, daß ihre Schultern unansehnlich seien, daß die Versuche, ihre Züge mit Carmels Make-up weicher zu machen, nichts genützt hätten, daß ihr Haar ohne Zweifel strähnig herunterhänge. Tüll und Spitze spannten sich flach um ihren Oberkörper, und sie wünschte, sie hätte Carmels Rat befolgt und ihren Büstenhalter mit Watte ausgestopft. »Mein Gott, bist du unbeholfen«, hatte Carmel immer gesagt, als sie zwölf waren, und sie hatte das Gefühl, daß das immer noch zutraf, mit siebzehn am Hochzeitstag ihres Bruders. »Ja, ich will«, antwortete Aidan Pater Kilgallen vor dem Altar, und Connie Jo sagte das gleiche. Später lächelten sie auf den Stufen für den kahlköpfigen Fotografen – sie und Connie Jo und Moss McGuire mit den Blumen des Trauzeugen im Knopfloch, Nelke und Asparagus, die denen von Aidan ähnelten. Konfetti hatte sich auf dem Weg von der Kirche zu Hickeys Hotel am Hauptplatz auf ihren Schultern verfangen und wurde in die Kincora Lounge getragen, wo Connie Jos kleine Schwester schon um eine Pepsi Cola bat. Schwester Benedikta, die die Hochzeiten ihrer Klosterschülerinnen liebte, hatte sich auf dem scharlachroten Polster eines golden gestrichenen Stuhls niedergelassen, einer von vielen, die an den Wänden aufgereiht standen. Das Scharlachrot war da, wo es sich wölbte, schmutzig, das Gold an den Beinen stellenweise abgewetzt oder abgesplittert. Barry Manilow flüsterte sanft aus den Lautsprechern.

Während Felicia weiter an der Schnellstraße entlanggeht, drängen sich die Gesichter dieses Oktobernachmittags in ihre Gedanken; Gesprächsfetzen hallen wider. Die Mutter Oberin und andere Nonnen haben sich Schwester Benedikta angeschlossen, extra eingeladen, weil der Vater des Bräutigams Klostergärtner ist. Artie Slattery stand mit seiner drallen Frau in der Nähe der Torte, die er geliefert hatte. Der alte Begley, für den es eine Selbstverständlichkeit war, bei allen Beerdigungen und Hochzeiten dabeizusein, wartete darauf, daß das erste Essen kam. Der dienstfreie Sergeant Breen und Fogarty, der Traktormechaniker, kamen auf Einladung des Brautvaters durch die Hotelhalle von der nach vorn gelegenen Bar zur Kincora Lounge. Mr. Logan, der Besitzer des Ritz mit den zwei Kinosälen und der Dancetime Disco, war schick angezogen mit Nadelstreifenanzug und blauer Fliege, wie es sich für den prominentesten Geschäftsmann und Junggesellen der Gegend ziemte. Connie Jos Mutter, die die Gäste an der Tür willkommen hieß, konnte man am Gesicht ablesen, daß sie der Meinung war, ihre Tochter habe eine schlechte e gemacht, indem sie einen Stukkateur geheiratet hatte. e Jo war Felicias Freundin, schon seit der Klosterchule, die Felicia wegen der Verbindung ihres Vaters zum Kloster besuchen durfte. Wenn eine Nonne schlechte Laune hatte, hatte man Felicia gelegentlich daran erinnert, daß sie dort nur ausnahmsweise geduldet war. Die Nonnen waren nicht immer streng. Aber diejenigen, die immer noch die Tradition hochhielten und Heilige in ihrem Namen ehrten, waren Felicia streng vorgekommen, bevor sie einige von ihnen besser kennengelernt hatte: Schwester Antonia Ixida, Schwester Ignatius Loyola, Schwester Franziska Xavera, Schwester Benedikta, Schwester Justina.

»Wie läuft's so im Steinbruch?« erkundigte sich Tim Bo Gargan bei Felicias großen Zwillingsbrüdern. Es laufe ganz gut, erwiderten sie und ließen es, auf einer Hochzeitsfeier nicht gesprächiger als sonst, dabei bewenden. »Wie geht's dir, Felicia?« nuschelte der kleine Crowley aus dem Mundwinkel heraus, so wie amerikanische Gangster es seiner Meinung nach taten, und musterte Carmel, während er redete, weil sie es war, der sein Interesse galt. »Wie geht's dir, Carmel?« fand er schließlich den Mut zu fragen, woraufhin Carmels Cousine Rose kichern mußte. »Wenn du willst, Aidan«, bot Connie Jos Vater an, »kannst du jederzeit im Kinderwagen- und Fahrradladen in der McGrattan Street anfangen.«

Tim Bo Gargan versuchte sich am Klavier an Scott Joplin, ließ es aber wieder bleiben, als es Proteste gab. Kleinigkeiten wurden herumgereicht. »Ah nein, nein, du siehst großartig aus, Felicia«, beruhigte Connie Jo sie, und Carmel und Rose waren der gleichen Meinung. Der kleine Crowley zündete ein Streichholz an seinem Daumennagel an und sagte, er habe gehört, daß Fogarty den ganzen Morgen weggewesen sei, um auf dem Feld irgendeines Bauern einen Traktor anzuwerfen, was der Grund dafür sei, daß er nach Benzin stinke. »Es gibt gleich Torte«, verkündete Connie Jos Mutter und unterbrach die Gespräche in der Kincora Lounge, und dann wurde die Torte angeschnitten, die Gläser und Teetassen wurden erhoben, und es gab Applaus. In der Halle machten die Kinder die Fahrstuhltüren auf und zu. »Telefon! Telefon!« riefen sie die Treppe hinauf, und ein Mädchen, das Felicia nicht kannte, erzählte ihr, daß Dessie Flynn die Reste vom Hühnersalat in ein Bett gesteckt habe. »Behaltet das Konfetti bei euch, bis sie draußen sind«, bat Hickey vom Hotel, als Braut und Bräutigam sich anschickten zu gehen. »Hebt das Konfetti für die Straße auf, Leute.« Alle liefen hinter Aidan und Connie Jo aus dem Hotel, und man jubelte ihnen zu, als sie in das Auto stiegen, das Connie Jos Vater für sie gemietet hatte. »Bray«, erklärte Tim Bo Gargan gut unterrichtet. »Ich schätze, sie fahren nach Bray.«

Das Auto fuhr um den Platz. Die Gäste gingen ins Hotel zurück, und in diesem Moment kam Johnny Lysaght auf dem Bürgersteig vorbei. Und er blieb stehen, schaute herüber und sah sie in ihrem Brautjungfernkleid. Solange sie lebt, hat Felicia sich seitdem oft gesagt, wird dieser Augenblick nie seine Bedeutung verlieren: der Rücken ihres Vaters, sein grauhaariger Kopf, als er durch die Pendeltür ging, und wie sie sich umdrehte, um einen letzten Blick auf ihren Bruder und ihre Freundin in dem mit Bändern geschmückten Hochzeitsauto zu werfen, und ihr währenddessen ein Mann ins Auge fiel, der gerade vorbeiging; wie sie lächelte, weil er lächelte; wie sie sich später sagte, daß das der Augenblick gewesen ist, in dem sie gewußt hat, daß die Liebe beginnt.

Sie sieht diesen Augenblick noch deutlich vor sich, als sie den Rand der Stadt erreicht, in die diese Liebe sie geführt hat. Dunkelhäutige Ladenbesitzer schließen ihre kleinen Läden. Zeitungsständer werden von Türen abgehängt, Gemüseauslagen reingetragen. Die Häuser, die diese Einzelhändler voneinander trennen, sehen trist aus; fleckiger Beton herrscht vor, und das Metall schäbiger Fensterrahmen rostet durch die Farbschicht. Auch hier ist das Bild von Abfällen geprägt, die von der Straße herübergeweht werden oder aus Mülltonnen quellen und sich auf kleinem Raum vor jedem der Läden ansammeln.

»Sie hatten wohl kein Glück?« sagt eine Stimme, und Felicia dreht sich um und stellt fest, daß der fette Mann, den sie nach dem Weg gefragt hat, sie aus einem Auto heraus anlächelt, das im Schrittempo dicht an der Bordsteinkante neben ihr her fährt. Das Auto hält, als sie selbst stehenbleibt, ein kleines grünes Vehikel mit einem altmodischen Buckel von so bescheidenen Ausmaßen, daß man kaum glauben kann, daß der Mann hineinpaßt. Er trägt jetzt einen Hut; seine Gesichtszüge sind in dem düsteren Wageninnern nur schemenhaft zu erkennen.

Sie schüttelt den Kopf. Sie versteht, was er sagt, leichter als bei den anderen: daß sie sich in dem Industriegebiet dabei solche Mühe geben mußte, hat sie noch mehr ermüdet.

»Nein, da ist es nicht.« Ein Mann habe ihr den Namen einer anderen Stadt aufgeschrieben, sagt sie und zieht den Prospekt des Autoverkäufers aus einer ihrer Manteltaschen. Er nickt dazu und bemerkt, daß der Mann mit dieser Stadt recht haben könnte. Das sei die Stadt, wo sich die Thompson Gußwarenfabrik befinde: Fünf Minuten, nachdem sie weg gewesen sei, sei ihm Thompson selbst eingefallen. Aber sie werde heute abend in diese Richtung keinen Bus mehr bekommen.

»Dann bleib ich hier.«

»Haben Sie schon was?«

»Ich wollte mir gerade was suchen.«

Kurz bevor er sie angesprochen hatte, hatte sie beschlossen, sich nach einer preisgünstigen Unterkunft zu erkundigen. Im Verlauf des Tages war sie an einem Busbahnhof vorbeigekommen: Dort würde man eine kennen, hatte sie gedacht, und wollte gerade auf der Straße jemanden nach dem Weg dorthin fragen, als das Auto neben ihr gehalten hat.

»Marshring«, sagt der dicke Mann. »Da gibt es jede Menge Zimmer.«

Sie fragt ihn, wo das sei, und er sagt:

»Geradeaus, zweite rechts. Am Ende der Straße links, das ist Marshring. Es gibt Marshring Crescent und Marshring Avenue. Zehn Minuten zu Fuß.«

Als sie sich bei ihm bedankt, nickt er und lächelt. Seine Brille funkelt, als er sich abwendet, während er noch das Fenster hochkurbelt.

»Nochmals vielen Dank.«

Felicia geht weiter und biegt schließlich in die Straße, die er ihr genannt hat. Sie folgt ihr bergab bis zum Marshring Crescent, wo in den meisten Fenstern Schilder stehen, auf denen Übernachtungsmöglichkeiten angeboten werden. *Übernachtung mit Abendessen und Frühstück, £ 11*, steht auf einem. Sie stößt ein kleines, verziertes Tor auf und geht zwischen zwei schmalen, ungenützten Gartenflächen hindurch. Dann fragt sie sich, ob sie das Tor zugemacht hat, und dreht sich um, um sich zu vergewissern. Am Ende von Marshring Crescent bemerkt sie etwas, das ihr wie das bucklige grüne Auto vorkommt, aber sie nimmt an, daß sie sich irrt.

In dieser Nacht steigt Mr. Hilditch um fünf Minuten vor zwölf langsam die Treppe zu seinem Schlafzimmer hinauf.

Sein Onkel Wilf war nach dem Ersten Weltkrieg nach Irland gegangen. Er ging dorthin, um die Unruhen niederzuschlagen und kehrte mit der einen oder anderen Geschichte zurück, nichts Aufregendes, nur Geschichten vom Militär. Er starb vor ungefähr zehn Jahren mit achtundachtzig und erzählte immer noch seine Soldatengeschichten von Scharmützeln in Frankreich und Belgien und darüber, wie er den Iren Ordnung beigebracht habe.

Weil Mr. Hilditch seinem Onkel Wilf als Kind immer zugehört hatte, war in ihm der Wunsch entstanden, selbst einem Regiment beizutreten, ein Verlangen, das mit zunehmendem Alter stärker wurde. Aber als der Augenblick gekommen war, wollte man ihn wegen seines Sehvermögens und seiner Füße nicht haben. Er beharrte auf seiner Bewerbung, da er so lange darauf gewartet hatte, und dachte, da er nicht wußte, wie diese Dinge geregelt wurden, daß man vielleicht bei der Truppenversorgung oder der Feldküche nicht so wählerisch sei. »Keine Chance, mein Sohn«, hatte der Sergeant im Musterungsbüro gesagt, ein arroganter, kleiner Emporkömmling mit einem schmalen schwarzen Schnurrbart. Seitdem hat sich ihm diese Enttäuschung für alle Zeiten eingeprägt.

Komisch, welchen Weg die Gedanken nehmen, denkt Mr. Hilditch. Komisch, wie sie mit dem Gesicht eines Mädchens, das einem nicht aus dem Kopf geht, beginnen und dann zu Onkel Wilf und dem Sergeant aus dem Musterungsbüro zurückgehen. Es war Nr. 19, in die sie gegangen ist.

4

Felicia wacht mitten in der Nacht auf, und es bleiben ihr Bruchstücke von Träumen, die sich in nichts auflösen. »Ich hab dir eine Muschel mitgebracht«, sagt Schwester Benedikta, ein Junge läuft vor der Fronleichnamsprozession her, und jemand winkt aus einem Fenster. *Flanagans Steinbrüche* steht auf einem der Lastwagen, die ihre Brüder fahren. Er parkt vor Myles Bradys Bar, als die Prozession vorüberzieht. Auf dem Weg an Aldritts Tankstelle vorbei kann man im strahlenden Sonnenlicht Benzindunst sehen, während ein Mann sein Auto an einer Zapfsäule auftankt. »Engel fliegen tief«, sagt Schwester Franziska Xavera, aber das ist nicht einem Traum entsprungen, obwohl es vielleicht in einen hineingeraten ist. Schwester Franziska Xavera sagte es jedesmal, wenn sie von den Missionsschwestern sprach, die die Heiden in Afrika bekehrten. Genau wie die Mutter Oberin immer erzählte, wie die heilige Ursula mit ihren Begleiterinnen auszog und um die Welt segelte, weil sie rein bleiben wollte. »Hast du nie in Betracht gezogen, in Keuschheit zu leben, Felicia?«, fragte die Mutter Oberin einmal aus heiterem Himmel. Später, als sie es Carmel und Rose erzählte, sagten die, sie hätte das Gesicht einer Nonne.

Wenn die Leute ans Meer fuhren, brachten sie ihr Muscheln mit, weil ihre Mutter gestorben war. Sie reihte sie auf der Kommode im Schlafzimmer auf, das sie sich mit ihrer Urgroßmutter teilte, aber die stieß sie immer versehentlich hinunter, so daß sie sie statt dessen in einer ihrer Schubladen aufbewahrte. Sie selbst hat zum ersten Mal das Meer gesehen, als sie diese Reise antrat. *»Die See, die See, die offene See...«* Als sie das eines Tages im Unterricht aufsagte, konnte sie sich nicht daran erinnern, wie es weiterging. Sie stand da, wurde rot und schämte sich, weil es am Abend vorher noch wie am Schnürchen geklappt hatte.

Felicia schließt in der Dunkelheit die Augen, schläft aber nicht. Die Einzelheiten ihrer Reise kommen ihr zu Bewußtsein – die Übelkeit, die Frau, die im Waschraum ihre Zahnbürste benutzte, die Fragen des Sicherheitsbeamten, ein Zug, und dann noch einer, wie sie fragt, wo sich die Fabrik befindet, die Pensionswirtin mit den scharfen Gesichtszügen, die ihr in dem leeren Speiseraum Fleischpastete in Kartoffelteig und Dosenfrüchte brachte, die Tasse Tee danach. Dann ist Johnny da und macht die gestrige Müdigkeit und Frustration erträglicher: seine graugrünen Augen, sein dunkles Haar, seine hübsche Kinnspitze, seine hohen Wangenknochen. Sie sieht ihn in einer Masse von Fabrikarbeitern, der erste in einer Menschenmenge, die aus der Thompson Gußwarenfabrik strömt, und er läuft, als hätte er eine Vorahnung, daß sie auf ihn wartet, mit flinken, eckigen Bewegungen. »Neulich hab ich gedacht, du wärst die Braut«: An dem Montag nach der Hochzeit war es, als er vor Chawke's auf sie zukam und sie auf der Straße ansprach.

Sie erlebt es gern noch einmal, lieber als jeden Traum oder jede Einbildung, weil es wirklich passiert ist. »Ah nein, nein«, sagte sie und schüttelte den Kopf, ohne hinzuzufügen, daß sie nicht glaubt, jemals eine Braut zu sein. Eine Frau zog den Schaufensterpuppen bei Chawke's anstelle der Sommermode andere Kleider an. »Johnny Lysaght«, sagte er und lächelte, wie er es auch getan hat, als sie ihr Brautjungfernkleid angehabt hat. »Erinnerst du dich überhaupt an mich?«

Sie erinnerte sich von früher vage an ihn, als er noch bei den Brüdern Christi zur Schule ging. Er war sieben, vielleicht auch acht Jahre älter als sie; er lebte nicht mehr in der Gegend; gelegentlich kehrte er zurück, um seine Mutter zu besuchen. »Wie geht's dir denn so?« sagte sie.

Sie liegt immer noch mit geschlossenen Augen da und hört ihre eigene Stimme, wie sie sich die Freiheit genommen hat, das zu fragen, weil ihr nichts anderes eingefallen war. Er hatte nie zu Lomasneys Bande oder zur Clique des kleinen Crowley gehört; er war mehr für sich gewesen und nach Dublin gegangen, als er mit der Schule fertig war, und bald darauf nach England. Er hatte einen englischen Akzent.

»Okay«, sagte er. »Und dir, Felicia?«

»Arbeitslos.«

»Warst du nicht in der Fleischfabrik?«

»Die hat zugemacht.«

Er lächelte wieder. Er fragte, warum die Slieve Bloom Fleischfabrik zugemacht habe, und sie erklärte es ihm; das war wieder etwas, worüber man reden konnte. Eine Frau hatte versäumt, eine Schnittwunde an der Hand zu melden, die zu eitern anfing, und danach war die Ursache einer Lebensmittelvergiftung bis zu einer Ladung Dosen »Fleischpastete mit Niere« zurückverfolgt worden. Für Mrs. Grennan war die kleine Schnittwunde nicht mehr als ein Kratzer gewesen, obwohl sie nicht heilen wollte. Dr. Mortell hatte sie sich angesehen und Mrs. Grennan krank geschrieben, aber sie hatte weitergearbeitet, weil einem manchmal gekündigt wurde, wenn man aus dem Krankenstand zurückkam: Seit 1986, als es schon einmal einen Lebensmittelskandal gegeben hatte – einen, der damals die gesamte Fleischkonservenbranche betroffen hatte –, war die Fabrik nicht gut gegangen. Viele in der Gegend vertraten die Meinung, daß sie früher oder später sowieso zugemacht hätte, und Mrs. Grennan glaubte berechtigterweise, daß man sie zum Sündenbock machte. »Klar, die Arbeit ist weg, das ist alles, was zählt«, hörte Felicia damals, wie eine andere Frau sie tröstete. »Spielt es eine Rolle, wer daran schuld ist?«

Auf der Straße vor Chawke's fragte Johnny Lysaght sie, ob sie jemals woanders gearbeitet habe, und sie sagte, nein, nur bei Slieve Bloom, wo sie gewesen sei, seit sie die Klosterschule verlassen habe. Sie ging nicht auf Einzelheiten ein. Sie sagte nicht, daß sie, da sie seit drei Monaten arbeitslos war, keine Chance für eine andere Beschäftigung sehe, zumindest nicht in der Gegend. Sie hatte nur mit Konservendosen Erfahrung, und obwohl das sehr wenig Geschick erforderte, konnte sie doch die Bewegungen, mit denen sie sich vertraut gemacht hatte, rasch ausführen und hatte einen Blick für schlecht verschlossene Dosen entwickelt. Man mußte Übung haben, um in einem Supermarkt an der Kasse zu sitzen, und die kleineren Läden bevorzugten Aushilfen – Schulmädchen oder ältere Frauen. In diesen Tagen gab es weder bei Erin, wo Fußbodenbeläge hergestellt wurden, noch im Krankenhaus irgend etwas. Wenn man wartete, bekam man vielleicht etwas in der Küche einer Speisegaststätte oder in Hickeys Hotel, aber da wartete man gut und gerne ein Jahr. »Ich habe bei Schwester Ignatius ein Wort für dich eingelegt«, versicherte ihr Vater von Zeit zu Zeit, denn Schwester Ignatius war die Nonne, mit der er durch seine Arbeit im Klostergarten am meisten zu tun hatte. Andererseits machte es vieles leichter, sie zu Hause zu haben: Sie leistete ihrer Urgroßmutter Gesellschaft, die in diesen Tagen weder ihr Zimmer noch ihr Bett verließ; sie konnte sich um das ganze Kochen und Saubermachen kümmern, das man sich vorher geteilt hatte.

»Es ist kein Vergnügen, arbeitslos zu sein«, sagte Johnny Lysaght und lehnte sich bei Chawke's ans Schaufenster. Er riß das Zellophan von einem Päckchen Zigaretten auf und bot ihr eine an. Sie schüttelte den Kopf.

»Nein, wirklich nicht«, sagte sie. »Kein Vergnügen.«

Mit dem Verlust ihres Arbeitsplatzes war ihr ihre Freiheit genommen worden – die Freiheit, mit Carmel, Rose und Connie Jo im Diamond Coffee Dock zu sitzen, einen Abend im Ritz zu verbringen, ohne erst die Kosten überschlagen zu müssen. Innerhalb weniger Wochen, nachdem die Fleischkonservenfabrik zugemacht hatte, waren ihre Ersparnisse aufgebraucht, und es war nur gerecht – wie ihr Vater klargestellt hatte –, daß jegliches Arbeitslosengeld, das ins Haus kam, für Unterkunft und Verpflegung verwendet würde. Eine Familie mußte an einem Strang ziehen, besonders die Familie eines Witwers.

»Komm mit zu Sheehy's«, lud Johnny Lysaght sie ein. »Auf einen Drink?«

»Ah nein, ich muß jetzt zurück.«

Es war halb vier am Nachmittag. Sie mußte noch Koteletts und Grünzeug einkaufen. Die Hauptmahlzeit gab es um Viertel vor sechs, weil ihre Brüder mittags nicht vom Steinbruch heimkommen konnten und ihr Vater um halb eins etwas in der Klosterküche bekam. Um vier würde sie die Koteletts anbraten, mit einer halben, kleingeschnittenen Steckrübe und einer geschnittenen Zwiebel. Das Fleisch mußte um Viertel nach anfangen zu brutzeln.

»Später?« schlug Johnny Lysaght vor. »Sieben? Halb acht?«

In ihrem Bett in der Pension erinnert sich Felicia, daß sie hat ja sagen wollen, aber gezögert hat. Sie erinnert sich, daß sie sich unwohl gefühlt und nichts gesagt hat.

»Halb acht?« schlug Johnny Lysaght erneut vor.

»Du meinst, bei Sheehy's?«

»Gibt's an Sheehy's was auszusetzen, Felicia?«

Er lachte, und sie lachte und hatte im Bauch ein Gefühl von Erleichterung. Er hatte die Zigarettenpackung noch in der Hand; durch sein Lächeln hindurch stieß er Rauch aus. Warum gab er sich mit ihr ab? Carmel, Rose oder jedes andere Mädchen, das ihr einfiel, würden alles stehen und liegen lassen, um mit Johnny Lysaght auszugehen. Sie sah nicht so gut aus wie die anderen; sie machte nicht viel her.

»Bis nachher«, sagte er leise.

Sein Tonfall, seine lächelnden Blicke treiben durch ihre nächtlichen Gedanken. Als sie von ihm wegging – zu Scaddan's wegen Hammelkoteletts und Nierenfett, zu McCarthy's wegen des Grünzeugs –, ließ eine Euphorie, wie sie vorher noch keine erlebt hatte, sie fast in Tränen ausbrechen. Und die ließ auch nicht nach, während sie am Spülbecken Kartoffeln schälte und Reismehl mit Milch mischte, während sie ein Ei schlug und das Grünzeug kleinschnitt. Von der anderen Seite des Flurs drang das gelegentliche ungeduldige Ächzen ihrer Urgroßmutter oder ein Hilferuf, wenn ihr die Puzzleteile auf den Fußboden fielen. Die Schlafzimmertür stand, wie immer tagsüber, für den Notfall offen. »Wie war ihr Tag?« Die ersten Worte ihres Vaters waren die gleichen wie immer, wenn er um Viertel nach fünf die Küche betrat, aber an jenem

Abend wirkte die Wiederholung leicht und frisch. Es war auch nicht unangenehm, als er mit gesenkter Stimme – immer noch laut genug, daß es über den Flur herüberdrang – seine Großmutter mit den Einzelheiten seines Tages aufmunterte: wie er das restliche gemähte Gras zusammengerecht und in seinen Komposthaufen geschichtet habe, wie Schwester Ixida ihm wieder mit ihren Kratzbeeren gekommen sei. »Wer bist du überhaupt?« ertönte der vertraute Ausruf der Alten. »Was willst du von mir?«

Felicia will nicht an die Alte denken, es gelingt ihr aber nicht völlig, ihre Gedanken etwas anderem zuzuwenden. Sie erinnert sich, wie sie – an jenem herrlichen, so anderen Montag abend – irrtümlicherweise ein Gedeck für Aidan aufgelegt hat, da sie vergessen hatte, daß er jetzt in der McGrattan Street zu Hause war, in der Wohnung über dem Kinderwagen- und Fahrradladen seiner Schwiegereltern. Um sechs kamen ihre beiden anderen Brüder, die sich in ihrer Schweigsamkeit genauso ähnelten wie in ihrem Äußeren, vom Steinbruch nach Hause und setzten sich sofort an den Küchentisch, um auf das Essen zu warten. »Ja, sie kämpft ihren Kampf weiter«, berichtete ihr Vater, als er von seinem Besuch im Schlafzimmer zurückkehrte und etwas von der Aura der Alten mitbrachte. In ihrer Gegenwart wurden seine Lebensgeister wiedererweckt, ihre Geschichte war seit langem in seinen Empfindungen verwurzelt: Daß ihr Mann, mit dem sie erst einen Monat verheiratet gewesen war, zusammen mit zwei Gefährten vor fünfundsiebzig Jahren für Irlands Freiheit gestorben war, war eine Tatsache, die auf sein Drängen im Hause gewürdigt wurde. Diese Tragödie hatte sie bettelarm und schwanger zurückgelassen, hatte sie gezwungen, während ihres restlichen Arbeitslebens so viel wie möglich durch das Schrubben von Fußböden in Büros und Privathäusern zu verdienen. Aber die Mühsal wurde während all der Jahre durch die anhaltende Treue zu einer alten Sache erhöht. Die Alte hielt das Blutvergießen, das stattgefunden hatte, in Ehren und überlebte sowohl die Tochter, die sie zur

Welt gebracht, als auch den Mann, den jene Tochter geheiratet hatte, und die Frau von deren einzigem Sohn. Und als sie schließlich nicht mehr bei klarem Verstand war, hielt Felicias Vater das Blutvergießen allein in Ehren: Abends saß er regelmäßig bei seinen Sammelalben aus jenen revolutionären Zeiten, drei schweren Bänden mit Tapetenmuster, die Multilly aus dem Haushaltswarenladen ihm überlassen hatte, als ihr Inhalt veraltet war. Ihr ganzes Leben lang, jedenfalls so lange Felicia sich erinnern konnte, hatte man ihr zwischen Dahlien und Rosen, Punkten und Streifen, glatten und geprägten Oberflächen die Zeitungsausschnitte, Fotos und Abschriften von Dokumenten gezeigt, die man ordentlich an ihren Platz geklebt hatte.

Das Herzstück der Dokumentation – der Dreh- und Angelpunkt der ganzen Sammlung, wie ihr Vater ihr gegenüber oftmals wiederholt hatte – war der gemeinsame Nachruf auf die drei einheimischen Patrioten, den seine Großmutter bei ihren wenigen Besitztümern aufbewahrt hatte, bis sie zu dem Schluß gekommen war, daß er zwischen den Seiten des Albums sicherer aufgehoben wäre. Am zweitwichtigsten war eine handschriftliche Kopie von Patrick Pearses Ausrufung einer provisorischen Regierung, datiert vom 24. April 1916, auf der die sieben Unterzeichner in derselben schönen Handschrift eingetragen sind. Zeitungsartikel berichteten vom Beschuß des Hauptpostamts und den Ereignissen von Boland's Mills, von Roger Casements Landung in einem deutschen U-Boot am Banna Strand, von dem Granatfeuer auf die Liberty Hall. Der Angriff auf die Beggars' Bush Kaserne und das Mendicity Institute waren dokumentiert, ebenso die Besetzung des Shelbourne Hotels durch die Briten und die Hinrichtung von Pearse und Tom Clarke. Da waren die Trauerkarten für die einheimischen Patrioten, Briefe von Sympathisanten und ein Foto der Särge. Ein Artikel über die alten Strafgesetze war eingeklebt und ein anderer über das Irish Battalion. Die Hütte von Patrick Pearse in Connemara war auf einer Ansichtskarte abgebildet; auf einer anderen flatterte die Trikolore an einem Flaggenmast. Der Soldier's Song stand in ganzer Länge da.

Die Sammelalben waren, so glaubte Felicias Vater, ein Zeugnis von nationaler Bedeutung und der gebührende Lohn für eine tapfere Frau, ein Dokument der Bedeutung ihres Opfers. Er machte in roter Tinte kleine, ordentlich geschriebene Anmerkungen und steckte sie hier und da ein, um Kontinuität herzustellen. Zwischen hervorschauenden Blumen standen die geheiligten Ansichten von Eamon de Valera:

Das Irland, von dem wir geträumt haben, wäre die Heimat eines Volkes, das materiellen Wohlstand ausschließlich als Grundlage der richtigen Lebensweise schätzt, eines Volkes, das mit einem schlichten Komfort zufrieden wäre und sich in seinen Mußestunden geistigen Angelegenheiten widmete; ein Land, dessen Landschaften von gemütlichen Gehöften geprägt wären, auf dessen Feldern die frohen Klänge fleißiger Arbeit ertönten, wo kräftige Kinder herumtollten, sportliche Jugendliche miteinander wetteiferten und wohlgestaltete Mädchen lachten; dessen Kamine Foren für die Weisheit aus alten Tagen wären. Es wäre, mit einem Wort, die Heimat eines Volkes, das das Leben führt, das die Menschen nach Gottes Willen führen sollen.

»Gibt's was Neues?« erkundigte Felicias Vater sich an jenem Montag abend und bezog sich damit auf ihre Arbeitslosigkeit.

»Nein.«

»Ich habe Schwester Ignatius immer noch in Alarmbereitschaft.«

An dem Tag, an dem die Slieve Bloom Fleischfabrik klargestellt hatte, daß man auf Dauer zumache, hatte er mit der Mutter Oberin gesprochen, als sie die Messe beendet hatte. Später hatte er die Angelegenheit gegenüber Schwester Ignatius erwähnt.

»Hat es nicht geheißen, daß es bei der Schweinemästerei

Maguire was gäbe?« Er machte aus Soße und Kartoffeln einen Brei für die Alte und schöpfte Reismehl für sie auf den Teller.

»Buchhaltung. Lottie Flynn hat die Stelle gekriegt.«

»Der Zahnarzt, wie heißt er gleich, hat bei Heverin's eine Anzeige hängen für jemanden, der stundenweise bei ihm saubermacht.«

Sie füllte den Pfefferstreuer über dem Spülbecken auf, während ihr Vater auf jeden Teller ein Kotelett, Kartoffeln und einen Löffelvoll Gemüse verteilte und die Teller auf den Tisch stellte. Dann trug er das Tablett der Alten hinüber.

»In einem furchtbaren Zustand«, sagte er, als er zurückkehrte, »das Messing bei diesem Zahnarzt. Beim Doktor und beim Rechtsanwalt genauso. Es gab Zeiten, da haben diese Schilder bis zum Himmel geglänzt.«

Als sie zwölf war, war Felicia in Declan Fetrick verliebt gewesen. Er war älter und arbeitete schon am Fleischtresen des Centra Lebensmittelgeschäfts. Sie schlenderte immer allein im Centra herum und tat so, als würde sie die Etiketten auf den Suppendosen lesen, nahm Gläser mit Garnelen- und Hähnchen-Schinkenpaste in die Hand und tat so, als hätte sie es sich anders überlegt, als sie sie wieder zurückstellte. Eine der Frauen, die nachmittags dort arbeiteten, fing an, sie argwöhnisch zu mustern, aber das war ihr egal. Sie redete nie mit Declan Fetrick, einem dürren Jungen, der versuchte, sich einen Schnurrbart wachsen zu lassen, und sie erzählte nie jemand anderem davon, was sie empfand, nicht einmal Carmel, Rose oder Connie Jo, aber fast ein Jahr lang dachte sie jeden Tag und jede Nacht an ihn und stellte sich vor, wie sich seine Arme um sie schlangen und wie sich die weichen Stoppeln seines ersten Schnurrbarts anfühlten.

»Delaney heißt der Zahnarzt«, sagte ihr Vater. »Kein Wunder, daß uns der Name nicht eingefallen ist, da man ihn ja nicht lesen kann, bei dem Zustand, in dem das Messing ist. Aber würde dir ein Teilzeitjob nicht gefallen? Sein Angebot ist siebzig pro Stunde. Neun Stunden pro Woche. Wenn du darüber nachdenkst, würde dir das dann nicht besser als ein Ganztagsjob gefallen?«

Das war, was er für sie wollte; er war erleichtert, daß sie für die Stelle bei der Schweinemästerei nicht in Frage gekommen war. Ein paar Stunden Arbeit, und sie wäre nicht mehr aufs Arbeitslosengeld angewiesen und könnte weiter die Hausarbeit machen und für ihn und ihre Brüder kochen. Ein Ganztagsjob würde bedeuten, daß man Mrs. Quigly dafür bezahlen müßte, daß sie sich tagsüber um die Alte kümmerte, so wie es bei dem Job in der Slieve Bloom gewesen war. Er hatte es ausgerechnet; wahrscheinlich hatte er auch mit den Nonnen darüber gesprochen.

»Ich würde sagen, daß sich das gut für dich eignen würde. Wenn nicht beim Zahnarzt, dann so was Ähnliches.«

»Ich hätte lieber einen Ganztagsjob.«

»Man muß nehmen, was kommt. Das Angebot bestimmt die Nachfrage, Kleines.«

»Ja«, sagte Felicia, und dann wechselte man das Thema, und ihr Vater wiederholte, was er der Alten erzählt hatte: daß Schwester Antonia Ixida ihm mit ihren Kratzbeeren auf die Nerven gehe. Als das Essen vorbei und alles abgewaschen war, zog Felicia ihren Pullover und ihren Rock aus und legte im Schlafzimmer Make-up auf, genau beobachtet von der Alten, die immer auf dem Posten war, nachdem sie gegessen hatte.

»Du gehst noch aus, Kleines?« fragte ihr Vater, als er sie im Mantel sah. Als sie ja sagte, interessierte er sich nicht weiter dafür. Ihre Mutter wäre neugierig gewesen, dachte Felicia, soweit sie sich an sie erinnern konnte. Ihre Mutter hätte geahnt, daß sie sich nicht mit Ohrringen, Lidschatten und ihrem korallenroten Lippenstift herausputzte, nur um Carmel und Rose an einem Montag abend zu treffen. Ihre Brüder, die selber auf dem Weg zu Myles Brady's waren, bemerkten nicht einmal, daß sie ihren Mantel anhatte.

»Hi«, begrüßte Johnny Lysaght sie zehn Minuten später bei Sheehy's. »Du siehst großartig aus.«

Sie hatte es gern, daß er das sagte. Sie wollte, daß er es noch einmal sagte. Sie kannte sich mit Make-up nicht aus, und doch konnte er sofort, als er sie sah, sagen, daß sie großartig aussehe. »Du bist doch dieses hübsche Ding!« rief der dreckige Keery immer, wenn er in Devlin's Lane auf der Lauer lag. Aber das war etwas anderes, weil er es zu allen Mädchen sagte, die vorbeigingen, und sie dazu zu bringen versuchte, in seine Nähe zu kommen. Und der war sowieso blind.

»Zieh deinen Mantel aus«, forderte Johnny Lysaght sie auf, und sie war froh darüber, weil das Rot ihres Mantels nicht zu ihrem korallenroten Lippenstift paßte. Auch war der Mantel stellenweise abgetragen. Sie hatte extra ein Kleid angezogen, ihr blaues mit den Dreiecken und Quadraten. »Was willst du trinken?« fragte er.

»7-Up.«

»Mit einem Tropfen Gin?«

»Ah nein, nein.«

»Leiste mir Gesellschaft. Nur Mut. Probier einen Wodka-Orange statt diesem blöden Zeug.«

Er selbst hatte Bier getrunken. Das Etikett auf der Flasche sah neben seinem leeren Glas festlich aus. Er gehe zu einem Whisky über, sagte er, wolle alle Variationen durchprobieren. »Nur Mut«, sagte er erneut.

»Okay.«

Er bestellte ihre Drinks bei dem jungen Sheehy hinter der Bar. Sein Gesichtsausdruck veränderte sich stark, wenn er sich unterhielt, war im einen Augenblick aufgeweckt und im nächsten nachdenklich. Er sprach von ihrem Parfüm, als er an ihren Tisch zurückkam, und sagte, daß es ihm gefalle. Es hieß *Junge Liebe,* sie hatte es angelegt, als sie aus der Küche heraus war, draußen auf der Straße. »Zum Wohl«, sagte er.

Sie fragte ihn, in welcher Gegend von England er wohne, ob es London sei, und er sagte nein, nördlich von Birmingham. Er erwähnte eine Kleinstadt, aber der Name sagte ihr nichts. Er sei Lagerverwalter in einer Fabrik, Ersatzteile für Rasenmäher. Er zündete sich eine Zigarette an. Damit könne man sich über Wasser halten, sagte er; es könnte ihm schlechter gehen.

»Das ist lieb von dir, daß du herkommst, um deine Mutter zu besuchen.«

»Man hat nur die eine Mutter.«

»Ja.«

»Oh, Entschuldigung.«

Sie sagte, es sei schon in Ordnung. Die meisten Leute würden sich nicht entschuldigen; die meisten Leute würden es vergessen oder sich zu spät daran erinnern und nicht wissen, was sie sagen sollten.

»Ist mit der alten Dame zur Zeit alles okay?«

Sie sagte, ja. In ihrem hundertsten Lebensjahr, sagte sie, und er nickte vor Verwunderung mit dem Kopf. Er lächelte wieder, und sie sah ihm beim Rauchen zu. *Marlboro* stand auf der Packung auf dem Tisch. Im Coffee Dock und im Ritz rauchte Carmel die ausgefallenen Afton Major. Rose auch.

»Wie ist es so in England?« fragte sie.

»Ganz gut. Man gewöhnt sich dran. Man gewöhnt sich an alles, wenn man eine Weile da ist.«

»Es gibt Leute, die sich da einsam gefühlt haben. Pat Maloney ist zurückgekommen.«

»Leuten wie Maloney kann das passieren.«

»Ich weiß nicht, ob sich die Lage hier bessert.«

Auch er wußte das nicht. Sie sagte, es sei die Rede davon gewesen, daß Bord na Móna eine Fabrik eröffne, die irgendwas mit dem Zusammenpressen von Torfmull zu tun habe.

»Das Zeug, das die Leute sich für ihren Garten kaufen«, erklärte sie. »Mein Vater hat davon gesprochen.«

»Aber sie haben einen Rückzieher gemacht, hm?«

»Sie haben es schließlich auf die lange Bank geschoben.«

»Willst du noch einen Drink?«

»Ah, nein, nein.«

Er lachte. »In dem Orangensaft sind Vitamine.«

»Dann bloß Orangensaft.«

Er lachte erneut und nahm ihr Glas und sein eigenes. Sie

beobachtete ihn an der Bar, wie lässig er mit dem jungen Sheehy umging. Carmel und Rose konnten hereinkommen; sie wünschte sich, daß es so wäre. Sie wünschte sich, daß sie zu ihrem Tisch herüberkämen und sie sagen würde, nein, der Platz ist besetzt.

»Ist das Dancetime freitags noch in Betrieb?« fragte er, als er mit ihren Drinks zurückkam.

»Freitags ist immer Disco.«

Sie wußte, daß er sie fragen würde, aber er tat es zuerst nicht. Er sah ihre Lippen an, und sie fragte sich, wie es wohl wäre, ihn zu küssen. Bei Declan Fetrick hatte sie es sich ausgemalt. Carmel hatte es zuerst nicht gefallen, als der Bursche mit den Mitessern, der auf dem Postamt arbeitete, damit anfing, als Carmel dreizehn war.

»Was meinst du, hast du Lust mit in die Disco gehen? Am Freitag, Felicia?«

»Das kann ich mir zur Zeit nicht leisten.«

»Mit mir zusammen müßtest du nichts bezahlen.«

Sie war verwirrt, obwohl sie geahnt hatte, daß er sie einladen würde. Sie spürte, wie sie rot im Gesicht wurde, und setzte sich etwas zurück, um aus dem Licht herauszukommen. Es war zwei Monate her, seit sie zum letzten Mal in der Dancetime Disco gewesen war, an dem Abend, als die Heart Stoppers da waren, dem Abend, als der kleine Crowley zum ersten Mal Interesse an Carmel gezeigt, demselben Abend, an dem Rose sich mit dem gescheiterten Kuraten von irgendwo auf dem Lande eingelassen hatte, einem Mann, der vorher nie im Dancetime aufgetaucht war und den Rose seither nicht mehr gesehen hatte.

»Das ist wunderbar, daß wir uns über den Weg gelaufen sind, Felicia.« Unter dem Tisch streifte eins seiner Knie das ihre, als er sich bewegte. »Ich bin froh, daß du nicht die Braut warst, Felicia.«

Carmel sagte, daß man nie wisse, warum man einem Mann gefalle, warum ein Mann einen auswähle. Deine dicken Arme oder deine flache Brust könnten dich zur Verzweiflung treiben, und dann stellst du fest, daß es genau das ist, was einen Mann anzieht. Connie Jo pflegte dasselbe zu sagen. Rose sagte, man könne nicht wirklich verstehen, was im Kopf eines Mannes vorgehe.

»Es wäre toll, wenn du mitkommst«, sagte Johnny Lysaght. »Wirklich toll.«

Er sagt es in einem Traum, als Felicia wieder schläft. Vier Stunden lang haben sie in der Freitagsdisco getanzt, keiner von beiden tanzte mit jemand anderem, und zweimal passierten sie die Kontrolle am Eingang und gingen zu Sheehy's. Als er ihre Hand nahm und sie um zwei Uhr morgens zusammen durch die stillen Straßen gingen, wollte sie ihm sagen, daß sie ihn liebe. Sie wollte ihm sagen, daß sie noch nie ein Junge geküßt habe. In ihrem Traum hilft er ihr durch den Stacheldrahtzaun, und er hat auf dem Feld neben dem alten Gaswerk die Arme um sie geschlungen, drückt sie an sich und sagt, daß er sie liebe. Da ist der Duft seines Rasierwassers, und er öffnet einen Knopf an seinem Hemd und führt ihre Hand auf seine warme Haut; alles an ihm ist sanft. »Du bist schön«, flüstert er. »Du bist wunderbar, Felicia.« Seine Lippen sind feucht, als er sie erneut küßt, und er schließt die Augen, als sie es tut, genau im selben Augenblick, als wären sie eins.

Dann ist ihr Traum ein anderer. Ihr Vater sagt, so weit sei es gekommen mit diesem Land, unpolierte Messingschilder, das sei eine Schande. Ihre Brüder essen schweigend. »Und wie ist Lysaght so?« fragt Rose, und Carmel kichert.

Es ist fast sieben, als Felicia aufwacht; ein schwaches, undeutliches Licht schimmert durch die dünnen Vorhänge und hebt das einzige Fenster im Zimmer hervor. Sie beobachtet, wie das Licht stärker wird, wie die Schatten sich als ein Stuhl, ein Tisch, ein Kleiderschrank, ein Waschbecken auf einem Ständer in einer Ecke abzeichnen. Auf den Vorhängen sind orangegrüne Spiralen; die graubraunen Wände sind an den Stellen fleckig, wo einmal Tesafilm geklebt hat, rosarote Farbe ist abgesprungen. Ihr Vater war bestimmt mit der *Irish Press* auf dem Rückweg von Heverin's, die schweren morgendlichen Schritte ihrer Brüder setzten gerade ein. In dem Schlafzimmer, das sie hinter sich gelassen hat, liegen die Puzzleteile über das Bettzeug und den Fußboden verstreut, und die wenigen Teile, die die Alte zusammengesteckt hatte, sind sicher auseinandergefallen, und das Puzzlebrett ist zwischen Bett und Wand gerutscht. Gleich ist die Bettpfanne an der Reihe, und ihr Vater muß nun die Alte allein hochheben. So wie immer um diese Zeit wird sie unter dem Gummilaken nach dem Klammerbeutel tasten, in dem sie ihre Rente aufbewahrt, und dann fällt ihr bestimmt ein, wie sie gestern diese unglaubliche Entdeckung gemacht hat, daß jemand etwas davon genommen hat. In der Küche brutzelt jetzt die Pfanne mit durchwachsenem Speck auf dem Herd, und kleine Fettspritzer verteilen sich auf dem weißen Emaille, auf den Eiern in ihrem Karton, die darauf warteten, gebraten zu werden.

Felicia steht auf und wäscht sich in der Zimmerecke. Sie schlüpft aus ihrem Nachthemd, ist einen Augenblick lang nackt und deshalb verlegen, so, als befände sie sich in dem Zimmer, das sie sich zu Hause mit ihrer Urgroßmutter teilt. Sie zieht sich, auch aus Gewohnheit, schnell an, bürstet dann ihr Haar und trägt Lippenstift auf. Leise macht sie die Tür auf und sucht nach der Toilette. Als sie den Flur überquert und in ihr Zimmer zurückgeht, dringt das schwache Geräusch eines Radios von unten herauf. Ein paar Minuten später geht sie in den Speiseraum hinunter, wo ein einziges Gedeck aufgelegt ist und schon ein Teller Corn-flakes bereitsteht.

Als die Frau mit den scharfen Gesichtszügen hereinkommt, sagt sie etwas übers Schlafen, und Felicia erwidert, daß sie geschlafen habe wie ein Stein. »Ist gekocht in Ordnung?« fragt die Frau, ohne die Antwort abzuwarten. Sie ist in eine enganliegende, größtenteils blaue Kittelschürze gehüllt. Sie stellt ein gekochtes Ei in einem Eierbecher und einen Teller mit Toast neben die Corn-flakes und eine metallene Teekanne auf einen Drahtuntersetzer. Felicia wird aufgefordert, sich Milch und Zucker selbst zu nehmen. »Rufen

Sie, wenn Sie irgend etwas brauchen«, setzt sie hinzu, bevor sie den Raum verläßt.

Felicia gießt sich Tee ein, ißt ihre Corn-flakes auf und streicht bedächtig Butter auf ein Stück Toast. Sie schlägt ihr Ei auf. In der Küche würde ihr Vater die Speckscheiben von der Pfanne lösen, indem er da, wo sie festhingen, mit dem Messer darunterfuhr. »So, Felicia«, hat er vor Jahren gesagt und es ihr gezeigt. Er würde Brot schneiden, um es anzubraten, und Blutwurst und Preßkopf in Scheiben schneiden. Er mag es, wenn seine Eier gewendet werden, ihre Brüder wollen sie nur von einer Seite angebraten haben.

Die Pensionswirtin erscheint wieder, um zu fragen, ob alles in Ordnung ist. Sie spricht den Rest der Summe an, auf die man sich geeinigt hat, und Felicia bezahlt den ausstehenden Betrag.

5

Von Zeit zu Zeit hält er an, bleibt am Bordstein stehen und läßt sie so weit gehen, bis er sie kaum noch sehen kann, dann fährt er wieder langsam hinter ihr her. Er weiß, wo sie hingeht, da sie bei ihrem Gespräch erklärt hat, was sie vorhat. Aber sie könnte natürlich über Nacht ihre Meinung geändert haben; er kennt das aus Erfahrung.

Tatsächlich schlägt sie den Weg zum Busbahnhof ein, genau wie sie gesagt hat, derselbe rote Mantel, dieselben beiden Tüten. Mr. Hilditch beobachtet sie noch ein paar Minuten und fährt dann weg.

Weit und breit keine Hügel. Hohe, trostlose Schornsteine stoßen heiße Wolken in einen grauen Himmel. Fabriken wirken wie Festungen, ihre Türme schützen ein antikes Reich aus Eisen und Wohlstand. Die Ziegelsteine haben überall den aufdringlichen, dunklen örtlichen Glanz angenommen. Die Beschaffenheit des Geländes hat sich unter der Last der Zweckmäßigkeit aufgelöst, seine natürliche Eigenart ist erstickt, seine Konturen sind beiseite gedrängt.

Der Bus, der Felicia durch diese Gegend fährt, ist fast leer. Frauen mit Einkaufstüten sitzen jede für sich und starren nach vorn auf den Rücken des Fahrers. Ein Kind weint ununterbrochen, die Mutter kann es nicht beruhigen. Ein Mann murmelt vor sich hin, während er in einer Zeitung blättert.

Als der Bus sich dem Rand der Stadt nähert, in der sich die Thompson Gußwarenfabrik befindet, werden die ebenen Felder entlang der Straße weniger, die Zahl der Fabriken nimmt zu, eine neben der anderen. In einer davon ist Johnny Lysaght, stellt sich Felicia vor, die Ersatzteile liegen wohlgeordnet hinter ihm in Holzschubladen und auf Regalen vom Fußboden bis an die Decke. Sie stellt ihn sich in seiner Arbeitskleidung vor, einem braunen Kittel, dasselbe Braun wie bei den Verkäufern in Multillys Haushaltswarenladen. Er sucht etwas, wonach man ihn gefragt hat, und pfeift, wie er es manchmal tut. In ihrer Vorstellung ist die Thompson Gußwarenfabrik ein Gebäude wie Queally's, das Landmaschinenlager an der Straße nach Roscrea.

»Vielleicht liegt sie etwas außerhalb«, vermutet ein Mann in Uniform am Busbahnhof und spitzt vor Unmut den Mund, weil er es nicht weiß. »Nie davon gehört, um ehrlich zu sein.«

Sie geht in die Stadt, die älter aussieht als die Stadt, aus der sie gekommen ist, in der aber die Banken und Geschäfte die gleichen Embleme tragen. Straßen ziehen sich hin, biegen und winden sich, gehen in Gassen und Wege über, haben sich das Malerische bewahrt, als wollten sie gegen die Türme und Schornsteine protestieren, die die Zufahrtsstraßen der Stadt entstellen. »Entschuldigung«, unterbricht Felicia einen Mann im Rollstuhl vor einer Teestube mit kleinen Fensterscheiben, die sich nach außen wölben. »Schieben Sie mich rein«, weist der Mann sie an. »Wir fragen mal da drin.«

Die Frau an der Kasse fragt eine vorbeikommende Serviererin, ob sie wisse, wo die Thompson Gußwarenfabrik sei. Die Serviererin schüttelt den Kopf, stellt aber den Leuten, die sie bedient, die gleiche Frage. »Thompson«, erinnert sich eine ältere Frau. »Das war früher in der Half Street.« Jemand anders aber sagt, das sei Thompson Lederwaren gewesen.

In einem Laden, wo Elektroartikel verkauft werden, weiß ein forsch auftretender Mann im grauen Anzug sofort Bescheid: Die Thompson Gußwarenfabrik sei vor zwei Jahren von einem größeren Konzern übernommen worden. Ein weiteres Opfer der Rezession, behauptet dieser Mann, daran gebe es keinen Zweifel. Man könne keinen Schritt machen, ohne daß die Rezession augenfällig sei, überall gebe es Anzeichen dafür. Als Felicia ihn fragt, ob er wisse, wie die Thompson Gußwarenfabrik jetzt heiße, sagt er, da sei er überfragt. Auf der Straße weiß es auch niemand.

So kehrt Felicia in die Teestube mit den gewölbten Fenstern zurück und trinkt eine Tasse Tee, weil man ihr dort geholfen hat. Die Tische um sie herum sind von Hausfrauen und Büroangestellten besetzt, die sich eine kleine Pause gönnen; die Serviererinnen eilen hin und her, angetrieben von der Kassiererin, die von Zeit zu Zeit die Kasse verläßt, um den Leuten einen Platz zuzuweisen. Die zwei Frauen an Felicias Tisch unterhalten sich über die unbefriedigende Ehe einer dritten. Sie sind hübsch angezogen und geschminkt und wirken jünger als sie vielleicht sind, so um die Vierzig.

»Niemand könnte mit Garth auskommen«, versichert eine von ihnen und betrachtet die fingerförmigen Butterkekse, die man auf den Tisch gestellt hat. »Dieser Mann ist gräßlich.«

»Du kennst Garth natürlich.«

»Das kann man wohl sagen.«

Felicia bemerkt, daß sie dabei ist, sich an den Akzent zu gewöhnen, und hört dem weiteren Gespräch über diesen Ehemann zu. Ihre Tüten stehen in der Nähe ihres Stuhls, wo sie sie sehen kann, wenn sie nach unten schaut. Sie hat die Geldscheine, zu denen der Sicherheitsbeamte, der sie ausgefragt hat, nichts gesagt hat, aus der Handtasche genommen und nur ein paar zurückbehalten: Den größten Teil hat sie unten in einer der Tüten in die Ärmel eines Pullovers gestopft, weil sie dort sicherer sind als in einer Handtasche, die Diebe anziehen könnte. Connie Jo hat einmal in einem Café in Dublin ihre Handtasche abgestellt, und als sie sich umdrehte, um sie aufzuheben, war sie spurlos verschwunden.

»Mit so einem kann man nicht zusammen leben«, behauptet die erste Frau. »Das hab ich immer gesagt.«

»Stehen auf Partnertausch, die Leute, mit denen Garth sich abgibt. Einmal wollten sie sie mit Bob Mather verkuppeln.«

»Nein, so was!«

»Garth glaubt, daß Beryl Mather dahintergesteckt hat.«

»Entschuldigung«, sagt Felicia zu den Frauen. »Wissen Sie vielleicht, wie die Thompson Gußwarenfabrik jetzt heißt?«

Sie sehen sie erstaunt an.

»Was?« sagt die eine.

Felicia wiederholt die Frage, und die andere Frau sagt, Thompson gebe es in der Half Street.

»Die Firma Thompson, die ich suche, ist vor zwei Jahren von einer anderen übernommen worden«, erläutert Felicia. »Sie stellt Rasenmäher her. Die Firma in der Half Street macht etwas anderes.«

Die Frauen schütteln den Kopf. Eine von ihnen sagt, sie selbst habe einen Flymo.

»Da arbeitet bloß ein Freund von mir«, erklärt Felicia. »Ich versuche, ihn zu finden.«

»Könnte überall sein«, bemerkt die Frau, die einen Flymo hat, und greift nach einem fingerförmigen Butterkeks.

»Ich weiß.«

Als die beiden Frauen aufstehen, um zu gehen, fragt Felicia die Serviererin, die ihnen die Rechnung schreibt, eine andere Serviererin als die, die ihr vorher geholfen hat. »Half Street«, sagt diese Serviererin schroff und in Eile und bemerkt nicht, daß Felicia den Kopf schüttelt. Sie fragt das Paar, das an dem Tisch neben ihrem sitzt, aber keiner von beiden hat schon einmal von der Thompson Gußwarenfabrik gehört, auch nicht in der Zeit vor der Übernahme. Sie wartet darauf, daß der Betrieb in der Teestube nachläßt, in der Hoffnung, daß die Kassiererin dann nicht so viel zu tun hat. Sie ist sich jetzt sicher, daß die Thompson Gußwarenfabrik unter ihrem neuen Namen das ist, wonach sie sucht. Sie hat da so ein Gefühl: Er wohnt in einer Stadt und arbeitet in der anderen, nichts spricht dagegen. Sie fragt sich sogar, ob er nicht so etwas gesagt hat, aber sie haben über soviel gesprochen. »Noch elf Tage«, hat er gesagt, und an jedem davon haben sie sich getroffen. Sie gingen im Oktobersonnenschein zu der Kreuzung nach Creagh und hielten Händchen in der kleinen Bar, die an Byrnes Lebensmittelladen angegliedert war. Sie liefen durch den Wald der Mandevilles zurück, weil es eine Abkürzung war und er seine Mutter nicht zu lange alleinlassen wollte, da sie ihn so selten sah.

»Die Thompson Gußwarenfabrik ist übernommen worden«, erzählt Felicia der Kassiererin, als sie ihren Tee bezahlt. »Anscheinend heißt sie jetzt anders.«

Aber diesmal sieht die Kassiererin sie verständnislos an, so, als würde sie sich nicht an ihr vorheriges Gespräch erinnern. »Ja«, sagt sie, und Felicia verläßt die von Geplauder erfüllte Teestube, läuft in den Straßen herum und fragt andere Leute.

Sie sitzt eine Weile auf einer Bank, in jeder Hand die Schnur einer Tüte, den Riemen ihrer Handtasche fest an der Brust. Sie hatten immer aufpassen müssen, daß sie seiner Mutter keine Probleme bereiteten. Als sie ins Diamond Coffee Dock gingen, suchte er für den Fall, daß sie draußen auf der Straße vorbeiging, einen Tisch im Hintergrund aus, damit sie sie nicht sah. Das würde sie aufregen, erklärte er: Vor Jahren sei sie schwer enttäuscht worden und seitdem der Liebe gegenüber mißtrauisch. Felicia kannte seine Mutter nicht näher, aber manchmal traf sie sie zufällig in einem Laden: eine kleine, müde aussehende Frau, Witwe, hatte Felicia gedacht, bis er ihr erzählte, daß sie sitzengelassen worden sei. Eine dünne weiße Linie – eine ausgeblichene Narbe – lief von unterhalb ihres linken Auges bis zu ihrem Kinn, und das war es, was einem am meisten an ihr auffiel. »Ich verstehe«, sagte Felicia, als er erklärte, daß es nichts gäbe, was er lieber getan hätte, als jetzt, da die Blätter sich färbten, länger im Wald der Mandevilles spazierenzugehen oder Stunde um Stunde in der kleinen Bar bei Byrne's zuzubringen. Aber notgedrungen konnten sie sich oft nur kurz treffen und mußten ihren Kaffee hastig trinken. Es kam sogar vor, daß er auf die Uhr blickte, wenn sie sich unten beim alten Gaswerk in den Armen lagen. »Kommst du bald wieder?« fragte sie ihn am Tag seiner Abreise im Diamond Coffee Dock, und er sagte, vielleicht zu Weihnachten. »Kann ich dir schreiben?« fragte sie, und er sagte, er gebe ihr die Adresse, obwohl er selbst kein großer Briefeschreiber sei. Auf der Tischplatte mit dem Diamantenmuster legte er seine Hand auf ihre. »Ich werde in jedem Augenblick an dich denken«, sagte er, und seine Finger drückten immer noch die ihren . »Ich werde dich in jedem Augenblick bei mir haben.« Er küßte sie auf die Lippen und kümmerte sich nicht darum, daß die Frau, die bediente, es sehen konnte, und sie fragte ihn nach der Adresse. Er wollte sie ihr gerade sagen, aber unglücklicherweise kam Shay Mulroone genau in diesem Augenblick herein. »Wie geht's?« sagte Shay Mulroone und lehnte sich in seiner Arbeitskleidung an die Wand. Sie betete darum, daß er wegginge, daß es ihm dämmerte, daß sie allein sein wollten, aber er hörte einfach nicht auf, Witze zu erzählen und zu lachen. »Gib mir eine Cola«, machte er schließlich seine Bestellung und knallte das Geld auf die Theke. »Nein, aus der Flasche«, sagte er, als die Frau begann einzugießen, und dann nahm er die Flasche, ging zur Tür und trank gleichzeitig. »Prost«, sagte er und erzählte die Geschichte eines Spechts, der in das Gepäck eines Paars auf Flitterwochen geraten war. »Mein Gott, als ich die das erste Mal gehört habe, hab ich mich vor Lachen gekringelt!«

Wenn Felicia sich an diesen Tag und Shay Mulroone erinnert, mit seiner gebrochenen Nase und seinem komischen Auge, seiner Stimme, die immer weiter schwadronierte, und seinem lauten Kichern, dann kommt wieder Verbitterung in ihr auf. Wenn Shay Mulroone nicht genau in jenem Augenblick das Coffee Dock betreten hätte, wäre es nie soweit gekommen. Sie wären in Verbindung geblieben; sie hätten einander Briefe oder Ansichtskarten – was auch immer – geschickt; vielleicht hätte sie sogar eine Telefonnummer. »Schreibst du mir bitte die Adresse auf?« hatte sie gebeten, sobald sie wieder allein waren, aber da ging alles drunter und drüber, weil der Bus in weniger als zwanzig Minuten abfuhr. »O Gott, guck mal, wie spät es ist!« Er war schon auf den Beinen, als er das sagte, und sie dachte, er würde sie jetzt sofort aufschreiben, würde in seinen Taschen nach einem Stück Papier wühlen und sich vielleicht einen Kugelschreiber von der Frau hinter der Theke leihen, aber statt dessen wurde er ganz aufgeregt wegen des Busses. Er sagte, er werde ihr, wenn er angekommen sei, als erstes die Adresse schicken. Einen Augenblick später war er weg, und ihr blieb nichts von ihm als eine leere Übelkeit, so, als wäre ihr ein Teil des Magens ausgehöhlt worden. Sie trug ihren gläsernen Kaffeebecher zu einem Tisch am Fenster und dachte, daß sie sich jeden Augenblick blamieren würde, wenn sie ihren Tränen freien Lauf ließe. Mit der Adresse, die sie nicht hatte – um die sie zunächst so zaghaft gebeten hatte, weil sie nicht aufdringlich sein wollte –, war ihr die Rettungsleine entrissen worden. Sie hatte sich nicht klargemacht, daß selbst seine Handschrift auf einem Fetzen Papier etwas gewesen wäre, das sie hätte aufbewahren können, von allem anderen ganz abgesehen. Vom Fenster aus konnte sie Dohenys Lebensmittelladen auf der anderen Seite des Platzes sehen, wo die Busse hielten. Zehn Minuten vergingen, dann kam er mit einem Koffer, neben ihm seine Mutter, Arm in Arm. Sie gingen an der Statue des Soldaten in Gamaschen vorbei, die an der zur Hauptstraße gelegenen Seite des Platzes stand, und blieben dann einen Augenblick lang stehen, um ein Auto vorbeizulassen, bevor sie ihr Ziel erreichten. Auf dem Bürgersteig vor Doheny's waren sie die einzigen Wartenden, innerhalb einer Minute traf der Bus ein und hielt langsam an, während eine neue Frage quälend in ihr aufstieg: Wie konnte er ihr seine Adresse schicken, wo er doch ihre gar nicht kannte? Sie hatte sie ihm nie gesagt, nicht einmal den Straßennamen: Auf seiner Reise würde ihm das klarwerden, aber dann wäre es zu spät. »Tschüs«, rief die Frau hinter der Theke, als sie aus dem Coffee Dock lief, aber sie war nicht fähig, etwas zu erwidern, nicht einmal eine Handbewegung zu machen. Auf der anderen Seite des Platzes setzte sich der Bus in Bewegung, das Emblem an seiner Seite – ein langgestreckter roter Setter – zog nah an ihr vorüber. Ganz kurz war sein Gesicht zu sehen, das dunkle Haar, eine Hand, erhoben zum Abschiedsgruß an die kleine, grau gekleidete Frau auf dem Bürgersteig. Das Heck des Busses war so staubig, daß sein rotweißer Lack unter verschiedenen Brauntönen verschwunden war.

»Nein«, sagt ein Postbeamter in der Stadt, in die sie gekommen ist, macht eine Pause bei der Leerung eines Briefkastens und schüttelt den Kopf. »Mir völlig unbekannt.«

Sie fragt in Läden. Sie fragt zwei Wachleute und eine Frau an einer Bushaltestelle. »Nein, das haben Sie falsch verstanden«, versichert ihr voll Überzeugung ein Mann, der dort wartet. »Ausgeschlossen, daß Thompson übernommen worden ist. Thompson hat vor zwei Jahren Pleite gemacht.«

»Gibt es hier irgendwas, wo Rasenmäher hergestellt werden?«

Der Mann sagt, bestimmt nicht, und eine Stunde später wiederholt sie ihre Frage auf einer Polizeiwache. »Gibt's hier zur Zeit irgendwas mit Rasenmähern?« ruft der wachhabende Polizist durch eine Pendeltür. Jemand, den sie nicht sehen kann, macht einen Vorschlag, aber jemand anders sagt, das gehöre der Vergangenheit an, die hätten 89 aufgehört. »Ich glaube, wir können Ihnen nicht helfen«, teilt ihr der Polizist mit und macht die Tür wieder zu.

Er hat schon bestätigt, daß die Thompson Gußwarenfabrik vor zwei Jahren Bankrott gemacht habe, aber trotzdem und trotz der Antwort seiner Kollegen sieht er in einem Branchenverzeichnis nach.

»Gibt's hier nicht«, sagt er.

Er blättert ein zweites Branchenverzeichnis durch und macht zwei Telefonanrufe, bevor sie sicher ist, noch überzeugter als vorher, daß es das, wonach sie sucht, hier nicht gibt: Rasenmäher werden in dieser Gegend nicht hergestellt. Es werden Rasenmäher verkauft; es gibt Ausstellungsräume, wo man möglicherweise auch Ersatzteile hat; vielleicht ist es so etwas, wonach sie sucht. Er gibt ihr eine Liste mit Telefonnummern, und sie verbringt die nächste Stunde in einer Telefonzelle, und es wundert sie nicht, daß sie keinen Erfolg hat. Lagerverwalter in einer Fabrik, hat er gesagt, zweifelsfrei in einer Fabrik.

»Wir können Ihnen nicht weiterhelfen«, stellt der wachhabende Polizist klar, als sie zu ihm zurückkehrt. Am besten fahre sie dorthin zurück, wo sie heute morgen hergekommen sei, schlägt er vor, da das die Stadt sei, von der ihr Freund gesprochen habe.

Ein zweiter Polizist hört das Gespräch zufällig mit an und blickt von seiner Schreibarbeit auf, um zuzustimmen. Nadel im Heuhaufen, hört Felicia einen zum anderen sagen, als sie geht.

6

Um fünf nach vier fährt Mr. Hilditch, nachdem er die Kantine früh verlassen hat, zum Busbahnhof und sucht sich einen Parkplatz, von dem aus er die Haltebuchten beobachten kann. Er ist davon überzeugt, daß sie zurückkommen wird; sobald sie einen Fehlschlag erleidet, wird sie zurückkehren, um ihre Suche in eine andere Richtung fortzusetzen. Das ist einleuchtend, aber es schließt die Möglichkeit nicht aus, daß er sie verpaßt haben könnte. Sie könnte, nachdem sie ein oder zwei Stunden lang Erkundigungen eingezogen hat, durchaus zu dem Schluß gekommen sein, daß das alles keinen Zweck hat. Den ganzen Tag über war er deswegen nervös; in der Mittagspause war er unschlüssig, ob er zum Marshring Crescent fahren und dort für den Fall, daß sie zurückkehrte, eine Weile im Auto warten sollte. Gerade erst fuhr er an Nr. 19 vorbei, aber natürlich kann man an der Fassade eines Hauses nichts ablesen.

Mr. Hilditch steckt Münzen in den Parkautomaten und wartet , daß ein Parkschein herauskommt. Leute gehen, mit Einkäufen beladen, langsam vorbei, junge Frauen, die aus Frustration ihre Kinder anschreien, und Männer, die mürrisch und schlechtgelaunt aussehen. Es gibt so viel davon, überlegt Mr. Hilditch, während er zu seinem Auto zurückgeht, so viel Gewalt auf der Welt, so viel Verdrießlichkeit. *Abstand halten!* lautet der grobe Imperativ auf einem Aufkleber im Heckfenster eines Autos. *Surfer tun es im Stehen!* sagt ein anderer. *Ich will Madonna!* lautet die Botschaft auf einem T-Shirt. Mr. Hilditch findet das alles nicht schön.

Ein Bus hält, und Mr. Hilditch beobachtet, wie die Fahrgäste aussteigen: Schulkinder, ein älteres Paar, Straßenbauarbeiter mit ihren Brotbüchsen und leeren Thermosflaschen in schmutzigen Segeltuchtaschen. Ein Langhaariger, den Mr. Hilditch oft auf der Straße sieht, läuft, so vermutet er, auf Arbeitssuche herum. Fabrikarbeiter, Männer und Frauen, kommen in einer Gruppe. Die kleine Irin ist nicht dabei.

Gebückt steht Mr. Hilditch in einem Hauseingang und denkt über sie nach. Was das Aussehen angeht, kann sie sich nicht mit Beth messen, aber das können nur sehr wenige Mädchen. Und sie ist bestimmt nicht so lebhaft wie Elsie Covington, Elsie, die immer schräg dasaß und ihre glänzenden kleinen Knie entblößt hatte und deren Lippenstift funkelte wie eine Kirsche. In der Erinnerung sieht Mr. Hilditch Elsie Covington als kunstvoll gerahmtes Bild, als wäre einmal ein Fotograf dabeigewesen, wenn sie den Filmstar herauskehrte – sie erinnerte ihn immer an Barbara Stanwyck, obwohl sie natürlich noch nie etwas von Barbara Stanwyck gehört hatte. In einem anderen schönen Rahmen sitzt ganz still Beth, ihr langes schwarzes Haar reicht bis zur Wölbung ihrer Brüste, und ihre schwarzen Schnürstiefel hören am Ansatz ihrer Oberschenkel auf. Beth mochte Schwarz. Sie malte sich unter den Augen immer schwarz an und puderte Hals und Gesicht weiß, um einen Kontrast zu schaffen. Bei Owen Owen in Coventry kauften sie ein schwarzes Kleid mit einem Oberteil aus Spitze, das erste von vielen Kleidungsstücken, die sie zusammen kauften. Ihre gesamte Unterwäsche war schwarz: Das erzählte sie ihm, als er sie bei ihrem dritten Treffen danach fragte, im Happy Eater an der A 51, am 5. November 1984, einem Montag, an dem es ein Feuerwerk gab.

Mit der kleinen Irin kommen die Erinnerungen, wie mit jeder neuen Freundin, das leuchtet ein. Der »Pfad der Erinnerung« liegt immer im Schatten oder sogar in völliger Dunkelheit, bis etwas geschieht, und die Lampen eingeschaltet werden. Mr. Hilditch denkt gern auf diese Art daran; er nennt es gern den »Pfad der Erinnerung«, obwohl er das natürlich nicht laut sagen würde. Gewisse Dinge sagt man nicht laut; und gewisse Dinge sagt man nicht einmal zu sich, läßt sie am besten ruhen, vergißt sie. Oft hat er nachts wach gelegen und die funkelnden Erinnerungen herbeigezwungen – die dahintreibenden Schnappschüsse von Elsie, Beth und den anderen: Elsie, die Hand erhoben, um Aufmerksamkeit zu erregen,

Beth in einem gelben Pullover, Sharon, wie sie im Little Chef in Frimley aus der Damentoilette kommt, Gaye, wie sie vor den Ausstellungsräumen des Elektrogeschäfts in Market Drayton auf ihn wartet, Jakki, wie sie sich im Auto eine Zigarette anzündet.

Die Busse, nach denen er Ausschau hält, kommen nur alle vierzig Minuten, aber die Wartezeit macht ihm nichts aus, weil die Erinnerung sanft durch seine Sinne streift. Der Geschäftsführer eines Kinos, im Abendanzug, wirft Beth im Foyer ein Lächeln zu: In Leicester ist das gewesen, *Der rosarote Panther kehrt zurück.* Im Restful Tray in Southam grinst ein Junge Elsie von weitem an und versucht, ihre Bekanntschaft zu machen, und sie bedeutet ihm über die Tische hinweg, daß sie verlobt sei.

Jakki will einmal in die Kirche gehen, in ihrer religiösen Phase, und sie gehen in eine Baptistenkirche in Coalville. In einer Raststätte an der M 6 wird ein Junge Gaye gegenüber zudringlich; er ist nicht größer als 1,50 Meter, mit einem Ohrring in Form eines Rasiermessers und kahlrasiertem Kopf, untersetzt, ein Unruhestifter, der nach Alkohol riecht. In der Raststätte in der Nähe von Loughborough sagt Beth während des gesamten Essens kein Wort, nicht daß sie schlechte Laune hat, sie ist nur nachdenklich, wozu jedes Mädchen ein Recht hätte. »Five Foot Two, Eyes of Blue«: Daran erinnert Beth ihn immer, der muntere, kurze Rhythmus paßt irgendwie zu der Erinnerung an sie.

Ein weiterer Bus kommt an. Mit der kleinen Irin.

Felicia tritt in die Menschenmenge und läßt ihren Blick schweifen. Die Busse stehen aufgereiht in Gruppen mit unterschiedlichen Farben schräg in den Haltebuchten, ihre Bestimmungsorte sind angezeigt, die wartenden Fahrer stehen herum. Zuspätkommende werden durch das gelegentliche Starten eines Motors zur Eile angetrieben; wer schon sitzt, ist ungeduldig. *The Friendly Midland Red, Midland Fox, Chambers' Coaches, Townabout* sind wiederkehrende Namen.

Felicia will, daß ihr Freund aus einem der eben eingetroffenen Busse steigt, aber er tut es nicht; auch in der Menschenmenge kann sie ihn nirgends erblicken. Zum ersten Mal fragt sie sich, ob sie nicht einfach wieder nach Hause fahren sollte und wie es wohl wäre, in die Küche zu kommen und ihrem Vater und ihren Brüdern gegenüberzutreten. Auf der Suche nach einem Hinweis darauf, wo sie sich aufhält, haben sie inzwischen bestimmt die Briefe entdeckt, die sie mitnehmen wollte, aber aus Versehen liegengelassen hatte: lange, kritzelige Briefe, die sie geschrieben hatte, obwohl sie nicht abgeschickt werden konnten. Jeden Abend schrieb sie in der Abgeschiedenheit des Schlafzimmers, während die Alte döste oder über einem neuen Puzzle grübelte, schrieb das auf, was ihn ihrer Meinung nach interessieren könnte: daß Miss Horish von der Technischen Fachschule mit ihrem Auto rückwärts gegen eine Zapfsäule von Aldritts Tankstelle gefahren ist; daß Aidan – auf Drängen von Connie Jo und Connie Jos Eltern – schon seinen Beruf aufgegeben hat und nun im McGrattan Street Kinderwagen- und Fahrradladen aushilft; daß der Vertreter von Pond's betrunken in der Drogerie herumgetorkelt ist; daß Cuneen, der Verkäufer mit dem zu kurzen Bein, bei Chawke's wegen gefälschter Abrechnungen rausgeflogen ist. Sie legte einen Kalender für die Tage bis Weihnachten an, weil er davon gesprochen hatte, daß er dann, mit ein bißchen Glück, zurücksein könnte. Sie strich jeden einzelnen Tag aus, der verging, und schrieb dann, als nur noch neunzehn Tage übriggeblieben waren, einen Brief, der sich von allen vorherigen unterschied ... *Es ist ein Problem, aber es ist nun mal passiert. Ich habe im ersten Monat meine Tage nicht gekriegt, und diesen Monat auch nicht. Es besteht kein Zweifel, Johnny. Ich habe gedacht, daß es daran liegen könnte, wie wir zusammenwaren, aber das ist jetzt etwas anderes. Weihnachten werde ich im dritten Monat sein, und dann müssen wir uns entscheiden, was wir tun wollen...*

Dieser Brief – der letzte, den sie geschrieben hat – liegt mit den anderen unter ihrer Muschelsammlung in der weißen

Kommode neben ihrem Bett versteckt. In der Nacht, in der sie ihm geschrieben hat, hat sie noch Stunden später wach gelegen und sich gewünscht, von all ihren Briefen wenigstens diesen einen abschicken zu können. Das Abfassen der anderen – zu denen ihr die Sätze einfielen, während sie einkaufen war oder den Haushalt erledigte – war ein Trost gewesen; das Problem, das sie nun zu Papier gebracht hatte, machte ihr, einmal niedergeschrieben, zusätzlich Angst. Als sie schlaflos dalag, nachdem sie den Brief beendet hatte, versuchte sie, bessere Worte zu finden als die, die sie benutzt hatte, versuchte, ihn versöhnlicher zu formulieren. Aber da war nur die Kirchenglocke, die ein Uhr schlug, dann zwei, drei und vier, und das wäßrige Glucksen der Alten, das Knarren des Bettrosts, wenn sie versuchte, sich zu bewegen, das plötzliche Ringen nach Luft und dann der wieder regelmäßig werdende Atem. Als sie noch jünger war, hatte Felicia Angst, daß ihre Urgroßmutter im Schlaf sterben würde, daß sie am Morgen weiß und reglos daläge und sie aus toten Augen anstarrte.

Zwischen den wartenden Bussen kehrt die Melancholie jener langen Nacht zurück, und Felicia ist so niedergeschlagen wie damals – schlimmer als auf der Fähre oder in dem trostlosen Raum, wo der Sicherheitsbeamte sie befragt hat, oder als sie in dem Zug aufgewacht ist und nicht gewußt hat, wo sie ist, schlimmer als in dem Augenblick, da der Polizist von einer Nadel im Heuhaufen gesprochen hat. Während sie ihren Blick über die Gesichter um sie herum schweifen läßt, hat sie wieder das Gefühl, bestraft zu werden, das sie zum ersten Mal in der Nacht überkommen hat, als sie ihren letzten Brief schrieb: daß sie zur Ordnung gerufen wird, daß sie für das Glück, dem sie sich so leichtfertig hingegeben hat, zur Rechenschaft gezogen wird. »Mach dir darüber keine Sorgen«, hatte er sie einmal beruhigt, als sie durch den Wald der Mandevilles liefen. »Da passe ich schon auf.« Sie bekam einen roten Kopf, als er das sagte, aber sie war froh, daß er es getan hatte. »Da ist nichts Schlimmes dabei«, murmelte er und setzte hinzu, daß nichts Schlimmes dabei sei, wenn zwei Menschen sich liebten. Und dennoch hatte sie in der Nacht, in der sie den Brief schrieb, das Gefühl, daß vielleicht doch etwas Schlimmes vorgefallen war: die altmodische Sünde, die man bekennen mußte, wenn man zur Beichte ging; die Sünde der Begierde, die Sünde der Ungeduld. Und warum hätte sie glauben sollen, daß das Glück, das seine Liebe ihr geschenkt hatte, ihr zustand und nichts kostete?

Wenn sie jetzt zurückkehrt, wird sie wieder in jenem Schlafzimmer aufwachen. Wieder wird sie die Morgendämmerung in derselben Verzweiflung antreffen, sie wird mit derselben Lustlosigkeit aufstehen, wenn die Glocke sechs schlägt und ein neuer Tag beginnt. Die enge Treppe wird wieder dienstags geputzt, die Bettlaken der Alten am Wochenende gewechselt. Wenn sie jetzt zurückkehrt, wird der Blick ihres Vaters immer noch anklagend sein, ihre Brüder werden mit Rache drohen. Connie Jo wird bereuen, daß sie in eine Familie eingeheiratet hat, die einer unehelichen Geburt entgegensieht. Auf der Straße wird man sie interessiert oder unfreundlich anblicken. Mein Gott, bist du blöd, wird Carmel sagen, und Rose wird fragen, ob sie denn von gestern sei?

Nur ihr Zusammensein, nur ihre Liebe kann sie retten: Das weiß sie ganz genau. Sie wußte es schon, als Weihnachten vorbeigegangen und er nicht zurückgekommen war. Sie wußte es während der Schneefälle im Januar; sie wußte es, als die erste Februarwoche mit stürmischem Wetter begann und sie seine Mutter besuchen ging. »Ich bin eine Freundin von Johnny, Mrs. Lysaght«: Als sie jetzt mit ihren Tüten dasteht und sich ohne Hoffnung umsieht, hört sie das Echo ihrer Nervosität, das Stottern ihrer Stimme.

Liegt es daran, daß die Wirklichkeit so weit weg ist, daß die Erinnerung so eine Macht hat, und schärft der Abstand den Blick für die Vergangenheit? Der starre Blick seiner Mutter, kühl vor Argwohn und Mißtrauen, wie sie zunächst nichts sagte und bereit zu sein schien, aus einer Laune heraus ihre Haustür zuzumachen. Wie seine Mutter sie fragte, was sie wolle, und eine dumpfe Neugier geweckt wurde. Dann wurde die Tür aufgehalten; der schmale Gang, der Weg zur Küche. »Ja?« sagte seine Mutter, und der weiße Streifen der Narbe unter ihrem Auge fiel in dem besseren Licht noch mehr auf. Bitter wie Galle nannten die Leute diese Frau.

Die Zahl der Leute im Busbahnhof nimmt ab, aber Felicia steht immer noch da, wo sie Posten bezogen hat, neben einem Erfrischungsstand, der geschlossen ist. Es kommen keine Busse mehr an, und es sind nur noch ein paar übrig, die darauf warten loszufahren. So deutlich, wie sie die Busse sieht, kann sie auch die beiden Gestalten in der Küche seiner Mutter sehen; so deutlich, wie sie die Stimmen und das Lachen der Leute hört, die in der Nähe vorbeigehen, kann sie auch die Stimme seiner Mutter und ihre eigene hören.

»Ich wollte nur gern wissen, ob Sie Johnnys Adresse haben.«

»Was willst du von Johnny?«

»Bloß einen Brief schreiben, Mrs. Lysaght.«

»Mein Sohn würde nicht wollen, daß alle Welt seine Adresse erfährt.«

»Es wäre in Ordnung, sie mir zu geben, Mrs. Lysaght.«

»Ich werde ihm selber schreiben. Ich werde ihm sagen, daß du vorbeigeschaut hast.«

Seine Mutter wußte, wer sie war: Sie sagte es nicht, aber Felicia konnte es sehen. Sie kannte ihren Namen und wußte, daß ihr Vater im Klostergarten arbeitete und seine Großmutter noch am Leben war, fast hundert Jahre alt. Allein dadurch, daß man in ihrer unmittelbaren Nähe war, konnte man sehen, daß sie eine Frau war, die alles wußte.

»Er hätte nichts dagegen, daß Sie mir die Adresse geben.«

»Warum?«

»Ich weiß, daß es so ist.«

»Aber er hat sie dir nicht selber gegeben?«

Felicia fing an zu stottern. Mrs. Lysaght setzte sich hin. Sie faßte sich mit einer Hand unten an den Bauch, so, als wäre dort irgendein Schmerz aufgetreten.

»Ich hab noch was anderes zu tun«, sagte sie und stand

nicht sofort, aber einen Augenblick später wieder auf, noch bevor Felicia sich fassen konnte. Sie ging auf den Gang zu, der zu ihrer Haustür führte.

»Ich weiß, daß er nichts dagegen hätte«, sagte Felicia erneut. Sie spürte eine Hitzewallung im Gesicht, die bis in die Haarwurzeln kribbelte. »Ich brauche die Adresse dringend.«

»Johnny hat hier seine eigenen Freunde, Cathal Kelly, Shay Mulroone und solche Jungs. Ich kann mich nicht erinnern, daß er jemanden wie dich erwähnt hat.«

»Ich brauche die Adresse, Mrs. Lysaght.«

Da ließ sich Felicias Dilemma an Mrs. Lysaghts Zügen ablesen. Ihr Mund sackte herunter; Abscheu schlich sich in die Kälte ihres Blicks.

»Laß meinen Sohn in Ruhe.« Sie sprach ohne Gefühlsregung. »Laß ihn gehen.«

»Alles, was ich will, ist, Kontakt zu ihm aufnehmen.«

»Du hast genug Kontakt mit ihm gehabt.«

Aber Mrs. Lysaght ging nicht aus der Küche, wie sie es vorgehabt hatte. Sie blieb in der Tür stehen und führte kurz darauf die Finger der rechten Hand zu der Narbe im Gesicht.

»Es geht mir nicht gut«, sagte sie.

»Das tut mir leid, Mrs. Lysaght.«

»Deshalb kommt er her. Weil es mir nicht gutgeht.«

»Ich wußte nicht...«

»Wenn der Mann, der die Miete kassiert, freitags kommt, kann ich sehen, wie er mich anschaut. Seit Johnny hier keine Arbeit finden konnte, bin ich nicht auf der Höhe. Der schlimmste Tag meines Lebens.«

Felicia schüttelte den Kopf und suchte nach Worten, aber ihr fiel nichts ein. Auf dem Kaminsims, eingeklemmt zwischen einer chinesischen Porzellandose und der Wand, konnte sie ein Bündel Briefe und Ansichtskarten sehen und ahnte, von wem sie waren. Da würde die Adresse stehen.

»Ich hab's gewußt«, sagte Mrs. Lysaght, »schon beim ersten Mal, als er mit dir ausgegangen ist. Ich denke, ich geh mal ein bißchen an die frische Luft, hat er gesagt, und als er wieder heimgekommen ist, hat er gesagt, daß er sich mit Cathal Kelly getroffen hat. Einmal ist er, nachdem er hier zu Besuch gewesen ist, auf der Heimreise in Dublin gesehen worden, wie er mit einem Mädchen aus einer Eisdiele gekommen ist. Ich habe davon erfahren und es zur Sprache gebracht. Er hat gelacht. Eine Verwechslung, hat er gesagt. Sie würden alles tun«, setzte Mrs. Lysaght hinzu, als hätte sie vergessen, mit wem sie sprach, »wenn ihnen ein Junge erst einmal ins Netz gegangen ist. Zuckersüß, und dann werden sie zu Nattern.«

Ihre Finger glitten langsam über die Narbe auf ihrer Wange. »Würden keiner Fliege etwas zuleide tun«, sagte sie, »bis der Augenblick gekommen ist. Was ist mit Johnny? hab ich zu seinem Vater gesagt. Er hat dagestanden, gerade aus dem Regen reingekommen, das Wasser ist auf den Fußboden getropft, einen Schritt von da, wo du jetzt stehst. Bedeutet Johnny dir gar nichts? hab ich gefragt, und er hat bloß weggeguckt, eine Wasserlache um seine Füße. Hör mal, hab ich gesagt, aber wozu sollte er zuhören? Er wollte weg, und warum sollte er da noch zuhören? Du kriegst regelmäßig Geld, hat er gesagt. Das ist alles, was ihm eingefallen ist. Vier Jahre verheiratet, zwei Fehlgeburten vor Johnny, und dann verläßt einen der Mann. Da, hab ich zu ihm gesagt und das Brotmesser vom Tisch genommen. Mach mit mir, was du willst. Der letzte Dreck, diese Frau, zu der du gehst. Ich hab ihm das Messer hingehalten, aber er hat sich nicht gerührt. Also hab ich es selber hochgehoben und beobachtet, wie er mich betrachtet hat. Und da ist die Spitze ins Fleisch eingedrungen, und ich hab es fest nach unten gezogen.«

Mrs. Lysaght drehte sich um und verließ die Küche, als sie das gesagt hatte, und Felicia folgte ihr.

»Wenn ich Ihnen einen Brief geben würde, würden Sie ihn für mich weiterleiten, Mrs. Lysaght?«

Mrs. Lysaght machte die Haustür auf, und da Felicia keine Antwort erhalten hatte, wiederholte sie ihre Bitte. Sie würde den Umschlag frankieren lassen, versprach sie. Er müßte nur noch mit der Adresse versehen werden.

»Also gut«, stimmte Mrs. Lysaght endlich zu.

Aber als zehn und dann vierzehn Tage ohne eine Antwort vergangen waren, wußte Felicia, daß der Brief nicht abgeschickt worden war. Er war nicht abgeschickt worden, weil seine Mutter sie haßte. Johnny wurde seiner Mutter weggenommen, genauso wie eine Frau ihr den Mann weggenommen hatte: So sah es seine Mutter. Sie hatte den Brief bestimmt gelesen und dann wahrscheinlich verbrannt.

Als Felicia den Kiosk, in dessen Nähe sie gestanden hat, verläßt, fragt sie sich, ob seine Mutter ahnt, wo sie jetzt ist, und ob sie sie noch mehr haßt, wenn sie es weiß. Sie fragt sich, ob seine Mutter den Besuch erwähnt hat, als sie selbst ihm geschrieben hat, und glaubt, daß sie es nicht getan hat. Warum sollte sie, da es nicht in ihrem Interesse liegt, da sie nichts davon hat? Er hat nie gesagt, daß es seiner Mutter nicht gutgeht; das erklärt, warum er sich Sorgen um sie macht.

»Ich hab mir Sorgen um Sie gemacht«, sagt eine Stimme, und das bebrillte Gesicht des dicken Mannes, der ihr gestern geholfen hat, taucht in einem Hauseingang auf. Er spricht leise, seine Miene ist so besorgt, wie er behauptet, und Felicia ist verwirrt von seinem plötzlichen Erscheinen und dem, was er sagt. Im Laufe des Tages, fährt er fort, habe er Erkundigungen über die Thompson Gußwarenfabrik eingezogen und festgestellt, daß man sie auf die falsche Fährte gesetzt habe. Das habe ihn so geärgert, daß er herumgefragt und schließlich die einzige Fabrik in einer vertretbaren Entfernung ausfindig gemacht habe, die in Frage komme. Dort würden Rasenmäher mit einem Briggs and Stratton-Motor hergestellt, mit einem Aufbau , der im Werk gegossen werde, und Sheffield-Schermessern, rotierend oder zylindrisch.

»Ich glaube, das ist es, wonach Sie suchen«, sagt er. »Ich hab vom Büro aus mit Ada telefoniert, und sie hat gesagt, ich soll am Busbahnhof vorbeischauen, damit ich Sie erwische, wenn Sie zurückkommen. Als ich Ada gestern abend erzählt habe, was für ein Problem Sie haben, hat sie sich bei dem Gedanken, daß Sie so allein umherziehen, Sorgen gemacht.«

Er steht da, in eine Ecke des Hauseingangs gedrängt, in den Schaufenstern zu beiden Seiten sind Schuhe ausgestellt. Seine Stimme ist nicht mehr als ein Flüstern, nicht wie gestern, als sie ihn angesprochen hat, um zu fragen, ob sie hier richtig sei, oder als er aus seinem Auto zu ihr herübergerufen hat. Ada sei seine Frau, sagt er, eine warmherzige Frau.

»Es ist bloß so, daß sie gut fünfzig Meilen von hier entfernt ist.«

Sie beginnt, den Kopf zu schütteln, aber er sagt, es gebe viele, die hier wohnen und jeden Tag so weit fahren würden. Es gebe keinen Grund, warum ihr Freund das nicht auch tun sollte. Ein Mädchen im Büro habe das alles überprüft: Ein Teil der Leute würde jeden Tag mehr als sechzig Meilen fahren.

»Sie gehen in Orten zur Arbeit wie dem, an dem sie heute kein Glück hatten, oder dem, von dem ich gerade spreche. Und kommen nur zum Schlafen hierher zurück.«

»Ja, ich verstehe. Das hab ich herausgekriegt.«

Er hat einen pfeifenden Atem, ein Hauch auf seinen Lippen, kaum zu hören. Als er wieder spricht, hört das Pfeifen auf.

»Was ich Ihnen sagen wollte«, erklärt er, »meine Frau und ich müssen morgen früh dorthin fahren. Was ich damit sagen will, ist, daß Sie herzlich eingeladen sind, in unserer kleinen Klapperkiste mitzufahren.« Er lacht, und das überschüssige Fleisch in seinem Gesicht und am Hals wabbelt und kommt dann wieder zur Ruhe.

»Oh, ich glaube nicht, daß ich...«

»Nein, natürlich nicht. Natürlich nicht. Es ist nur so, daß Ada gesagt hat, daß ich es ansprechen sollte. Aber ich habe sie daran erinnert, daß wir früh losmüssen. Sie würden wahrscheinlich nicht so früh loswollen.«

»Ihre Frau...«

»Ada ist krank. Ich muß sie da in ein Krankenhaus bringen. Zu einem Spezialisten.«

»Wenn Sie mir einfach den Namen der Fabrik geben könnten«, beginnt Felicia, wird aber sofort durch den Zweifel unterbrochen, der sich in den rundlichen Gesichtszügen im Schatten des Hauseingangs breitmacht.

»Das ist schwierig. Das Mädchen hat mir Name und Adresse auf einem Zettelchen notiert, aber das hab ich unglücklicherweise im Büro liegenlassen. Wenn die Putzfrauen kommen, wollte ich noch mal anrufen, dann könnten die es mir vorlesen. Aber dazu besteht kein Anlaß, wenn Sie nicht bereit sind, so früh loszufahren.«

»Wenn Sie mir einfach den Namen der Stadt sagen könnten...«

»Sie würden die ganze Zeit überall suchen. Da gibt es über einhundertfünfzig Betriebe, in denen Sie fragen müßten, eher zweihundert. Na ja, vielleicht laufen wir uns bald wieder über den Weg, und ich gebe Ihnen dann die Information. Ich muß jetzt gehen und sehen, wie Ada den Tag verbracht hat.« Er tritt aus dem Hauseingang und geht los.

Schnell sagt Felicia:

»Könnte ich mitfahren?«

»Punkt halb sieben wegen Ada, die als erstes ins Krankenhaus muß. Tut mir leid.«

»Halb sieben ist in Ordnung.«

»Wir holen Sie am Marshring ab. An der Kreuzung von Crescent und Avenue.«

Er lächelt und nickt. Er werde nicht vergessen, die Putzfrauen anzurufen, verspricht er und schlendert davon. Felicia beobachtet, wie seine plumpe Gestalt auf dem Parkplatz verschwindet, bevor sie seinen Platz im Hauseingang einnimmt und ihr Blick auf der Suche nach Johnny Lysaght wieder über die Menge schweift.

7

Im Haus ist es still und dunkel. Es gibt kein Haustier, das die Heimkehr seines einzigen Bewohners bezeugen könnte, keinen Goldfisch und keinen Vogel. Ein Schlüssel dreht sich im Schubriegelschloß, ein zweiter klickt in dem Yale-Schloß. Der geräumige Flur ist erleuchtet, ein hingehauchtes Pfeifen setzt ein.

Mr. Hilditch hängt seinen Regenmantel an die Flurgarderobe und betrachtet sich flüchtig in dem dazugehörigen achteckigen Spiegel. Unwillkürlich hebt er eine Hand und betupft an einer Stelle sein kurzes Haar. Die Ahnen fremder Leute betrachten ihn von den Porträts, die er im Laufe der Jahre gekauft hat, eine Galerie von Fremden, die nicht mehr fremd sind. In seiner Küche trägt er die Zutaten für eine Mahlzeit zusammen.

Der Schauder der Erregung, der ihn den ganzen Tag begleitet hat, ist jetzt, da er erneut mit der kleinen Irin gesprochen hat, noch stärker: Nie zuvor ist ein Mädchen seinem Zuhause so nah gewesen wie dieses, ein Mädchen, das ihn sogar auf dem Fabrikgelände angesprochen hat. Elsie Covington war in Uttoxeter aufgetaucht, Beth in Wolverhampton, Gaye in Market Drayton. Bei Sharon war es Wigston; bei Jakki Walsall. Alle kamen, genau wie die kleine Irin, von weit her und wollten woanders hin, hatten in den meisten Fällen kein festes Ziel. Man macht sich zur Regel, sein Haus da herauszuhalten, nicht im Ort einzukaufen, wie es so schön heißt; man gibt sich größte Mühe, diese Regel einzuhalten, aber diesmal ist es einfach passiert. Das Obst fällt von einem Baum, den man nicht einmal geschüttelt hat; es kommt einem wie etwas Schicksalhaftes vor. Und Mr. Hilditch verspürt eine Verheißung, die vielleicht damit zu tun hat, daß sie ihn angesprochen hat und nicht er sie: Diese Beziehung ist dazu bestimmt, etwas Besonderes zu sein.

Die Erinnerungsschnappschüsse setzen wieder ein: wie er an den Wochenenden in Städten und an Orten auftaucht, wo niemand weiß, daß er Hilditch, der Kantinenleiter ist; wie er von einer günstigen Stelle aus in der Nähe einer Disco, die gleich zumacht, Ausschau hält oder einfach irgendwo auf gut Glück geparkt hat; die Autobahnen rauf und runter, mit wachsamem Auge auf die Auffahrten, für den Fall, daß dort ein anderes Fahrzeug ist, an dem man dranbleiben sollte; väterliche Gespräche mit Serviererinnen in Frühstückspensionen, bei denen er Einladungen ausspricht, die aber nur selten angenommen werden.

Mr. Hilditch fragt sich, ob der Bruch seiner penibel eingehaltenen Regel irgendwie mit der Tatsache zusammenhängt, daß die kleine Irin von so weit her kommt, sozusagen Ausländerin ist, was zum ersten Mal passiert. Sie ist von der Laufkundschaft die Beste, mehr als nur ein neues Gesicht für das Burger King an der A 522, die Raststätte in Forest East oder das Little Chef in Long Eaton. Was auch immer der Grund für sein eigenes Verhalten sein mag, er findet die Umstände aufregend, die ihm präsentiert worden sind, und bedauert nur, daß auch die Kürze der Begegnungen ein fester Bestandteil dieser Beziehung ist. Vielleicht, denkt er, während er ein Pfund Rosenkohl putzt, muß so eine vollkommene Freundschaft aussehen, ohne langes Zusammensein, damit sie ihre Qualität nicht verliert.

Während er das Steak brät, das er auf dem Heimweg bei Tesco's gekauft hat und Kartoffeln und Rosenkohl abtropfen läßt, versucht er erfolglos die Züge des Mädchens im Bewußtsein zu behalten. Er deckt den Tisch und bringt Pfeffer, Salz und ein paar Scheiben Mother's Pride auf einem Beistelltisch herein. Abends ißt er immer im Eßzimmer.

Während er darauf wartet, daß das Steak fertig wird, lädt er zwei Biskuittörtchen auf einen Teller, gießt Sahne darüber und bestreut sie mit einem Löffelvoll Zucker. Mit den Biskuittörtchen bringt er auch seine Keksdose zu dem langen Mahagonitisch – Doppelkekse mit Himbeer- oder Mokkacremefüllung, Schokoladenkekse, Feigenplätzchen, ein paar KitKats. Als Musik erklingt leise der »Bugle Call Rag«.

Sie wandert umher und betrachtet immer noch die Gesichter auf dem Bürgersteig. Wenn der Mann ihr nicht von der Fabrik erzählt hätte, wenn er nicht so überzeugt geklungen hätte, hätte sie sich inzwischen vielleicht gesagt, daß sie trotz allem, was sie dort erwartet, nach Hause fahren sollte. Erneut fragt sie sich, was sie jetzt wohl denken, welche Schlußfolgerungen sie gezogen haben. Fürchten sie sich vor ihrer Rückkehr genauso, wie sie sich davor fürchtet? Plötzlich hat sie diese Idee, ohne daß sie ihr vorher je in den Sinn gekommen ist. Hoffen sie, daß sie für immer gegangen ist? Bittet Mrs. Lysaght in ihren Gebeten darum, daß sie verschwunden oder sogar tot sein möge?

»Bist du mit dem jungen Lysaght ausgegangen?« hat ihr Vater gefragt, nur ein paar Stunden, nachdem sie Mrs. Lysaght den Brief in einem frankierten Umschlag ausgehändigt hatte. »Vor einer Weile?« fuhr ihr Vater fort, und sein Ton deutete darauf hin, daß noch mehr auf sie zukam. »Im Oktober?«

Ein Mann auf der Straße fragt sie etwas und lächelt sie an. Sie versteht ihn nicht; sie antwortet nicht. Sie hat auch nicht geantwortet, als ihr Vater ihr jene Fragen gestellt hat. Sie polierte gerade Messing neben dem Spülbecken, Zierat und Aschenbecher, die ihr Vater gern glänzen sah, genau wie die Messingschilder an den Haustüren der Leute. »So um die Hochzeit herum?« fragte er beharrlich.

»Ich kenne Johnny Lysaght«, sagte sie. Sie beugte den Kopf über eine Figur, die aus drei Affen bestand, die sich mit den Pfoten Mund, Ohren oder Augen zuhielten. Der Fernseher, der vorher lief, war abgeschaltet worden.

»Und bist du mit ihm ausgegangen?«

»Ja.«

»Ich würde diesem Kerl aus dem Weg gehen«, sagte ihr Vater. »Ich würde mit einem anderen jungen Burschen ausgehen.«

»Wie meinst du das?«

»Man erzählt sich gewisse Dinge über Lysaght.« Ihr Vater streckte Felicia seinen grauhaarigen Kopf entgegen, eine

Gewohnheit, die er hatte, wenn er ernst war oder Wert darauf legte, verstanden zu werden. »Ich behaupte nicht, daß man das alles für bare Münze nehmen muß. Alles, was ich sage, ist, daß man gewisse Dinge von ihm behauptet.«

»Was für Dinge?«

»Daß er zur britischen Armee gegangen ist.«

»Johnny arbeitet im Lager einer Fabrik. Ersatzteile für Rasenmäher.«

Er nickte langsam und nachdenklich, als wäre er ihrer Meinung. Er runzelte die Stirn etwas, wozu er neigte, wenn er sich bemühte, äußerste Sorgfalt walten zu lassen. Er machte gerne alles ganz genau.

»Es wäre nur verständlich, wenn er das mit der Armee für sich behält.«

»Er arbeitet in einer Lagerhalle.«

Ihr Vater nickte genauso langsam weiter, und als er sprach, tat er das auch in aller Gelassenheit. Er frage sich, bemerkte er, wie etwas entstehen könne, das jeglicher Grundlage entbehre, und setzte hinzu:

»Es gibt hier in der Gegend bessere Jungs als den, Kleines. Irische Jungs gehören nach Irland.«

»Johnny ist nach England gegangen, weil er hier keine Arbeit gekriegt hat.«

»Ein Angehöriger der britischen Streitkräfte könnte in den Norden geschickt werden. Man könnte ihn dazu bringen, unsere eigenen Landsleute zu töten.«

»Johnny ist in keiner Armee. Das hast du über jemand anderen gehört.«

»Es gibt jede Menge anständige irische Jungs, mit denen du in Sheehys Gastwirtschaft gehen könntest, Kleines. Das ist alles, was ich dir sage.«

Dann trat Schweigen in der Küche ein. Ihr Vater saß aufrecht und gerade auf seinem Stuhl, die Hände ganz ruhig, und starrte vor sich hin. Felicia nahm einen anderen Messinggegenstand.

»Johnny und ich, wir lieben uns.« Sie brachte die Worte

mit tonloser Stimme hervor, nachdem mehrere Minuten verstrichen waren. Sie hörte nicht auf, das Messing zu polieren, während sie sprach. »Daran kann niemand etwas ändern.«

Ihr Vater erwiderte nichts. Wenn sie noch gearbeitet hätte, hätte sie vielleicht mit einer der Frauen in der Slieve Bloom Fleischfabrik über ihre Notlage geredet, in der sie sich befand, eine Notlage, die man nicht in der Küche zur Sprache bringen konnte. Sie erinnerte sich an die gedämpften Stimmen der Frauen, wenn sie von so einem Dilemma sprachen oder ihre Witze darüber machten. Sie hätte sagen können, eine Freundin sei in Schwierigkeiten, irgendwas in der Art hätte ausgereicht. Statt dessen hatte sie immer noch niemandem erzählt, daß ihr jeden Morgen pünktlich um elf Uhr schlecht wurde. Weder Carmel noch Rose, weder Connie Jo noch Schwester Benedikta, die sich ihre Probleme immer anhörte; und natürlich nicht ihren Brüdern. Allein der Gedanke, sich jemandem anzuvertrauen, den sie gut kannte, machte sie furchtbar nervös und verursachte ein Kribbeln auf der Haut.

Aber während sie an jenem Abend darauf wartete, daß ihr Vater Johnny Lysaght weiter verurteilte, und vielleicht, weil ihr die Frauen aus der Konservenfabrik eingefallen waren, erinnerte sie sich an Miss Furey. »Du bist noch ein Kind, Felicia«, sagte ihr Vater schließlich, bereits auf den Beinen und auf dem Weg in die Küche. Er blieb zögernd an der Tür stehen, als wollte er noch etwas sagen, aber genau in jenem Augenblick kehrten ihre Brüder aus Myles Bradys Bar zurück und setzten sich an den Tisch, um ein paar Scheiben Weißbrot mit Streichkäse zu essen, was sie jeden Abend um diese Zeit taten. Ihr Vater machte die Tür hinter sich zu.

Hätte sie sich ihrer Mutter anvertrauen können? Hätte sie ihr alles gebeichtet und gesagt, daß ihr ein Fehltritt unterlaufen sei, daß kein Zweifel bestehe? Wäre ihre Mutter in Schweigen verfallen, und hätte sie ihre Enttäuschung nicht verbergen können, hätte sie sogar eine Weile geweint, dann aber gewußt, was zu tun war? Hätte sie selbst geweint und wäre schließlich getröstet worden?

Sie drängt sich in eine Gastwirtschaft namens Pride of Lions und denkt immer noch darüber nach. Es ist voll und laut: Die Gäste sind vor Lachen und guter Laune ganz rot im Gesicht; die Kellnerinnen eilen mit Gläsern hin und her. Die Theke ist aus braunem Marmor, grüngrau gefleckt. An den Wänden hängen mit Schirmen versehene Lampen zwischen Spiegeln in dunklen Rahmen, und die Bänke, die darunter stehen, sind mit grünem Samt überzogen. An den Tischen mit Glasplatten sind an den Ecken zur Dekoration Metallklammern angebracht. An einem davon, neben ihr, glimmt in einem Aschenbecher eine lippenstiftverschmierte Zigarette. An der Bar führt ein Mann einen aufziehbaren Schimpansen im Schottenkaro vor.

Niemand nimmt Notiz von ihr, wie sie da mit ihren Tüten steht. Musik läuft, die Luft ist verraucht. Da sind die Farben eines Fußballvereins, rotweiß; eine Gruppe Jugendlicher. »Jetzt geht's los! Jetzt geht's los!« beginnt ihr Lied, und eine Stimme ruft, daß es nicht erlaubt sei zu singen, weder heute noch an irgendeinem anderen Abend. Ein schwarzes Mädchen lehnt an der Bar und hat den Kopf vor Vergnügen zurückgeworfen. Felicia bleibt noch einen Augenblick und vergewissert sich: Er ist nicht da.

Wieder in der Kälte der Straße, knüpft sie an die Gedanken an, die durch diese Fröhlichkeit unterbrochen worden sind. Sie kann einfach nicht sagen, ob sie es ihrer Mutter gebeichtet hätte. Ihre Mutter ist jetzt zu weit weg, ihr Bild zu verblaßt und verschwommen, und Felicia ist nur wenig von ihr geblieben, außer dem letzten Blick auf ihr Gesicht und der Erinnerung daran, wie sie rannte, um mit Pater Kilgallen auf dem Platz mitzuhalten, und wie ihr Vater da war, als es soweit war, und die Alte sagte, sie habe wieder jemanden überlebt.

»Entschuldigung, Fräulein«, bettelt jemand mit bärtigem Gesicht. »Haben Sie vielleicht ein bißchen Kleingeld übrig?«

Seltsam, daß es ausgerechnet Miss Furey war, der sie es beichtete, oder so gut wie: eine Fremde, die einmal alle vierzehn Tage Enten- und Puteneier in den Läden verkaufte. Eine

Frau mittleren Alters, unverheiratet, der ihres Wissens nie jemand den Hof gemacht hatte und über die doch einmal das Gerücht in Umlauf war, daß sie schwanger sei. Als ihr Zustand sich jäh veränderte und sie wieder normal aussah, hieß es, daß es in dem Bauernhaus, in dem sie wohnte, mit Sicherheit kein Kind gebe.

Felicia läßt eine Münze in die aufgehaltene Hand fallen. Der Mann sieht die Münze an, ohne ihr zu danken, ohne etwas zu sagen. Schuldbewußt gibt sie ihm noch eine zweite Münze, während sie immer noch an Miss Furey denkt. Sie hatte nicht gezögert, als sie sich an die Geschichte erinnerte, die in Umlauf war: An dem Abend, nachdem ihr Vater sie auf ihre Liebschaft angesprochen hatte, einem frostigen Abend kurz vor Vollmond, fuhr sie zu Miss Fureys Bauernhaus hinaus. Hunde bellten, als sie sich dem Hof näherte. Miss Furey machte die Hintertür selbst auf.

»Tut mir leid, daß ich so hereinplatze«, sagte Felicia und nannte ihren Namen. »Könnte ich Sie etwas fragen, Miss Furey?«

Miss Furey war eine breitschultrige Frau mit großen, vorstehenden Zähnen. Auch ihre Nase war groß und um die Nasenlöcher breit. Das waren ihre hervorstechenden Kennzeichen. Ihr Haar, kurzgeschnitten, war rotblond.

»Hast du dich verirrt?« fragte sie als Erwiderung auf Felicias Frage.

»Nein, nein, das ist es nicht. Ich glaube, daß Sie mir vielleicht helfen können.«

»Komm rein.«

Sie hielt die Tür auf, und Felicia kam direkt in eine große, vollgestopfte Küche. Miss Fureys Bruder, ebenfalls kräftig gebaut, saß neben einem Rayburn Herd in einem Sessel und sah fern. Vor seinen Füßen schliefen Katzen. Die Hunde, die gebellt hatten, waren Schäferhunde, einer von ihnen war krank, irgendwas mit der Haut um seine Augen. Vier Hunde waren es insgesamt und genauso viele Katzen.

»Ich weiß nicht, kenne ich dich?« Miss Fureys Verwirrung,

verschmolzen mit der Neugier einer Frau, die nicht oft Besuch bekam, war nicht kleiner geworden.

»Nein. Ich hoffe, Sie haben nichts dagegen, daß ich hergekommen bin.«

»Was sollte ich dagegen haben?«

Auf einem Tisch mitten in der Küche stand ungespültes Geschirr, und im Spülbecken türmten sich Kochtöpfe und eine Bratpfanne. Auf allen Flächen – Fensterbänken, Regalen, Tischplatten – herrschte Unordnung. Am anderen Ende der Küche standen zwei Paar Gummistiefel neben einer halboffenen Tür. Mäntel hingen an Haken; es gab Heiligenbilder und einen Kalender. Auf dem schmutzigen Linoleumfußboden standen überall Schälchen mit Futter für die Katzen.

»Wir haben diese Steuersache bezahlt«, sagte Miss Fureys Bruder. Er wandte den Blick nicht vom Bildschirm. Seine Kleider waren zerlumpt, genau wie die von Miss Furey, Strickjacken und Pullover mit Löchern darin. Beide trugen Hosen.

»Setz dich an den Tisch«, forderte Miss Furey sie auf, und Felicia spürte, wie ihre Neugier über ihren Argwohn siegte. Sie wollte hören, worum es ging; man konnte sehen, wie neugierig sie war. Im Fernsehen liefen die Nachrichten.

»Ganz schön dreist von mir, hierher zu kommen«, sagte Felicia.

»Na ja, jetzt bist du hier. Kümmer dich nicht um ihn«, setzte Miss Furey hinzu, denn Felicia hatte in Richtung des Mannes im Sessel geblickt. »Er ist auf der linken Seite taub.«

Es sprudelte nur so aus Felicia heraus. Sie wollte währenddessen die Augen schließen, um die Reaktion der Frau nicht sehen zu müssen, um Miss Furey keine Beachtung schenken zu müssen, wenn sie beleidigt wäre. Damals hatte es geheißen, daß Miss Furey nach Dublin gefahren sei, um einen Apotheker zu konsultieren, der Operationen durchführte. Die Frauen in der Slieve Bloom Fleischfabrik hatten gesagt, ihr Bruder sei der Vater. Eine von ihnen widersprach der Theorie, daß ein Apotheker in Dublin daran beteiligt gewesen sei, und behauptete, daß man sich auf eine primitivere Art des Säuglings entledigt und ihn auf dem Land der Fureys vergraben habe.

»Herr im Himmel!« rief Miss Furey. »Warum erzählst du mir das?«

»Ich erinnere mich, daß Sie vor Jahren...«

»Was du gerade sagen willst, ist eine Verleumdung. Sag's nicht.«

Miss Furey redete leise, obwohl sie mit erregter Stimme sprach. Egal, ob er auf der linken Seite taub war oder nicht, der Mann, der in dem Sessel hockte, hatte bei ihrem Ausruf jäh den Kopf umgewandt.

»Können Sie mir helfen, Miss Furey?«

»Die Leute erzählen viel. Alles Lügen, was ihnen über die Lippen kommt. Geh jetzt heim.«

Miss Furey stand auf. Sie eilte in ihrer zerlumpten Kleidung zu der Tür, die in den Hof führte, und weckte dadurch die vier Schäferhunde.

»Paß auf, daß ich nicht zur Polizei gehe«, drohte sie. »Verschwinde jetzt von unserem Grundstück.«

Als Felicia zurückfuhr, weinte sie, die Tränen flossen so heftig, daß sie ihr die Sicht nahmen. Als sie endlich aufhörten, stieg sie vom Rad, um sich die Spuren von den Wangen zu wischen und sich die Nase zu putzen. »Bitte, Lieber Gott«, flehte sie. »Bitte, Lieber Gott, hilf mir.«

Aber es kam keine Hilfe. Statt dessen setzte ihr Vater bei ihrer Rückkehr seine Strafpredigt fort. »Also, hör mal, Kleines«, begann er in dem Augenblick, als er sie sah, und eine Härte lag in seinen Zügen und seinem Tonfall, als er sich auf das Gebiet begab, das ihm am wichtigsten war, ein Gebiet, auf dem er, so glaubte er, nie falsch liegen könne, auf dem sein eigener Sachverstand unangreifbar sei. Felicia hörte mit vor Kälte kribbelndem Gesicht zu, und die Ränder ihrer Augen waren von den Tränen und der kalten Nachtluft wund.

»Du wirst nicht in diesem Haus wohnen und mit einem

Angehörigen der Besatzungsmacht verkehren. Diese Familie weiß, wo sie steht, und hat es immer gewußt. Dein Urgroßvater und seine patriotischen Gefährten sind aus dieser kleinen Gemeinde in den Krieg gezogen und dort nach tapferem Kampf gestorben. Acht Jahrhunderte lang, nicht eine Stunde weniger, hat das irische Volk nur die Unterdrückung seiner Sprache, seiner Religion und seiner Freiheit gekannt. Während der Ostertage vor fünfundsiebzig Jahren wurde auf den Straßen von Dublin eine Vision geboren. Sie wurde nicht verwirklicht, das Potential wurde nicht erkannt: Man muß sich nur umsehen. Außerdem marschieren die Stiefel der britischen Tyrannen immer noch in sechs von unseren Grafschaften; auf den Straßen von Städten, die so ärmlich wie die unsrigen sind, geht immer noch das Gespenst des Todes und der Folter um. Keines meiner Kinder wird jemals auf dieser Seite stehen, Kleines.«

Felicia sagte nichts und schloß einen Augenblick lang die Augen. Was über Soldaten gesagt wurde, war absolut bedeutungslos.

»Dieser Kerl wird wiederkommen, Kleines, aber wenn du mit ihm verkehrst, wirst du dieses Haus verlassen. Das steht fest, und ich muß es nicht noch einmal sagen.« Ihr Vater hielt inne und fuhr dann nicht mehr ganz so schroff fort: »Du stehst erst am Anfang deines Lebens, Kleines. Irgendwann wird es wieder Arbeit für dich geben. Ich hab gestern gehört, daß vielleicht eine landwirtschaftliche Genossenschaft gegründet wird, die alles auf Lager hat, was ein Bauer gebrauchen kann – Gummistiefel, Maschendraht, Dachpappe, lauter solche Sachen und noch mehr. Innerhalb von sechs Monaten könnten da genauso viele arbeiten wie in der Konservenfabrik, vielleicht doppelt so viele. Als Kind befolgt man Ratschläge, Kleines. Das ist, was ich dir jetzt sage. Nun ist es gesagt, und wir können es dabei bewenden lassen.«

Felicia nahm auch dies nicht zur Kenntnis. Sie erinnerte sich daran, wie ihr Vater vor Jahren, als sie noch zu jung war, um es zu verstehen, ihre Aufmerksamkeit zum Scherz auf einen kleinen Union Jack gelenkt hatte, der auf der Motorhaube von Miss Gwynns altem Wolseley als Markenzeichen diente. Sie hatte ihn auf einem Sonntagmorgenspaziergang an der Hand gehalten. »Gut, daß der Wolseley nicht mehr gebaut wird«, hatte ihr Vater mit gespielter Befriedigung bemerkt, und damals hatte das ganz natürlich geklungen. Doch jetzt mußte jemand, nur weil er in England arbeitete, nur weil er einen englischen Akzent hatte, verurteilt werden, und es mußten Lügen über ihn in die Welt gesetzt werden.

»Eins will ich dir noch sagen, Kleines: Du brauchst dir nur die tapfere alte Frau anzusehen, die mit dir im Zimmer schläft. Sie war nicht viel älter als du, als die Jungs weggingen, weil sie wußten, was ihre Pflicht war. Drei Tage später, und sie ist Witwe. Sie war noch keinen Monat verheiratet, und er war nicht mehr da. Erzähl mir also nichts von irgendeiner Hinterhofromanze, Kleines.«

Er nickte auf seine eindringliche Art, immer noch von der Inbrunst beseelt, die seinen Darlegungen zugrunde lag. Dann stand er auf und verließ die Küche, wie er es auch am Abend davor getan hatte. Aber als sie am nächsten Morgen das Frühstück zubereitete, sagte er plötzlich:

»Hat Lysaght dich geschwängert?«

Sie leugnete es nicht. Es hatte keinen Sinn, ihm irgendwas vorzumachen. Keinen Sinn, ihm jetzt, da das Wort ausgesprochen war, eine glatte Lüge aufzutischen.

»Wir sind beide dafür verantwortlich«, sagte sie.

»Wie lange bist du drüber hinaus?«

»Ich hab ein paarmal meine Tage nicht gehabt.«

»Wie oft?«

»Es besteht kein Zweifel.«

Er bekreuzigte sich. Er blickte sie über den Dunst aus der Bratpfanne hinweg an und bezeichnete sie, ohne die Stimme zu erheben, als Hure. Er sagte, er sei froh, daß ihre Mutter nicht mehr am Leben sei. Kein bißchen besser als eine dreckige Hure, wiederholte er wütend.

»Mir ist morgens immer schlecht«, sagte sie.

Um zehn Uhr hat Mr. Hilditch alles im *Daily Telegraph* gelesen: die Auslandsnachrichten, den Wirtschafts- und den Sportteil sowie die Meldungen aus dem Inland. Er interessiert sich nicht für Sport, informiert sich aber normalerweise über Sportangelegenheiten, weil er es nützlich findet, bei einem Gespräch etwas darüber zu wissen. Ein Richter des obersten Gerichtshofs ist, so hat er gelesen, nach den Enthüllungen eines Jugendlichen in ziemlichen Schwierigkeiten; eine Frau wurde lebend im abgeschlossenen Kofferraum eines Ford Escort gefunden; die Hunde irgendwelcher New Age-Reisenden haben eine Schafherde gerissen; eine Frau hat ihren Mann enthauptet. Solche Einzelheiten machen Mr. Hilditch etwas schwermütig, und er rafft sich auf und legt eine Schallplatte auf den Plattenteller des alten Kurbelgrammophons, das er in der Woche, als Nr. 3 auf ihn übergegangen ist, auf einer Versteigerung erstanden hat. »I Got it Bad and That Ain't Good« muntert ihn gewaltig auf, und er denkt freudig darüber nach, was der morgige Tag für ihn bereithält.

8

Das kleine, bucklige Auto wartet schon am Ende von Marshring Crescent, obwohl Felicia zu früh ist. Seine Fensterscheiben sind beschlagen, aber eine von ihnen ist heruntergekurbelt, als sie näherkommt. Der dicke Mann lächelt sie an. Er flüstert, so, als hätte er Angst, die Leute in den nahegelegenen Häusern im Schlaf zu stören. Er bleibt im Auto sitzen und sagt ihr, sie solle auf der anderen Seite einsteigen.

Es ist noch nicht völlig hell. Während sie ihre Tüten neben die Füße stellt, hat sie das Gefühl, daß es nicht richtig ist, daß sie vorn und die Frau des Mannes hinten sitzt. Aber sie sagt es nicht, weil er schon den Motor angelassen hat. Das Auto fährt los, bevor sie bemerkt, daß der Rücksitz leer ist.

»Ihre Frau«, beginnt sie, plötzlich beunruhigt.

»Ich mußte Ada gestern abend ins Krankenhaus bringen. Ohne jegliche Vorwarnung haben sie angerufen, um mir mitzuteilen, daß die kleine Operation auf heute morgen um zehn vorverlegt wurde. Ich mußte Ada rüberfahren, damit sie sie vorbereiten konnten.«

Verwirrt und immer noch beunruhigt sagt Felicia, sie hoffe, daß er diese zweite Fahrt nicht ihretwegen mache.

»Ada braucht mich, wenn sie zu sich kommt. Dann muß ich an ihrem Bett sein. Die Bude ist in Ordnung, oder?« Seine Stimme klingt piepsig. Das ist ihr vorher nicht aufgefallen. Er ist kein Mann, der einen lange erschrecken kann.

»Was?«

»Das Haus, in dem Sie sind. Okay, oder?«

»Es ist schön.«

»Ich bin froh, das zu hören. Der Gedanke, Ihnen etwas Falsches über Marshring gesagt zu haben, würde mir nicht gefallen.«

Die gewaltigen Schultern neben ihr bleiben unbeweglich, während er fährt. Die Hände, blaß und ohne Handschuhe, wirken auf dem Lenkrad unverhältnismäßig klein. Es herrscht kaum Verkehr. Eine wahre Freude, so früh am Morgen zu fahren, bemerkt er und fügt hinzu:

»Als ich Ihnen zum ersten Mal begegnet bin, konnte ich sehen, daß Sie durcheinander sind.«

»Das liegt bloß daran, daß ich von weit her komme.«

»Und dann sind Sie auch noch in einem Land, das Ihnen fremd ist.«

»Ja, das stimmt.« Sie erklärt, daß es ihr anfangs schwergefallen sei zu verstehen, was die Leute zu ihr sagen, daß es aber um so besser werde, je länger sie zuhöre.

»Ich hoffe, daß ich Ihnen in dieser Hinsicht nicht zu nahe getreten bin.« Ein unerwartetes, glucksendes Lachen schreckt sie auf. Zwei kleine Augen funkeln vergnügt hinter den dicken Brillengläsern. Herunterhängende Hautfalten lassen die Züge des Gesichts verschwimmen, das ihr zugewandt ist, Zähne lächeln gleichförmig. Er riecht nach Seife, eine angenehme Frühmorgenfrische, die ihr ein Gefühl von Sicherheit gibt. Die Manschetten seines Hemdes sind steif und sauber.

»Sobald Sie Ihren Freund ausfindig gemacht haben, wird es Ihnen wieder gutgehen. Sobald Sie wissen, woran Sie sind.«

»Ja.«

»Macht es Ihnen etwas aus, wenn ich Sie nach Ihrem Namen frage?«

Sie sagt ihn; er sagt ihr seinen nicht. »Den hab ich noch nie gehört«, sagt er statt dessen. »Bei uns gibt es nur Felicity.«

»Mein Vater ist auf Felicia gekommen. Eine Frau, von der er gehört hatte.«

Eine Frau, die 1916 auf den Barrikaden gestorben ist. In den Alben ihres Vaters gibt es einen Zeitungsausschnitt über sie, das Foto einer Frau in Militäruniform und mit harten Gesichtszügen.

»Schöner Name«, sagt er, ohne den Informationen über die Revolutionärin Beachtung zu schenken. »Felicia klingt gut.«

»Ja, ich denke schon.«

»Ich war nie in Ihrem Land, Felicia, obwohl ich einen Verwandten hatte, der immer davon gesprochen hat. Schönes Land, wie ich gehört habe.«

»Es geht.«

»Haben Sie irgendeine Arbeit, Felicia?«

»Ich hab in einer Konservenfabrik gearbeitet. Die hat vor einer Weile dichtgemacht.«

»Die Arbeitslosigkeit ist furchtbar. Dann sind Sie genaugenommen arbeitslos?«

»Ja, das stimmt.«

»Und haben Sie noch Familie, Felicia? Weilen Ihre Eltern noch unter uns?«

»Mein Vater. Und meine Urgroßmutter. Ich habe drei Brüder, zwei davon sind Zwillinge.«

»Urgroßmutter? Die ist ganz schön alt, was?«

»Sie ist fast hundert.«

»Nein, so was!«

Die Landschaft, durch die sie fahren, ist Felicia inzwischen vertraut: die intensiv genutzten Felder, Gras, das von einem feuchten, gräulichen Flaum überzogen ist, die Schornsteine der Hochöfen, die die flache Eintönigkeit auflockern, die Ziegelsteine der Fabriken.

»Diese alte Dame dürfte sich noch an den Burenkrieg erinnern.«

Felicia weiß nicht, wann der Burenkrieg war, aber sie nickt trotzdem. Sie hatte es einmal gewußt, wenigstens für die Dauer einer von Schwester Franziska Xaveras Geschichtsstunden, aber dann hatte sie es vergessen, weil sie sich nicht dafür interessierte. Auch ihre Urgroßmutter wäre nicht an einem Krieg im Ausland interessiert gewesen.

»Zwei meiner Verwandten sind zu den Buren gezogen«, gibt ihr Begleiter preis. »Ich stamme aus einer Soldatenfamilie.«

»Ich verstehe.«

»Ich habe selber gedient. Mir liegt das Militär sozusagen im Blut.«

»Sie sind jetzt nicht mehr beim Militär?«

»Ich habe meinen Dienst quittiert, als Ada zu kränkeln begann. Sie brauchte Fürsorge, mehr als ich ihr bei meinen dienstlichen Verpflichtungen geben konnte. Nein, ich helfe immer noch im Regiment aus, aber nur noch bei Bürokram.«

»Bei der Fabrik, wo ich Sie getroffen...«

»Oh, nein, nein. Nein, ganz und gar nicht. Da hab ich zufällig vorbeigeschaut, um einen Freund zu besuchen. Eigentlich, um ihm zu erzählen, daß Ada ins Krankenhaus muß. Die Leute wissen über so was gern Bescheid. Nein, ich halte jetzt für das Regiment die Buchhaltung in Ordnung. Dadurch komme ich mal aus dem Haus, sagt Ada.«

Wieder nickt Felicia.

»Sonst rostet man ein, Felicia. Wenn man sich um seine invalide Frau kümmert, sie richtiggehend pflegt, rostet man in einem großen Haus ein.«

»Ihre Frau ist Invalidin?«

»Ist das Beste, so darüber zu denken. Das Beste für Ada, so sagt sie sich, und das Beste für mich. Es läuft, ehrlich gesagt, darauf hinaus, hat keinen Zweck, es zu leugnen oder sich etwas vorzumachen. Können Sie mir folgen, Felicia?«

»Ja.«

»Wenn man den Tatsachen ins Auge sieht, kann man spielend damit fertig werden. Ich hatte einen Feldwebel unter mir, der das immer gesagt hat, erstklassiger Mann. Im Regimentsdienst trifft man auf alle Arten von Menschen.«

»Ja, das glaube ich.«

»Es dauert nicht mehr lange, Felicia. Sie sind nervös, nicht wahr?«

Da ist wieder dieses Lächeln, und die kleinen Augen hinter den dicken Brillengläsern funkeln sie durchdringend an. Ein netter Mann, überlegt sich Felicia bei aller Besorgnis, netter als der wachhabende Polizist von gestern, der am Ende ungeduldig geworden ist. »Mein Gott, da ist die ja schon wieder«, hörte sie ihn murmeln, als sie zur Polizeiwache zurückkehrte in der Hoffnung, daß er weitere Informationen bekommen haben könnte.

»Unter diesen Umständen wäre jeder nervös, Felicia. Dieser Bursche ist Ihr Freund, oder?«

»Ja.«

»Na, sehen Sie. Natürlich wollen Sie Ihren Freund ausfindig machen.«

»Ja.«

»Ihre Familie geht auf Distanz, hm? Hält nichts von Ihrem Freund?«

»Mein Vater ist gegen ihn.«

»Es kann schwierig sein, wenn das so ist. Wenn man sich mit Ihnen unterhält, kann man spüren, daß es Schwierigkeiten gibt. Ich hab mir gedacht, daß es Ihre Familie sein könnte.«

Sie erklärt das mit ihrem Vater, daß er sich in den Kopf gesetzt habe, Johnny sei bei der britischen Armee, daß ihre Urgroßmutter durch die Unruhen zur Witwe geworden, als sie erst einen Monat verheiratet gewesen sei, daß das in der Familie immer gegenwärtig sei, ein Gefühl für diese besondere Zeit.

»Er hätte es mir gesagt, wenn er bei der Armee wäre.«

»Natürlich. Und wenn er eine feste Arbeit hat und kein Windhund ist, warum sollte sich Ihre Familie dann Sorgen machen? Wenn Sie ihn haben wollen und er Sie, warum sollte sie sich dann einmischen?«

»Mein Vater will davon nichts hören.«

»Ich weiß, wie Sie das meinen, Felicia. Einige der jungen Landser, die ich im Regiment unter mir hatte, hatten ähnliche Probleme. Schwierigkeiten wegen der Freundin, eine Familie, die dagegen ist. Ich war immer wie ein Vater zu den armen Kerlen, wenn Sie verstehen, was ich meine. Ich habe sie mit nach Hause genommen, und Ada hat ihnen Tee, Kuchen und Gebäckstücke aufgetischt, ein richtiges Festessen hat sie gemacht. Wir haben selbst keine Kinder, eine große Enttäuschung für Ada und mich. Sie haben Ihren Freund gern, nicht wahr?«

»Ja.«

»Nicht schwer zu glauben, daß er Sie gern hat.«

Die Unterhaltung geht eine Stunde lang weiter. Felicia erfährt mehr über das Regiment und über die Fabriken, in deren Nähe sie vorbeifahren, darüber, wie die Autobahnen das Bild Englands verändert haben, wie neue Städte in dieser Gegend entstanden sind, wie Leute aus Pakistan und der Karibik sich niedergelassen haben, und auch dadurch alles anders aussieht, wie der Reichtum in bestimmten Gegenden der Armut Platz machen muß. Um zehn vor acht zuckelt das kleine grüne Auto vorsichtig auf den Parkplatz einer Fabrik.

»Vielen herzlichen Dank«, sagt Felicia.

»Ich muß noch nicht ins Krankenhaus.« Genauso vorsichtig fährt er das Auto an den Rand des Parkplatzes; er erläutert Felicia, man müsse aufpassen, daß man sich nicht auf einen Platz stelle, der für die Firmenleitung reserviert oder wo Parken verboten sei. Es könne einem passieren, daß man, bevor man wisse, was los sei, von einem übereifrigen Parkplatzwächter zur Schnecke gemacht werde. »Von hier aus können wir jeden sehen, der kommt«, setzt der dicke Mann hinzu. Die meisten kämen mit dem Auto, sagt er, und wahrscheinlich träfen um kurz vor halb neun ein paar Busse ein. Falls sie ihren Freund irgendwie verpassen sollten, könne sie sich immer noch beim Pförtner erkundigen.

»Ich will Sie nicht davon abhalten, ins Krankenhaus zu fahren.«

»Ada würde wollen, daß ich Ihnen helfe, so gut ich kann. Wissen Sie, für junge Mädchen ist es nicht empfehlenswert, hier herumzuziehen. Man hört manchmal schreckliche Dinge.«

»Das ist sehr nett von Ihnen.«

»Sie macht sich immer Sorgen um herumziehende junge Mädchen. Ich hab's Ihnen ja erzählt. Ada war es, die gesagt hat, ich soll alle Fabriken ausfindig machen, wo Rasenmäher hergestellt werden. Sie hat den Anstoß gegeben. Ich nehme an, weil sie eine Frau ist.«

»Ich hoffe, daß es ihr gutgeht.«

»Ich würde gern hinfahren und mit ihr sprechen, sie haben es bloß nicht gern, daß man die Patienten vor der Operation stört. Ich denke, es ist besser, sie nicht aufzuregen. Sie wissen, wie das ist, Felicia, ein Patient muß vielleicht auf die Toilette, wenn er sich wegen eines Besuchers aufgeregt hat.«

»Ja.«

»Vor einer Operation haben sie das nicht gern. Das weiß ich aus schmerzlicher Erfahrung.«

Sie nickt, aber hört dem Gesagten jetzt, da sie bei der Fabrik angekommen sind, nur halb zu. In der Nacht hat sie geträumt, daß ihr Vater sie wieder Hure genannt hat, und dreckiges, kleines Miststück. Ihre Mutter war am Leben und sagte, daß sie das nicht von ihr geglaubt hätte, schlug sie mit den Fäusten und sagte, sie sei diejenige, die tot sein müßte. In ihrem Traum konnte sie das Gelände des Nonnenklosters oben auf dem steilen St. Joseph's Hill und den Platz mit dem Soldatendenkmal darauf sehen, und Gemüse, das in der Sommerhitze verhutzelt vor den Läden lag. Das Angelusläuten erklang; der stechende Geruch von verbranntem Torf lag in der Luft. Ihr Vater sagte, sie könnten niemandem mehr in die Augen sehen, wenn das Gekicher in den Seitenstraßen losgehe. Carmel und Rose sprachen im Coffee Dock darüber.

»Jetzt geht's los«, bemerkt ihr Begleiter, als die ersten Autos eintreffen. Er rät ihr, das Fenster herunterzukurbeln, um besser sehen zu können.

Es ist nicht ausgeschlossen, daß ihr Freund tatsächlich auftaucht. Es ist nicht ausgeschlossen, aber ziemlich unwahrscheinlich. Als er gestern bei dieser Fabrik angerufen hat, hat er mit dem einzigen Menschen gesprochen, der im Lager arbeitet, und das war eine Frau. Das Lager, das ihr Freund verwaltet, befindet sich eindeutig in einer Einzelhandelsverkaufsstelle, Kundendienst. Entweder hat sie das mit der Fabrik falsch verstanden, oder ihr Freund hat ihr etwas vorgemacht. Höchstwahrscheinlich hatte ihr Vater recht, als er sagte, er sei bei der Armee; jede Wette, daß es ein junger Schlägertyp war, mit dem sie sich eingelassen hatte, der auf eine günstige Gelegenheit gewartet hatte, und als sie sich ihm bot, hatte er zugegriffen.

Hinters Lenkrad gezwängt beobachtet Mr. Hilditch, während ein leichter Schmerz im Bereich der Lendenwirbel auftritt, wie die Autos eintreffen und Angestellte beiderlei Geschlechts sich in die Fabrik begeben. Man begrüßt sich, Namen werden gerufen, es bilden sich Gruppen. Um zwanzig nach acht kommen die Busse.

»Er ist nicht dabei«, versichert das Mädchen mit trauriger Stimme, als die Busse sich geleert haben. »Die Sirene ist aus, und er ist nicht da.«

»Gehen Sie einfach schnell rüber und fragen Sie an der Schranke. Könnte sein, daß er in der Nachtschicht ist. Oder in der Spätschicht. Das weiß man nie. Lieber auf Nummer sicher gehen als traurig sein, hm?«

In ihrer Abwesenheit durchstöbert er die beiden Tüten, die sie im Auto gelassen hat. Unten in der zweiten sind zwei Bündel Geldscheine in die Ärmel eines marineblauen Pullovers gestopft. Er zögert einen Augenblick, bevor er das Geld in eine Innentasche seiner Jacke steckt.

»Nein«, berichtet das Mädchen, als es zurückkehrt. »Er arbeitet nicht hier. Sie haben nicht so ein Lager, wie er es beschrieben hat.«

»Das tut mir leid, Felicia. Tut mir wirklich leid.«

Als sie ohne Vorwarnung anfängt zu weinen, bekommt Mr. Hilditchs Gesichtshaut aus Mitleid Falten und bläht sich um seine winzigen Augen herum auf. Zwischen Schluchzern erfährt er vom Abbruch des Kontakts, davon, daß ihr Freund versäumt habe, eine Adresse oder Telefonnummer zu hinterlassen, daß sie befürchtet habe, aufdringlich zu wirken. Sie sei schüchtern, sagt das Mädchen, und das weckt in ihm Erinnerungen an Elsie Covington, die anscheinend keinen vollen Raum betreten konnte, ohne Herzklopfen zu bekommen.

»Ich weiß, ich weiß«, sagt er mitfühlend, »Schüchternheit, das ist eine schreckliche Last.«

Die Mutter ihres Freundes habe ihr die Adresse nicht geben wollen, und es gab anscheinend niemand anderen, der sie kannte. Alles sei dadurch noch schlimmer, betont die kleine Irin, daß sie wisse, er hätte sie ihr sofort gegeben, wenn sie darauf gedrängt hätte, da bestehe kein Zweifel.

Das glaubst du doch selber nicht, erwidert Mr. Hilditch insgeheim, bevor er den Wagen startet und langsam vom Parkplatz fährt. Er weiß, wo das hiesige Krankenhaus liegt: Er ist einmal auf gut Glück dorthin gefahren, für den Fall, daß eine der Nachtschwestern so müde wäre, sich mitnehmen zu lassen. Einige von ihnen liefen sich die Hacken ab, und von einem Moment zum anderen könnten sie die ganze Sache hinschmeißen und dann bräuchten sie den Rat und die Hilfe eines älteren Mannes. Als das Auto geparkt ist, sagt er:

»Ich schaue kurz rein, um herauszufinden, wie es aussieht.«

Das Mädchen putzt sich die Nase mit einem Papiertaschentuch, das für Mr. Hilditch so aussieht, als wäre es schon benutzt worden. Die kleine Sharon hatte die schreckliche Angewohnheit, immer benutzte Papiertaschentücher, Watte, mit der sie ihr Make-up abgetupft hatte, und halbgerauchte Zigaretten bei sich zu führen.

»Ich mache mich jetzt auf«, sagt das Mädchen. Die Ränder ihrer Augen sind beinahe scharlachrot. Wieder kommen ihr die Tränen. »Es geht mir gut«, sagt sie.

»Seien Sie so lieb und bleiben Sie, Felicia. Ich werde nur fünf Minuten weg sein und mir sagen lassen, wie es ihr geht. Dann trinken wir vielleicht eine Tasse Tee und sehen, wie's weitergeht.«

Als ihre Zähne sichtbar werden, glänzen sie, weil sie mit Speichel überzogen sind. Gaye hatte eine Lücke zwischen ihren beiden vorderen Schneidezähnen, wo sich immer Speichel ansammelte, aber man konnte nicht alles haben.

»Ich will Ihnen nicht zur Last fallen.«

»Sie fallen mir nicht zur Last, Felicia. Das können Sie gar nicht.«

An der Anmeldung des Krankenhauses fragt er, wo die Besuchertoilette sei, und geht in die angegebene Richtung. Er entdeckt ein Telefon und ruft in der Kantine an, um zu sagen, daß er diesen Morgen aufgehalten worden sei, weil er einem Nachbarn helfen mußte, der in der Nacht einen Schlaganfall gehabt habe. Langsam kehrt er zum Parkplatz zurück.

Sie wird zu jener Fabrik zurückgehen müssen, um sich zu vergewissern. Sie hätte weitere Erkundigungen einziehen und nicht nur den Pförtner fragen sollen. Sie hätte nicht wieder in das Auto steigen sollen; sie hätte sagen sollen, daß sie gern allein wäre, damit sie überlegen könne, was als nächstes zu tun sei. Aber die Enttäuschungen, die sich angesammelt haben, bilden zusammen mit dieser letzten eine Kette der Verzweiflung, die ihren Willen lähmt. Erschöpft denkt sie, daß der Mann gut zu ihr ist: Sie kann zumindest seine Teilnahme annehmen, und ist ihre Suche nicht sowieso zwecklos? Was für einen Sinn hat es, ständig zu fragen und ständig gesagt zu bekommen, daß die Leute ihr nicht helfen können, herumzustiefeln und sich die Gesichter auf den Straßen anzusehen?

Sie hört wieder den entrüsteten Protest ihrer Urgroßmutter, als sie unter dem Gummilaken der Alten gewühlt, den Klammerbeutel hervorgeholt und ihn dann wieder zurückgelegt hat. »Nimm deine Finger weg!« schrie sie in tiefstem Schlaf, verwirrt und benommen. Inzwischen hatte man ihnen bei Doheny's bestimmt erzählt, daß sie den Bus nach Dublin genommen hat; inzwischen würde Mrs. Lysaght herumerzählt haben, daß vor einer Woche jemand durch ihr Küchenfenster eingestiegen sei, während sie in der Frühmesse gewesen sei, und auf der Fensterbank und ihrem makellosen Spülbecken Dreckspuren hinterlassen habe. *Bin am Sonntag auf einer Luftfahrtausstellung gewesen,* hatte auf einer Ansichtskarte mit Schleppkähnen darauf gestanden, und seine Handschrift neigte sich säuberlich in eine Richtung, Schleifen, Punkte und Ts mit Querstrich. Auf den linierten Schulheftseiten seiner kurzen Briefe hatte oben keine Adresse gestanden. Pater Kilgallen wird sie zu sich zitieren, wenn sie jetzt zurückfährt, die Mutter Oberin auch, beide darauf bedacht, das Leben des Kindes zu retten, durch das sie in Schande gerät. »Zur Hölle mit dir!« erwartet sie die Begrüßung ihres Vaters.

Das Auto federt hin und her, als der dicke Mann wieder einsteigt. In der Enge klingt sein Atem laut.

»Tut mir leid«, flüstert er, heiser vor Anstrengung.

Als Felicia sich umdreht, um ihn anzusehen, starren seine klitzekleinen Augen sie mit leerem Blick an. Er unternimmt keinen Versuch, den Motor anzulassen. Sie beobachtet, wie er versucht, das Zittern der Hand abzustellen, die näher bei ihr ist, indem er sie gegen das Lenkrad preßt.

»Stimmt irgendwas nicht?« fragt sie, und ihre Aufmerksamkeit reißt sich los von ihrer Verzweiflung. »Was ist passiert?«

»Einiges«, murmelt er und greift in eine Tasche, um die Autoschlüssel hervorzuholen. »Wir können beide was Heißes zu trinken gebrauchen.«

9

Buddy's heißt das Café.

Ein Elektriker steht auf einer Trittleiter und arbeitet an einem Sicherungskasten direkt unter der Decke. Die Decke ist braun, mit Flecken in einem dunkleren Braun an einigen Stellen. Hinter der Bar, von wo Tee, Kaffee und Essen kommen, hängt eine Reihe von Pirelli-Kalendern mit spärlich bekleideten Models in herausfordernden Posen. Ein alter Mann raucht und liest an einem Tisch in der Ecke die Sportnachrichten in der *Sun*.

»Ich denke, einen Kaffee«, bittet Mr. Hilditch. »Würden Sie mir bitte einen Kaffee holen?«

Er schließt die Augen und läßt sie geschlossen, bis sie zurückkommt.

»Stimmt irgendwas nicht?« hört er sie wieder fragen.

»Ada ist nicht auf dem Damm«, flüstert er, die Augen immer noch geschlossen. »Sie mußten eine Notoperation vornehmen, heute morgen um fünf. Es geht ihr nicht so gut.«

»Oh, das tut mir leid.«

»Es geht gleich wieder.« Als er Beth zum ersten Mal ins Happy Eater an der A 361 einlud, beobachtete er, wie die Frau an der Kasse zu der Ansicht kam, daß Beth seine Tochter sei, und er legte seine Hand einen Augenblick lang auf Beths Knie, so wie es ein Vater niemals tun würde. Er blickte in Richtung Kasse, und die Erregung begann, weil die Frau immer noch herüberstarrte und nun zu der Ansicht kam, daß die Beziehung eine andere sei.

»Tut mir leid«, sagt das derzeitige Mädchen noch einmal, und Mr. Hilditch schlägt die Augen auf.

»Wenn man so einen Schock bekommt, will man nicht allein sein. Wir haben beide einen Schock, Felicia.«

Ihr roter Mantel, den sie im Café aufgeknöpft hat, ist zurückgeglitten, und er sieht zum ersten Mal die anderen Kleider, die sie trägt: einen marineblauen Rock und einen roten Strickpullover. Ihr Haar ist strähnig geworden, und die

Ränder ihrer Augen haben sich etwas erholt. Sie trägt das kleine Kreuz immer noch an einer Kette um den Hals: Katholikin, vermutet Mr. Hilditch, was einleuchtend ist, wenn man bedenkt, wo sie herkommt.

»Sie sind schwanger«, sagt er leise.

»Ja.«

Sie sitzen schweigend da. In gewisser Hinsicht, überlegt er, ist nichts so schmackhaft wie ein getoastetes Specksandwich. Manchmal stellt sich heraus, daß man in so einem Café keins bekommt, aber an diesem Morgen haben sie Glück. *Specksandwiches* wirbt ein handgeschriebenes Schild.

»Ich glaube, Sie sollten etwas essen, Felicia.«

»Ich hab keinen Hunger.«

Ein oder zwei Bissen seien ein Trost in der Verzweiflung, erklärt er ruhig, besser als nur Kaffee. Sie sitzen wieder schweigend da. Er trinkt den Kaffee aus, den sie geholt hat, und steht auf, um noch welchen zu holen.

»Ich hatte Tee«, sagt sie.

»Keinen Kaffee?«

»Kaffee bekommt mir im Moment nicht.«

»Ah ja, natürlich.« Er stemmt sich hoch und geht zur Theke. »Zwei Specksandwiches« bestellt er bei einer kleinen Inderin, die, so überlegt er, nicht größer aussieht als ein Zwerg. »Einen Tee für meine Freundin und für mich einen Kaffee.« Er lächelt die Frau in dem Wissen an, daß das Lächeln von der kleinen Irin nicht gesehen werden kann. »Sehen gut aus, Ihre Specksandwiches.«

Die Frau nimmt das nicht zur Kenntnis. Das tun sie oft. Er zählt ein Pfund vierundfünfzig ab und ruft sich ins Gedächtnis, wie er im Kino einmal neben einer Inderin gesessen und versucht hat, ein Gespräch anzufangen, sie sich aber unhöflicherweise weggesetzt hat. Sie ist jünger gewesen als die, die ihn bedient, und allein, sonst hätte er sich das nie erlaubt. »Zucker für den Tee?« erkundigt er sich. »Meine Freundin nimmt gern einen Löffel Zucker.«

Ein Tütchen Zucker wird auf die Theke geworfen, und da

flackert endlich Interesse auf. Die Inderin erwidert sein Lächeln immer noch nicht, doch sie schenkt dem Mädchen in dem roten Pullover Beachtung und überlegt einen flüchtigen Moment lang – da ist er sich sicher –, in welcher Beziehung sie zueinander stehen. Er nickt und bestätigt damit, was die Frau seiner Meinung nach vermutet. Sie hätten sich einen Tag freigenommen, vertraut er ihr an, seine Verlobte und er.

»Sie werden Ihren Freund schon finden«, sagt er, als er an den Tisch zurückkommt. »Wenn wir an der Fabrik keinen Erfolg haben, hat Ada gestern abend zu mir gesagt, dann finden wir eben heraus, wo er wohnt.«

»Ich dachte, ich würde ihn vielleicht zufällig auf der Straße treffen. Ich war mir nicht im klaren darüber, daß die Stadt so groß ist.«

»Natürlich nicht. Das ist doch verständlich.«

»Die Stadt, aus der ich komme...«

»Die ist natürlich kleiner, viel kleiner.« Mr. Hilditch neigt verständnisvoll den Kopf. Natürlich sei sie nicht so groß wie eine englische Stadt, stimmt er zu, das sei nicht zu erwarten. Er fragt sich, ob das Mädchen religiös ist, da sie Katholikin ist. Das würde vieles erklären, wenn sich herausstellte, daß sie religiös ist, so wie Jakki. Sie sagt erneut, daß ihr das mit seiner Frau leid tue.

»Es macht Ihnen nichts aus, mir noch ein paar Minuten Gesellschaft zu leisten? Sie ist bloß im Moment schläfrig, und sie haben gesagt, daß ich besser gehen soll. Ich hab ihnen erzählt, daß eine Freundin im Auto sitzt, und sie haben gesagt, daß ich in Gesellschaft einer Freundin besser aufgehoben wäre.« Mr. Hilditch riskiert den Anflug eines Lächelns. »Um ehrlich zu sein, es muntert mich auf, hier einfach mit einer Freundin zu sitzen.«

Er läßt wieder Schweigen eintreten. Etwas Schmackhaftes sieht er gerne an, bevor er den ersten Bissen nimmt: Er war nicht älter als fünf oder sechs, als man das erstmals bei ihm bemerkte. Er denkt gern daran. »Iß auf, Kleiner«, drängte seine Mutter ihn immer. »Du sollst nicht so herumtrödeln.«

»Felicia, ich muß Ihnen sagen, daß es nicht wie ein Blitz aus heiterem Himmel kommt. Ein Schock natürlich, aber kein Blitz aus heiterem Himmel.«

Sie nickt. Sie will etwas sagen. Er beobachtet, wie sie es sich anders überlegt.

»Vielleicht komme ich nicht mehr raus, hat sie gestern abend auf dem Weg zum Krankenhaus gesagt. Sie hat sich vor Monaten damit abgefunden. Eines Tages finden wir uns alle damit ab, Felicia.«

Sie nickt wieder und weiß nicht, was sie sagen soll, so wie es jedem Mädchen gehen würde. Da ist ein winziges Grübchen, kaum zu erkennen, das, je nach ihrem Gesichtsausdruck, auf einer ihrer Wangen auftaucht und wieder verschwindet.

»Ich bin froh, daß Sie ein Kind bekommen, Felicia. Das ist mir eine Hilfe.«

»Eine Hilfe?«

»Ein anderes Leben entsteht. Ada verläßt uns und gleichzeitig sind Sie hier, und Ada hat sich Sorgen um Sie gemacht, als ich ihr von Ihnen erzählt habe. Eine junge Irin, hab ich gesagt, und sie hat mich gefragt, wie Sie aussehen.«

Sie äußert sich nicht dazu. Er beißt in den knusprigen Toast seines Sandwiches und genießt den zähen Speck und den salzigen Geschmack.

»Wollen Sie das Baby nicht, Felicia?«

»Ich weiß nicht, was ich tun soll, solange ich ihn nicht gefunden habe.«

Erneut kämpft sie mit den Tränen, reißt sich dann aber zusammen.

»Der Vater ist der junge Mann, nach dem wir suchen, Felicia?«

»Ja.«

»Um ehrlich zu sein, ich hab mir schon so was gedacht.«

»Ich will Sie damit nicht belästigen.«

»Die Probleme eines anderen können einen mit Zuversicht erfüllen, Felicia.«

»Ja.«

»Sie verstehen mich?«

»Ja.«

»Ich fahre Sie zurück, wenn ich noch mal im Krankenhaus war.«

Sie sagt, das sei nicht nötig. Sie sagt, ich gehe vielleicht zu der Fabrik hinaus und vergewissere mich, daß kein Irrtum vorliegt. Er schüttelt den Kopf.

»Ich glaube nicht, daß ein Irrtum vorliegt.«

Die Inderin ist in ein schrilles Telefongespräch verwickelt. Weder der Elektriker noch der alte Mann in der Ecke haben das geringste Interesse an ihnen gezeigt, aber das war auch nicht zu erwarten von solchen Leuten. Und außerdem ist der Zustand, in dem sie sich befindet, kaum zu sehen; man kann es ganz gut erkennen, aber nur, wenn man darauf aufmerksam geworden ist. Wenn sie hochschwanger wäre, wäre es vielleicht etwas anderes, und die Inderin würde ihr weiterhin Beachtung schenken und Vermutungen anstellen.

»Ada wüßte gern, daß ich immer noch auf Sie aufpasse.«

»Werden Sie sich gut fühlen?«

Er schüttelt den Kopf. Man könne sich unter solchen Umständen nicht gut fühlen, niemand könne das. Er ißt das zweite Specksandwich auf und wischt sich die Fingerspitzen mit einer Papierserviette ab.

»Ich denke an Ihren Zustand, Felicia. Ich denke bloß, daß es nicht gut sein dürfte, dauernd mit diesen schweren Tüten herumzulaufen.«

Zu seiner Überraschung scheint sie nicht mitzubekommen, was er sagt. Sie fängt wieder von der fehlenden Adresse an und sagt, daß sie selbst schuld sei. Sie sagt erneut, daß sie nicht aufdringlich sein wollte.

»Ich weiß, was Sie meinen. Ich weiß, wie Sie sich fühlen, ich hab da Erfahrung. Ein paar von den jungen Landsern, die ich unter mir hatte, waren wegen seelischer Nöte in einem furchtbaren Zustand. Schrecklicher Anblick – anständige, unschuldige junge Kerle, völlig fertig.«

»Ich wäre zu Hause geblieben und hätte auf ihn gewartet, wenn das Baby nicht wäre.«

Mr. Hilditch nickt verständnisvoll. Er läßt Schweigen eintreten, bevor er sagt:

»Denken Sie daran, die Sache zu unterbrechen, Felicia? Geht das drüben?«

»Das ist schwierig.«

»Sie könnten es natürlich hier machen lassen. Sie könnten die Angelegenheit an jedem Wochentag erledigen lassen.« Er hält inne. »Ein alter Freund, hm? Ihr Liebster?«

Nach und nach kommt alles hoch, was, wie er wußte, früher oder später der Fall sein würde. Auf eine verschwommene, unbeteiligte Art stellt sich Mr. Hilditch die Hochzeit vor, mit der der jüngste von den drei Brüdern seiner Begleiterin eine gute Partie gemacht hat, den Geistlichen, der die Zeremonie geleitet hat, die Zusammenkunft in einem Hotelsaal. Dann, als Braut und Bräutigam davonfahren, kommt zufällig der junge Schlägertyp auf der Straße vorbei, und der Ärger fängt an. Das Lächeln in einem Tanzsaal, Spaziergänge auf dem Lande, das Herbstlaub im Wald, Händchenhalten unter einem Cafétisch. Und im Handumdrehen ist er weg mit einem Koffer und überläßt sie sich selbst.

»Er wäre zur Weihnachtszeit wiedergekommen, nur, ich würde sagen, daß seine Mutter ihn davon abgehalten hat, als sie von uns gehört hat. Wer weiß, was sie Johnny erzählt hat.«

»Wer weiß das schon? Ich kenne Leute vom Schlag seiner Mutter. Auch da hab ich meine Erfahrungen.«

»Er hat sie wegen dem, was ihr zugestoßen ist, immer beschützt.«

Mr. Hilditch hört zu, während sie ihm davon erzählt, und fördert jetzt den Strom der Offenbarung, darauf erpicht, sich ein Bild von den Umständen zu machen.

»Das, was Sie von Ihrem Freund erzählen, klingt sympathisch«, sagt er, als das Bild vollständig ist.

»Er hatte meine Adresse genausowenig wie ich seine. Das haben wir beide vergessen. Einmal hab ich gedacht, daß er vielleicht jemanden angerufen hat, den er kennt – jemanden wie Cathal Kelly oder Shay Mulroone. Ich habe gedacht, er könnte über sie eine Nachricht an mich weiterleiten.«

»Sie können ihm keine Vorwürfe machen, weil er nicht daran gedacht hat.«

»Ich mache ihm überhaupt keine Vorwürfe.«

»Ich meine, es ist erstaunlich, was einem manchmal alles nicht einfällt.«

Er erfährt mehr über die Mutter, die nach allem, was Felicia erzählt, mit allen Wassern gewaschen ist. Es ist keine ungewöhnliche Geschichte, überlegt Mr. Hilditch, während er zuhört; bis auf ein paar Einzelheiten kommt bei den meisten von ihnen eine ähnliche Geschichte hoch. Elsie Covington hatte anscheinend zweimal versucht, sich die Pulsadern aufzuschneiden, bevor ihre Wege sich kreuzten. Teenagerdepressionen nannte sie das, obwohl sie schon über fünfundzwanzig war.

»Sie haben viel mitgemacht«, sagt er und erinnert sich, daß er im Dewdrop in der Nähe von Brinklow das gleiche zu Jakki gesagt hat. Sie habe Striemen auf dem Rücken gehabt, berichtete Jakki, ein Kerl habe sie mit einem Gürtel verprügelt.

»Ich wollte Ihnen das alles nicht erzählen. Zu so einem Zeitpunkt...«

»Es tut Ihnen gut, es herauszulassen, Felicia.«

Er setzt hinzu, daß er froh sei, daß sie sich dazu in der Lage fühle. Sie werden jetzt von dem alten Mann gemustert, der von seiner Zeitung genug hat. Zwei Menschen in Schwierigkeiten, sagt er erneut: Es sei seltsam, wie die Dinge sich entwickelten. Niemand denke so sehr an andere wie Ada, sagt er. »Bereite dich langsam drauf vor, mein Lieber, hat sie mich gewarnt – oh, das muß vor sechs Monaten gewesen sein.«

Aber das Mädchen hört nicht zu; sie ist nicht bei der Sache, was unter diesen Umständen wiederum verständlich ist. Er weiß, woran sie denkt, und spielt darauf an.

»Ich könnte Nachforschungen anstellen, Felicia, was seinen Wohnsitz betrifft.«

Sie schüttelt den Kopf: das Übliche, sie wolle ihm nicht zur Last fallen. Er sagt:

»Das Mädchen, das ich im Büro habe, ist ausgezeichnet. Wenn wir unsere Köpfe zusammenstecken würden, würden wir ihn ausfindig machen, überhaupt kein Problem.«

»Wie denn?«

»Das Mädchen würde jede Firma mit Rasenmäherzubehör in den Midlands anrufen. Coventry. Nuneaton. Derby. King's Brompton. Alle, die Sie wollen. Außerdem gibt es Einwohnerverzeichnisse, Steuer- und Wohnungsverzeichnisse. Finden Sie es aufdringlich, wenn ich nach dem Namen Ihres Freundes frage?«

»Johnny ist sein Name. Lysaght.«

»Und wie buchstabiert man das, Felicia?«

Sie sagt es ihm; er schreibt es sich auf.

»Aber ich kann Ihnen doch nicht meine Probleme aufhalsen. Nicht solange Ihre Frau...«

»Ada würde es so wollen. Sie hat ein sehr großes Herz. Ich weiß nicht, was ich anfangen werde.«

»Vielleicht wird alles gut. Vielleicht sagen sie Ihnen, wenn Sie wieder ins Krankenhaus kommen, daß...«

»Ich weiß, was Sie mir sagen werden, Felicia.«

Es macht ihm nichts aus, in der Öffentlichkeit zu weinen. Er läßt ein leichtes Schluchzen hören, und die Tränen bleiben einen Augenblick lang an den Rändern seiner Brillengläser hängen. Ada setze ihren Willen durch, flüstert er, aber sie könne keiner Fliege etwas zuleide tun. Ein Gesicht mit stumpfsinnigen Augen, dessen Konturen in überschüssigem Fleisch verschwunden sind, tritt kurz in sein Bewußtsein. Eine Frau, die zu Nr. 3 gekommen ist, um Sesselbezüge zu machen, und von seiner Mutter Ada genannt wurde.

»Machen Sie mir keinen Vorwurf dafür, daß ich es aufschiebe, wieder auf diese Station zu gehen, Felicia. Ich kann den Leuten da im Augenblick einfach nicht gegenübertreten.«

Er schneuzt sich geräuschvoll, nimmt seine Brille ab und putzt sie. Es werde im Krankenhaus nur ein paar Minuten dauern, meint er. Wenn er dagewesen sei, könnten sie zu der Fabrik zurückfahren, wenn sie wolle.

Er geht wieder zur Theke, um noch eine Tasse Kaffee und eine Packung Kekse zu holen. Sie beteuert wieder, daß sie ihm nicht weiter zur Last fallen könne, und er widerspricht ihr erneut und sagt, sie sei ihm eine Hilfe. Bald darauf verlassen sie Buddy's Café und kehren zum Krankenhaus zurück.

Er verbringt die Zeit in der Cafeteria, wo die Kekse von besserer Qualität sind als in dem Café. »Sie soll noch nicht gestört werden«, verkündet er im Auto, und als sie zu der Fabrik gefahren sind, wartet er, während sie weitere vergebliche Erkundigungen einzieht.

Später, auf der Rückfahrt zu seinem Heimatort, hält er plötzlich auf einem Parkplatz an. Er könne nicht weiterfahren, flüstert er. Er könne sich dem leeren Haus nicht allein stellen. Er säubert seine Brille, sitzt da, starrt durch die Windschutzscheibe und will das Mädchen zum Sprechen bewegen, dazu, daß sie sagt, daß sie eine Weile zusammenbleiben und gemeinsam nach ihrem Freund suchen sollten. Er hat sich Worte zurechtgelegt, um ihr zu erklären, daß er sich in der Nachbarschaft, wo man ihn kennt, nicht in Begleitung eines jungen Mädchens sehen lassen könne, daß es sehr hilfreich wäre, wenn es ihr nichts ausmachen würde, sich in den Fond des Autos zu kauern, wenn sie den Stadtrand erreichten. Besonders da Ada im Krankenhaus sei, wäre dies hilfreich. Aber das Mädchen erwidert immer noch nichts auf seine Äußerung, daß er nicht in der Lage sei, sich dem leeren Haus allein zu stellen. Das Mädchen sagt überhaupt nichts.

»Es ist schwer für mich«, flüstert er und fährt weiter, ohne sie zu bitten, sich hinzukauern, weil das alles noch mehr durcheinanderbringen würde, und sagt sich, daß ihr Schweigen nicht ungewöhnlich ist. Aber als er in die Einfahrt von Duke of Wellington Road Nr. 3 einbiegt – und damit ein Risiko eingeht, das er vorher noch nie eingegangen ist, indem er bei Tageslicht mit einem Mädchen im Auto bei seinem Haus ankommt –, greift sie nach dem Türgriff, sobald das Auto stillsteht. Zwei Menschen in Schwierigkeiten, beginnt er, aber sie schüttelt den Kopf und beteuert erneut, daß sie ihm zu so einem Zeitpunkt nicht zur Last fallen könne. Dann ist sie verschwunden wie ein davonflitzendes Kaninchen.

10

Als Miss Calligary um zehn nach sieben aufwacht, den schwarzen Körper in ein rotes Rüschennachthemd gekleidet, kommt ihr wieder voll zu Bewußtsein, daß Miss Tamsel Flewett weggegangen ist. Miss Tamsel Flewett ist weg und kommt nicht wieder: Miss Calligary hat mit diesem trüben Gedanken in ihrem Bett gelegen, bevor sie aufgestanden ist und die Wände ihres Zimmers und die von Gemeinschaftsbadezimmer und -toilette abgewaschen hat. Sie hat die Angewohnheit, etwas abzuwaschen, wenn sie unzufrieden ist, denn Unzufriedenheit ist ein Fallstrick. Das langsame Verstreichen der Zeit, während sie schrubbt und putzt, ist entspannend; sie kommt wieder zur Ruhe.

Während sie arbeitet, hört sie die Leute aus dem Versammlungshaus gehen, einzeln oder in Gruppen, und zu ihrem Tagwerk aufbrechen. Dann geht sie selbst los, ohne Miss Tamsel Flewett, die sie in den letzten siebeneinhalb Monaten bei ihrer eigenen Arbeit begleitet hat; an diesem Morgen ist die neue Brunel Siedlung ihr Revier.

»Ich kaufe nichts«, beteuert eine alte, weiße Frau, als Miss Calligary die erste Klingel drückt.

»Natürlich nicht.« Miss Calligary beruhigt sie und schüttelt den Kopf, während sie spricht. »Natürlich nicht, meine Liebe.«

»Was soll dann das alles?«

»Normalerweise komme ich mit einer jungen Freundin, Miss Tamsel Flewett, vorbei, weil eine Jamaikanerin allein manchmal nicht so gut ankommt. Aber heute kann Miss Tamsel Flewett nicht bei uns sein. Darf ich fragen, ob Sie die Bibel lesen?«

»Die was?«

»Die Bibel, meine Liebe. Ich habe Ihnen heute die Bibel mitgebracht. Haben Sie zum Beispiel je über die Zukunft nachgedacht, die jeden, der stirbt, erwartet?«

»Sind Sie von der Versicherung?«

Miss Calligary verneint. Trotzdem bringe sie Sicherheit – Sicherheit des Herzens und des Verstandes.

»Was soll das dann mit dem Sterben? Wir müssen alle sterben, ist doch logisch.«

»Ich bin heute morgen gekommen, um mit Ihnen darüber zu sprechen.«

»*Gloria Live* geht gerade zu Ende. Ich habe mir Gloria angeschaut, als Sie geklingelt haben.«

Die alte Frau hat einen leichten Buckel, ist klein und runzlig, mit spärlichem grauen Haar. Sie habe keine Verwendung für eine Bibel, erklärt sie; wenn sie eine Verwendung dafür hätte, würde sie sich eine in einem Laden kaufen. Miss Calligary schenkt dem keine Beachtung. Sie sagt:

»In Zeiten, in denen man viel zu tun hat, hat man nicht immer Gelegenheit, über die Zukunft nachzudenken, die den, der stirbt, erwartet.«

Die alte Frau schüttelt den Kopf, *Dish of the Day* fange gerade an, bemerkt sie.

»Könnte ich vielleicht eintreten?« Miss Calligary zeigt ein breites, strahlendes Lächeln. »Zehn Minuten von Ihrem Tag, das ist alles, was ich in Anspruch nehme, meine Liebe.«

Gestern sei der Mann mit den Wasserbetten dagewesen, erwidert die alte Frau. Sie wolle kein Wasserbett haben; sie wisse nicht einmal, was ein Wasserbett sei. Sie sagt, es sei nett gewesen, sich mit ihr zu unterhalten, und will gerade die Tür zumachen, aber Miss Calligarys Ellbogen hindert sie daran.

»Für den, der stirbt, ist die Zukunft wunderbar. Das ist die Botschaft, die ich Ihnen heute morgen bringe. Das Ziel von Gott, unserem Vater, ist das Paradies auf Erden. Das Versprechen von Gott, unserem Vater, ist das ewige Leben. Als Entgelt allein für Gehorsam. Ich versuche nicht, ihr Interesse an einem Wasserbett zu wecken.«

»Vielleicht haben Sie das Haus verwechselt. Das hier ist Nummer 5. Ich bin Mrs. Crimms.«

»Mrs. Crimms, es ist kein Zufall, daß Ihnen die Botschaft überbracht wird. Ich bin hier, um Sie zu bekehren, um Sie und andere gute Menschen zu Gott zu führen. Nehmen Sie sich einen Moment Zeit, Mrs. Crimms, um daran zu denken, daß wir am Morgen aufwachen und den Tag ins Auge fassen. Wir alle tun das, Mrs. Crimms, Sie und ich und die Menschen überall auf der Welt. In der Nacht blicken wir auf den vergangenen Tag zurück. Zu jeder einzelnen Nacht unseres Lebens gehört ein Tag, der in die Dunkelheit dieser Nacht übergegangen ist. Aber wenn es keine Helligkeit gegeben hat, dann beugen wir nicht die Köpfe.«

»Ich will keine Bibel haben.«

»Ich verkaufe keine Bibeln, meine Liebe. Die Aufgabe, die ich bekommen habe, ist, Leute zu bekehren. Sollen wir uns am Fluß versammeln? sind die Worte, die ich Ihnen sage.«

»Ich verpasse *Dish of the Day.*«

»Wir sehen uns zuerst *Dish of the Day* an, Mrs. Crimms. Wir sehen uns *Dish of the Day* an, ohne ein einziges Wort zu sprechen. *Der Himmel ist mein Thron,* heißt die heutige Losung. *Die Erde ist meiner Füße Schemel. Ich will die Stätte meiner Füße preisen in Ewigkeit.* Sie können dabei nur gewinnen, Mrs. Crimms.«

Diese letzte Behauptung hat die gewünschte Wirkung, und so wird Mrs. Crimms' kleines Wohnzimmer gepriesen, während im Fernsehen gekocht wird. Und als die Sendung zu Ende ist, erklärt Miss Calligary, wie Mrs. Crimms von der Unvermeidlichkeit des Todes befreit werden könnte, und Mrs. Crimms spricht von ihrem Sohn Rod, der im Gefängnis sitzt. Sie habe zweiundzwanzig Enkelkinder, verrät Mrs. Crimms; alle von den drei Frauen desselben Sohnes geboren. Rod habe mit seinen Frauen kein Glück gehabt, gibt sie preis und weint, als sie sich daran erinnert. Acht Monate habe er letztes Mal gekriegt, für etwas, das er nicht getan habe.

»Ich würde mit Rod sprechen«, erklärt Miss Calligary sich bereit. »Ich würde ihm die Botschaft bringen.«

»Zweiundzwanzig Kinder, und nicht eins von ihnen macht einen Finger krumm, um sich um ihn zu kümmern. Rod hat nie Glück gehabt.«

»Ich würde Ihrem Sohn etwas zum Lesen bringen«, verspricht Miss Calligary. »Ich würde Briefe und Pakete überbringen, ich würde Rod bekehren. Meine Kirche denkt familiär.«

Mrs. Crimms wiederholt, daß sie zweiundzwanzig Enkelkinder habe. Sie gingen allen möglichen Arbeiten nach. »In einer Werkstatt, dann wieder mit Computern, in einer Kneipe oder bei einer Buslinie. Ein anderer ist bei der Müllabfuhr.«

»Geben Sie die Botschaft, die ich Ihnen heute bringe, an Ihre Enkelkinder weiter. Wenn Sie die Worte lesen, die ich Ihnen dalasse, werden Sie entdecken, daß Gott, unser Vater, alles neu macht. Sie werden Ihr ewiges Leben entdecken, und Ihr Sohn und Ihre Enkelkinder auch. *Aus der Fülle seiner Liebe hat Gott, der himmlische Vater, seinen Sohn hingegeben, daß die Welt der Menschen erleuchtet werde, so wie der Blitz seinen Himmel erleuchtet.«*

»Der arme Rod sitzt in Wormwood Scrubs.«

»Ich würde hinfahren. Ohne zu zögern.«

Aber Mrs. Crimms scheint an diesem Angebot nicht sehr interessiert zu sein. Sie schüttelt vage den Kopf. Es ist Zeit für Henry Kellys Spielshow. Spielshows sieht sie am liebsten.

»Sie haben noch freie Zimmer in Ihrem Haus.« Miss Calligary spricht leise, lächelt und versucht, Blickkontakt herzustellen. »Im Frühling kommen Leute zu unserem Gebetsjubiläum. Aus allen Ecken der Welt kommen Leute, und wir brauchen noch mehr Betten und Schlafgelegenheiten, mit Badezimmer- und Küchenbenutzung und allem.«

Mrs. Crimms stellt den Fernseher lauter, und Miss Calligarys Versprechen, daß sie in ein oder zwei Tagen wiederkommen werde, geht in dem Lärm unter. Draußen auf der Straße geht das Geplärr der Spielshow weiter und hört dann abrupt auf, als die Lautstärke heruntergedreht wird. Jede Menge Platz in diesem Haus, sagt sich Miss Calligary, während sie den Weg fortsetzt, um ihrer Aufgabe nachzukommen.

Den ganzen Morgen über starren ausdruckslose Gesichter auf ihre Lebhaftigkeit, ihr Lächeln und die Leidenschaft in ihren Augen. Sie hat Miss Tamsel Flewett beigebracht, gutgelaunt zu sein, egal, was für einen Empfang man ihnen bereitet. Zwei Lächelnde sind besser als einer, sagte sie immer, und heute morgen fühlt sie sich einsam. An einer Tür nach der anderen erklärt sie, daß sie die Botschaft der Bekehrerkirche überbringe, aber man hält ihr nur ihre Einfalt vor.

Da fällt ihr, als sie schon völlig niedergeschlagen ist, auf einer einsamen Bank an einem Fußweg ein Mädchen in einem roten Mantel auf, von Abfällen umweht. Miss Calligary beobachtet diese Gestalt aus der Ferne und bemerkt die beiden grünschwarzen Tüten und die müden, eingesunkenen Schultern des Mädchens. Da ist jemand unglücklich, sagt sich Miss Calligary leise und schreitet voran, um das Mädchen zu bekehren.

Drei Tage lang denkt Mr. Hilditch darüber nach, daß jeder einmal einen Fehler machen kann. Es kann jedem passieren, daß er versucht, eine Freundschaft zu schnell anzubahnen: Begeisterung, nimmt er an, ein zu starkes Interesse. Er erinnert sich an die, die er einmal zufällig in einem Debenham's Coffee Bean getroffen hat, die »lieber nicht« sagte, als er ihr vorschlug, sich erneut zu treffen, und an die, die ihm erzählt hat, sie komme aus Daventry: Samantha, der er half, als ihr Auto nicht ansprang. Das könnte selbst einem Bischof passieren, denkt er und erinnert sich an diese Redensart seines Onkels Wilf: Zu schnell vorzurücken ist ein verständlicher Fehler des Menschen.

Da er ein Telefon in Nr. 3 nie für nötig gehalten hat und nicht will, daß in seinem Büro jemand mithört, ruft Mr. Hilditch während der Mittagspause aus einer Telefonzelle bei der Kaserne an der Old Hinley Road an. Die Stimme am anderen Ende ist kühl und nüchtern.

»Wer erkundigt sich nach diesem Soldaten?«

Mr. Hilditch behauptet, er sei ein Freund der Familie. Es

handle sich um einen Notfall persönlicher Art: Der Vater des jungen Mannes sei in einen Unfall an einem Bahnübergang verwickelt, das Signal sei ausgefallen.

»Was wollen Sie von mir wissen?« fragt die abgehackt sprechende, desinteressierte Stimme.

»Die Familie ist sich nicht sicher, in welcher Kaserne der Junge stationiert ist, weil der Vater bewußtlos im Krankenhaus liegt. Wir rufen bei allen Kasernen in der Gegend an.«

»Name und Rang?«

»Lysaght, J. Ich würde sagen, er ist Landser.«

»Was?«

Mr. Hilditch sagt Gefreiter und bekommt gesagt, er solle dranbleiben. Fast zehn Minuten verstreichen, und in dieser Zeit wirft er wiederholt Geld in den Münzfernsprecher.

»Wir haben hier einen Lysaght«, sagt man ihm dann. »Wir geben die Nachricht nach dem Dienst weiter.«

»Entschuldigen Sie, aber vielleicht wäre es besser, wenn die Familie dem Jungen die Nachricht beibrächte. Jetzt, da wir wissen, wo er ist, setzen wir uns schleunigst mit ihm in Verbindung.«

Mr. Hilditch lächelt liebenswürdig und überträgt diese Jovialität über die Sprechmuschel, aber am anderen Ende wird der Hörer ohne jeden weiteren Verständigungsversuch aufgelegt. Er nimmt seine nicht benötigten Münzen aus dem Apparat und verläßt die Telefonzelle. Es ist keinesfalls unmöglich, daß das Mädchen dem Rabauken, der sie geschwängert hat, zufällig über den Weg läuft, es gibt keinen Grund, warum das nicht passieren sollte, wenn sie weiter im Ort herumläuft. Trotzdem, seinen Aufenthaltsort zu kennen, ist irgendwie beruhigend: Dadurch ist er einen Schritt voraus, wie die Redensart heißt.

Da Mr. Hilditch noch eine halbe Stunde Zeit hat und damit er später nicht mehr einkaufen muß, fährt er langsam auf den Parkplatz von Tesco's. Er entdeckt einen Einkaufswagen, schiebt ihn durch die aufschwingende Chromschranke und begibt sich zur Tiefkühlkost, wo er sich Kabeljau im Teigmantel, Frikadellen, Erbsen, Brokkoliköpfe, vier Tüten Pommes frites und zwei Becher Erdbeer- und Vanilleeis aussucht. In der Frischfleischabteilung nimmt er Schweinekoteletts, Hähnchenteile und erstklassiges Steakfleisch und legt Stangensellerie, Möhren und Kartoffeln aus den Gemüseregalen und Doppelkekse mit Schokoladen- und Vanillecremefüllung, Buttergebäck, Schokowaffeln und Vollkornkekse mit Schokoladenüberzug aus den Süßwarenregalen dazu. Da Mr. Kipling's Bakewell Slices herabgesetzt sind, genau wie Mr. Kipling's French Fancies und McVitie's Kuchen mit Sirupüberzug, nimmt er sich von jedem etwas und in der Nähe der Kasse je eine Packung Riesenchips und Phileas Fogg Croutons sowie eine Sechserpackung Bountyriegel. Er lächelt die Frau an, die sich unhöflich vor ihn drängt, und sagt, das mache nicht das geringste.

Auf dem Parkplatz stapelt er seine Einkäufe in den Kofferraum seines Autos, und während er zur Kantinenabteilung zurückfährt, verzehrt er einen Bountyriegel. Der größte Teil der Mittagspause ist vorbei, aber in der Küche wird man ihm etwas Warmes aufgehoben haben, worum er vorher gebeten hat. »Verzeihung, daß ich Ihnen solche Umstände mache«, entschuldigt er sich, als man einen Teller mit Schinken und Petersiliensoße, Kartoffelbrei und mit Soße zubereiteten Blumenkohl vor ihn hinstellt. »Hatte was zu erledigen. Ich werde länger dableiben müssen, um mit den Zahlen nachzukommen.«

Das hat er nicht wirklich vor. In der Hoffnung, sie zu Gesicht zu bekommen, will er in die Gegend am Marshring fahren. Während er ißt, und danach in seinem kleinen Büro, beginnt allmählich der Zorn, den er bis dahin unterdrückt hat, durchzusickern. Jeder hätte sehen können, wie sie von Nr. 3 fortgeeilt ist. Er hat für sie seine Regeln außer acht gelassen, und dann das: kaum ein Zeichen von Dankbarkeit, nachdem er sie mehr als hundertzehn Meilen gefahren, ihr mehrere Tassen Tee bezahlt und sich den ganzen Unsinn über eine Frau, die vor fünfundsiebzig Jahren zur Witwe geworden war, geduldig angehört hatte. Und er verspürt keine Genugtuung darüber, daß ihr Freund sich einer Lüge schuldig gemacht hat, obwohl es so sein müßte.

Unfähig, sich selbst zu helfen, stellt sich Mr. Hilditch diesen Soldaten vor, in ordentlicher Uniform und vergnügt beim nachmittäglichen Dienst. Später stellt er ihn sich außerhalb der Dienststunden vor, wie er sich mit seinen Kameraden ausruht, die Füße auf einem Tisch im Tagesraum der Kaserne, die Art von Kameradschaft, auf die er sich selbst einmal gefreut hatte, bevor der Sergeant mit dem schmalen Schnurrbart aus dem Musterungsbüro ihn wegen seiner Füße und seines Sehvermögens abgewiesen hatte. Die übereinandergeschlagenen Beine immer noch vor sich auf dem Tisch, sagt der junge Schlägertyp unter schallendem Gelächter, daß es so scharfe Bräute wie die, die er gehabt habe, haufenweise gebe, die könne man von den Bäumen pflücken, überhaupt kein Problem. Und einer seiner Kameraden blickt von einem Pornomagazin auf und ruft sich ins Gedächtnis zurück, wie er es zum ersten Mal getrieben hat, mit einer dicken Krankenschwester hinter einer Gastwirtschaft, dem Flight of Birds an der Strecke nach Scunthorpe, an einem Sommerabend. Ein anderer wirft ein, daß er es zum ersten Mal mit dreizehn der Frau eines Klempners besorgt habe.

Um Viertel vor sechs fährt Mr. Hilditch in die Gegend am Marshring und wartet eine Weile in seinem geparkten Auto. »Vielen Dank«, hat sie gesagt, als sie davongeflitzt ist. »Ich hoffe, mit Ihrer Frau kommt alles in Ordnung.«

Um zehn nach sechs fährt er enttäuscht wieder weg.

Es sind keine eisernen Gitterstäbe nötig, denn all die Tiere leben in Frieden mit den glücklichen Menschen. Löwe und Lamm sind Freunde. Schau dir die leuchtenden Farben der Vögel an, während sie hierhin und dorthin flattern. Höre, wie ihr wunderschöner Gesang und das Lachen der Kinder die Luft erfüllen! Rieche den Duft der Blumen, höre das Plätschern des Flusses, spüre die prickelnde Wärme der Sonne!

Jetzt die Früchte in diesem Korb probieren, das wäre schön, denn es ist das Beste, was die Erde hervorbringt, das Allerbeste, wie alles, was in diesem herrlichen Garten zu sehen und zu genießen ist...

Die glücklichen Menschen, die Blumen, Tiere und Früchte sind auf dem Umschlag der Broschüre farbenfroh illustriert. Flamingos stolzieren umher, Kaninchen knabbern am Gras, aber nicht an den Blumen. Ein Kind umarmt einen Schwan, in der Ferne segeln Jachten auf einem See.

»Das ist das Paradies auf Erden«, beteuert eine Schwarze, deren langer Zeigefinger Felicias Aufmerksamkeit auf einen herabrieselnden Wasserfall, auf die Giraffen und dann auf die Kakadus lenkt. Die Schwarze ist schlank und großgewachsen, trägt Ringe an mehreren Fingern und Ohrringe. »Das ist das Versprechen von Gott, unserem Vater, und seine Heimstatt«, erklärt sie.

»Ja«, stimmt Felicia zu.

»Komm mit uns, mein Kind. Hast du von der Sintflut gehört? Von Noah in seiner Arche? Hast du davon gehört?«

»Ja.«

»Es ist bewiesen, daß die Sintflut stattgefunden hat«, erinnert sie die Schwarze.

»Ja, ich verstehe.«

Nur ein paar andere Leute sind in der Nähe. Windböen wehen die Abfälle in die Ladeneingänge. Es ist kälter geworden.

»Wo wohnst du?« will die Schwarze unbedingt wissen. »Hast du da noch freie Zimmer?«

Felicia erwidert, daß sie nicht von hier sei: Sie habe in Frühstückspensionen gewohnt. Sie greift nach ihren Tüten und sagt, sie müsse jetzt weiter.

»Wohin gehst du, mein Kind? Wohin läufst du so hastig weg von Gott, unserem Vater?«

»Ich suche jemanden.«

Es ist spät am Tag. Sie muß eine andere Pension finden, in einer Gegend, die ihr nicht vertraut ist. Je mehr sie herumläuft, um so größer ist ihre Chance, dem Menschen, nach dem sie sucht, zufällig über den Weg zu laufen: Sie erklärt es, aber die Schwarze versteht es nicht. Sie hört nicht zu. Sie sagt, Glückseligkeit warte auf den, der stirbt.

»Mein Kind, wir leben im Wunder der Schöpfung. Sieh dir diesen Garten an. Sieh die Früchte an den Bäumen und die Völker aller Nationen. Sieh den Saft zum Trinken und das Lächeln der Kinder. Schau, mein Kind, Gott, unser Vater, nimmt sich aller Dinge an.«

»Ich muß ein Zimmer für die Nacht finden.«

»Ich kann dir ein Zimmer anbieten, mein Kind. Kostenlos. Miss Tamsel Flewett ist weg, und mein Herz sagt mir, daß sie für immer von uns gegangen ist. Eine Jamaikanerin kommt allein nicht so gut an, wenn sie bei den Leuten klingelt.«

Sie drängt Felicia die Broschüre erneut auf, das paradiesische Bild von Früchten, Flamingos und braven Kaninchen.

»Nein, wirklich nicht. Tut mir leid.«

»Was für Sachen hast du zu tun, mein Kind? Was für Sachen, die wichtiger sind als das Werk Gottes, unseres Vaters.«

»Ich suche jemanden.«

»Alle möglichen Leute wohnen im Versammlungshaus. Brauchst du ein Kissen unter deinem Kopf? Nun, dort haben wir es für dich. Ich sehe dich nicht gern hier draußen im Wind sitzen, eine Beute der anbrechenden Nacht.«

Felicia fühlt sich müde. Sie hat auf der Holzbank gesessen, ist einfach eingeschlafen und hat sogar geträumt: daß sie wieder bei Sheehy's waren, beim ersten Mal, als er sie dorthin mitgenommen hat, daß sie an der Kreuzung nach Creagh waren, in der warmen, kleinen, nach hinten gelegenen Bar. Sie hätte darauf beharren sollen, als sie Mrs. Lysaght besuchte. Sie hätte ihr alles erzählen und sich weigern sollen, ohne die vollständige Adresse zu gehen. Sie hätte sie anschreien und eine Szene machen sollen. Schließlich ist es Mrs. Lysaghts Enkelkind.

»Komm mit«, bestimmt die Schwarze auf ihre entschiedene Art, und Felicia geht mit ihr, weil es leichter ist, als nach etwas anderem zu suchen. »Miss Calligary«, stellt die Schwarze sich vor. »Es ist nicht weit.«

Sie eilt mit ihr durch menschenleere Straßen zu einem Backsteinhaus, das in einer Reihe mit anderen steht. Sie führt sie nach oben, auf einen Speicher mit Bildern an den Wänden, die den Illustrationen in der Broschüre ähneln. Miss Calligarys Kleider hängen an zwei Reihen von Haken zu beiden Seiten eines Flügelfensters, Kleider, Röcke und Mäntel. Ihre Schuhe stehen ordentlich aufgereiht an einer der Wände. Ein Koffer, ebenfalls auf dem Fußboden, ist mit Unterwäsche und anderen Habseligkeiten vollgestopft. Die einzigen Möbelstücke auf dem Speicher sind zwei Stühle, eine auf Böcken liegende Tischplatte und ein schmales Bett. »Ich bin ständig unterwegs«, erklärt Miss Calligary. »Ich bekehre die Leute, zu denen die Botschaft mich führt.«

Sie bereitet aus Thunfisch und Salat eine Mahlzeit zu und macht Tee, als sie gegessen haben. Sie trinken den Tee und waschen dann das Geschirr in einer Emailschüssel ab. Miss Calligary schüttet den Satz aus der Teekanne und die Teeblätter in einer kleinen Toilette auf dem Treppenabsatz weg und gießt dort auch das Abwaschwasser aus. Aus den Zimmern unten dringt kein Geräusch.

»Heute abend ist es ruhig im Versammlungshaus«, bemerkt Miss Calligary. »Alle sind unterwegs.«

»Wohnen hier viele Leute?«

»Schwarz und weiß, mein Kind, jung und alt. Alle, die dazu berufen sind, Menschen zu bekehren.«

Später kommen diese Leute zurück. Die Haustür schlägt häufig. Stimmen begrüßen einander. Auf einem Klavier wird die Melodie eines Kirchenliedes gespielt. Der Duft von Gekochtem zieht nach oben in Miss Calligarys Speicher.

»Liebe! Freude! Frieden!« Mit diesem Ausruf zeigt ein Mann in einem kastanienbraunen Anorak Felicia ein Willkommenslächeln, als Miss Calligary sie eine Stunde später unten in einen großen, unmöblierten Raum führt. Andere kommen auf sie zu und schütteln ihr die Hand: schwarz und weiß, wie Miss Calligary gesagt hat, jung und alt. Man wird, so teilt man Felicia mit, in dem Raum, in dem die Leute jetzt versammelt sind, den man als den Versammlungsraum kennt, Bettzeug für sie ausbreiten. Ein Mädchen namens Agnes, mit dezent lackierten Fingernägeln und gepflegtem schwarzen Haar, verrät, daß sie bei einem Zahnarzt arbeite, aber lieber ihre ganze Zeit allein der Verbreitung der Botschaft widmen würde.

»Es wird keine Trauer mehr geben«, beteuert Agnes. »Auch keine Entrüstung und keinen Schmerz. Wenn wir zusammengekommen sind, wenn alle wieder wissen, daß den, der stirbt, eine Zukunft erwartet.«

Jeden Abend, so verrät sie weiter, träfen sich die Leute im Versammlungsraum, um die Erfahrungen des Tages auszutauschen. Ein älterer Äthiopier berichtet Felicia von seinen, wobei es meistens um das Klingeln an irgendwelchen Türen geht. »Du bist nicht zufällig unter uns«, setzt er hinzu, »denn nichts kann ohne das Gebot geschehen, das im Garten der Freude entstanden ist. Adam wurde aus dem Paradies vertrieben, und das Gebot wurde in den Staub geschrieben. Schau es dir genau an und sieh den Speichel der Schlange.« Das Gesicht des alten Mannes ist zerfurcht wie eine Walnuß, die blitzenden Augen sind blutunterlaufen. Er nickt Felicia zu und geht weiter.

»Bob ist mein Name.« Der sie als nächstes anspricht, ist der Mann in dem kastanienbraunen Anorak, klein und mit schütterem Haar. »Das Bettzeug ist von uns«, versichert er jetzt. »Ruthie und mir. Wir bewahren es für Neuankömmlinge auf, da wir vor nicht allzu langer Zeit selber Neuankömmlinge waren. Wir haben uns in diesem Raum kennengelernt, Ruthie und ich. Wir sind in diesem Haus getraut worden. Unsere Kinder sind oben in unserem Zimmer zur Welt gekommen. Zwei wunderschöne Kinder. Sie werden das Bettzeug herunterbringen.«

»Alle freuen sich, daß du zu uns gefunden hast«, versichert eine großgewachsene Frau Felicia. Der Atem der Frau riecht süß, als wäre er parfümiert. Sie bringt ihr Gesicht nahe an das von Felicia und spricht ihre vertrauliche Mitteilung deutlich aus: »Ich hatte mich verirrt, wie in einem Wald, bis mir durch die Botschaft der Weg offenbart wurde.«

Ein Japaner sagt, sein Name sei Mr. Hikuku. Felicia kann sonst nichts von dem verstehen, was er sagt, aber die Frau mit dem süßen Atem erklärt, daß er unter den Leuten im Osten wirke und ihnen die Botschaft bringe. Er lebe bescheiden im Versammlungshaus, setzt die Frau hinzu, in einem kleinen Zimmer, und teile Bad und Toilette, wie alle anderen auch. Aber was das Geschäftliche betreffe, so sei Mr. Hikuku zweifacher Millionär.

Mr. und Mrs. Priscatt, ein Paar mittleren Alters, tragen randlose Brillen und ähneln sich im äußeren Erscheinungsbild, blasses Gesicht und bräunlich gekleidet. Mr. Priscatts brauner Anzug ist sorgfältig gebügelt, sein Hemd frisch und sauber, auf seiner Krawatte ist ein Firmenemblem. Mrs. Priscatts Strickjacke ist von einem helleren Braun als der Pullover darunter und paßt genau zu ihrem Faltenrock. Im Gegensatz zu Miss Calligary und den anderen Frauen, die sich versammelt haben, trägt sie keinen Schmuck.

Ihr Mann sei, teilt Mrs. Priscatt Felicia mit, bei der Eagle Star Versicherungsgesellschaft in der Abteilung für Schadenersatz und sehe seiner Pensionierung entgegen. Sie selbst widme ihre ganze Zeit der Verkündung ihres plötzlich gefundenen Glaubens. Mr. Priscatt setzt hinzu, daß es ermutigend sei, ein neues Gesicht begrüßen zu können.

»Du bist schwanger.« Die Äußerung ist weder als Frage noch als Vorwurf gemeint. Mrs. Priscatt hat sie gemacht, und sowohl sie als auch ihr Mann nicken zur Bekräftigung ihrer Annahme, bevor Felicia etwas erwidert.

»Ja«, gibt sie zu, weil sie spürt, daß trotz deren Sicherheit in dieser Sache eine Stellungnahme von ihr erwartet wird.

»Mrs. Priscatt sieht so was immer.« Mr. Priscatt spricht in

höflichem Ton und neigt dazu den Kopf leicht in Richtung seiner Frau.

»Ein Mädchen«, sagt Mrs. Priscatt voraus, und Mr. Priscatt weist darauf hin, daß Joanna ein hübscher Name sei.

Dann fragt man Felicia aus, und sie teilt Einzelheiten über die Umstände mit, denen sie unterworfen war. Alles, was sie sagt, wird wohlwollend aufgenommen, und später, als sie mit anderen Leuten im Raum gesprochen hat, spürt sie, daß schon alle wissen, wie es zu ihren Problemen gekommen ist, obwohl nur die Priscatts sie zu dem Thema befragt haben. Das Wissen steht ihnen im Gesicht geschrieben, ohne daß eine Verurteilung damit einherginge. Felicia hört, wie Bob Ruthie zuflüstert, ein Kind werde im Versammlungshaus zur Welt kommen, noch ein Kind, so wie ihre zwei wunderschönen eigenen Kinder. Felicia hört zu, ohne selbst viel zu sagen, und hat das Gefühl, daß alles mehr Traum als Wirklichkeit ist: Sie ist noch nie in ihrem Leben solchen Leuten begegnet, hat nicht einmal gewußt, daß es solche Leute gibt.

Einer nach dem anderen wünschen sie ihr eine gute Nacht und wiederholen, daß sie willkommen sei. Man läßt ihr Broschüren zum Lesen da, für den Fall, daß sie schlecht schlafen kann. Ihr Bettzeug kommt, sie ruht sich voll Dankbarkeit aus, und ihre Sorgen geraten in Vergessenheit.

11

Mr. Hilditch hat sie herumlaufen sehen: Spinner, seiner Ansicht nach. Sie sind ihm auf der Straße aufgefallen, wie sie den Leuten ihr Informationsmaterial aufgedrängt und sie mit frommem Geschwätz belästigt haben.

Irgendwie ist das Mädchen da hineingeraten; jedenfalls wohnt sie in ihrem Haus, weil er gesehen hat, wie sie es betreten hat. Ein unschuldiges Mädchen aus der irischen Provinz, empfänglich für alles, was sie ihr einflüsterten: Was für eine Chance hätte sie unter so einem Druck? Der einzige Trost besteht darin, daß das Haus, in dem sie sich aufhält, weit genug von der Kaserne in der Old Hinley Road weg ist, mindestens zwei Meilen, vielleicht auch zweieinhalb. Die Jungs aus der Kaserne gehen immer ins Goose and Gander, zu Hinley Fish 'n' Chips am Stoat Kreisel oder ins Queen's Head an der Strecke nach Budder. Mr. Hilditch erinnert sich aus der Zeit mit Elsie Covington daran, als ein junger Schlägertyp aus der Kaserne ein paarmal mit ihr ausging. Die Gegend gehört nicht zur Stadt, hat noch nie dazugehört. Außer der Kaserne gibt es da nicht viel: An Wochenenden oder wenn sie abends einen draufmachen, fahren die jungen Soldaten auf der Autobahn nach Brum.

Mr. Hilditch spielt »Falling in Love Again« auf seinem Grammophon, dann »Stella by Starlight« und »Makin' Whoopee«. Die Platten sind alte Achtundsiebziger: Da das Grammophon schon so alt ist, lassen sich keine anderen darauf abspielen. Mr. Hilditch ruht sich in einem Sessel aus, den *Daily Telegraph* – ganz durchgelesen – neben sich auf dem Teppich, die Melodien ein Trost in seiner Sorge um das Wohlbefinden des Mädchens, dessen er sich angenommen hat. *Ev'ry rolling stone gets to feel alone,* singt Doris Day, *when home sweet home is far away.*

Mr. Hilditch nennt dieses Zimmer das große vordere Zimmer, wobei er den Ausdruck nur im stillen und für sich gebraucht, weil es nie einen Anlaß gegeben hat, ihn gegenüber jemand anderem zu benutzen. Die Ölgemälde mit den Ahnen anderer Leute darauf blicken gütig auf ihn herab. Sein Billardtisch, den er selten benutzt, steht in einer Ecke; in einer Vitrine befindet sich die Briefbeschwerersammlung von jemand anderem. Zwei Standuhren, die jeden Donnerstagabend aufgezogen und täglich nachgestellt werden, ticken im Takt, eine zwischen den Fenstern mit den schweren Vorhängen, die andere an der Tür. Auf dem Kaminsims aus schwarzem Marmor über einem riesigen elektrischen Kamin mit glühenden Kohlen stehen Porzellankrüge und Nippes: ein Seehund, der einen Ball balanciert, Ballettänzer, ein drolliges Orchester aus Dalmatinern, Hochlandrinder. Die Tapete in dem Zimmer ist größtenteils purpurrot, Rosen an einem Spalier. Militärgeschichtliche Bücher, alte Nummern des *National Geographic*, gebundene Jahrgänge von *Punch* und *Railway and Travel Monthly* füllen ein Bücherregal.

Never thought my heart could be so yearny, singt Doris Day. *Why did I decide to roam?*

Das Lied geht zu Ende, und die Nadel wimmert leise, während sich die Platte weiterdreht. Es ist ein angenehmes Geräusch, überlegt Mr. Hilditch, hört es sich träge an, viel ruhiger jetzt als vor einer Stunde, als er das Zimmer betreten hat. Morgen wird er erneut versuchen, sie zu treffen.

Seit mehreren Tagen wohnt Felicia im Versammlungshaus, verläßt es jeden Morgen, um Nachforschungen anzustellen, sich die Gesichter auf der Straße zu betrachten und zu Fabriken in anderen Städten zu fahren, von denen sie gehört hat. Häufig schickt man sie versehentlich zu einer Fabrik, die die Produktion umgestellt hat, auf diese Weise lernt sie Baumaschinenvermietungen kennen, Hallen, in denen Rodungsmaschinen und Raupenbagger repariert werden, und Maschinenfabriken, in denen Kompressoren und Rammen hergestellt werden. Auf ihrer weiteren Suche nach allem, was etwas mit Rasenmähern zu tun hat, kommt sie an Holz-, Baumaterial- und Getränkelagern vorbei und an Schrottplätzen, auf denen alte Autos ausgeschlachtet werden, bevor man sie übereinanderstapelt. Wenn sie nachfragt, erzählt man ihr manchmal – wenn sie zufällig jemand Älteren anspricht – von den ausgezeichneten Rasenmähern, die es früher gegeben hat: zu Zeiten des Dennis, des Ransome und des Atco in ihrer Blütezeit. Nichts sei mehr so wie damals, sagen solche Gewährsmänner übereinstimmend und schütteln den Kopf über Felicias hoffnungslose Aufgabe, so, als wäre auch sie ein Aspekt davon, daß nichts mehr so ist, wie es einmal war.

Jeden Abend im Versammlungshaus fragen sie die anderen Bewohner, ob sie ihren Freund schon gefunden habe, und sie sagt nein. Niemand macht eine Bemerkung dazu, noch urteilt jemand abfällig darüber. Sie ißt, genau wie am ersten Abend, mit Miss Calligary, und Miss Calligary macht jeden Morgen Tee für sie beide und bietet ihr Corn-flakes und Toast an. Felicia vermutet, daß sich Miss Calligary in ihrem Interesse mit Gott dem Herrn in Verbindung gesetzt hat, daß auch Mr. Hikuku das getan hat und die Frau mit dem süßen Atem, die Priscatts, Agnes, Bob und Ruthie und der alte Äthiopier, dessen Gesicht wie eine Walnuß aussieht. Mit freudiger Erwartung wird sie jeden Abend begrüßt, wenn sich alle versammeln, und ihre Anteilnahme für sie zeigt sich jedesmal deutlich, ihr wird von neuem Vergebung angeboten: Ihre Seele sei es, die in diesem Gebäude gerettet worden sei; sie sei die Sünderin, deren Erlösung jeder einzelne hier miterleben könne. In der strahlenden Helligkeit der Liebe der Bekehrer werde einem Säugling die Botschaft und der Weg gezeigt, und die Zukunft dessen, der stirbt, werde sein kindliches Erbe sein, eines Mädchens, das man Joanna nennen werde.

Schließlich wird Felicia der berauschenden, unwirklichen Atmosphäre überdrüssig. Als sie merkt, daß die Leute aus dem Versammlungshaus die falschen Schlüsse aus ihrem Stummsein gezogen haben, tut sie ihr Bestes, um die Illusion zu zerstören, die ihre Ankunft geweckt hat, aber keiner hört ihr zu. Und je länger das so geht, desto mehr kommt ihr zu Bewußtsein, daß sie ihre Gastfreundschaft unter Vorspiegelung falscher Tatsachen in Anspruch nimmt. Sie ist eine Schwangere, die verzweifelt den Vater ihres Kindes sucht: Mehr ist da nicht.

Also geht sie eines Morgens ganz früh und läßt einen Zettel auf dem zusammengerollten Bettzeug zurück, auf dem sie sich bei allen bedankt. So wie vor ihrer Aufnahme im Versammlungshaus zieht sie dann wieder von einer Pension zur nächsten, wechselt sie in der Hoffnung, sich durch Zufall in der Nachbarschaft der fehlenden Adresse wiederzufinden, die Stadtteile und fährt tagsüber immer noch zu Fabriken, die man ihr genannt hat. *Ihr seid alle so gut zu mir gewesen,* steht auf dem Zettel, den sie im Versammlungshaus zurückgelassen hat, aber als sie Mr. Hikuku flüchtig auf der Straße erblickt, hat sie wegen der Art, wie sie weggegangen ist, ein schlechtes Gewissen. Einmal erblickt sie flüchtig das kleine grüne, bucklige Auto, und auch da hat sie ein schlechtes Gewissen.

Im allerletzten Augenblick hält sein gesunder Menschenverstand Mr. Hilditch von dem Zusammentreffen ab, das er sich so sehr erhofft hat, als sie eines Nachmittags plötzlich da ist und ein Paar mit Blindenhund nach dem Weg fragt. Alles, was er tun muß, ist, die Straße überqueren und hallo sagen, wenn das Paar weitergegangen ist. Wenn er einem Einheimischen auffällt, der ihn kennt, vom Sehen oder sonstwie, wird man der Sache aller Wahrscheinlichkeit nach nicht allzuviel Bedeutung beimessen, in der Annahme, daß er weitere Angaben macht. Aber es bleibt der Umstand, daß das hier heimisches Gelände ist, und da kann man nie wissen. Auf keinen Fall könnten sie ein Stück zusammen die Straße entlanggehen. Und was wäre, wenn sie plötzlich losheulte oder ihn wie einen alten Freund behandelte. Und wieviel Nützliches konnte in den ein, zwei Minuten ausgetauscht werden, in denen es für ihn ungefährlich wäre, am hellichten Tage dazustehen und ihr die Richtung zu zeigen, mit der das Paar mit dem Blindenhund ihr nicht dienen konnte? Es genügt, beschließt Mr.

Hilditch während seines Zögerns, zu wissen, daß sie die Sekte wieder verlassen hat, was er daran sieht, daß sie wieder mit ihren Tüten durch die Straßen zieht. Wenn er Geduld hat, wird sie zu ihm zurückkommen. Früher oder später wird sie ihn um Hilfe bitten, da er ihr welche angeboten hat.

In einer öffentlichen Toilette tastet sich Felicia bei abgeschlossener Tür durch die Sachen in der schwereren von ihren Tüten, bis zu dem Pullover, in dem sie den größeren Teil des Geldes versteckt hat. In dem Portemonnaie in ihrer Handtasche hat sie noch zwei Pfund und dreiundsiebzig Pence.

Aber die Ärmel des Pullovers sind leer, und in dem Glauben, daß sie sich geirrt hat, durchsucht sie die andere Tüte. Da sie auch dort nichts findet, wendet sie sich wieder der ersten zu. In panischer Angst leert sie beide aus, verstreut alles auf dem Boden der Toilette, faltet den marineblauen Pullover auseinander und schüttelt alle anderen Kleider aus. Das Geld ist nicht da.

Sie versucht, sich zu beruhigen. Könnte es sein, daß die Geldscheine irgendwie aus den wollenen Ärmeln herausgerutscht sind, als sie in dem Zimmer, in dem sie in der ersten Nacht gewohnt hat, im Versammlungshaus oder in einer der anderen Pensionen etwas aus der Tüte geholt hat?

»Es ist nichts gefunden worden«, erklärt die Pensionswirtin mit den scharfen Gesichtszügen am Marshring Crescent, als sie dorthin zurückkommt. »Was vermissen Sie denn?«

Felicia sagt, es handele sich um Geld. Sie könnte es herausgeholt und irgendwo hingelegt haben, obwohl sie sich nicht daran erinnern könne.

»Es ist kein Geld gefunden worden.«

»Wäre es möglich nachzusehen, nur um sicherzugehen?«

»Das Zimmer wurde an dem Tag, an dem Sie weg sind, und seitdem jeden Tag ausgefegt. Ich mache alles selber sauber.«

Felicia erklärt, daß sie infolge der Ereignisse nur noch sehr wenig Geld habe. Alles, was sie wolle, sei, sich zu vergewissern, daß sie nichts dagelassen habe.

»Sie haben nichts dagelassen.« Die Frau besteht darauf. Felicia geht davon.

Sie macht die Runde bei den anderen Pensionen, ohne Erfolg. Sie ist nicht überrascht, denn inzwischen ist ihr klar, daß das Geld nicht von allein aus dem Versteck verschwunden sein kann, und tagsüber hat sie ihre Tüten in keinem dieser Zimmer zurückgelassen, da sie in keinem länger als eine einzige Nacht geblieben ist. Das tat sie nur im Versammlungshaus, weil sie dachte, unter religiösen Menschen sei das Bündel Geldscheine in Sicherheit.

»Du kommst also zu uns zurück, mein Kind?« begrüßt sie Miss Calligary etwas steif, als sie klingelt, und lächelt nicht wie sonst. »Du bist also wieder da.«

»Ich mußte meinen Freund suchen gehen.«

»Und jetzt hat dein Freund zu dir gesagt: Ich kann dir nicht helfen. Ist der ein Freund, der so etwas zu einem schwangeren Mädchen sagt?«

»Er weiß es nicht.«

»Sie wissen es immer, mein Kind.«

Als sie nicht ins Versammlungshaus gebeten wird und bei Miss Calligary nicht das geringste Verständnis spürt, fühlt Felicia sich plötzlich müde. Der Verlust ihres Geldes ist eine fast ebenso große Katastrophe wie ihr Unvermögen, die richtige Fabrik ausfindig zu machen. Das Geld gehört nicht einmal ihr; wenn sie jetzt nach Hause zurückkehren wollte, könnte sie es nicht; sie hat nicht einmal mehr genug für eine Übernachtung.

»Ich hab etwas Geld verloren, während ich hier war.«

»Geld?«

»Ich hatte Geld in einer meiner Tüten.«

»Was willst du mir sagen, mein Kind?«

»Ich hatte Geld bei meinen Kleidern. Ich hatte es versteckt, und jemand hat es weggenommen.«

»Nicht in diesem Haus. Garantiert nicht, mein Kind.«

»Es ist verschwunden.«

»Gestohlen. Willst du sagen, gestohlen?«

»Ah nein, überhaupt nicht. Nur, ich hab es tagsüber hiergelassen, ich weiß nicht, was ich mir dabei gedacht habe. Wenn wir einfach nachsehen könnten...«

»Du gehst weg ohne ein Wort, mein Kind. Dann kommst du hierher zurück und redest so ein Zeug.«

»Ich hab jetzt kaum noch Geld.«

»Du bittest mich um Geld, mein Kind?«

»Vielleicht hab ich's hier aus Versehen rausgeholt. Vielleicht ist es rausgerutscht. Wenn wir nur im Zimmer nachsehen könnten.«

Miss Calligary läßt sich nicht dazu herab, etwas zu entgegnen, macht die Tür etwas weiter auf und geht dann in den leeren Versammlungsraum voran. Aber da gibt es nichts, wo das Geld sich befinden könnte, keine Schubladen, die man herausziehen könnte, keinen Teppich auf dem Parkettboden, nur die Heizkörper, hinter denen Felicia verzweifelt nachschaut.

»Du gehst weg von uns, mein Kind. Du wendest dich von unseren Leuten und unserem wahren Glauben ab, und jetzt kommen diese Anschuldigungen.«

Tränen laufen Felicia über die Wangen, während sie den Kopf schüttelt und bestreitet, sich abgewandt zu haben. Alle seien nett zu ihr gewesen, sagt sie; alle seien verständnisvoll gewesen; sie habe sich geschämt, daß sie so schnell weitergezogen sei. Sie sei selber schuld; sie hätte jeden Tag nachschauen sollen, ob das Geld noch da sei. Sie hätte es besser aufteilen sollen, die Hälfte in den Pullover, die andere Hälfte in ihre Handtasche. Bei dem Versuch, ihr Schluchzen unter Kontrolle zu bekommen, krallt sie die Finger in die Handflächen, bis es wehtut.

»Ich weiß nicht, was ich tun soll.«

Miss Calligary wartet, bis Felicias Verzweiflung sich gelegt hat, und erinnert sie dann daran, daß die Bewohner des Hauses bald mit den Neuigkeiten von ihrem heutigen Bekehrungswerk einträfen. Wenn die Leute vollzählig versammelt seien, werde sie sie von dem in Kenntnis setzen, was passiert sei, und sich danach erkundigen, ob vielleicht jemand herumliegendes Geld gefunden und zur Sicherheit weggeräumt habe.

Sie warten, und es herrscht Schweigen zwischen ihnen. Dann, als alle zurückgekehrt sind, als man Felicia begrüßt hat – wenn auch nicht mit der Wärme, die sie früher gespürt hat –, sagt Miss Calligary es den versammelten Bekehrern. Ihre Reaktion ist, daß sie Felicia mit unverhüllter Enttäuschung anstarren. Jede Spur von Freundlichkeit ist aus den blutunterlaufenen Augen des alten Äthiopiers und den zusammengekniffenen Augen von Mr. Hikuku, der sie anstarrt, gewichen. Die anderen Gesichter sind von Schmerz entstellt; Agnes' Schönheit wird durch die Abscheu bitter. Niemand sagt etwas. Miss Calligary steht so reglos da, daß ihre Züge aus Ebenholz geschnitzt sein könnten.

Da sie nichts mehr zu sagen weiß, geht Felicia davon.

12

Mr. Hilditch stellt die Januarbilanz der Kantine auf und streckt dabei den monatlichen Zuschuß etwas, in der Hoffnung, ein bißchen zusätzliches Geld für Februar zu behalten. Um vier Uhr fängt ein Vertreter für Automaten mit seiner Verkaufsmasche an: Stellen Sie eine Reihe von Essensautomaten in der Kantine auf, und Sie können auf ihr gesamtes Kantinenpersonal verzichten. Die Automaten würden hinten unmittelbar an die Küche angrenzen, und man könnte die zubereiteten Portionen gleich hineinstellen: Beim Einwerfen einer Münze würden die Gerichte zum richtigen Zeitpunkt und so wie gewünscht herauskommen, kochendheiß oder gekühlt. Das gleiche bei den Getränken: Bestücken Sie die Automaten mit den erforderlichen Zutaten – Tee, Kaffee, Schokolade, Soft Drinks –, nicht mehr als zehn Minuten Arbeit am Tag. »Damit können Sie gar nicht falschliegen, Mr. Hilditch«, versichert ihm der Automatenvertreter, aber Mr. Hilditch hat nicht die Absicht, etwas zu verändern. Er läßt lieber alles beim alten. Er sieht gern sein Kantinenpersonal, das Haar der Frauen festgesteckt unter ihren Hauben, mag das rege Treiben und das Geplauder in den Schlangen, den Dampf, der aus den Pfannen aufsteigt, hat es gern, wenn Kartoffelbrei aufgefüllt, wenn eine Extraportion Rosenkohl ausgegeben wird. Doch trotz dieser Vorliebe ist er stets bereit, in der ruhigeren Zeit am Nachmittag mit einem Vertreter für Kantinenbedarf zu sprechen. Er genießt die Unterbrechung, man trinkt gemeinsam eine Tasse Tee und ißt einen Teller Kekse. Er hat das Gefühl, daß das dem Tag eine feste Form gibt. Morgen ist der Vertreter für Colman's Senf dran.

Der Tagesablauf wird auch von etwas anderem geprägt: durch Spekulationen, durch Gelassenheit, die auf Zweifel folgt, durch die Beruhigung seiner Gedanken. Der unbekannte Faktor ist, wieviel Geld sie in ihrer Handtasche behalten hat, wie lange sie noch weitermachen kann. Der Knackpunkt ist, daß die Gefahr besteht, daß sie ihrem Freund zufällig über den Weg läuft, solange sie sich auf der Straße herumtreibt. Hinzu kommt, daß es ihr jeden Moment dämmern könnte, daß an dem scharfsinnigen Verdacht ihres Vaters doch etwas dran sein könnte: Jeder, den sie fragte, würde ihr den Weg zu der Kaserne zeigen. Als Mr. Hilditch nach dem Besuch des Automatenvertreters abends nach Hause fährt, schüttelt er mit neu belebter Entschiedenheit den Kopf: Das alles ist eine Chance, die er ergreifen muß. Was ist wichtiger, als daß sie immer noch da ist und wahrscheinlich auch bleibt?

Aber in dieser Nacht steigt Mr. Hilditch, nachdem er das Schubriegelschloß an der Haustür vorgelegt und auch hinten alles verriegelt hat, mit dem nervösen Gefühl die Treppe hinauf, daß ihm die ganze Sache entglitten sein könnte. In der Zeit, die vergangen ist, seit er das Mädchen gesehen hat, könnte sie über den Gesuchten gestolpert sein. Es wäre möglich, daß er genau in diesem Moment seinen Betrug offen eingesteht und sich mit fragwürdigen Ausreden bei ihr einschmeichelt. Es wäre möglich, daß es genau in diesem Moment wieder passiert.

Mr. Hilditch putzt sich verbissen die Zähne und bearbeitet das Zahnfleisch am Unterkiefer so, daß es wehtut, während er darüber nachdenkt, wie es heutzutage auf der Welt zugeht: wahnsinnige Gottessucher, die junge Mädchen beschwatzen, verlogene Schlägertypen, die sie ausnutzen, es gibt nichts, was es nicht gibt. *An der Brust operierte vierzehnjährige Mutter klagt an: Praktischer Arzt hat mein Sexleben ruiniert! Schwarzrock Dougie hatte mit meinem Kumpel aus Rache Sex auf dem Sofa! Kinder bei Opferzeremonien in schwarzen Messen dabei!* Die Schlagzeilen, die er den Zeitungen entnimmt, die er manchmal aus der Kantine wegträgt, weil er es gern ordentlich hat, jagen Mr. Hilditch durch den Kopf. An jedem Tag der Woche werden anscheinend auf der Haut von Säuglingen Zigaretten ausgedrückt. An jedem Tag der Woche werden Frauen über neunzig vergewaltigt und mißhandelt. Brennendes Benzin wird zum Vergnügen durch Briefkästen gegossen. Autos werden gestohlen, Fernseher werden geklaut. Firmendirektoren verjubeln die Rente ihrer Angestellten für Motorjachten. Drogenabhängige kriegen ihren Stoff bei Boot's am Tresen. Halbwüchsige Mädchen werden auf städtischem Ödland in Brand gesteckt.

Mr. Hilditch kühlt sich das Gesicht mit Wasser. Als er, wieder ruhig, im Bett liegt, erinnert er sich an einen Abend mit Bobbi im Welcome Spoon in Legge's Corner, in der Nähe des Autobahnkreuzes Nr. 18. Sie saßen zwei, drei Stunden da, während sie sich, etwa so wie die Irin, ihre Probleme von der Seele redete. »Sie würden nicht einmal die Hälfte davon glauben«, sagte Bobbi: wie sie von dem Mann mißbraucht worden sei, den ihre Mutter bei sich aufgenommen habe, nachdem ihr Vater abgehauen sei; das Heim, in dem sie sechs Monate verbracht habe, wohin an Wochenenden Männer in Mänteln mit Gürteln gekommen seien, die auf das gleiche ausgewesen seien. In Gesellschaft von Bobbis beinahe hübschem Gesicht schläft Mr. Hilditch ein.

Am darauffolgenden Abend fährt Mr. Hilditch, indem er sich gleich weit von seiner Arbeitsstätte und Duke of Wellington Road Nr. 3 entfernt, zu einem Supermarkt, wo ihn niemand kennt. Er kauft Haarnetze, Strumpfhosen und Frauenunterwäsche ein, Talkumpuder und Hautcreme. Auf einem samstäglichen Flohmarkt hat er sich bereits Oberbekleidung und zwei Hüte ausgesucht. Nachdem er gegessen hat, verteilt er diese Sachen im Haus, hängt einen Kleiderschrank voll mit Mänteln, Röcken und Kleidern und räumt die Unterwäsche, bei der er sich die Mühe macht, sie zu zerknittern oder sogar ein bißchen einzureißen, in Schubladen. Er leert Flaschen mit Hautlotion halb aus und drückt Creme aus den Tuben. Er stopft den Talkumpuder zusammen mit Lippenstift und Augenmake-up ins Badezimmerschränkchen. Die Strumpfhosen hängt er über die Stangen des Trockengestells an der Küchendecke. Er schließt den Dorn mit den Quittungen und alle Umschläge und Papiere weg, auf denen sein Name steht, alte Scheckhefte und Kontoauszüge.

Als Mr. Hilditchs Mutter gestorben war, hatte er ihre Sachen an einen Kleiderhändler verkauft, der eine Karte geschickt hatte, aber später entdeckte er, daß der Pappkarton, in den er ihre Schuhe gesteckt hatte, übersehen worden war. Er hatte vor, sie bei einer anderen Gelegenheit wegzuschaffen, und bewahrte sie draußen in einem Schuppen auf. Auf dem Küchentisch wischt er den Schimmel ab und stellt sie danach in einer Reihe neben dem Kleiderschrank auf.

»Ich brauche Ihre Sozialversicherungsnummer.« Der Beamte spricht durch eine Glasscheibe, wodurch er schlecht zu verstehen ist. Er wiederholt, was er gesagt hat.

»Ich hab hier drüben keine.«

Der Beamte deutet hinter sie und zeigt ihr, wo die Formulare liegen. Er spricht von einem festen Wohnsitz und erklärt, daß der erforderlich sei.

»Ich hab keinen festen Wohnsitz. Man hat mir mein Geld gestohlen.«

»Auf einem Sozialhilfeantrag muß eine Adresse stehen.«

Ein Mann in mittlerem Alter mit Haaren bis zur Hüfte und zerrissenen Kleidern hört das Gespräch zufällig mit an und sagt, Felicia verschwende ihre Zeit, was von einem Mädchen, das einen Hund an einem Strick hinter sich herzieht, bestätigt wird. Das Mädchen hat eine Sicherheitsnadel im Nasenflügel. Ihre Haare sind blaurosa, Irokesenschnitt.

Felicia sagt, sie habe im Obdachlosenheim der Heilsarmee übernachtet, aber sie sagen ihr, daß das als Adresse nicht ausreiche. Der Mann sagt, die Sozialhilfe sei kein Verlust: Wenn er selber noch mal von vorn anfinge, würde er einen großen Bogen um das System und seine Computer machen. Wenn man einmal ein Formular ausgefüllt habe, werde man ständig schikaniert. Kaum verdiene man einen Tageslohn, werde einem die Hälfte davon wieder abgezogen, um Rentnern falsche Zähne zu kaufen.

»Du machst Musik, oder? Schade«, setzt das Mädchen hinzu, als Felicia den Kopf schüttelt.

An diesem Abend ist das Obdachlosenheim voll, als sie ankommt. In einem Spud-U-Like gibt sie etwas von ihrem Geld für eine Tasse Tee aus und fragt die Leute, mit denen sie an einem Tisch sitzt, ob der Busbahnhof die ganze Nacht offen bleibt. Das wüßten sie nicht, sagen sie. Wieder auf der Straße, wird sie von zwei Männern angesprochen, die vor einem Billardsaal herumlungern. Sie wollen ihren Namen wissen, und als sie ihn sagt, wollen sie wissen, wo sie herkommt. Sie sagen ihr, sie könnten sie anfixen, aber sie versteht nicht. Sie bekommt Angst und läuft schnell weiter.

»Verschwinde aus dieser Straße«, herrscht eine Frau sie an, deren Gesicht in dem Nachtlicht grün ist, als sie ihre Tüten kurz in einem Ladeneingang abstellt. »Beweg dich.«

Die Frau ist groß, Pelzimitation am Mantel und Ohrringe in Herzform. Felicia sagt, sie ruhe sich nur kurz aus.

»Dann ruh dich woanders aus.«

»Wissen Sie, ob der Busbahnhof die ganze Nacht offen ist?«

»Was willst'n da?«

»Ich brauch was zum Übernachten.«

Ein Auto hält neben ihnen. »Na, wie wär's mit uns?« Die Frau lächelt affektiert, während der Fahrer das Fenster herunterkurbelt. »Die geht nicht auf'n Strich«, setzt sie hinzu und macht eine Kopfbewegung in Richtung Felicia. Der Mann öffnet die Wagentür, und die Frau steigt neben ihm ein.

»Wie wär's?« fragt eine andere Stimme, als ein anderes Auto hält.

»Nein«, sagt Felicia.

Sie geht weiter und kommt in eine Gegend, die ihr vertraut ist, wo nachts starker Verkehr herrscht. Kleider sind in den Schaufenstern der Modegeschäfte ausgestellt, und die kahlköpfigen Schaufensterpuppen darin tänzeln mit gekünstelten Bewegungen und machen einen Schmollmund, den keiner sieht. Bausparkassen machen Angebote für Hypothekenzinsen. Ein Mann und eine Frau aus Pappe schreiten vorwärts und halten ein Dach über ihre Köpfe: 8,25 % lautet das verführerische Angebot. Sportausrüstungen und Skikleidung wetteifern mit Möbeln und Schuhen um Aufmerksamkeit. Waschmaschinen und Mikrowellenherde sind im Sonderangebot. *Alle Kameras heruntergesetzt!* lautet eine andere Botschaft. *Olympus! Minolta! Praktica!* Ein Pizzaland ist hell erleuchtet: Die Leute haben alle Tische an den Fenstern besetzt, ein Mädchen mit einer roten Baskenmütze spricht eindringlich mit ihrem Begleiter, einem Mann mit Pferdeschwanz, der dauernd nickt. Eine Gruppe von acht Leuten sitzt an einem Tisch. Ein Paar mit Kind gestikuliert verärgert, weil das Kind nicht essen will. Ein Mann mit Kappe sitzt allein da. »Ich gehe zu einem Kentucky«, sagt jemand, der auf dem Bürgersteig vorbeigeht. »Ich finde Kentucky besser.«

Pappschachteln werden vor dem Kentucky Fried Chicken weggeworfen, und Colonel Sanders versichert mit ehrlichem Blick und weißem Spitzbart im Fenster: Finger Lickin' Good. Die Stimme von Sheena Easton in einem Ghetto-blaster wird von der Michael Jacksons übertönt. Ein Neonlicht leuchtet auf: *Coca Cola is a Way of Life* steht oben am Himmel.

Zwei Frauen klappern mit Sammelbüchsen. Ein Mann karibischer Abstammung spricht mit sich selbst und gestikuliert mit den Händen. Ein Haufen Hooligans drängt sich durch die Fußgänger, sie tun so, als würden sie sie zur Seite stoßen. In einer Spielhalle spielen Männer und Jugendliche mit verbissenen Gesichtern an den Automaten.

Felicias Blicke schießen hin und her, während sie weitergeht und sich immer noch in der Menge umschaut. Als sie am Busbahnhof ankommt, setzt sie sich auf eine Bank, aber eine Stunde später sagt man ihr, daß keine weiteren Busse mehr ankommen oder abfahren, und fordert sie auf zu gehen. Sie macht den Bahnhof ausfindig und legt sich im Wartesaal auf eine Holzbank, aber auch dort wird sie schließlich aufgefordert zu gehen.

Sie ruht sich im Eingangsbereich eines Ladens aus, der mehr als nur ein Zugang ist: ein großer, abgeschlossener Bereich, der durch eine in der Mitte stehende Säule mit Schaufenstern, in denen Uhren ausliegen, von der Straße abgeschirmt ist. Sie sitzt zusammengekauert auf dem mit Fliesen ausgelegten Boden. Einer ihrer Schuhe hat ein Loch in der Sohle. Sie wühlt in ihren Tüten und bleibt, wo sie ist, als sie andere Schuhe angezogen hat, weil es ruhig ist.

Schließlich zieht sie weiter, ruht sich manchmal auf einer Bank auf dem Bürgersteig aus und geht weiter, wenn es zu kalt wird. An einer Imbißbude unter einer Brücke, an der Taxifahrer herumstehen, kauft sie eine Bratwurst, die nur noch vier Pence kostet, weil sie alt ist. Die Luft ist feucht vom Nebel.

Schon vor Stunden haben die Obdachlosen dieser Stadt ihre Schlafplätze aufgesucht – in Hauseingängen und Unterführungen, die man versehentlich offengelassen hat, in verlassenen Fahrzeugen, in den verfallenen Gärten abgerissener Häuser. So wie Maden in die Ritzen von Mauerwerk eindringen, so sind die Leute von der Straße auf Friedhöfen und Bauplätzen, in Durchgängen und auf Höfen zu ihren Ruheplätzen für eine Nacht gekrochen und bauen Mauern aus Mülltonnen, die sie dicht nebeneinanderstellen, und Dächer aus dem, was in der Nähe herumliegt. Einige sind ein Gerüst hinaufgekrochen, um ein Plätzchen unter der Plane zu ergattern, die eine freigelegte Stelle schützt. Andere haben sich in Pappkartons niedergelassen, in denen einmal Geschirrspülmaschinen oder Kühlschränke waren.

In ihren Verstecken sinken die Leute von der Straße in einen Schlaf, der vom Alkohol herbeigeführt und von Verzweiflung aufgeschreckt wird, in Träume, die sie in das Leben zurückversetzen, das einmal ihres war. Die Bettelschilder noch neben sich und die Zigarettenstummel vom Bürgersteig griffbereit, liegen sie da, noch genug in der Flasche, um sich den Augenblick des Erwachens zu erleichtern. *Hungrig und obdachlos* lautet ihr Appell auf einem Stück Pappe, gedankenlos hingekritzelt, wobei einer vom anderen abgeschrieben hat: Nur das Geld zählt. Menschen jeglichen Alters liegen an den Plätzen herum, die ausfindig gemacht wurden, Männer,

Frauen und Kinder. Die von ihren Familien Verstoßenen haben aufgehört, in ihre behelfsmäßigen Kissen zu weinen; die, die durch eigene Dummheit oder rücksichtslose Gier heruntergekommen sind, bitten heimlich um Schlaf. Ein ehemaliger Geistlicher denkt nicht länger über seine Schande nach, sondern träumt statt dessen, daß es nie soweit gekommen ist. Verstoßene Ehemänner, verlassene Ehefrauen, zufällige Opfer sind über jegliche Verbitterung hinaus und widmen ihre ganze Energie der Aufgabe, sich warmzuhalten. Die Verrückten werden von Stimmen eingelullt, die sie nachts oft überreden, aufzustehen und weiterzugehen, was sie auch gehorsam tun, weil sie wissen, daß sie es tun müssen. Männer, die gescheitert sind, liegen allein da und träumen von einer Wirklichkeit, an die sie tagsüber nicht zu denken wagen: große Hotels und ehrerbietige Kellner, die Macht, die sie einmal besaßen, die Beine der Sekretärinnen. Frauen, die zu ihrer Zeit schön waren, sind wieder schön. Es gibt keine Überheblichkeit bei den Leuten von der Straße, keinen langlebigen Hochmut in ihren schlafenden Gesichtszügen, kein Anzeichen mehr für eine frühere Verdorbenheit. Sie sind über das Stadium der Verzweiflung hinaus, und während ihres Abstiegs haben sich einige von den Frauen verkauft: die Gesichter aufgesprungen, die Fingernägel tief im Fleisch, liegt das jetzt hinter ihnen. Männer in Dreier- oder Vierergruppen haben in genau diesen Straßen den Trick mit den drei Karten gezeigt. Die Bärte ungepflegt, die Haare verfilzt, die Haut dunkel vor Dreck, würden sie jetzt keine Wetter mehr für ihr flüchtiges Gewerbe anziehen. In ihren Träumen haben sie gelegentlich die Vorstellung, daß sie vielleicht geheilt werden, daß sie vielleicht geliebt werden, daß alle Stimmen und Traumbilder erlöschen werden, daß sie am nächsten Tag die Kraft finden werden, sich dem Vergessen zu widersetzen. Andere wollen obdachlos bleiben und würden aus persönlichen Gründen nicht wieder ein geregelteres Leben anfangen. Sie spüren, daß sie nun auf die Straße gehören.

»Auf der Suche nach was zum Pennen, Kleine?« wird Felicia von einer hinkenden Frau angesprochen, die einen Kinderwagen voller Lumpen schiebt und Plastiktüten am Gürtel ihres Mantels befestigt hat. Das Gesicht der Frau ist knallrot und knotig, die Augen sind blutunterlaufen. Büschel weißen Haares schauen unter einem Wollschal hervor, der unter dem Kinn zusammengebunden ist. Um ihren Mund hat sich Grind gebildet.

»Keinen Platz, wo du hinkannst?«

»Das Obdachlosenheim ist voll.«

»Das kommt vor.«

»Man hat mir mein Geld gestohlen.«

»Hab ich recht, daß du Irin bist?«

»Ja.«

»Ich selber komme aus der Grafschaft Clare. Ist schon eine Weile her.«

»Ich suche nach jemandem.«

Das interessiert die Lahme nicht. Sie ziehe seit einundvierzig Jahren durch die Straßen, sagt sie; einundvierzig Jahre, zwei Monate und ein Tag. »Ich zähle mit. Schärft den Verstand, wenn man mitzählt.«

Da sie sich in Gesellschaft sicherer fühlt als allein, streift Felicia zusammen mit der Frau durch eine Gegend, die immer ruhiger und dunkler wird, während sie weitergehen. Sie kommen nur langsam voran, da die Frau jeden Abfalleimer untersucht, die Essensreste herausholt und abnagt, Flaschen bis auf den letzten Tropfen austrinkt. »Wie alt würdest du mich schätzen?« fragt sie Felicia während so einer Pause, und die sagt, sie habe keine Ahnung.

»Zweiundachtzig Jahre, und immer noch gut in Schuß. Ich bin überall gewesen. Liverpool, Plymouth, in all den Hafenstädten. Einmal war ich in Glasgow. In Glasgow hab ich alle möglichen Leute gekannt. Ich hab den Cousin der Queen gekannt. Aufmerksamer, liebenswürdiger Mensch. Schön in seiner Uniform.«

Sie haben die Straßen verlassen, gehen um eine Ödlandfläche herum und nähern sich dem Treidelpfad eines Kanals.

Das Wasser liegt unterhalb, am Fuß eines Abhangs, und läßt sich über einen Pfad durch Unkraut und Gestrüpp erreichen. Gut geschützt unten am Kanal, verspricht die Lahme und durchstöbert die Lumpen in ihrem Kinderwagen. Sie hält ein paar davon hoch, um zu zeigen, daß sie als Decken brauchbar sind, und Felicia schauert bei dem üblen Geruch, den das Herumwühlen mit sich gebracht hat.

»Lena ist draußen!« ruft eine Stimme irgendwo in ihrer Nähe, und dann tauchen zwei Gestalten aus dem Dunst auf, von denen die eine winkt und erneut ruft, daß Lena draußen sei. Von Zeit zu Zeit schimmert schwaches Mondlicht durch die Wolken, und als die beiden Gestalten näherkommen, erkennt Felicia einen hageren jungen Mann mit einem Jungengesicht und kurzgeschnittenem blonden Haar und eine dürre Frau mittleren Alters mit Streichholzbeinen. Der Mann trägt Flanellhosen und einen gestrickten Pullover unter einem Tweedmantel, der an einer Tasche eingerissen ist, und eine Krawatte, festgeknotet unter dem Kragen eines schmuddeligen Hemdes. Aus dem grauen Haar der Frau wächst eine orangefarbene Tönung heraus; die Lippen in ihrem abgemagerten Gesicht, die sie zur Form einer Tulpe aufgeworfen hat, sind sinnlich und glänzen jetzt vom Lippenstift. Bartstoppeln sprießen am Kinn und auf der Oberlippe ihres Begleiters und als Flaum auf seinen Wangen. Im dunstigen Dämmerlicht wirken die Kleider der Frau schäbig.

»Wie geht's dir, George?« erkundigt sich die Lahme, nachdem sie Lena begrüßt hat. Lena wurde an diesem Morgen um acht entlassen, wie der anschließende Wortwechsel offenbart, und von einem Kahn zum Flowers and Castle mitgenommen, wo George auf sie gewartet hat. Sie haben Bier getrunken. »Ich gehe jetzt, wenn du nicht mitkommst«, droht die Lahme unvermittelt an und verschwindet, ohne Felicias Antwort abzuwarten im Gestrüpp am Abhang, und die Räder ihres Kinderwagens ruckeln und rasseln über den unebenen Boden.

»Hast du keinen Platz zum Übernachten?« fragt der hagere junge Mann Felicia. »Bist du pleite?«

»Ich weiß nicht, wo ich heute nacht hin soll.«

Da Felicia weiterhin lieber in Gesellschaft ist als allein, bleibt sie bei den beiden und geht mit ihnen den Weg zurück, den sie mit der Hinkenden gekommen ist. Zuerst sind sie neugierig: Sie erzählt ihnen, daß sie nach einer Rasenmäherfabrik gesucht habe, weil da ein Freund arbeite. Sie gibt eine Beschreibung: dunkles, kurzgeschnittenes Haar, mittelgroß, grünliche Augen, man könne sie vermutlich als grau bezeichnen. Johnny Lysaght, sagt sie und erzählt von dem Geld, das aus den Ärmeln ihres Pullovers verschwunden ist.

»Das ist typisch«, erwidert Lena, bei der die Beschreibung, die Felicia gegeben hat, auf keinerlei Interesse stößt. »Kaum guckt man woanders hin, schon wird man null Komma nix ausgeraubt.«

Lena redet viel, während sie gehen. Eine Sozialarbeiterin im Gefängnis sei muffig wie ein alter Kohlkopf; eine andere werde Miss Blödsinn genannt. Mit ihrer Zellengenossin habe sie diesmal Glück gehabt. »Phillsy will, daß ich mich mit ihr zusammentue, wenn sie rauskommt. Sie hat irgend so einen Trick bei der Sozialhilfe. Ich würde mich mit keinem zusammentun, Felicia, das sag ich ihr ganz ehrlich. Jetzt, wo ich den Jungen gefunden hab, bin ich wunschlos glücklich. Ich und George halten zusammen, Felicia, verstehst du? Ich will keine zweifelhaften Sachen, nicht mit dem kleinen George. Weiß nicht mal, was das bedeutet, der Junge.«

»Hast du Hunger, Felicia?« fällt George ihr ins Wort.

Seine Stimme ist die schönste, die Felicia je gehört hat. Jedes einzelne Wort, das er sagt, ist perfekt artikuliert, unbeeinträchtigt von einem Akzent oder undeutlicher Aussprache. Lena spricht derb.

»Ja, ich hab Hunger.«

Felicia setzt hinzu, daß sie für Essen kein Geld mehr übrig habe, aber George sagt, das spiele keine Rolle, und Lena stimmt ihm zu. Im Licht der Straßenlaterne hat Lenas abgetragener Mantel Farbe bekommen: ein ausgebleichtes Gelb, mit Knöpfen aus Goldimitat.

Sie kaufen in einem Fish-and-Chip-Laden drei Portionen Pommes frites und essen sie auf der Straße. Sie komme aus London, sagt Lena, sei dort geboren und aufgewachsen. Sie und George hätten sich dort kennengelernt und vor einer Weile beschlossen, woanders hinzugehen, wegen eines Problems, das sie gehabt hätten, einer Frau, die eine Beschreibung gegeben habe. Sie hätten in London unter Pappkartons geschlafen, und davor sei sie auf den Strich gegangen und habe es in Autos getrieben. Das habe ihr nie gefallen. Davor habe sie ein Mann, den sie in Westbourne Grove kennengelernt habe, dazu überredet, sich schneebedeckte Berge auf den Rücken tätowieren zu lassen. Die seien jetzt für alle Zeiten da; kaum handle man einmal spontan, schon habe man für den Rest seiner Tage ein Landschaftsbild auf dem Körper.

George schweigt, während Lena redet, und begnügt sich damit, mitfühlend zu nicken, als sie die Episode mit der Tätowierung zum besten gibt. Er verdreht die Augen, wenn er Mitgefühl zeigt, und in seinen weichen, jungenhaften Zügen breitet sich Herzlichkeit aus.

»Einige von den Friedensrichtern sind völlig ahnungslos«, bemerkt Lena, setzt aber hinzu, daß es mit dem Richter, der sie diesmal verurteilt habe, etwas anderes gewesen sei, der habe jeden Augenblick der Urteilsverkündung genossen. Sie beschreibt das erhitzte, rote Gesicht, ganz ernst vor Aufregung. »Exemplarische Bestrafung und so'n Zeug. Weißt du, was ich meine, Felicia?«

»Ja.«

»Dann bist du also schwanger, Felicia? Hast einen Luftballon verschluckt, was?«

»Deshalb suche ich Johnny.«

»Johnny-wo-bist-du-geblieben, hm? Johnny-ich-erkenn-dich-kaum-wieder?«

»So ist das nicht.«

»Nein, natürlich nicht.« Lena hält inne und setzt dann hinzu: »Ich bin nicht die Mutter von dem Jungen, Felicia.

Hast du gedacht, ich bin seine Mutter? Er ist sechzehn, weißt du, seine Mutter wohnt an der Strecke nach London.«

»Fährt einen Daimler«, sagt George.

»Georgie läßt nichts auf sie kommen. Ich hab oft gehört, wie sie diesen Jungen einen Heiligen genannt haben, Felicia, manches Mal. Nimm ihn mit in einen dieser Billigläden, Pricerite, Victor Value oder Lo-Cost, er läßt nichts mitgehen, hat er noch nie in seinem Leben gemacht, nicht mal ein Röhrchen Pastillen.« Die ganze Zeit, während der sie im Gefängnis gesessen habe, habe George draußen gebettelt, im Freien übernachtet, sich mit Tee zufriedengegeben und nie etwas angerührt. »Schickt den Bischöfen Geburtstagskarten, hat noch nie einen vergessen. Das liegt an seiner Erziehung, Felicia, verstehst du?«

Sie kommen zu einem Haus mit einem Gerüst davor und einer provisorischen Haustür aus einer unbehandelten Verbundplatte. »Hier kann man umsonst schlafen«, versichert George Felicia und drückt eine Klingel, die an ihren Drähten hängt und nicht mehr am Türrahmen befestigt ist. Von irgendwo aus dem Innern des Hauses dringen dumpf dröhnende Musik und gelegentliches Hämmern.

»Seid willkommen.« Ein Mann in einer Fliegerjacke begrüßt sie mit einem Becher in der Hand, als die Tür aufgemacht wird. »Hereinspaziert.«

Er geht voran durch einen teppichlosen Flur zu einer teppichlosen Treppe. Die Tapete wurde zum Teil von den Wänden gerissen, aber es hängen immer noch Fetzen daran. Abgebröckelter Putz, Ziegelsteine, Hobelspäne und Stromkabel sind im Flur und auf der Treppe verstreut. Zementsäcke, Schippen, Eimer und ein Stapel Betonblöcke nehmen fast den ganzen Flur im ersten Stock ein. Die Musik kommt durch eine geschlossene Tür, von der die Farbe abgeflammt worden ist, und wird oben im Haus lauter. In einem anderen Zimmer hört man auch das zeitweilig unterbrochene Hämmern lauter.

»Sie haben dich also wieder laufenlassen, Lena.« Der Mann

in der Fliegerjacke macht die dritte Tür im Flur auf und muß schreien, um sich verständlich zu machen. »Straferlaß, hm?«

»Stimmt genau, Mr. Caunce.«

Eine nackte Birne wirft ein schwaches Licht in ein kleines Zimmer ohne Möbel. Matratzen mit Rostflecken, zwei davon belegt, liegen dicht nebeneinander auf dem Fußboden.

»Da wären wir.« Der Mann in der Fliegerjacke heißt die drei Neuankömmlinge noch einmal mit einem Lächeln willkommen. »Ist das okay?«

Lena sagt, das Zimmer sei in Ordnung. »Gute Nacht, Mr. Caunce.«

Die Leute auf den Matratzen, ein junger Mann und ein Mädchen, sind vollständig bekleidet und nicht weiter zugedeckt. Beide liegen auf dem Rücken und starren an die Decke. Keiner von beiden redet die Neuankömmlinge an oder hört auf, nach oben zu starren.

»Die Toilette ist auf der anderen Seite des Flurs.« Lena zeigt Felicia den Weg, bevor sie selbst hingeht.

Als sie zurückkommt, gehen George und Felicia nacheinander. Felicia gefällt die Toilette nicht. Es gibt keinen Riegel an der Tür, und es ist dort nicht sauber. Die Dielen sind durchnäßt, weil das Toilettenbecken einen Sprung hat und Wasser heraussickert. Statt einer Kette hängt ein Stück Seil da. Ein einzelner Wasserhahn ragt aus der Wand, aber das Waschbecken, das einmal darunterhing, wurde abmontiert. Klopapier gibt es nicht.

Ihr gefällt auch das Zimmer nicht, als sie dorthin zurückkommt. Das ganze Haus gefällt ihr nicht. Lena hat ihren Mantel ausgezogen, und ein enger schwarzer Kunstlederrock und ein schwarzer Pullover kommen zum Vorschein, die sie jetzt auch noch ablegt. George hat seinen Mantel und seine Schuhe ausgezogen.

»Alles in Ordnung?« fragt Lena, ohne eine Antwort abzuwarten. »Sieht so aus, als hingen unsere Freunde an der Nadel.« Lena und George teilen sich eine Matratze und breiten Georges Mantel über sich aus. Felicia legt sich auf die, die noch übrigbleibt. Lena bittet sie, das Licht auszuschalten. Mr. Caunce verlange nichts, versichert George ihr erneut.

Felicia liegt da und lauscht den lauten Atemzügen des unter Drogen stehenden Paares, der Musik und dem Hämmern. Diese Geräusche und den üblen Geruch im Zimmer nimmt Felicia mit in den Schlaf, bis ein anderes Geräusch sie weckt. Eine Frau schreit. Von irgendwo weiter unten im Haus kommen qualvolle, hysterische Verzweiflungsschreie.

Die Atmung des Paares bleibt unverändert. Weder Lena noch George wachen auf. Dann hören die Musik und auch das Hämmern auf, und es bleiben nur die schrillen Schreie der Frau und Worte, die sie zwischendurch von sich gibt. »Bestialisch! Bestialische Tiere!« Schluchzen setzt ein, als die Frau erschöpft ist, dann herrscht Schweigen, bis die Musik und das Hämmern wieder anfangen.

Felicia kann danach nicht mehr schlafen, obwohl beide Geräusche aufhören, als es hell wird. Sie schluchzt selbst, wünscht, sie hätte weiterschlafen können, und weiß nicht, was sie anfangen soll, wenn der Tag beginnt.

»Hast du Lust auf einen Tee?« unterbricht Lenas Stimme ihren Gedankengang. »Tee, Georgie?«

Die beiden, mit denen sie sich das Zimmer geteilt haben, schrecken auf, als sie gehen, die Augen geweitet und unkoordiniert. Ohne zu reden, spritzen sie sich etwas, einer gibt die Spritze an den anderen weiter.

»Wer war das, der da geschrien hat?« fragt Felicia auf der Straße. »Diese Frau?«

»Eine Spanierin.« George sieht traurig aus, seine gute Stimmung von letzter Nacht ist verschwunden.

»Vor langer Zeit mal Sängerin gewesen«, setzt Lena hinzu. »In Nachtclubs. Sie protestiert gegen den Lärm, verstehst du? Und gegen die Toilette, aus der es durch ihre Decke tropft, und außerdem erzählt sie, daß ihr Telefon nicht funktioniert. Caunce benutzt die Musik, das Hämmern und alle möglichen Obdachlosen, die oben und unten übernachten, dazu, sie rauszukriegen.«

»Mr. Caunce ist kein sehr netter Mann.« George äußert diese Ansicht nur ungern. »Das müssen wir leider zugeben.«

»Ich stelle mir oft vor, wie sie im Nachtclub Schnulzen singt«, sagt Lena, »in ihrer Glanzzeit. Jetzt ist sie sechzig oder so.«

»Dieses Geschrei war schrecklich.«

»Entsetzlich«, stimmt Lena zu, und damit ist das Thema abgeschlossen.

Sie stellen sich vor dem Gemeindesaal einer Kirche, der noch nicht offen ist, um Tee an. Man bekomme nicht viel, warnt Lena: Tee und Brot mit irgendwas drauf, noch was, wenn man sich ein zweites Mal anstelle und sie es nicht bemerken. »Guten Morgen!« grüßt eine Frau, als sie nach zwanzig Minuten die Türen aufsperrt. Beryl steht auf dem Namensschild, das sie trägt.

Drinnen sind Tapeziertische und Bänke in Reihen aufgestellt. In einer Ecke steht ein Spülbecken neben einem Kühlschrank und einem Gasherd. Drei andere Frauen bestreichen Brotscheiben mit Margarine; eine fünfte gießt Tee aus einer großen metallenen Kanne in aufgereihte Becher, in denen bereits Milch ist. Es riecht nach Gas und Abwasch.

Die morgendlichen Besucher schlurfen herein, größtenteils Männer, alle ungekämmt. Sie schweigen, bis auf zwei, die streitsüchtig etwas brummeln. Lena hat wieder von ihrer Zellengenossin und dem Plan angefangen, den sie sich ausgedacht habe, um mehr Geld bei der Sozialhilfe herauszuholen. »Das reicht jetzt aber«, ruft die Frau, die den Tee eingießt, mit schneidender Stimme, als Tadel für die sich streitenden Männer. Das sei hier kein Biergarten, setzt sie aufgeräumt hinzu und tut ihr Bestes, um die Männer so aufzuheitern, daß sie ihre Meinungsverschiedenheit vergessen. Aber die Männer bleiben mißmutig.

»Phyllsie kommt da niemals ungeschoren davon, verstehst du, Felicia? Die arme Phyllsie kriegt so was nicht hin.«

Zwei weitere Frauen, die eindeutig nicht darauf aus sind, etwas zu essen, und jünger sind als die Frauen, die das Essen verteilen, betreten den Saal. Rasch mustern sie alle Versammelten und entscheiden sich, Felicia und ihre Begleiter als erste anzusprechen. »Die Aids-Brigade«, sagt Lena.

»Wenn ihr jemals eine Nadel benutzt, die ihr gefunden habt«, beginnt eine der Frauen in herrischem Ton, »dann drückt das Blut, so fest ihr könnt, aus der Nadelspitze. Richtig fest, damit alles rauskommt. Habt ihr verstanden?«

»Wir hängen nicht an der Nadel«, sagt Lena.

»Das hat auch niemand behauptet.« Die zweite junge Frau übernimmt den verdrießlichen Tonfall ihrer Begleiterin. »Alles, was man euch sagt, ist, daß ihr durch Zufall damit in Berührung kommen könntet.«

»Haltet den Finger gut zehn Minuten lang unter heißes Wasser. Taucht ihn dann in Reinigungsmittel.«

Als die beiden Frauen weitergegangen sind, sagt George in einem Ton, der darauf hindeutet, daß er während ihres Sermons über diese Sache nachgedacht hat:

»Wir kennen uns mit Rasenmähern nicht aus.«

Er nickt wiederholt, um diese Feststellung zu unterstreichen, und Lena sagt, daß sie ihm zustimme. Das schlage nicht in ihr Fach, setzt sie hinzu, aber so sei das nun mal. Sie essen alles auf, womit man sie versorgt hat, und Lena sagt:

»Kommst du mit in den Park, Felicia?«

Er ist nicht weit weg; sie sitzen da und beobachten, wie die Leute zur Arbeit gehen. Auf der rabenschwarzen Erde haben die Rosen noch nicht begonnen neu auszutreiben. Das Gras, das man vor Monaten kurz geschnitten hat, sieht noch nicht so aus, als würde es wieder wachsen; in den Blumenbeeten ist kein Unkraut. Die Holzbank, auf der sie sitzen, ist Jacob und Mir Abrahams gewidmet. *Gemeinsam mit anderen 1938 gestorben. Zu ihrem Gedenken.*

»Was ich gern hätte, ist einer von diesen großen braunen Hunden, die immer das Maul offen haben«, bemerkt Lena. »Wenn ich an Geld käme, würde ich mir als erstes so einen Hund besorgen. Einen hübschen, freundlichen Burschen, den man mit auf die Straße nehmen kann. Verstehst du, Felicia?«

Ein gesetztes Paar geht Arm in Arm vorbei. Rentner, vermutet Lena, die es jetzt langsamer angehen ließen. Komisch, daß sie so früh unterwegs sind, komisch, daß sie keinen Hund haben. »Haben wir denn heute irgend jemanden, George?« erkundigt sie sich, und George sagt, ja, heute hat der Bischof von Bath und Wells Geburtstag.

»Tut mir leid, daß wir in dieser Rasenmähersache nichts wissen«, sagt er.

Er steht auf, und Lena auch. Felicia begreift, daß ihre Begegnung vorbei ist. Er habe es nicht vergessen, sagt George: Er habe dem Bischof von Bath und Wells gestern eine Karte mit einem Eichhörnchen darauf geschickt. Er lächelt und nickt wieder, als er hinzufügt, daß der Bischof von Bath und Wells sie wahrscheinlich genau in diesem Augenblick aufklappe. Er habe einmal eine Predigt gehört, sagt er, als er noch zur Schule gegangen sei. In der sei gesagt worden, daß Bischöfe einsam seien.

»Viel Glück, Felicia«, sagt Lena. »Viel Glück mit deinem Freund.«

»Ich sage ein kleines Gedicht dazu auf, das ich kenne«, sagt George und hält inne, um es in seiner deutlichen Aussprache vorzutragen:

Of all the trees that grow so fair,
Old England to adorn,
Greater are none beneath the Sun
Than Oak, and Ash, and Thorn.

Sie gehen, und Felicia sieht dabei zu, wie sie zwischen den Blumenbeeten dahinschlendern, während Georges Stimme weiter zu hören ist, bis sie sich schließlich in nichts auflöst.

13

Mr. Hilditch sitzt in seinem großen vorderen Zimmer. Es läuft gerade »Blue Hawaii«. Der *Daily Telegraph* liegt schlaff auf seinen Knien.

Als es an der Tür klingelt, rührt er sich nicht von der Stelle. Er weiß, daß sie nicht weggehen wird, sie wird erneut klingeln. Als sie es tut, steht er gemächlich auf, geht genauso gemächlich durch den Flur, und währenddessen verflüchtigt sich all der nagende Zweifel, den er gehabt hat, so schnell, daß er völlig verschwunden ist, als er die Tür erreicht. »Blue Hawaii« ist zu Ende, aber er pfeift die Melodie weiter, bläst seinen Atem leise zwischen den Zähnen hindurch. Er führt die Hand zum Knoten der schwarzen Krawatte, die er trägt, und zieht sie gerade, bevor er die Tür öffnet.

»So treffen wir uns also wieder«, sagt er mit einem gewinnenden Lächeln.

Mr. Hilditch drängt seine Besucherin nicht, ins Haus zu kommen. Er steht in der Tür und muß sich anstrengen, um sie richtig zu sehen, weil es dunkel ist. Es fällt ihm ein, wie er als Kind einmal versucht hat, eine Maus in eine Falle zu locken, die wie ein Käfig gebaut war. Man legt den Käse hin und geht weg. Jeden Tag legt man den Käse etwas näher an den Metalldraht, und am Ende geht die Maus aus freien Stücken in die Falle, davon überzeugt, daß sie sich bestens auskennt.

»Sie haben bei Ihrer Suche kein Glück gehabt?«

Mr. Hilditch spricht ruhig, da er nicht den Eindruck erwecken will, er verspüre Genugtuung. Er hört zu, während ihm die kleine Irin erzählt, daß sie überall gewesen ist. Er überläßt es ihr, ihre Geschichte zu erzählen.

»Man hat mir mein Geld gestohlen.«

»Gestohlen?«

»Na ja, es ist verschwunden. Ich hatte es in einer meiner Tüten versteckt, und als ich nachgeschaut habe, war es nicht mehr da.«

»Sie waren in zweifelhafter Gesellschaft, nicht wahr?«

Er hört zu, während sie ihm von dem frommen Haus erzählt, und steuert dann die Ansicht bei, daß es keinen Fanatiker gebe, dem man trauen könne. Die kleine Irin sagt, sie wisse nicht, was sie tun solle. Sie hätte auch noch in anderen Pensionen übernachtet, sagt sie.

»Wie lange dauert es denn noch?« Mr. Hilditch klopft sich auf den Bauch. »Sie wissen schon.«

»Ich bin im fünften Monat.«

»Es ist kaum zu sehen. Nur ein bißchen. Es fängt gerade erst an.«

»Sie haben gesagt, wenn Sie... Sie haben an jenem Tag gesagt, wenn Sie mir helfen könnten...« Sie fängt an zu stottern, wird dann ruhiger. »Ich habe mich gefragt...« Wieder bricht sie ab, und er nickt, um sie zu ermutigen. »Ich habe mich gefragt, ob Sie mir das Fahrgeld nach Hause leihen könnten.« Das Stottern setzt wieder ein, als sie zu sagen versucht, es sei unverschämt, einen Fremden darum zu bitten. Sie sagt, sie wisse nicht, an wen sie sich wenden solle.

»Sie wollen zurückfahren?«

»Es war ein Fehler hierherzukommen, ich hätte nicht herüberkommen sollen.«

»Aber was ist mit Ihrem Freund?«

»Den finde ich nie.«

Als das Mädchen das sagt, begreift Mr. Hilditch, daß sie die Zuversicht verloren hat. Trotz seiner Bedenken hätte er sie ansprechen sollen, als er sie auf der Straße gesehen hat. Jetzt ist es vielleicht zu spät: Er weiß aus Erfahrung, daß es nicht leicht ist, sie wieder davon abzubringen, wenn sie sich einmal etwas in den Kopf gesetzt haben. Wenn sie das Gefühl hat, wirklich alles versucht zu haben, dann reicht es ihr vielleicht einfach. Mr. Hilditch spürt, wie ihm kalt wird im Bauch, ihn überkommt das Gefühl, daß ihm etwas, das er als sein Eigentum betrachtet hat, entrissen werden könnte. Im Angesicht der Gefahr spricht er bedächtig und täuscht eine Gelassenheit vor, die diesem inneren Aufruhr so gar nicht entspricht.

»Die Ironie liegt darin, daß Ihr Freund vor Sorge durchdrehen würde, wenn er das alles wüßte. Ich habe Erfahrung damit. Wenn er wüßte, was Sie durchgemacht haben, das ganze Tamtam zu Hause und dann die Suche nach ihm in einem Land, das Ihnen fremd ist, der arme Kerl wäre außer sich.«

Da fließen die Tränen, wie er es sich gedacht hat. Das liege alles an der Mutter ihres Freundes, bekommt er erneut zu hören und verspürt eine gewisse Erleichterung, ohne zu wissen, weshalb. Er hört zu, während sie wiederholt, daß die Mutter in einem Brief Lügen geschrieben habe; daß sie sich irgendeinen Grund ausgedacht und ihm dann geschrieben habe, er solle Weihnachten nicht kommen.

»Wissen Sie das ganz sicher, Felicia? Haben Sie von jemandem gehört, daß die Mutter es war?«

»Sie war es. Das würde ich jederzeit beschwören.«

»Dann haben Sie also von niemandem zu Hause gehört, seit Sie hergekommen sind?«

»Niemand weiß, wo ich bin.«

»Aber man weiß, daß Sie Johnny nachgefahren sind.«

»Nur sie kennt die Stadt, in der er wohnt.«

»Und sie würde ihm natürlich nicht erzählen, daß Sie sich auf den Weg gemacht haben. Natürlich nicht.«

»Nein.«

Genauso verlegen wie vorher kommt sie wieder auf ein Darlehen zu sprechen. Sie nennt die Summe, die nach ihrer Schätzung nötig sei. Er antwortet nicht sofort, sondern sagt:

»Finden Sie es nicht schade, einfach aufzugeben? Wo Sie schon so weit gekommen sind und so viel auf dem Spiel steht? Zunächst einmal: wird man Sie willkommen heißen?«

Sie hat ihre Tüten bei sich und hat sie nicht abgestellt. »Ich würde lieber Johnny suchen«, flüstert sie, und ihre Worte werden von Schluchzern unterbrochen. »Das schaffe ich jetzt bloß nicht.«

»Meiner Meinung nach sollten wir nach allem, was Sie durchgemacht haben, einen letzten Versuch unternehmen.

Verstehen Sie mich, Felicia? Ich könnte das Mädchen im Büro bitten herumzutelefonieren, so wie ich es Ihnen vorgeschlagen habe. Erinnern Sie sich daran, daß ich das vorgeschlagen habe, Felicia? Wenn Johnny von einer Rasenmäherfabrik gesprochen hat, muß es die irgendwo geben.«

Sie schüttelt den Kopf und wischt sich die Nase mit einem Papiertaschentuch ab. »Ich muß es falsch verstanden haben.«

Langsam schüttelt auch er den Kopf. »Das würde nur ein oder zwei Stunden in Anspruch nehmen, keine große Sache. Dieses Mädchen ist auf Draht, sie kennt sich aus. Außerdem hab ich von Kneipen gehört, wo die Jungs aus Irland sich abends treffen. Das Blue Light zum Beispiel. Haben Sie im Blue Light überhaupt schon nachgesehen?«

Sie sagt nein, und er gibt zu bedenken, daß es sich lohnen könnte, dort nachzuschauen, dort und in ein paar anderen Kneipen. Bloß um sicherzugehen, bevor sie das Handtuch werfe.

»Das war verständlich, wie Sie neulich davongeflitzt sind. Ich habe Ada von der Sache erzählt, als sie einen lichten Moment hatte, und sie hat gesagt, das sei verständlich. Ich erwähne das bloß, weil ich nicht will, daß Sie denken, daß ich Ihnen das übelnehme.«

»Geht es Ihrer Frau besser?«

»Ada ist gestorben.«

Ihre Hand fährt zum Mund, eine rasche, beklommene Geste. »Oh, das tut mir leid.« Die Worte sprudeln hervor, erneut mit einem leichten Stottern. »O Gott, das tut mir leid.«

»Vor drei Nächten.« Er läßt Schweigen eintreten, da die Situation danach verlangt. »Eigentlich«, fährt er schließlich fort, »müssen wir von einer segensreichen Erlösung sprechen. Wir müssen diesen Ausdruck gebrauchen, Felicia.«

Er kann spüren, wie sie versucht, etwas zu erwidern, aber sie kann keine Worte finden. Er spürt, was sie denkt. Sie denkt, daß einem Zuwendung und Güte von einem Menschen entgegengebracht werden, der eigene Sorgen hat, und daß man ihn dann im Augenblick der Not im Stich läßt. Sein einziger

Wunsch, alles, worum er an jenem Tag bat, war, daß sie ihm ein paar Stunden Gesellschaft leiste.

»Also, ich werde dann wohl gute Nacht sagen.« Er zögert und verspürt den Drang, sich »Blue Hawaii« ins Gedächtnis zurückzurufen, es lautlos zwischen den Zähnen hindurch zu pfeifen. »Es sei denn, Sie hätten gerne noch irgendwas zu trinken?« bietet er an und widersteht dem Drang, der Melodie nachzugeben. »Sie können natürlich gerne noch etwas haben. Ich mache Tee.«

Nachdem auch sie kurz gezögert hat, steigt sie die Stufen zur Haustür hinauf.

Die Küche ist riesig, die größte, in der Felicia je gewesen ist. An der Holzdecke hat der Dunst von Generationen Flecken hinterlassen, ein einzelner Haken für Schinken ist alles, was von der ganzen Batterie, die einmal dort gehangen haben muß, übriggeblieben ist. Zwei Schränke sind voll mit Porzellan; ein langer Kieferntisch nimmt die Mitte des Raumes ein; Strumpfhosen hängen über einem Trockengestell. Es gibt vier Stühle, eine Trittleiter an einer Wand, in einer Ecke eine alte Nähmaschine, eine Wäschemangel. Kühlschrank und Elektroherd wirken fehl am Platze.

»Sie sind ganz in der Nähe«, sagt der Mann, der ihr noch nicht einmal seinen Namen genannt hat, und läßt Wasser in einen elektrischen Kessel laufen. »Die Kneipen, in denen die Jungs aus Irland sich treffen. Ich könnte Sie rüberfahren.«

»Sie meinen jetzt?«

»Es ist noch früh. Das Blue Light ist eine Fischkneipe. Ich setze große Hoffnungen auf das Blue Light, ich hab da so ein Gefühl. Um die Wahrheit zu sagen, es würde mich aufmuntern auszugehen. Wenn es Ihnen nichts ausmacht, ein Stückchen zu fahren.«

Felicia schüttelt halbherzig den Kopf. »Nein. Nein, das macht mir nichts aus.« Ihre Stimme klingt traurig. Das wird nicht weiterhelfen. Alles, was ihr bleibt, ist die Aussicht, sich Geld borgen zu können.

»Wir essen erst einen Happen.«

Sie fragt sich, ob man die Leiche seiner Frau zum Haus zurückgebracht hat, und als hätte sich etwas von diesem Gedanken in ihrem Gesicht abgezeichnet, sagt er, die Beerdigung sei heute morgen gewesen. Sie sieht, daß ihm die Strumpfhosen auf dem Trockengestell auffallen. Er wendet sich von ihr ab, während er das Gestell schweigend herunterläßt und abräumt. Als er die Strumpfhosen zusammengefaltet und in eine Schublade geräumt hat, legt er Leber und Gemüse auf den Tisch und fängt mit der Zubereitung an. Er öffnet eine Dose mit verschiedenen Kekssorten und fordert sie auf, sich hinzusetzen und sich während des Wartens selbst zu bedienen.

»Das mit Ihrem Geld ist sehr schlimm«, sagt er.

»Ich weiß.«

»Haben Sie gar nichts mehr übrig?«

Sie erzählt es ihm: wieviel sie jetzt noch habe, wie sie die letzte Nacht, weil das Obdachlosenheim der Heilsarmee voll gewesen sei, in einem Haus verbracht habe, das gerade umgebaut werde.

»Probieren Sie's heute nacht wieder bei der Heilsarmee?«

»Ich weiß nicht.«

Sie will nicht sagen, daß es dazu zu spät sein wird, wenn sie in die Kneipen gehen, von denen er gehört hat, aber an der Art, wie er nachdenklich nickt, während er das Grün von den Möhren schneidet, kann sie sehen, daß ihm das klar geworden ist. Und er sagt:

»Vielleicht sollten wir es heute abend sein lassen. Ich habe Sie mit meinem Geschwätz lange genug aufgehalten. Das tut mir leid.«

»Ich würde gern heute abend gehen.«

Er nickt wieder, auf die gleiche Art, als hätte er erraten, daß ihre Antwort so ausfallen würde.

»Das mit Ihrer Frau tut mir leid«, sagt sie.

Mit dem Rücken zu ihr macht er die Möhren unter fließendem Wasser sauber. Ada sei fromm gewesen, sagt er; sie sei aus einer frommen Familie gekommen. All das sei ihr zum Ende hin eine Hilfe gewesen.

»Sie wäre glücklich, Sie wieder bei uns zu sehen. Sie wäre glücklich zu sehen, daß wir ausgehen und nach Johnny suchen.« Während er die Leber in Stücke schneidet, erzählt er ihr von der Beerdigung: von Pfarrer Arthur Chase und einer großen Beteiligung, einer großen Zahl von Kränzen.

»Ich habe mich entschuldigt, daß ich sie nicht nach Hause einladen kann, weil mir nicht nach Geselligkeit zumute ist. Aber Pfarrer Chase hat alle auf einen Happen eingeladen, und ein paar von uns sind mitgegangen. Ein paar von meinen Regimentskameraden sind dagewesen, haben immer ein Herz für sie gehabt. Und natürlich ihre Freundinnen von der freiwilligen Wohlfahrt, in großer Zahl. Ich muß sagen, es war bewegend, was sie über sie gesagt haben.«

Sie essen im Eßzimmer. Felicias abgestumpfter Blick gleitet über die Mahagoniflächen von Eßtisch und Anrichte, die hochbeinige Kommode vor dem Erkerfenster, die Porträts, die an drei Wänden den Ehrenplatz einnehmen, die Garnitur von braunen, mit Kunstleder bezogenen Stühlen. Auf dem Kaminsims steht ein gerahmtes Foto von einer pausbäckigen Frau, um das ein schwarzes Band geschlungen ist. »Service des Krematoriums«, sagt er, und sie stellt sich eine Kirche vor, da sie nicht weiß, was ein Krematorium ist. Nachdem er Tee eingegossen und ihr erneut die Dose mit den Keksen angeboten hat, räumen sie das Geschirr zusammen, von dem sie gegessen haben. Als sie vor dem Foto stehenbleiben, bevor sie das Eßzimmer verlassen, heben und senken sich seine massigen Schultern, genau wie die Wölbung seines Halses. Als er sich umdreht, um das Wort an sie zu richten, zu sagen, daß seine Gattin eine wunderbare Frau gewesen sei, sind seine klitzekleinen Augen hinter seiner beschlagenen Brille verschwunden. Erneut schämt sie sich zutiefst, daß sie es mit der Angst zu tun bekommen hat, nachdem er so gut zu ihr gewesen ist und trotz der Sorge wegen der Operation seiner Frau Zeit für sie gehabt hat. Niemand war so um sie besorgt: Sie erinnert sich an die feindseligen Gesichter im Versammlungshaus, an den Argwohn in Mrs. Lysaghts Gesicht und daran, wie ihr Vater sie eine Hure genannt hat. Lena und George sind weggegangen, weil sie für sich sein wollten. Sie erinnert sich daran, wie Miss Furey sie gewarnt hat, sich vorzusehen, was sie sagt.

»Es ist nett von Ihnen, daß Sie das sagen«, entgegnet ihr Wohltäter, als sie sich stockend dafür entschuldigt, weggelaufen zu sein. »Wie ich schon sagte, meine Liebe, ich nehme es Ihnen nicht übel.«

In seiner Stimme liegt eine Großzügigkeit, eine Wärme, die ihr Mut macht.

Mr. Hilditch ist vorsichtig. Er bringt den Umstand, daß sie sich im Fond des Autos niederkauern soll, zur Sprache, er erklärt, das sei notwendig, weil es in einem falschen Licht erscheinen könnte, wenn er so bald nach dem Tod seiner Frau in Gesellschaft eines jungen Mädchens gesehen würde. »Das tut mir leid«, entschuldigt er sich, als sie die unmittelbare Nachbarschaft hinter sich haben, und setzt hinzu, er wolle nicht, daß die Erinnerung an Ada durch irgendwelches Gerede beeinträchtigt werde. Er fährt auf einen Parkplatz, damit sie sich zu ihm nach vorne setzen kann.

»Sie sind also in der Gegend gewesen?« gibt er ihr das Stichwort und erfährt, während sie fahren, mehr über das Haus der Sekte, und dann über zwei Penner, von denen einer anscheinend Geburtstagskarten an Bischöfe schickt. Sie erzählt von einem Mann, der sich bemüht, eine lästige Mieterin loszuwerden, und von einer Stadtstreicherin, die ihre Habseligkeiten in einem Kinderwagen herumschiebt. Hört sich so an, als sei der mit den Geburtstagskarten nicht ganz richtig im Kopf.

»Man trifft ein grobes Volk, wenn man in den Straßen unterwegs ist«, ist die einzige Bemerkung, die er sich erlaubt. »Ich würde gut aufpassen, wenn ich an Ihrer Stelle wäre. Na ja, das wissen Sie ja aus eigener Erfahrung.«

Sie schauen auf dem Weg zu der Fischkneipe, bis zu der es noch gut dreißig Meilen sind, bei einem Happy Eater vorbei; dann im Dog and Grape, wo er mit Beth ein paarmal gewesen ist. Er entscheidet sich für den Salon, weil er sich daran erinnert, daß in der Kneipe eine Musikbox steht. Ein Paar mittleren Alters schaut ein- oder zweimal in ihre Richtung, aber ein Quartett mit einem Pudel ist zu sehr von den Witzen, die einer der Männer erzählt, in Anspruch genommen, um ihnen Beachtung zu schenken. »7-Up«, bestellt sie, und er nimmt das gleiche, und dazu eine Packung Chips. Als eine Gesprächspause eintritt, sagt er:

»Ada ist eine Malaway gewesen. Ada Daphne Malaway, Daphne nach ihrer Mutter. Eine Fabrikantenfamilie. Kugellager für die Lastwagenindustrie.«

Sie sitzt da, ohne ihre 7-Up zu trinken, und blickt sich um nach dem Gesicht, das sie sucht.

»Ada und ich, wir haben in unserem späteren Leben oft auf unseren Hochzeitstag zurückgeblickt. Wir sind unter den gezückten Schwertern hindurchgegangen, und dann haben wir natürlich die Torte mit einem Schwert geschnitten. Alle möglichen kameradschaftlichen Traditionen gibt es auf so einer Regimentshochzeit – Champagner, der aus einem Helm des Regiments getrunken wird, Kameraden aus dem Offizierskorps, die die Braut umarmen. Natürlich nichts Ungehöriges.«

Mit einem freundlichen Nicken nimmt Mr. Hilditch von der Anwesenheit des Paares mittleren Alters Kenntnis, als er an die Bar geht, um sich noch eine Packung Chips zu holen. Die Frau schaut weg, der Mann starrt nur vor sich hin. Sinnlos, länger hierzubleiben, überlegt Mr. Hilditch und steckt die Chips in die Tasche, um sie im Auto zu knabbern.

»Das Blue Light ist unser bester Tip«, prophezeit er selbstsicher, als sie davonfahren. Früher oder später hat er sie alle einmal ins Blue Light mitgenommen, da sie in diese Kneipe paßten, besonders Gaye. Ihm selbst sagt sie nicht zu, obwohl die Pommes frites gut sind. Seiner Ansicht nach etwas zu derb, was bestätigt wird, sobald sie eintreten und ein Haufen Krawallmacher loskichert.

»Nein?« murmelt er, als sie sich jetzt, statt erwartungsvoll, wie in den Kneipen vorher, teilnahmslos umschaut. »Nichts?«

Sie schüttelt den Kopf. Sie horcht auf die Stimmen um sie herum und sagt mit matter Stimme, daß sie nicht irisch seien.

»Vielleicht kommen die irischen Jungs später. Geben wir ihnen zwanzig Minuten, oder?« Er drängt sich an die Theke, um Scholle mit Pommes frites zu bestellen. Als er zu ihr zurückkommt, hat sie in einer Nische einen Platz gefunden. Sie sagt, sie wolle nichts essen, und er entgegnet, daß sie bei ihrem Zustand etwas zu sich nehmen müsse. Es sei natürlich eine Enttäuschung für sie: Das verstehe er.

»Wenn Sie sich eine Minute gedulden wollen, Felicia, während ich kurz anrufe, um den Stand der Dinge zu überprüfen. Mir ist bloß eingefallen, daß ich hier jemanden kenne, der irische Arbeiter beschäftigt – Leiter einer Schmelzhütte, eine Meile von hier. Dauert nur einen Moment, die Auskunft zu bekommen, wo die Jungs abends hingehen, wenn sie nicht mehr hierherkommen.«

Er steht ein, zwei Minuten in der Herrentoilette herum, nicht so lange, daß sein Essen kalt wird. Als er zu ihrer Nische zurückkommt, versuchen zwei von den Krawallmachern gerade, sie abzuschleppen.

»Kann ich Ihnen irgendwie behilflich sein?« Er lächelt sie liebenswürdig an, aber sie werden gleich ausfallend und machen sich dann davon. Er hat sich schon gedacht, daß sie sich, wenn er sie allein ließe, an sie ranmachen und ihm die Gelegenheit geben würden, die Sache klarzustellen.

»Nichts zu machen«, meldet er. »Anscheinend heute abend ausgegangen.«

Die Krawallmacher gehen jetzt, und nur wenige Paare sitzen noch in den Nischen. Ein schlampiges Mädchen fegt den Fußboden.

»Erzählen Sie mir mehr von sich, Felicia.«

Er drängt sie, indem er Fragen stellt, um sie aufzumuntern: über ihr Leben zu Hause, ob sie Haustiere hätten, die Freundinnen, die sie habe, und ob irgendeine von ihnen wisse, wo sie sei. Sie schüttelt den Kopf: Sie habe es niemandem erzählt, beteuert sie erneut und wiederholt, daß, wenn ihr Vater zur Polizei gegangen sei und die Polizisten die Mutter ihres Freundes ausfragten, diese sie bezüglich seines Aufenthaltsortes wahrscheinlich anlügen würde. Mr. Hilditch hat sich in seiner Vorstellung ein lebhaftes Bild von dieser Frau gemacht, aber er will jetzt nicht über sie nachdenken. Als der richtige Augenblick da ist, sagt er:

»Ich hoffe, das ist nicht vermessen von mir, Felicia, aber haben Sie sich überhaupt einmal Gedanken über Ihren Zustand gemacht?«

Er hat die Stimme ein wenig erhoben. Das schlampige Mädchen ist jetzt ganz nah bei ihnen und offenbar interessiert.

»Das ist natürlich eine wunderbare Neuigkeit«, sagt er und senkt dann wieder die Stimme. »Ich meine nur, egal, was bei der Suche nach Johnny herauskommt, Sie wollen die Sache doch nicht dem Schicksal überlassen. Laß es nicht soweit kommen, ist immer Adas Rat gewesen, und meiner genauso. Es genügt zu sagen, Sie hätten es verloren, das ist eine Formulierung, die alles mögliche bedeuten kann. Verstehen Sie mich, Felicia?«

»Ja.«

»Manchmal kann man nicht wählerisch sein, Felicia. Ich weiß, was Sie meinen, wenn Sie sagen, daß Sie lieber erst mit Johnny darüber reden würden. Sie und ich hätten das beide lieber, und natürlich bemühen wir uns darum, aber es sieht im Augenblick nicht so aus, als wäre es möglich.«

Sie scheint nicht zuzuhören. Sie sieht geistesabwesend aus, so, als hätten seine Fragen über ihr Leben zu Hause sie dorthin zurückgezogen. Er rüttelt sie mit einer einfachen Frage wach.

»Hätten Sie gern irgend etwas?«

Sie bittet ihn um etwas Tee. Er schmiert Ketchup auf das letzte von seinen Pommes frites, bevor er aufsteht, um ihr welchen zu holen. Hinter der Theke erinnert man sich an ihn, da ist er sich sicher. Man kennt ihn vom Sehen, obwohl es lange her ist, seit er zum letzten Mal da war, obwohl sie ihn nicht begrüßt haben, das haben sie noch nie getan. Man erinnert sich wegen der Mädchen an ihn, eins und dann ein anderes, und jetzt wieder ein neues, das in anderen Umständen ist. Ein kurzes Glücksgefühl steigt in ihm auf, während er die Plastikbecher zurück zu der Nische trägt.

Sie hat den Kopf abgewandt, und er weiß, daß Tränen fließen. Und wenn sie Johnny nicht ausfindig machen würden, sagt er zu ihr, und sie würde in ihrem jetzigen Zustand nach Hause fahren, dann wäre es zweifellos zu spät, wenn Johnny dort wieder auftauche. Und es sei doch wohl klar, daß er das tue, da er seine unsympathische Mutter regelmäßig besuche.

»Was ich sagen will, ist, Sie wären bei Johnny besser angeschrieben, wenn Sie nicht ein kleines Kind herumschieben würden, meine Liebe, von dem er nicht das geringste weiß. Ich könnte mich irren, aber so ist das nun mal.«

»Ich will so was nicht tun.« Ihr entfährt so etwas wie ein Schluchzen, und er kommt um den Tisch herum, so daß er neben ihr sitzt. Er legt ihr einen Arm um die Schulter, und sie fängt an, davon zu palavern, wie sie irgendeine Frau in einem Bauernhaus besucht habe, die anscheinend Geschlechtsverkehr mit ihrem Bruder hatte.

»Wischen Sie sich die Tränen ab.«

Bevor er Sharon kennenlernte, hatte diese sich dreier kleiner Irrtümer auf diesem Gebiet entledigt. Sie hatte einmal erwähnt, wo sie beim dritten Mal hingegangen sei und daß der Geschäftsführer einer chemischen Reinigung alles bezahlt habe. Der hat furchtbare Angst gehabt, hat Sharon gesagt. Die Gishford Klinik, an der Strecke nach Sheffield. Piekfein.

»Verzeihung.« Das derzeitige Mädchen putzt sich die Nase mit einem Papiertaschentuch, das sie zwischen den Fingern gedreht hat. Jetzt haben die Leute endgültig Notiz von ihnen genommen, ein Mann und eine Frau, die an der Theke auf Pommes frites warten, ein Mädchen und ein Junge in einer Nische auf der anderen Seite des Gangs.

»Sagen Sie nichts, Felicia. Versuchen Sie nicht zu sprechen, bis Sie sich erholt haben.« Mr. Hilditchs kleine Hände ergreifen eine der ihren, und aus dem Augenwinkel kann er sehen, daß das Paar in der Nische und das an der Theke sie immer noch beobachten. Da hat ein Liebespaar Krach gehabt, lautet die Vermutung, die ihnen im Gesicht geschrieben steht, eine kleine Meinungsverschiedenheit, die jetzt wieder aus der Welt geschafft wird.

»Trinken Sie den Tee, solange er noch warm ist. Sein Wert liegt in der Wärme, sagt man. Nein, ich erwähne das nur, weil Ada an dem Abend, an dem ich nach Hause gekommen bin und ihr erzählt habe, daß ich Sie habe herumlaufen sehen, gesagt hat: Ich frage mich, ob Sie wohl in anderen Umständen ist? Eine Frau weiß so etwas sogar aus einiger Entfernung. Während ich selbst keine Ahnung hatte, obwohl ich tatsächlich in Ihrer Gesellschaft gewesen bin. Die Sache ist die, daß hier ein Arzt verpflichtet ist, Sie zu versorgen, wenn Sie noch im Anfangsstadium darum ersuchen. Andererseits wird Ihnen die Tür gewiesen, wenn es zu spät ist.«

»Viele kommen deswegen rüber.«

»Natürlich.«

Eine neue Erregung hat von Mr. Hilditch Besitz ergriffen. Er erinnert sich daran, daß Sharon gesagt hat, sie sei schon über die Zeit hinausgewesen, in der dreißigsten oder einunddreißigsten Woche, als der Kerl aus der chemischen Reinigung sie nach Gishford gebracht habe. Es müsse immer eine Privatklinik sein, sagte sie seiner Erinnerung nach, wenn irgendwas nicht ganz einwandfrei sei. Sheffield ist ohne Frage weit genug weg.

»Ich denke bloß«, sagt er, »daß ich recht habe, wenn ich behaupte, daß man bei der kleinsten Unregelmäßigkeit so lange zum Arzt gehen kann, bis man schwarz wird. Alle, die keine Krankenkassenbeiträge gezahlt haben. Alle Ausländer. Möglich, daß man wochenlang warten muß.«

»Was?«

Sie hat nicht zugehört. Er macht die Augen halb zu und sieht sich mit ihr in der Gishford Klinik, so wie Sharon sie beschrieben hat. Er sieht sie in einem Wartezimmer, wobei seine Anwesenheit deutlich auf die Zusammenhänge anspielt. Mr. Hilditch atmet schwer und ist einen Augenblick lang hingerissen, dann beruhigt er sich wieder.

»Was ich Ihnen sagen will, ist, daß man sich den Behördenkram erspart, wenn man in eine Privatklinik geht.«

»Ich weiß nicht, was ich tun soll, ohne die Möglichkeit, mit Johnny zu reden.« Es sei auch Johnnys Baby: Das wiederholt sie zweimal, mit erhobener Stimme. Sie sagt erneut, daß sie nicht wisse, was sie tun solle.

Die Bilder in Mr. Hilditchs Vorstellung lösen sich auf. Die Gefühle, die seine beiläufige Erwähnung ihres Zustands ausgelöst hat, erschrecken ihn. Die Leute beobachten sie jetzt, aber die Freude darüber ist durch die Angst getrübt, daß er sich ungeschickt angestellt hat, daß sie ihm wieder entgleitet. Als sie sich beruhigt, sagt er:

»Es ist bloß, daß Ada es erwähnt hat, bevor sie von uns gegangen ist, aber Sie haben recht: Wir belassen es erst mal dabei. Wir sprechen nicht mehr davon. Tut mir leid, daß die irischen Jungs heute abend nicht da sind. Das Problem ist, daß sie nie mehr als Laufkundschaft sind. Ein bißchen Ärger an einem Abend, und sie suchen sich was anderes. Tut mir leid.«

»Das ist nicht Ihre Schuld.«

Er hofft, daß sie weiterredet, aber sie tut es nicht.

»Sie sind deprimiert?«

»Ein bißchen.«

»In Wirklichkeit sehen Sie aber fröhlich aus. Wenn das ein Trost ist.«

Sie erwidert nichts darauf.

»Ich lasse das Mädchen im Büro morgen früh als erstes

Nachforschungen anstellen, und dann werden wir sehen, wo wir stehen. Was halten Sie davon?«

»Sie wird ihn nicht finden.«

»Wenn irgend jemand Ihren Freund finden kann, dann dieses Mädchen. Das verspreche ich Ihnen, Felicia.«

Als die Fischkneipe zumacht, fahren sie weiter und schauen nur noch einmal bei einem Little Chef vorbei, das zu ihrer Überraschung noch offen hat. Später halten sie auf dem Parkplatz, auf dem sie vorher schon gehalten haben.

»Ich hoffe, es ist nicht unbequem.« Er weiß nicht, ob seine Besorgnis durch die Decke zu ihr dringt, die sie sich auf seine Veranlassung hin übers Gesicht werfen sollte, wenn sie sich wieder im Fond niedergekauert hat. Er hat die Decke wegen der Straßenlaternen vorgeschlagen. »Ihr Verständnis in dieser Sache ist prima«, setzt er hinzu und bemüht sich, sie in gute Laune zu versetzen.

Als das Auto auf dem Kies vor Nr. 3 anhält, wiederholt er, daß das Mädchen im Büro als erstes damit loslegen werde. Sie werde alle Nummern anrufen, die ihr in die Finger kämen; sie werde bis zu den Personalabteilungen der verschiedenen Fabriken durchkommen, wie es einer Privatperson nicht möglich sei; sie werde den Namen John Lysaght mit einer detaillierten Beschreibung angeben. Wie er schon gesagt habe, als er die Angelegenheit zum ersten Mal erwähnte, werde sie die Wählerverzeichnisse und alle anderen Verzeichnisse, die sie ausfindig machen könne, überprüfen.

»Morgen abend wissen wir, woran wir sind. Dann haben wir Meister Johnny im Visier.«

»Soll ich wiederkommen, um alles von Ihnen zu erfahren?« An der Art, wie sie das fragt – die Müdigkeit in ihrer Stimme –, wird deutlich, daß sie trotz allem, was er gerade gesagt hat, bereits davon überzeugt ist, daß er ihr nichts Neues berichten wird. Was ihr im Kopf herumgeht, ist das Geld, das sie sich borgen will.

»Jederzeit nach Einbruch der Dunkelheit. Vielleicht gegen sechs?« Er führt eine Hand zum Mund, um ein Gähnen zu unterdrücken, das nicht zum Ausbruch kommt. Dann, so beiläufig wie möglich: »Für heute nacht finden Sie was, oder?«

»Ich werd's wieder bei dem Haus probieren. Dem von Mr. Caunce.«

»In so einem Haus müssen Sie aufpassen, Felicia.«

»Ja, mach ich.«

Ihre Tüten sind im Flur, wo sie sie neben der Garderobe stehengelassen hat. Er beobachtet, wie sie sich bemüht, die richtigen Worte zu finden, um die Sache mit dem Geld anzusprechen, aber sie ist zu schüchtern, um auf das Thema zurückzukommen. Das ist nur natürlich, da es eine heikle Angelegenheit ist, einen völlig Fremden um eine Summe von fünfzig Pfund anzugehen. Er fragt sich, ob er das Geld selbst ansprechen soll, nur um ihr Interesse wachzuhalten, entscheidet sich aber dagegen.

»Müssen Sie noch mal auf die Toilette, bevor Sie sich auf den Weg machen?« fragt er statt dessen genauso beiläufig.

»Nein, danke.«

Sie zögert immer noch. Sie beginnt, etwas zu sagen, bringt aber nur ein, zwei Worte heraus, bevor sie sich unterbricht und gute Nacht sagt. Jetzt will er weniger beiläufig und mit besorgtem Tonfall wissen, ob es klug von ihr sei, zu so später Stunde herumzuziehen.

»Sie können natürlich«, schlägt er als nächstes vor, »auch gern hier schlafen.«

14

Morgen, Mr. Hilditch!« ruft ein Mann mit einem kaputten Bein auf dem Hof, einer vom Reinigungspersonal der Kantine.

»Morgen, Jimmy. Wieder besseres Wetter, hm?«

»Da wird einem richtig warm ums Herz, Mr. Hilditch.«

Das Nieselwetter der letzten Tage ist vorüber; es ist jetzt frostig, bei klarem Himmel. Frikadellen im Teigmantel, Schweinebraten oder Fisch gibt es heute; Vanillepudding mit Backpflaumen oder Strudel: das Donnerstagsmenü. Er wird sich wahrscheinlich für die Frikadellen entscheiden, mit Pommes frites und Erbsenmus, es sei denn, der Braten schmeckt besonders gut, was ab und zu mal vorkommt.

»Morgen, Mr. Hilditch«, ruft jemand anders aus einiger Entfernung, und er lächelt und winkt.

Es erscheint ungewöhnlich, daß man ihn begrüßt wie immer. Es erscheint ungewöhnlich, daß ihn auf dem Hof keiner anders ansieht, oder in der Küche, die er zehn Minuten später betritt, oder durch die Scheiben der Büros neben seinem eigenen. Mr. Hilditch kann kaum glauben, daß keiner von diesen Leuten merkt, daß er vor nicht ganz acht Stunden, um zwanzig nach eins in der Nacht, bei sich im Flur gestanden und jene Einladung ausgesprochen hat, und daß er als Folge davon ein fremdes irisches Mädchen unter seinem Dach hat. Sein ganzes Erwachsenenleben lebt man nach einer Regel. Von früh bis spät trifft man wegen des Geredes der Leute alle erdenklichen Vorsichtsmaßnahmen. Dann, in einem einzigen Augenblick, wirft man alles über den Haufen. Nicht einmal verspürte er den Drang, Beth, Elsie Covington oder eine von den anderen bei sich aufzunehmen. Noch nie hat er eine Ehefrau erwähnt oder von einer Hochzeit in Regimentstradition und mit Schwertern gesprochen. Es bestand nie ein Anlaß, über die Begegnungen, die Stunden, die man zusammen verbrachte, hinauszugehen, und darüber, daß die Leute dort Notiz von ihnen nahmen, wo es ungefährlich war.

Letzte Nacht in diesem Little Chef hat eine Frau, die benutztes Geschirr einsammelte, eindeutig einer anderen etwas zugeflüstert, und beide haben zu ihnen herübergeschaut, wo die kleine Irin den Kopf schüttelte, nachdem er ihre Aufmerksamkeit auf einen jungen Mann gelenkt hatte, der gerade eingetreten war. Natürlich hatten die beiden Frauen festgestellt, daß sie schwanger war. Es ist immer noch kaum zu sehen, aber Frauen haben anders als Männer eine Antenne für so etwas, er weiß das, weil ihm manchmal in der Kantine etwas anvertraut wird. Er hat es ihr sogar gesagt; irgend etwas über die Wahrnehmung von Frauen, um die Unterhaltung in Gang zu halten.

Ähnlich dem Fieber, das eine Grippe begleitet, ist die Erregung, die im Blue Light als kurzes Glücksgefühl begonnen hatte, immer heftiger geworden, als er später mit der kleinen Irin im Flur stand und ihre Tüten darauf warteten, daß sie sie aufhob; das kleine metallene Kreuz um ihren Hals war gerade noch zu sehen. Er hat sie eingeladen zu bleiben, weil es ihn dazu gedrängt hat, genauso wie es ihn dazu gedrängt hatte, sich bei Gaye unterzuhaken, als sie Pam's Pantry auf dem Rastplatz von Creech Wood verlassen hatten – eine übereilte Handlung, weil es das erste Mal war, daß sie zusammen ausgingen. Und doch hätte er sich nicht bremsen können, auch wenn er es versucht hätte, obwohl Creech Wood nicht allzu weit weg war, nur gut zwanzig Meilen. Zwei Minuten später, auf dem Parkplatz, hatte er einen Mann bemerkt, der wie Bellis aus der Lackiererei aussah, und sein Magen hatte sich zusammengekrampft und eiskalt angefühlt. »Ihre Tochter, Mr. Hilditch?« würde der Mann vermutlich nächstes Mal sagen, wenn sie sich in der Kantine begegneten; und er würde den Kopf schütteln und sagen müssen, daß er noch nie in seinem Leben in Creech Wood gewesen sei. Aber zu seiner großen Erleichterung hatte er sich geirrt: Der Mann war jemand anders gewesen.

Von den falschen Leuten gesehen zu werden, wenn man sich bei einer Freundin untergehakt hat, erscheint ihm jetzt als Kleinigkeit; unbedeutend im Vergleich dazu, wenn bekannt würde, daß man ein Mädchen unter seinem Dach beherbergte. Zum ersten Mal in seinem Erwachsenenleben findet er das Gefühl, ein Risiko einzugehen, reizvoll, und ihm wird instinktiv klar, daß das daran liegt, daß das Risiko, das er eingegangen ist, so groß ist. Es kommt Mr. Hilditch auch so vor, als wäre er lange zu dem Ziel, das er nun erreicht hat, unterwegs gewesen, als hätte all seinen früheren Handlungen der Schwung derjenigen gefehlt, die ihn nun an diesen Punkt gebracht hat. Die kleine Irin hat die Nacht in seinem großen vorderen Zimmer verbracht und gesagt, das sei in Ordnung, obwohl er ihr oben ein Zimmer mit Bett angeboten hatte. Sie hat sich aufs Sofa gelegt, wo er sie betrachtet hat, als er auf Zehenspitzen nach unten geschlichen war, bevor er sich zurückzog. Als Mr. Hilditch sich jetzt an ihre schemenhafte, schlafende Gestalt erinnert, weiß er, daß das Sofa für ihn nie wieder dasselbe sein wird. Dieses Mädchen hat schon die Gabeln und Löffel benutzt, die er selbst benutzt, war auf seiner Toilette und hat sich vielleicht nackt gewaschen. »Machen Sie sich ein oder zwei Eier«, hat er gesagt, bevor er gegangen ist, »wenn Sie später hungrig sind, Felicia.« Sie kann gern alles haben, was ihm gehört.

Der Vormittag vergeht für Mr. Hilditch nur langsam, und er kann sich schwer konzentrieren. Er weiß, daß er diesem Mädchen vertrauen kann. Er weiß, daß sie im Haus bleiben und sich nicht zu den Büschen oder hinten in den Garten hinauswagen wird, weil er gesagt hat, daß sie das besser nicht tun soll. Sie wird aufpassen, daß sie den Fenstern nicht zu nahe kommt, obwohl sie von der Straße nur teilweise einzusehen sind; vor allem wird sie den Fenstern im Erdgeschoß fernbleiben, für den Fall, daß irgend jemand, der Reklame austrägt, zufällig einen Blick hineinwirft.

Doch auch so ist er natürlich nervös. Es wäre wunderbar, die Sache zu verlängern, heute abend in eine andere Richtung zu fahren, sich spätnachts wieder mit ihr zu einem Imbiß in die Küche zu setzen, nachdem sie ein paar weitere Cafés besucht hätten. Aber er merkt, daß sie nicht mehr in der Stimmung ist, die Sache zu verlängern; sie hat aufgegeben, und sie wird langsam gereizt. Erneut sieht sich Mr. Hilditch im Wartezimmer der Gishford Klinik, wie er ihr zumurmelt, sie brauche sich keine Sorgen zu machen. Auch so etwas hat es noch nie gegeben, nicht einmal annähernd.

»Alles in Ordnung bei Ihnen, Mr. Hilditch?« fragt mittags jemand in der Kantine.

»Danke, bestens. Und bei Ihnen?«

Er bekommt irgendeine Antwort; Mr. Hilditch verbirgt sein mangelndes Interesse hinter einem Lächeln. Die Asiatin, die Erbsenmus austeilt, kann doch bestimmt sehen, daß er anders ist als gestern? Wie kommt es, daß nichts in seinem Gesichtsausdruck den Schauder der Unruhe widerspiegelt, der ihn die ganze Nacht wachgehalten hat, bloß weil sie unter seinem Dach war und nur eine Treppe sie voneinander trennte? »Oh, was für ein Angsthase du bist!« hat seine Mutter immer gesagt, als er sechs war. Er lächelt erneut, aus Freude, daß diese Bemerkung ihm wieder eingefallen ist. Er bedankt sich bei der Asiatin, nimmt sein Tablett und verspürt nicht die geringste Angst.

Vielleicht blättert sie jetzt gerade die Seiten eines *Geographic* durch. Sie ist anders als die anderen, es ist nichts Strenges an ihr. Ein schlichtes Gemüt, wie man es erwarten würde, wenn man bedenkt, wo sie herkommt. Natürlich sind sie dennoch alle gleich. Die Wahrheit starrt einen aus ihren Augen an, und sie wenden den Blick davon ab. Beth mit ihren ein, zwei Extragläschen konnte sie nicht einen Augenblick lang ertragen; Elsie hatte sich, als sie auf der Straße lebte, dafür unempfindlich gemacht. Je mehr Lügen man ihnen erzählt, desto mehr belügen sie sich selbst – Jakki hat sich über ihren sogenannten Fabrikdirektor, Sharon über den Geschäftsführer der chemischen Reinigung, Vater von fünf Kindern, etwas vorgemacht. Als er sich mit Bobbi zum ersten Mal getroffen hat, hatte sie ein blaues Auge: sie sei gegen eine Tür gelaufen.

»Wofür soll ich mich entscheiden, Mr. Hilditch?« will ein

Angestellter wissen, an dessen Namen er sich nicht erinnern kann, und er rät zu dem Schweinebraten, wegen der Kruste. »Vielleicht nehme ich den, Mr. Hilditch. Sieht klasse aus, der Schweinebraten, nicht?«

Vielleicht ißt sie jetzt gerade ihre gekochten Eier. Vielleicht hat sie im großen vorderen Zimmer »Lazy River« aufgelegt, und die Melodie dringt leise bis in die Küche. Ihre Neugier hat sie nach oben gelockt, zu den Kleidern, die im Kleiderschrank hängen, und den Schuhen auf dem Linoleum daneben.

»Der dritte Abzug ist verstopft, Mr. Hilditch«, meldet später am Nachmittag jemand, und er kann kaum sagen, ob es ein Mann oder eine Frau ist, es spielt sowieso keine Rolle, eine Gestalt in einem Kittel, wie sie ihn alle tragen, mit einer Kopfbedeckung, die europäischem Recht entspricht.

»Ach du meine Güte«, entgegnet er, wie bei jedem Schaden. Er beobachtet, wie sich eine Menge Leute um den defekten Abzug versammelt, Len von der Endabnahme, der für solche Reparaturen immer geholt wird, und der größte Teil des Küchenpersonals.

»Ich denke, Sie werden sehen, daß wir konkurrenzfähig sind«, behauptet der Vertreter von Crosse and Blackwell später im Büro. »Alles in allem würde ich sagen, diese Bedingungen sind konkurrenzlos.«

Das interessiert ihn nicht; es spielt keine Rolle. Ein verstopfter Abzug oder Sonderpreise, wie kann sich so etwas mit einer Ausreißerin aus der irischen Provinz vergleichen, die durch die Zimmer seines Hauses geht, einem Mädchen mit einem Kreuz an einer billigen Metallkette? »Entschuldigen Sie mich einen Augenblick«, sagt er zu dem Vertreter von Crosse and Blackwell und telefoniert von der Personaltelefonzelle vor der Kantine aus mit der Gishford Klinik. »Ja, wir könnten es sofort einrichten«, versichert ihm eine beruhigende Stimme. Hört sich sehr zivilisiert an, wie Sharon gesagt hat.

»Rufen Sie uns an«, fordert ihn der Vertreter von Crosse

and Blackwell auf, als er ins Büro zurückkehrt. »Sobald Sie es sich überlegt haben.«

»Ja, mach ich.«

Er schüttelt dem Vertreter von Crosse and Blackwell die Hand und versucht, sich an seinen Namen zu erinnern.

»Immer schön, Sie zu sehen, Mr. Hilditch.«

»Ganz meinerseits.«

Die Schwangere in seinem Haus betrachtet das mit einem Trauerflor drapierte Bild seiner Mutter auf dem Kaminsims im Eßzimmer, geht von einem Zimmer zum anderen nach oben und wäscht sich schließlich nackt. Mr. Hilditch senkt die Lider, in der Hoffnung, daß die Bilder sich verstärken. Er dreht den Kopf weg und nimmt einen Augenblick lang die Brille ab, um zu verschleiern, daß er sich auf Privatangelegenheiten konzentriert, während der Vertreter von Crosse and Blackwell seine Aktenmappe zumacht.

»Ich lasse Ihnen noch meine Karte da«, sagt der Mann und legt die Visitenkarte an den Rand von Mr. Hilditchs Schreibtisch. »Bloß als Erinnerungsstütze.«

Ihre Kleider hängen über dem Stuhl und dem Handtuchhalter im Badezimmer: Seit dem Tod seiner Mutter hat es so etwas in Nr. 3 nicht mehr gegeben.

Der Rest des Tees, den Felicia vor einer Stunde in der riesigen Küche gemacht hat, ist längst kalt. Sie hat leichte Kopfschmerzen und ist ganz konfus vor Sorgen, die sie den ganzen Tag beschäftigt haben. Irgendwie wird sie das Geld zurückzahlen, das sie der Alten weggenommen hat und das nicht mehr in ihrem Besitz ist. Sie wird sich mit einer Teilzeitbeschäftigung als Putzfrau zufriedengeben, eine Stunde am Tag, egal wo. Und alles, was man ihr für die Heimreise leiht, wird sie zurückzahlen, indem sie es sich von Carmel, Aidan oder Connie Jo oder sogar von Schwester Benedikta borgt; sie wird es schon irgendwie kriegen. Wenn Johnny kommt – vielleicht am St. Patrick's Day oder an Ostern –, wird er ihr helfen, wenn sie es ihm erklärt. Wenn Johnny kommt, werden sie die verzerrte Darstellung seiner Mutter geraderücken, und sie wird ihm alles erzählen, was sie vorgehabt hat, als sie zu Miss Furey gefahren ist, wie sie in höchster Verzweiflung die beiden Frauen um Rat gefragt hat, die vor der Konservenfabrik Flugblätter verteilt haben, als das Gerücht aufkam, daß sie schließen würde. Sie würden jeder Frau in Schwierigkeiten helfen, versprachen die Flugblätter, und irgend jemand hatte eins an die Tür der öffentlichen Toilette geklebt, es hing immer noch dort, als sie hinging, um nachzusehen, die Telefonnummer war unterstrichen. »Kommen Sie nur«, hat eine Stimme sie aufgefordert, als sie die Nummer wählte und eine Adresse in einer zwanzig Meilen entfernten Stadt angab.

Nachdem Felicia ihre Tasse, die Untertasse und die Teekanne abgewaschen hat, sitzt sie in dem großen vorderen Zimmer und erinnert sich an jenen kalten Nachmittag. Ihre Tragetüten stehen neben dem Sofa, wo sie sie abgestellt hat, als sie sich letzte Nacht hinlegte. Sans Souci hieß der Bungalow mit rosafarbenem Rauhputz auf einem kleinen Grundstück, in dem die Frauen wohnten. Die Frauen trugen dicke Wollsachen und Brillen, nannten sie »meine Liebe« und sagten, sie solle sich keine Sorgen machen. Sie gaben ihr Kaffee in einem Becher, und sie wollte nicht sagen, daß der ihr im Augenblick nicht bekam. Ein Kind kam ins Zimmer, als sie über ihre Probleme sprach, und man sagte ihm, es solle rausgehen. Die Frauen saßen auf dem Fußboden und tranken selbst Kaffee aus Bechern. »Er ist haftbar«, bemerkte die, deren Brille eine dunklere Fassung hatte als die ihrer Freundin. »Er kann sich nicht davor drücken.«

Aber sie sagte, so sei das nicht, und begann von Anfang an: wie sie und Johnny sich ineinander verliebt hätten, wie er sein Bestes getan habe, um sie beide vor dem zu schützen, was passiert sei, aber irgend etwas sei schiefgelaufen. Sie hatte Hemmungen, das zu sagen. Sie schämte sich, es fremden Leuten erzählen zu müssen, und wurde mittendrin nervös. »Wollen Sie sagen, daß der Mann nichts davon weiß?« fragte die andere Frau, und so erklärte sie, Johnny sei in großer Eile abgereist und sie hätten versäumt, Vorkehrungen dafür zu treffen, daß sie miteinander in Verbindung blieben. »Bevor Sie irgend etwas unternehmen«, bestimmte die Frau, »müssen Sie den Vater finden. Sie haben in dieser Hinsicht unanfechtbare Rechte. Sie haben einen Vater, der abtanzt, als wäre er sonstwer. Dieser Mann ist haftbar von dem Augenblick an, seit er Sie mißbraucht hat.«

Sie beteuerte erneut, daß es sich so nicht verhalte, aber die Frau beharrte darauf, daß man es so sehen müsse. Es sei Mißbrauch, wenn es einem Mann völlig schnuppe sei, daß er sich mit allen Mädchen in der Gegend vergnüge. Wo auch immer er sich jetzt aufhalte, man könne einen gerichtlichen Feststellungsbeschluß erwirken; sobald das Kind auf der Welt sei, könne der Unterhalt vom Lohn des Vaters einbehalten werden. Sie nannten Zahlen: Zahlen von Frauen, von denen landesweit dokumentiert sei, daß sie auf diese Weise sitzengelassen worden waren. Die Gefühllosigkeit dieses Verhaltens wurde kurz angetippt, der schändliche Egoismus. »Nennen Sie uns den Namen des Übeltäters«, drängte die Frau mit der dunkleren Brillenfassung und griff nach einem auf dem Fußboden liegenden Stück Papier, auf dem das Kind mit einem Buntstift gemalt hatte. »Vollständiger Name und Adresse in Irland, wenn Sie mit dem derzeitigen Aufenthaltsort nicht dienen können.«

Felicia erinnert sich in dem großen vorderen Zimmer, wie sie den Kopf geschüttelt hat, und bald darauf gegangen ist. An der Haustür des Bungalows sagten ihr die Frauen, daß sie selbst alleinerziehende Mütter seien, jede mit einem Kind. Familien mit nur einem Elternteil würden heutzutage akzeptiert, versicherten ihr beide; es gebe manche, die sich freiwillig dafür entschieden. Sie boten ihr hinsichtlich des gerichtlichen Feststellungsbeschlusses ihre Hilfe an; in fünfzig Prozent aller Fälle hätten sie damit Erfolg.

Das Tageslicht im Zimmer fängt an, schwächer zu werden; aus Düsternis wird Dunkelheit, dann knirscht der Kies unter den Reifen des Autos. Eine Autotür schlägt zu, bald darauf dreht sich sein Schlüssel im Schloß. »Nichts zu machen«, sagt er als erstes und schüttelt traurig den Kopf. Den ganzen Tag lang habe das Mädchen herumtelefoniert. Rein gar nichts. Nirgends eine Spur von einem John oder Johnny Lysaght.

Sie ist nicht enttäuscht. Sie hat es gewußt; sie hat gesagt, daß es so sein würde, es kommt nicht unerwartet. Wenigstens wüßten sie jetzt, woran sie seien, sagt er; wenigstens sei das alles erledigt. »Ist bei Ihnen alles okay?« fragt er.

»Ja.«

»Wir essen einen Happen und entwerfen dann einen Schlachtplan.« Er lächelt. »Irgendwie bringen wir Sie schon nach Hause.«

Er kocht ihnen etwas, was sie wieder förmlich im Eßzimmer zu sich nehmen. Er redet von seiner Zeit beim Militär, von Einsätzen, die er erlebt hat. Er fragt sie, ob sie einen Blick in die geographischen Zeitschriften in seinen Regalen oder in die gebundenen Jahrgänge von *Railway and Travel Monthly* geworfen habe. Er bittet sie, ihm mehr von sich zu erzählen, und sie sagt, da gebe es wirklich nicht viel, aber als er darauf besteht, erzählt sie ihm vom Tod ihrer Mutter und davon, wie sie jeden Morgen mit Carmel, Rose und Connie Jo den steilen St. Joseph's Hill hinauf in das Nonnenkloster gegangen sei, denselben Weg, den ihr Vater jeden Tag zurückgelegt habe und immer noch zurücklege. Sie beschreibt den Platz, weil er sie darum bittet: Doheny's, wo die Busse halten, die Statue des Soldaten, die an jene erinnere, die im nationalen Befreiungskampf ihr Leben verloren hätten, das Ritz mit den zwei Kinos. Sie erzählt ihm, daß Mr. Hickey am Tag der Hochzeit nicht gewollt habe, daß man in der Hotelhalle mit Konfetti wirft, wegen der Schweinerei, die das mache; und daß Aidan unter dem Druck der Familie, in die er eingeheiratet habe, seinen Beruf aufgegeben habe und jetzt im McGrattan Street Kinderwagen- und Fahrradladen bediene. Sie erzählt ihm davon, wie Shay Mulroone ins Diamond Coffee Dock gekommen sei; und daß ihr Vater gern hätte, daß sie nur einer Teilzeitbeschäftigung nachgehe, damit sie sich weiter um das

Haus kümmern und kochen könnte und man nicht Mrs. Quigly bitten müßte, jeden Mittag nach der Alten zu sehen. Sie erzählt ihm, daß ihr die Leute, als sie noch ein Kind gewesen sei, Muscheln mitgebracht hätten, wenn sie ans Meer gefahren seien, in allen Formen und Größen, diese habe sie immer auf der Kommode in ihrem Zimmer aufgestellt, jetzt aber würden sie in einer Schublade aufbewahrt, derselben, in der die Briefe sich befänden, die sie geschrieben habe.

Er hört die ganze Zeit zu, gießt ihnen Tee ein, als sie das Hauptgericht aufgegessen haben, und unterbricht sie nur, um ihr zu der Götterspeise, die er diesen Morgen zubereitet hat, Kekse anzubieten. Dann, immer noch im Eßzimmer:

»Ich weiß, daß Sie das Thema nicht gern hören, Felicia, aber ich fürchte, es ist meine Pflicht, es erneut anzusprechen. Ich habe, wie Sie wissen, meine Erfahrungen mit einigen von den jungen Burschen, die ich in den alten Zeiten unter mir hatte. Da hat es nicht einen gegeben, keinen einzigen, an den ich mich erinnern könnte, Felicia, der nicht gewollt hätte, daß sich jemand um die Sache kümmert, als es soweit war. Alle ohne Ausnahme, nicht einer, der aus der Reihe tanzte.«

Sie weiß, was er meint, und nickt.

»Sie sind hierhergekommen, um Johnny diese Frage zu stellen, aber Sie haben keine Antwort bekommen, Felicia. Wir müssen es von dieser Seite betrachten. Wenn das Mädchen im Büro heute Glück gehabt hätte, dann wäre es etwas anderes, das bestreite ich nicht. Aber das war nicht der Fall, und ich bin jetzt endgültig der gleichen Meinung wie Sie: Wir werden Johnny nicht finden.«

»Johnny wird drüben sein, am St. Patrick's Day oder an Ostern. Ich habe den ganzen Tag darüber nachgedacht. Es wird alles wieder gut, wenn ich zurück bin und wir wieder zusammen sind.«

»Aber sind Sie nicht mit dem Fahrrad zu dieser Frau gefahren, Felicia, von der Sie mir erzählt haben? Wollten Sie da nicht, daß es gemacht wird?«

»Es war falsch von mir, daran zu denken, ohne daß Johnny

davon wußte. Es war bloß so, daß mir nichts Besseres eingefallen ist.«

»Ich bin mir all dessen bewußt. Ich verstehe jedes Wort; ich verstehe, daß Sie sich anders besonnen haben. Aber was wir jetzt herauszufinden versuchen, ist, was Johnny dazu sagen würde, ohne ihn erreichen zu können. Verstehen Sie mich?«

»Ja. Es ist nur...«

»Wenn Johnny wiederkommt und Sie in Ihrem Zustand antrifft, wird er sich sagen, daß Sie ihn in die Falle gelockt haben. Jeder junge Bursche würde das tun.«

»Ich versuche nicht, ihn in eine Falle zu locken.«

»Das sage ich Ihnen ja. Das ist das, was Sie und ich wissen. Was aber Johnny darüber denken wird, geht vielleicht in eine ganz andere Richtung.«

»Johnny und ich, wir lieben uns. Er würde nicht auf den Gedanken kommen, daß ich ihn in eine Falle gelockt habe.«

»Es besteht kein Zweifel daran, daß Johnny Sie liebt. Nichts von dem, was Sie gesagt haben, spricht dagegen. Was ich Ihnen zu sagen versuche, ist, daß eine Situation wie die, in der Sie und Johnny sich befinden, nur allzu leicht unglücklich enden kann.« Er hält inne und wendet kurz den Blick von ihr ab, bevor er weiterspricht. »Ada hat das immer gesagt, Felicia. Ada hat sich in Herzensangelegenheiten gut ausgekannt.«

»Ich wünschte, wir hätten ihn finden können.«

»Das wünschte ich auch. Ich will ehrlich zu Ihnen sein, Felicia: Es gibt nichts auf der Welt, was mir eine größere Freude bereiten würde, als wenn Johnny in dieser Minute klingeln würde.«

»Johnny weiß doch nicht...«

»Ich weiß, ich weiß. Ich habe bloß eine Hypothese aufgestellt. Die Sache ist die, Felicia, daß Sie hier drüben sind, wo eine bestimmte Einrichtung zur Verfügung steht. Was ich Ihnen jetzt sage, ist das, was ich zu jeder Tochter gesagt hätte, die Ada und ich hätten haben können. Ich lasse Ihnen meine lange Erfahrung zugute kommen. Für mich besteht kein Zweifel, Felicia.«

Sie sitzt schweigend an dem großen Eßtisch, die Kopfschmerzen sind schlimmer geworden. Sie versucht, sich auszurechnen, sich vorzustellen, wie es sein würde: wenn Johnny nach Hause käme und sie ihn träfe, Johnny sie ansähe und es schon wüßte, bevor sie es ihm sagen könnte. Sie versucht, sich sein Gesicht vorzustellen. Sie versucht, sich vorzustellen, was er sagen würde.

»Ich habe seit heute nachmittag um halb drei darüber nachgedacht, Felicia, als das Mädchen sich zu mir umgedreht und den Kopf geschüttelt hat. Ich habe dagesessen und mir gesagt, daß es nicht bloß Johnny ist. Da ist auch ihr Vater, hab ich mir gesagt, ein Mann, der sich wegen dem, was passiert ist, Sorgen macht. Da ist ihr Bruder, der an jenem Tag geheiratet hat, und dann sind da noch die beiden Jungs draußen im Steinbruch und die alte Dame, ihre Urgroßmutter. Da ist das ganze Leben dieses Mädchens, hab ich mir gesagt.«

»Es gibt Leute, die das Mord nennen würden.« Sie erklärt, daß die Nonnen das tun würden. Sie erklärt, daß es Leute gebe, die ihr das nie verzeihen würden. Ihre Mutter zum Beispiel.

»Aber Ihre Mutter ist doch nicht mehr...«

»Ich weiß.«

»Ich verstehe, wie Sie sich fühlen, Felicia. Niemand versteht das besser. Aber ich bin ein älterer Mann, den Ihnen das Schicksal gesandt hat. Ich habe etwas Geld auf die Seite gelegt, das ich gern stifte, damit das getan wird, was aus Rücksicht auf Ihren Vater, Ihre Brüder und die alte Dame angebracht wäre. Wir kommen nicht auf diese Welt, um anderen Schmerz zu bereiten. Das hab ich den jungen Burschen, die ich unter mir hatte, immer gesagt, das hab ich immer betont. Gelegentlich muß man auch an sich denken, hab ich immer gesagt. Das muß man manchmal, ich sage nicht, daß man es nicht muß. Aber es gibt auch noch andere Menschen, was einem, wenn man älter wird, jeden Tag klarer wird. Niemand bestreitet, daß Sie eine Menge durchgemacht haben, Felicia, aber das gilt auch für Ihren bedauernswerten Vater, die alte Dame und Ihre Brüder, die versuchen, den Leuten in die Augen zu sehen. Mehr will ich gar nicht sagen. Wir alle müssen schreckliche Dinge tun, Felicia. Manchmal müssen wir den Mut dazu aufbringen.«

Ihre Aufmerksamkeit wird von einem rosigen, ernsten Gesicht auf einem Gemälde über dem Kaminsims gefangengenommen. Erneut hält er ihr die Keksdose hin. Es liege daran, daß er inzwischen so viel von ihr wisse, daß er in der Lage sei, sie zu beraten, sagt er. Alles, worauf er bedacht sei, sei, ihr zu helfen.

»Ich weiß.«

»Danach sorgen wir dafür, daß Sie nach Hause kommen. Machen Sie sich darüber keine Gedanken.«

»Alles, was Sie mir leihen, schicke ich Ihnen zurück. Jeden Penny.«

»Das bezweifle ich nicht, Felicia.«

Danach sitzen sie zusammen, und er spielt ihr auf dem Grammophon alte Lieder vor. Als eins davon zu Ende geht, wiederholt er, daß seine Frau gewollt hätte, daß er sich um sie kümmert, und spielt seine eigene Freundlichkeit und Geduld herunter. Aber sie weiß, daß sie existieren; sie weiß, daß er sein Bestes tut, um ihr zu helfen. Heute nacht wird sie oben schlafen, in dem Zimmer, in dem sie schon letzte Nacht hätte schlafen sollen.

»Tut mir leid, daß wir Johnny nicht gefunden haben«, sagt er. Er legt eine andere Platte auf. *»Do nothin' till you hear from me«*, bittet ein schwermütiger Sänger.

Später in der Küche macht er Ovaltine. Er sagt ihr, sie solle nicht wachliegen und sich Sorgen machen. Die Nacht könne zum Feind werden, sagt er, und sie versteht, was er meint. Als sie fragt, ob er irgendwas gegen Kopfschmerzen habe, macht er viel Aufheben darum, holt ihr ein Glas Wasser und sieht zu, während sie die Tabletten nimmt.

»In der Gishford Klinik können sie es im Schnellverfahren machen.« Er hat ihr jetzt den Rücken zugewandt. Er gießt die Milch, die er erhitzt hat, in zwei schlichte weiße Becher.

»Was?«

»Sie können es sofort machen, Felicia. Ich habe das Mädchen gebeten, zwischendurch dort anzurufen. Sie könnten am Montag wieder in Irland sein – Sie könnten wieder ungebunden sein, Felicia, die ganze Sache wäre von Ihnen genommen. Es wäre das Beste, Felicia.«

Sie nimmt den Becher, den er ihr hinhält. Sie schlürft die Ovaltine und lehnt sich gegen den Geschirrschrank. Er fragt sie, ob sie gern einen Keks hätte, und sie sagt, nein.

»Es ist das Beste, so einen Fehler auszumerzen«, sagt er. »Mehr bedeutet es nicht, Felicia.«

15

Auf einem quadratischen Tisch in der Mitte liegen Zeitschriften. Der Teppichboden ist graubraun gesprenkelt. Die Wände sind hell und glatt.

Zwei Schwestern kommen ständig durch; und einmal ein Arzt in weißer kurzärmeliger Jacke und weißen Hosen. Hinter einem Glasfenster, das sich zur Seite schieben läßt, geht eine bieder wirkende Empfangsdame an einem Schreibtisch ihrer Arbeit nach. Es läuft klassische Musik.

Außer ihm warten noch zwei Mädchen, eins zusammen mit einem Jungen, das andere allein. Die allein ist, blättert *Woman und Hello!* durch, ein hart aussehendes Geschöpf nach Mr. Hilditchs Meinung, mit aluminiumfarbenem Haar. Das Paar flüstert.

Mr. Hilditch ist sich sicher, daß man im Wartezimmer schon seine Schlüsse gezogen hat. Zweimal hat er die bieder wirkende Empfangsdame angesprochen, hat sich dafür entschuldigt und sich versichern lassen, daß es keine Komplikationen gebe. Beide Male hat sie ihm nahegelegt, er solle einen Spaziergang machen oder einfach nach Hause fahren und später wiederkommen, das sei so üblich. »Wenn es Ihnen nichts ausmacht, Schwester« hat er jedesmal mit denselben Worten entgegnet, »dann würde ich lieber in der Nähe meiner Freundin bleiben.«

Er konnte spüren, daß der Junge über sie beide nachdachte, bevor man sie hineinrief: ein Mann von vier- oder fünfundfünfzig Jahren, grübelte der Junge, und das Mädchen nicht älter als siebzehn. Als er sie Liebling nannte und ihr sagte, sie solle sich keine Sorgen machen, hörte der Junge jedes Wort.

»Also dann«, sagt eine Schwester mit einem Muttermal. »Miss Dikes?«

»Es muß Mrs. heißen«, verbessert sie der Junge scharf. Das Mädchen in seiner Begleitung rührt sich nicht. »Los, Nella«, drängt er in demselben scharfen Ton. »Das klappt schon.«

»Nur die Voruntersuchung, Mrs. Dikes«, sagt die Schwester. »Kein Grund zur Sorge.«

»Ich bin bald wieder da.« Der Junge ist ebenfalls aufgestanden und schon auf halbem Weg zur Tür.

»Ich wäre Ihnen dankbar, wenn Sie hierbleiben würden, bis die Voruntersuchung abgeschlossen ist, Mr. Dikes«, bittet ihn die Schwester.

Das Mädchen mit dem gefärbten Haar greift nach einer anderen Zeitschrift, *Out and Away.* Der Junge klopft an die Scheibe des Fensters der Empfangsdame und fragt, als sie sie zurückschiebt, ob er einen Kaffee haben könne. Schnippisch schließt sie kurz die Augen. Es sei kein Kaffee da.

»Ist ja unglaublich.« Der Junge wendet sich an Mr. Hilditch. »Man muß den ganzen Betrag bar bezahlen, da sollte man doch meinen, daß sie für Kaffee sorgen.«

»Ich denke mir, die jungen Damen bekommen etwas. Ich denke mir, daß man sich gut um sie kümmert, schließlich ist es eine Privatklinik.«

»Wir hatten die Knete für Torremolinos zurückgelegt, aber da haben Sie's. Nella würde nie in eine staatliche Klinik gehen. Spricht sich rum, wenn man dahin geht, und das will sie nicht. Bei Ihrer Frau ist es schon ziemlich weit, was?«

»Nein, es ist noch nicht weit bei ihr.« Mr. Hilditch hält inne. »In Wirklichkeit ist sie gar nicht meine Frau.«

Das Mädchen mit dem gefärbten Haar blickt jetzt interessiert von ihrer Zeitschrift auf.

»Meine Freundin«, sagt Mr. Hilditch, und als ein zweiter Arzt, kleiner und kahlköpfig, das Wartezimmer betritt und an die Scheibe der Empfangsdame klopft, hofft Mr. Hilditch, daß der Junge noch eine Frage stellt, so daß der Arzt und die Empfangsdame mit hineingezogen werden können. Aber der Junge sagt nichts mehr, und der kahlköpfige Arzt bittet, daß man ihn sofort informiere, wenn der Elf-Uhr-Fünfzehn-Termin eintreffe. »Hat bis zur letzten Minute gewartet«, bemerkt er und eilt wieder davon, und Mr. Hilditch lächelt und erregt so seine Aufmerksamkeit.

Das ist der Augenblick, in dem ihn eine Erregung zu durchströmen beginnt, sein Blut gerät in Wallung. Er ist der Vater eines ungeborenen Kindes, denken hier zweifellos alle. Das Mädchen, das sie alle gesehen haben, das noch vor knapp zehn Minuten hier war, ängstlich und mit bleichem Gesicht, wird in diesem Augenblick vom Ergebnis ihres Abenteuers befreit. Es hat ein Verhältnis bestanden, das läßt sich nicht leugnen.

Daß er ein älterer Mann ist, ist nun mal so. Mädchen können sich zu einem älteren Mann hingezogen fühlen, sie können sich zu einem korpulenten Mann hingezogen fühlen: Das ist ganz natürlich; das ist nicht eigenartig, ist nicht falsch. »Niemals sind Sie die Mutter dieses großen Jungen!« haben die Leute früher immer gesagt; Fremde haben es gesagt, wenn sie irgendwo hingefahren sind, in die Stadt oder in das Heilbad, in dem sie immer waren. Wäre komisch, wenn sie jetzt hier wäre, überlegt Mr. Hilditch; komisch, wenn sie von den Toten auferstände.

Mr. Hilditch schließt die Augen, und das Abenteuer, das sie miteinander hatten, taucht vor ihm auf, ein flüchtiges Erlebnis in seinem Auto. Es ist dunkel; sie können einander nicht sehen; nichts könne schöner sein, flüstert ihm die kleine Irin zu; sie wolle für immer mit ihm zusammensein.

Ein Zittern überkommt ihn im Wartezimmer, kaum der Rede wert, nichts Ernstes: Das hat er schon früher erlebt. Es beginnt in seinen Beinen und dann in seinen Armen; er unterdrückt das Zittern, wenn es auf seine Hände übergeht, indem er die Fingerspitzen gegen die Knie preßt. Er würde sich gern einen Augenblick lang ausruhen und wieder die Augen schließen, aber er tut es nicht. Er lächelt, um das Zittern zu kontrollieren, als es seine Lippen befällt, und hofft, daß man es nicht für ungehörig hält, wenn er in so einem Moment lächelt.

16

Die Uhr gehört ihrem Vater. Sie sitzt inmitten der Gänseblümchen und wartet auf ihn, während er danach sucht. Sie arrangiert die rosafarbenen Blumen auf einem Sauerampferblatt, und schon sind es Erdbeeren auf einem Teller, und es ist eine Party, nur daß niemand außer ihr selbst zu der Party kommt. Der Löwenzahn ist eine andere Frucht, vielleicht Birnen, sie weiß es nicht. »Grillen sprechen mit den Beinen«, sagt ihr Vater, als er zurückkommt.

Die Uhr baumelt immer in seiner obersten Tasche, sie war nur nicht da, als er nachgesehen hat. Er zog sie heraus, um sie bei sich zu behalten, damit er die Zeit wüßte, auch wenn er die Jacke ausgezogen hatte. Er hängte die Uhrkette über einen herabgefallenen Zweig und ging dann ohne sie weg. »Wir schauen mal nach«, sagte er in der Küche. Ihre Mutter war auch da. Es war ein Sonntag, weil alle bei der Messe waren.

Wo sie sitzt, ist es zu heiß, so daß er sagt, sie solle unter den Baum gehen. Die Uhr habe seinem Großvater gehört, und man habe sie aus Dublin mitgebracht, nachdem sein Großvater von den Soldaten getötet worden sei. »Es wird nicht lange dauern«, sagt jemand anders. »Versuchen Sie sich jetzt zu entspannen.« Es ist die Zeit, als er für die Mandevilles und bevor er für die Nonnen arbeitete. »Da ist sie ja«, sagt er. »Nicht die geringste Schramme.«

Von weit her klingt Musik, ein Mann, der singt, und Orchester. »Das ist Felicia, gnä' Frau«, sagt ihr Vater, und eine großgewachsene Frau beugt sich herunter und hält ihr die Hand hin. »Schüttle Mrs. Mandeville die Hand, Felicia.« Aber sie will nicht, und die Frau lacht. Sie hat glattes, zurückgebundenes Haar und trägt Hosen. »Felicia ist ein hübscher Name«, sagt sie.

Ein weißer Hund schnuppert an ihrem Fuß, und sie schreit. Die großgewachsene Frau steckt dem Hund einen Finger ins Maul, um zu zeigen, daß er nicht beißt.

Die Musik läuft immer noch, und die Stimme singt. »Guck

mal, Felicia«, sagt ihr Vater, und sie sieht Leute auf Stühlen vor einem Haus sitzen, einen Mann, eine andere Frau und einen Jungen. Die Musik kommt von dort. »John Count«, sagt ihr Vater.

Das Haus ist grün, ein großes, viereckiges Haus. Das untere Ende eines Vorhangs wurde aus einem offenen Fenster geweht und schleift über den Fenstersims, weißer Tüll auf grünem Untergrund. Die Haustür steht so weit wie möglich offen, und drinnen ist es dunkel. Die großgewachsene Mrs. Mandeville geht, den Hund hinter sich, langsam auf die Stühle zu, auf dem Kies sind ihre Schritte zu hören, auf dem Gras nicht. Als die Musik aufhört, klirren Teller und Tassen.

In einem Schuppen im Garten zeigt der Vater ihr die Gartengeräte, die er benutzt. Er sagt ihr, wie sie alle heißen: Rechen, Forke, Heckenschere, Spaten, Hacke. Hier verbringt er seine Tage. Er zeigt ihr ein Vogelnest unter dem Dach des Schuppens und hebt sie hoch, damit sie die grün gesprenkelten Eier sehen kann. »Ist das nicht sonderbar?« sagt er.

Sie pflücken Glockenblumen, um sie mit nach Hause zu nehmen. Sie kann wieder die Musik hören, aber sie klingt jetzt anders. Jazz, sagt ihr Vater, die Musik der Neger in den amerikanischen Südstaaten. »Das sind schwarze Männer, Felicia. Schwarz von oben bis unten.«

Es ist heiß, als sie aus dem Wald kommen, wo die Glockenblumen stehen, sie kann es am Kopf spüren. Ihr Vater nimmt sie an einer Hand, in der anderen hält sie die Glockenblumen. Das Scharnier an der Uhr sei defekt, sagt er, er müsse es bei MacSweeney's in Ordnung bringen lassen. »Bist du jetzt nicht schon groß genug«, sagt er, »daß du einen sonntags begleiten kannst?«

Auf der Straße bleiben sie stehen, während er eine Packung Zigaretten aufmacht. Er raucht gern Sweet Afton, aber manchmal probiert er eine andere Sorte. Er raucht nicht viel, nur ab und zu tagsüber. »Hält uns die Mücken vom Leib«, sagt er und zündet ein Streichholz an.

Er erzählt ihr von der Zeit, als er noch klein war, so klein wie sie, und davon, daß sein eigener Vater noch barfuß zur Schule gegangen sei. Sein Vater und seine Mutter seien tot, aber er habe noch seine Großmutter. Sie gehen in Laffertys Laden, und er trinkt einen Schluck von ihrer Limonade, weil auch er durstig ist. Er trägt sie auf seinen Schultern, und sie kann den scharfen Geruch von Tabak an ihm wahrnehmen. »Fertig«, sagt jemand, und es ist nicht er, und da sind Lichter und ein Geruch, der nicht von Zigaretten stammt, sauber wie Desinfektionsmittel oder das Zeug, das man in den Ausguß schüttet, wenn er verstopft ist. Die Laken sind kühl, und sie fängt gerade an, Schmerzen zu spüren. »Fertig«, sagt wieder jemand; die Finger auf ihrem Handgelenk sind schwarz behaart. »Sie kann jetzt gehen«, sagt eine andere Stimme.

17

Sie steht im Wartezimmer vor ihm und ist leichenblaß. Der Junge, der gespart hat, um nach Torremolinos zu fahren, schenkt ihr keine Beachtung. Sonst ist jetzt niemand im Zimmer, außer der Empfangsdame hinter ihrem Glasfenster.

»Setz dich einen Augenblick, meine Liebe«, sagt er, und als er sich dem Fenster der Empfangsdame nähert, wird es zurückgeschoben. Er zahlt bar. »Danke«, sagt er zu der Frau. »Wir sind Ihnen sehr dankbar.«

»Achten Sie darauf, daß sie sich warmhält.«

»Wir müssen ein Stück fahren, aber dann decke ich sie gut zu.«

Die Frau nickt und blickt ihn kurz an. Er kann spüren, daß sie ihn fragen will, ob er der Vater sei, obwohl sie es deutlich gehört haben muß, als er Freundin gesagt hat. Er sagt es erneut und nuschelt den Rest des Satzes vor sich hin, weil ihm in der kurzen Zeit nichts Zusammenhängendes einfällt. Er lächelt die Empfangsdame an. Das könnte selbst einem Bischof passieren, will er sagen, jene Redensart seines Onkels Wilf. Aber die Scheibe ist schon wieder an ihren Platz zurückgeglitten.

Es ist sonnig, als sie die Straße zu dem kleinen grünen Auto überqueren. »Sie ruhen sich jetzt aus«, sagt er und macht es ihr auf dem Rücksitz gemütlich, sie schließt die Augen und versucht, nicht daran zu denken. Die schrecklichste aller Sünden, hätte ihre Mutter gesagt, das Geschenk Gottes ihm wieder vor die Füße geworfen.

»Okay?« fragt er, und sie sagt, ja, aber sie fühlt sich in keiner Weise okay. Sie will ihn bitten, ihr das Geld jetzt zu leihen. Sie will ihn bitten, sie an einem Bahnhof rauszulassen, obwohl sich ihre Sachen noch in seinem Haus befinden. Das mit ihren Sachen spielt keine Rolle; das einzige, was zählt, ist, nach Hause zu fahren.

Aber als sie nach den passenden Worten sucht, kann sie sie nicht finden.

Hamburger mit Ei, bestellt er, und eine Portion Pommes frites. Er fühlt sich müde: Diese Sache hat ihn ausgelaugt. »Danke«, sagt er, als er an der Kasse sein Wechselgeld bekommt, nimmt sein Tablett wieder und sieht sich nach einem freien Tisch um.

Während er damit beschäftigt ist, bemerkt er den Mann und die Frau, die an dem Fenster in der Ecke sitzen. Der Mann hat etwas Vertrautes, etwas, das mit der Schärfe seiner Gesichtszüge und dem grauen Strich seines Schnurrbarts zu tun hat. Dieser Schnurrbart ist einmal pechschwarz gewesen, sagt sich Mr. Hilditch, ohne den Mann schon zu erkennen.

Er sitzt da, als hätte er einen Besenstiel verschluckt, die Frau ist gekrümmt, was auf Arthritis deutet. Erneut liegt etwas Vertrautes in der hochnäsigen Kopfhaltung des Mannes, und dann dämmert es Mr. Hilditch, daß das mit ziemlicher Sicherheit der Sergeant aus dem Musterungsbüro ist, der ihm vor sechsunddreißig Jahren den gewünschten Lebensweg verbaut hat. Das Essen vor ihm bleibt unangetastet und wird kalt, während er das Paar weiter beobachtet.

Als sie aufstehen, steht auch er auf und folgt ihnen auf den Parkplatz. Aber sie gehen in die entgegengesetzte Richtung, weg von der Stelle, wo die kleine Irin wartet, und seine Hoffnung, sie aus dem Auto zu bekommen – um das Paar sehen zu lassen, wie sie sich an seinem Arm festhält –, ist zunichte gemacht. Er kehrt an den Tisch zurück, an dem er gesessen hat, aber die Sachen auf seinem Tablett wurden abgeräumt, obwohl sich jeder hätte denken können, daß er wiederkommt. Er bestellt noch einmal Hamburger und Pommes frites, zum Mitnehmen.

Da ist ein Bild von irgendwas, einer Art Vogel. *Welcome Break* steht auf dem Container, aus dem Dampf aufsteigt, der Geruch von Fleisch. »Hätten Sie gern, daß ich Ihnen ein Bakewell rausbringe?« sagt er, als er aufgegessen hat.

Ihre Schultern sind zu breit für den Sitz; sie muß ihre Füße auf den Boden stellen, weil für sie sonst nirgends Platz ist. Als sie wieder die Augen schließt, sitzt Effie Holahan auf der Schulhofmauer und läßt die Beine baumeln. Die Mauer ist jetzt oben abgerundet, neu betoniert, weil die Steine immer herausgefallen sind, gut, um darauf zu sitzen, gut für Effie Holahan, Carmel, Rose, Connie Jo und ein anderes Mädchen. »Fahren wir«, sagt er, als er zurückkommt, nachdem er den leeren Karton in eine Mülltonne geworfen hat.

Der Motor springt an. Die Sonne scheint auf die Wolldecke, ein heller Fleck auf dem Schottenmuster. »Sie fühlen sich gut, hm?« sagt er. »All die alten Probleme gelöst.«

Sie döst, und dann wird sie von ihrer eigenen Stimme wach, die herausschreit, daß sie es nicht hätte tun sollen.

Im Rückspiegel kann er einen flüchtigen Blick auf sie werfen: kränklich, das Haar unordentlich, ihr rundes, weißes Gesicht.

»Herr, vergib mir«, flüstert sie jetzt ruhiger, nachdem er bei ihrem lautstarken Gefühlsausbruch zusammengezuckt ist.

»Hätten Sie gern eine von den Geleefrüchten?« fragt er und reicht die Tüte über seine Schulter, wobei er sich fragt, ob jener Mann wirklich der Sergeant aus dem Musterungsbüro gewesen oder ob er einer Täuschung erlegen ist, so wie es jedem passieren könnte nach einem aufregenden Erlebnis.

Sie nimmt sich keine von den Geleefrüchten, sagt aber erneut, daß sie es nicht hätte tun sollen.

»Ich mache Ihnen eine Bouillon, wenn wir zu Hause sind.«

Ihr ist warm unter dem Bettzeug, sie fühlt sich sicher in dem Bett mit dem breiten Gestell aus Mahagoni und dem mit Schnitzereien verzierten Kopfteil, das fast das ganze Zimmer einnimmt und dessen eine Seite sich an eine rosageblümte Tapete drängt. Einen Meter von seinem Fußende entfernt befindet sich ein einzelnes Fenster, und da liegt eine Matte, auf die man treten kann, der einzige Bodenbelag auf den fleckigen Dielen. Es gibt einfache blaue Vorhänge, die sie nie zurückgezogen hat und durch die tagsüber Licht schimmert. Drei Bilder mit schweren Rahmen hängen düster an den anderen Wänden, Schlachtenmalerei. In dem Zimmer steht weder ein Kleiderschrank noch eine Kommode.

Sie spürt den anhaltenden Schmerz, schlimmer als vorher, die ebenfalls anhaltende Blutung und die Müdigkeit. Erneut fallen ihr die Augen zu, und sie nickt ein: Ihr Körper wirkt seltsam in die Länge gezogen, während sie so daliegt, ihre Füße scheinen so weit weg zu sein, daß sie vielleicht gar nicht mehr da sind, irgendwo anders fühlt sich alles taub an. An der Straße nach Creagh hupt ein vorbeifahrendes Auto; Johnny winkt, weil es jemand ist, den er kennt, und dann biegen sie zum Wald der Mandevilles ab. Die Menschen seien für einander geschaffen, murmelt er, und seine Lippen küssen ihr Haar und ihren Hals. Seine graugrünen Augen leuchten auf, weil sie wieder zusammen sind, weil die ganze Suche nach ihm vorbei ist. »Soll ich den Haufen Kartoffeln oben drauf packen?« fragt Miss Fureys Bruder und deutet auf das Loch, das er jenseits des Hofes in einer Ecke der Wiese gegraben hat. »Sollen wir's nachts machen?« fragt er. »Es könnte bloß jemand bei Tag auf den Hof kommen, das müssen wir bedenken.« Der Leichnam liegt unter dem Heu in der Scheune. Sie trägt ihn zu der Wiese, folgt ihrem Bruder in der Dunkelheit, und legt das kleine bißchen Haut und Blut, das übriggeblieben ist und sich schon in seine Bestandteile auflöst, in die Grube. »Das ist die einzige Möglichkeit«, sagt jemand, und man schaufelt Erde darauf und legt die Grassoden wieder darüber.

Sie bittet um Vergebung und klammert sich an das Gewand der heiligen Jungfrau. Aber die Augen der heiligen Jungfrau sind blind, und dann fällt das Standbild von der Anrichte und ist für immer verloren. »Oh, das ist ja schrecklich mit dir, Felicia!« Die Mutter Oberin ist verärgert und fegt die Scherben auf eine Kehrschaufel. Und ihre Mutter schält Erbsen unter der Tür, die zum Garten hin offensteht, und es fallen Tränen auf die Erbsen im Sieb. »Angenommen, ich hätte das bei dir getan, Felicia«, versucht ihre Mutter zu sagen, aber ihr fällt das Sprechen aufgrund ihres Schluchzens schwer. Felicia weiß trotzdem Bescheid. Sie weiß, wie die Worte lauten, obwohl sie nicht ausgesprochen werden.

18

Die Flottillen erhielten jedoch keine Befehle, den Feind anzugreifen, und deshalb hielten sie ohne irgendwelche Instruktionen oder Informationen tatenlos ihren Kurs. Jellicoes Funkspruch an seine Flottillen wurde von der deutschen Funküberwachung in Neumünster aufgeschnappt, die Scheer um 22.50 Uhr Meldung machte. »Zerstörer haben eine Position fünf Seemeilen achtern der feindlichen Hauptflotte eingenommen.«

Mr. Hilditch verweilt geistesabwesend bei diesen Fakten, der Band, in dem sie stehen, liegt vor ihm, er ißt allein in seinem Eßzimmer: Fray Bentos Fleischpastete mit Nieren und allen Beilagen, ein paar Scheiben Mother's Pride, Ananasstücke, erhitzte Kondensmilch, Tee. Seine Aufmerksamkeit schweift von den Sätzen ab, die er liest: Das Gesicht des Jungen im Wartezimmer und die Gesichter der bieder wirkenden Empfangsdame, der Ärzte und des Mädchens mit dem aluminiumfarbigen Haar überlagern die Worte. Genauso deutlich sieht er die Leute in verschiedenen Happy Eaters vor sich, in Little Chefs und Restful Trays, im Dog and Grape und den anderen Gaststätten an der Straße, der Blue Light Fischkneipe und Buddy's Café. Es ist wie immer, wenn es zu Ende ist: In gewisser Hinsicht ist die Erinnerung das Beste. Er lädt sich ein Stück Niere, Kartoffel und Blumenkohl in weißer Soße auf die Gabel. Ein paar Passanten haben sie auf der Straße bemerkt, als sie über den Bürgersteig zum Auto gegangen sind, Passanten, die natürlich wissen, was man in der Gishford Klinik erledigt hat.

Auf diese Weise hatte der deutsche Admiral, falls die Meldung aus Neumünster ihn erreichte, von diesem Zeitpunkt an eine ziemlich klare Vorstellung von der relativen Position der beiden Flotten...

Erneut läßt Mr. Hilditchs Konzentration nach. Beim zweiten Gefühlsausbruch lag etwas Wildes in ihren Augen, die im Rückspiegel zu sehen waren, und ihre Finger tasteten vor

Aufregung nach der Stirn. In jenem Augenblick hatte er sich gerade wieder bemüht herauszubekommen, ob es wirklich der Sergeant aus dem Musterungsbüro gewesen war, und hatte über die Ironie nachgedacht, die darin lag, daß der Mann sich in Begleitung einer gebeugten älteren Frau befand, während nur ein paar Meter weiter seine eigene Begleiterin eine lebhafte, junge Irin war, worauf er sie auf dem Parkplatz hatte aufmerksam machen wollen.

Gegen 22.30 Uhr kam der 4. deutsche Aufklärungsverband mit dem 2. britischen leichten Kreuzergeschwader in Berührung, das unserer Kampfflotte folgte. Es kam zu einem heftigen Feuergefecht...

Noch einmal werden die Worte von der Erinnerung an das Bild im Rückspiegel überlagert. Sie hat ihm keine Beachtung geschenkt, als er darauf hingewiesen hat, daß es nicht gut für sie sei, sich aufzusetzen. Sie fing davon an, daß eine lebendige Seele zerstört worden sei, dann von irgend etwas, das mit einem Eimer für Schmutzwasser zu tun hatte. Er mußte bei der Raststätte in Rywell abbiegen, weil er glaubte, es wäre einfacher, vernünftig mit ihr zu reden, wenn das Auto stand. Als er geparkt hatte und einen Blick auf sie werfen konnte, brach sie so heftig in Tränen aus, daß man von einem Weinkrampf sprechen mußte. Er stieg aus und ließ sie eine Weile allein, denn er hielt es für besser, wenn sie sich das allein von der Seele schaffte, aber sobald er mit einer Kleinigkeit zu essen zum Auto zurückkehrte, fing sie sofort wieder damit an.

Mr. Hilditch streckt die Hand aus, klappt den Band zu und schiebt ihn dann zur Seite. Auf ihrem hellblauen Nachthemd ist ein Muster aus verblaßten orangefarbenen Blumen, der Stoff ist so dünn, daß man ihn kaum schicklich nennen kann, und ihre Haut scheint, weiß wie ihr Gesicht, stellenweise durch. Als er ihr vor einer Stunde Brot und Würstchen gebracht hat, schüttelte sie nur den Kopf. Aber wenigstens scheint sie jetzt ruhiger, und Schlaf ist ein Heilmittel.

Das Nachthemd ist aus Nylon, vermutet Mr. Hilditch. Als sie sich im Bett aufgerichtet hat, ist ihr ein Träger des Nachthemds von der Schulter geglitten. Die Umrisse zweier zierlicher Brüste, kleinen Sandburgen ähnlich, zeigten sich unter der dünnen Hülle. Mr. Hilditch will nicht länger über das nachdenken, was ihm jetzt in den Sinn kommt, aber die Erinnerung an das unangemessene Nachthemd bleibt bestehen. In dem Versuch, sich abzulenken, gießt er Kondensmilch über die Ananasstücke, aber der Trick funktioniert nicht.

»Gehst du noch weg?« hat seine Mutter gesagt und sich von dem Spiegel auf ihrer Frisierkommode weggedreht, das Haar schon unter dem Turban hochgesteckt, den sie nachts trug. »Nur einen Augenblick«, sagte er, und sie erwiderte, erstaunlich, um diese Uhrzeit. Er konnte an ihrem Blick sehen, daß sie Bescheid wußte. Er konnte sehen, daß sie sich verstellte, an der Beiläufigkeit, mit der sie die Frage stellte.

In seinem Eßzimmer gießt Mr. Hilditch Tee in eine Tasse, die er in einem Trödelladen in Leighton Buzzard gekauft hat. Sie ist cremefarben, mit einem grünen Streifen am Rand, passend zu zwei anderen, die am Küchenschrank hängen, und der, die jetzt bei ihr oben steht, auf dem Tablett. Er rührt Zucker hinein und gießt Milch dazu, dann geht er zur Tür hinüber und lauscht. Er geht aus dem Zimmer, steht einen Augenblick lang am Fuß der Treppe und horcht wieder. Es ist nichts zu hören. Im Eßzimmer schlürft er seinen Tee.

»Einen auf die Schnelle, Süßer?« hat die Prostituierte gefragt, und er hat ja gesagt. Sie hakte sich bei ihm unter, während sie sich zu der Stelle begaben, an der sein Auto stand. Cathy war ihr Name, er nannte sich Colin. »Fahr ein Stück raus«, wies sie ihn an, kam aufs Geld zu sprechen, bevor er die Zündung angestellt hatte, und nannte ihren Preis. Ihr Gesicht sah in der nächtlichen Beleuchtung kränklich aus, ein Mund voll schlechter Zähne, Alkohol im Atem. Sie rutschte auf dem Sitz herum und stellte irgendwas mit ihrer Kleidung an, das war der Moment, als er wieder mit ihr auf der Straße sein und, wie einen Augenblick vorher, die Aufmerksamkeit der Passanten erregen wollte. »Nur unterhalten, geht das?« murmelte er. »Hätten Sie Lust auf einen Tee?« Das koste ein

Pfund mehr, sagte sie und brachte ihn zu einer durchgehend geöffneten Fernfahrerkneipe, wo die LKW-Fahrer sie mit Namen anredeten. Sie sagte, sie sei hungrig; er ging ihr etwas holen, und als er zurückkam, stand ein Mann von dem Stuhl auf, auf dem er gesessen hatte. »Bis dann, Süße«, murmelte der LKW-Fahrer.

Mr. Hilditch räumt das Geschirr zusammen und trägt es in die Küche. »Was ist los mit dir?« hat die Prostituierte gefragt, und er hat nicht geantwortet. »Das war's, was?« fragte sie. »War das alles, Colin?« Er sagte nicht, daß er, als er sie angesprochen hatte, nicht gewußt habe, daß das alles sein würde; er sagte nichts, fühlte sich nicht in der Lage, sich dazu zu äußern. »Jederzeit, Süßer«, sagte sie.

Er läßt die Fray Bentos-Dose in den Abfalleimer fallen und wäscht das Geschirr ab. Er spült die Teekanne aus und stellt sie zum Abtropfen hin. Er scheuert den Kochtopf und wischt die leichte Schleimschicht ab, die der Blumenkohl hinterlassen hat. Er stellt das, was von den Ananasstücken und der Kondensmilch übriggeblieben ist, in den Kühlschrank. Bei der Prostituierten stimmte irgendwas mit der Kinnlade nicht, irgendeine Mißbildung.

In seinem großen vorderen Zimmer legt er »Besame Mucho« auf und läßt die Tür auf, damit sich die Melodie im ganzen Haus ausbreiten kann. In der Küche stellt er die Töpfe weg und wischt die Abtropfflächen und den Herd ab. Er hängt die Tasse an den Geschirrschrank, und ihm fällt auf, daß keine von den dreien angeschlagen ist, soweit er sich erinnern kann, auch die nicht, die oben neben dem Bett steht. Bei allen ist das Grün am Rand stellenweise abgenutzt, was nach einiger Zeit ganz natürlich ist.

Im Musterungsbüro hat der Sergeant einen Finger über seinen schmalen Schnurrbart gleiten lassen und ein Grinsen unterdrückt. Er hat nicht versucht, den Umstand zu verschleiern, daß er es für witzig hielt, daß ein Möchtegern-Rekrut die Truppenversorgung vorschlug, als zwei kleine Behinderungen, die mit seinem Sehvermögen und den Füßen zusammenhingen, ihm einen Strich durch die Laufbahn machten, die er seine ganze Kindheit hindurch als selbstverständlich betrachtet hatte. »Sie werden sich nicht mehr an mich erinnern« hätte er auf dem Parkplatz sagen können, wenn er das Paar eingeholt hätte.

Mr. Hilditch gießt Milch für Ovaltine in einen Kochtopf, genug für zwei Tassen, die sie jetzt, da sie sich beruhigt hat, in dem kleinen Schlafzimmer zusammen trinken können. Er trottet durch den Flur, um als nächstes »Five Foot Two, Eyes of Blue« aufzulegen.

»Ich fahre morgen früh.« Zum zweiten Mal an diesem Tag läßt sie ihn zusammenzucken. Sie steht am Fuß der Treppe, als er aus dem großen vorderen Zimmer kommt, den roten Mantel über ihrem Nachthemd, barfuß. Sie hat das Tablett dabei, die Würstchen sind immer noch unberührt.

»Ich mache Milch für Ovaltine heiß.« Ihm fällt nichts Besseres ein, und sie folgt ihm, jetzt deutlich ruhiger, in die Küche. Als er das Getränk zubereitet hat, schlägt er vor, daß sie es im großen vorderen Zimmer trinken könnten. »Mal was anderes sehen, hm?«

Sie sitzen auf beiden Seiten des elektrischen Kamins. Als »Five Foot Two, Eyes of Blue« zu Ende ist, legt er »Charmaine« auf.

»Zweiundvierzig Pfund«, sagt sie. »Wenn ich mir die borgen könnte.«

»Ich bezweifle, daß das ausreicht. Irgendein kleines Mißgeschick, da ist es furchtbar, knapp bei Kasse zu sein. Na ja, Sie haben das natürlich schon selbst erlebt.«

»Ich schicke Ihnen jeden Penny zurück. Und jeden Penny, den das heute gekostet hat.«

»Das heute geht auf meine Kosten, darüber bin ich froh. Ada hätte das heute gewollt.«

Die Musik ist so leise, daß sie sich unterhalten können; sie müssen nicht die Stimme erheben. Sie sei noch nicht reisefähig, sagt er mit leiser Stimme.

»Sie haben gesagt, Sie könnten ihnen nicht gegenübertreten. Das haben Sie mir im Auto mehrmals gesagt. Ich habe Angst um Sie.«

»Ich muß fahren.«

»Im Auto ist es Ihnen gar nicht gut gegangen. Während der ganzen Rückfahrt. Und im Flur. So wie Sie sich im Flur gefühlt haben, hab ich schon gedacht, ich müßte Hilfe holen. Sie können in diesem Zustand keine Reise antreten.«

»Ich hätte es nicht tun sollen.«

»Was vorbei ist, ist vorbei. Durch Reue ist noch keiner reich geworden. Was ist mit den positiven Aspekten, hm? Solange Sie wollen, Felicia, können Sie gerne in Nr. 3 bleiben. Sie haben jetzt Ihr eigenes kleines Zimmer. Es wäre vernünftig, von Tag zu Tag zu entscheiden.«

»Ich habe geträumt. Die ganze Zeit, in der es passiert ist, hab ich geträumt. Und danach wieder, oben. Daß ich das Kind in meinen Armen trage, daß wir es unter einem Haufen Kartoffeln vergraben haben.«

»Trinken Sie Ihre Ovaltine aus.«

Sie wiederholt, daß sie alles zurückzahlen werde, und er weist sie darauf hin, daß das keine Rolle spiele. Er hat die Schulden von Jakki und Beth bezahlt, wovon einige ganz beträchtlich waren; er hat Elsie Covington eine Möbelgarnitur gekauft. All das bereitete ihm Vergnügen und hielt sie bei ihm. Damals wußte er noch nicht, daß sie die Möbel sofort weiterverkaufte.

»Ich muß jetzt nach Hause fahren. Egal wie ich mich fühle, ich muß ihnen gegenübertreten.«

Ihr Mantel ist zurückgeglitten und enthüllt mehr von dem orangeblauen Nachthemd. Sie trägt immer noch das Kreuz um den Hals.

»Ich hätte gern, daß Sie noch bleiben. Nur für ein, zwei Tage. Sie werden ruhiger, Felicia. Es ist schön, das zu sehen. Dann werden Sie sich mit dem, was nötig war, abgefunden haben.«

Aber sie schüttelt so heftig den Kopf, daß er einen weiteren Gefühlsausbruch befürchtet. Sie hält ihre Tränen zurück und schlingt die Finger so ineinander, daß die Knöchel vor Anstrengung weiß werden. Erneut traut sie sich nicht zu sprechen, wofür er dankbar ist. Er läßt die Platte zu Ende laufen, bevor er selbst spricht, ruhig, ohne auf seinem Standpunkt zu beharren.

»Es ist nur, daß ich es lieber sehen würde, wenn Sie etwas im Magen hätten, bevor Sie sich irgendwohin auf den Weg machen.«

Er geht zu ihr hinüber, entfernt die Haut von ihrer Ovaltine und legt den Teelöffel auf ihre Untertasse zurück. Als nächstes spielt er »Chattanooga Choo Choo«.

»Tut mir leid, daß ich mich wie ein Vater benehme, Felicia. Ich kann nichts dafür, weil ich Sie liebgewonnen habe. Als ich Sie zum ersten Mal gesehen habe, haben Sie mit Ihren Tüten dagestanden, jämmerlich und ungepflegt. Ich wüßte gern sicher, daß Sie sich auf dem Wege der Besserung befinden, das ist alles, was ich Ihnen sagen will.«

»Mir geht's gut.«

»Ganz im Gegenteil, muß ich sagen, Felicia. Ich will ehrlich zu Ihnen sein: Ihr Johnny würde Sie nicht wiedererkennen, so wie Ihre Augen eingesunken sind, mit den dicken, schwarzen Rändern drum herum, und nicht einem Gramm Fett auf den Rippen. Ich könnte Sie so nicht fahren lassen, ich könnte Sie nicht mal auf die Straße gehen lassen. Wer weiß, was passieren würde, Felicia? Verstehen Sie mich?«

Sie hat ihre Ovaltine immer noch nicht angerührt. Ihre bloßen Füße wirken zierlich auf dem gemusterten Teppich – das Schönste an ihr, jetzt, da sie ihm auffallen.

»Ich will fahren«, sagt sie, und er erklärt, daß man oft etwas tun wolle, was nicht das Beste für einen sei, daß man oft jemanden anderen brauche, um dies klar zu sehen.

»Das ist alles, was ich Ihnen sagen will. Ich würde mir nie verzeihen, wenn ich Ihnen das nicht sagen würde.«

Dinner in the diner, nothing could be finer, verspricht der Reisende aus dem Chattanooga Choo Choo, *than to have your ham 'n' eggs in Carolina...*

Er läßt Schweigen eintreten. In ihren Augen liegt jetzt eine Gleichgültigkeit, die ganze Leidenschaft, die vorher darin war, ist verschwunden. Sie wird in einen Winkel dieses Haushalts sinken, aus dem sie kommt, sie wird zu einer Frau verblühen, die für immer auf einen nichtsnutzigen Mann wartet. Die Black and Tans hätten sich diese Insel richtig vorknöpfen sollen, hat sein Onkel Wilf gesagt, aber unglücklicherweise hätten sie sich aus humanitären Gründen zurückgehalten. Er wählt seine Worte sorgfältig und sagt ihr das alles, obwohl er die Black and Tans nicht erwähnt, damit sie sich nicht aufregt. Als er fertig ist, sagt sie wieder, so, als hätte sie nichts davon gehört, daß sie jetzt zurückfahren müsse, daß es nichts anderes gebe, daß sie keine Wahl habe. Dann steht sie auf und geht wie ein Zombie aus dem Zimmer.

Der Mann mit dieser Frau war nicht der Sergeant aus dem Musterungsbüro. »Reines Wunschdenken«, hat seine Mutter immer gesagt. Man vertue sich leicht, wenn man es darauf anlege, das passiere ihr selbst gelegentlich auch. »Na ja, das weißt du ja«, erinnerte sie ihn augenzwinkernd, völlig aufgedonnert, der Fuchskopf an ihrem Pelz verkehrt herum, nach Lavendelwasser duftend.

Es war nur irgendein Paar; eine leise Ähnlichkeit hatte bestanden, und in einem Zustand der Erregung war die Phantasie mit ihm durchgegangen. »Sehnsüchtiger Wally«, hat sie immer gesagt und gelacht, um zu zeigen, daß sie ihn nur foppte.

Das Wimmern der Nadel auf dem Niemandsland der Platte hat eingesetzt. Mr. Hilditch hört zu, ohne sich vom Stuhl zu erheben, und der prunkvolle elektrische Kamin wirft rosafarbene Schatten auf seine Hose. Das ist sein Lieblingszimmer, die purpurrote Tapete, und davor das weiche grüne Tuch des Billardtisches, der von vier Männern hereingetragen werden mußte. Das Sofa und die gut gepolsterten Sessel, die Vitrine mit den Briefbeschwerern, die Nippes auf dem Kaminsims, die Porträts von den Vorfahren anderer Leute und die beiden Standuhren: Alles paßt zusammen und hat für ihn eine Bedeutung.

Aber ausnahmsweise gelingt es der Ruhe im Zimmer einmal nicht, den Strom, zu dem Mr. Hilditchs Gefühle angeschwollen sind, zu beeinflussen, und nach ein paar Minuten geht er zu dem Grammophon hinüber und hebt die Nadel von der Platte. Es ist gefährlich für die kleine Irin zu gehen. Er hat es ihr gesagt, und sie hat nicht zugehört; er hat es deutlich gesagt, er hat es sogar wiederholt. Sie kehrt ins absolute Nichts zurück. Er begreift nicht, warum sie das nicht verstehen kann.

Beth konnte es auch nicht verstehen, als er ihr gesagt hat, es sei dumm, in den Süden zu gehen. Auch Sharon nicht, als sie gesagt hat, sie müsse gehen; eigentlich auch Bobbi, Gaye, Elsie Covington und Jakki nicht. Mr. Hilditch schließt die Augen. Er ist verwirrt, das macht ihm zu schaffen und verwischt, was er sich zu sagen versucht. Die Derzeitige ist an seinem Arbeitsplatz auf ihn zugekommen, er hat sie nicht angesprochen. Sie hat sich von ihm durch die ganze Gegend fahren lassen, Meile um Meile; sie hat sich von vorne bis hinten von ihm bedienen lassen, wie von einem Lakaien. Sie hat nichts für Öl oder Benzin gezahlt oder für das Essen, das sie außerhalb oder im Haus selbst verzehrt hat, oder für Strom- und Heizkosten, Seife und Toilettenpapier. Warum hat sie so dagesessen? Warum hat sie sich vorgebeugt und dann wieder zurückgelehnt? Warum ist sie zunächst einmal in diesem unschicklichen Nachthemd heruntergekommen? Er kennt die Antwort. Er will sie nicht hören, aber sie ist trotzdem da: Es ist ihr egal, was für einen Eindruck sie auf ihn macht, weil sie ihn in einem bestimmten Licht sieht. Sie hat es erraten, genau wie Beth, die es von den anderen als erste erraten hatte. Als Beth aus heiterem Himmel angekündigt hat, daß sie in den Süden fahre, konnte man alles, was sie erraten hatte, in ihren Augen lesen. Am Ende konnte man es bei ihnen allen an den Augen ablesen. Sie sind seine Freundinnen und er ist gut zu ihnen gewesen. Dann ist diese andere gekommen.

Mr. Hilditch laufen die Tränen herunter, sammeln sich im Fleisch seiner Wangen und seines Kinns zu Bächen, tropfen ihm auf den Hals und befeuchten sein Hemd und seine Weste. In dem Zimmer wird aus seinem Schluchzen ein Stöhnen, ein Laut wie von einem Tier, das über alle Maßen leidet, kläglich und verzweifelt.

19

Nein, du schreibst es ab«, beharrt Schwester Franziska Xavera. »Fünfzigmal, bis du es weißt.«

Es läutet, und sofort erklingen alle Stimmen, man hört, wie Stühle gerückt werden, davoneilende Schritte und Schwester Franziska, die sagt, rennen sei verboten. Die Stimmen verlieren sich den St. Joseph's Hill hinunter, und es wird völlig still, abgesehen von der Wanduhr und einer Tür, die ins Schloß fällt. Die Karten hängen immer noch an der Tafel. Sie heißen »physikalische Karte« und »politische Karte« und sollten längst weggeräumt sein: Berge und Flüsse, die Grafschaften, alle in verschiedenen Farben. Durchs Fenster kann sie sehen, wie ihr Vater im Garten Herbstastern festbindet. Er merkt nicht, daß sie ihn beobachtet; er weiß nicht, daß man sie dabehalten hat. *Is maith liom,* schreibt sie, und dann steht der Sarg neben dem ausgehobenen Grab. Ihre Mutter kommt in dieses Loch, aber Pater Kilgallen sagt, in den Himmel. Ruhe in Frieden, sagt Pater Kilgallen, und die Erde kracht auf das gelbe Holz. Pater Kilgallen hebt die Hand zum Segen, und dann ist Carmel die Brautjungfer. »Wer ist das?« fragt Johnny, und jemand sagt, eine Nachtclubsängerin. Sie hat langes schwarzes Haar, Armreifen und Ohrringe und hohe, glänzende Absätze, schwarz wie ihr Haar. Sie lächelt, als sie singt, ein weißes Aufblitzen in ihrem Gesicht, sie nennt es Spaniens Sonne. »Wo ist Johnny?« fragt Carmel, und Aidan sagt, er sei in den McGrattan Street Kinderwagen- und Fahrradladen gekommen, um einen Kinderwagen für das Baby zu kaufen, aber als sie dorthin geht, kann sie ihn nicht entdecken. Sie sucht beim alten Gaswerk nach ihm, aber auch da ist er nicht. Sie ruft nach ihm, weil es dunkel ist. Er kommt nicht in das Fischrestaurant, er ist nicht im Haus von Mr. Caunce. »Johnny!« ruft sie und fährt mit den Kindern im Hotellift nach oben, und die Kinder machen einen Singsang aus seinem Namen. »Telefon, Johnny! Telefon!« Connie Jo lacht und trinkt Wein mit Mr. Logan. Rose sagt, es sei seltsam, daß

Johnny in die Flitterwochen vorgefahren sei. *»Take my hand«*, singt die Spanierin. *»Take my whole life too...«*

Er ist nicht im Spud-U-Like, als sie durchs Fenster einsteigt. Er ist nicht in der Küche seiner Mutter. Sie macht im Haus von Mr. Caunce alle Türen auf, Leute liegen in den Zimmern, aber auch da ist er nicht. Das Wasser aus der Toilette tropft durch die Decke, die Spanierin liegt zitternd und zusammengekauert auf einem Bett, ihr scharlachrotes Kleid liegt auf dem Fußboden. Das sei nicht anders zu erwarten gewesen, sagt Miss Furey, daß jemand, der Johnny heißt, einem Kummer bereiten werde; schreckliche Sachen seien einem zuzutrauen, der Johnny heißt. »Mein Gott, was für furchtbare Töne aus dem Munde eines Menschen!« ruft Schwester Benedikta, als sie das Weinen der Spanierin hört.

Er ist nicht bei Sheehy's und nicht im Wald der Mandevilles. Er ist auch nicht in der Konservenfabrik. Sie fragt bei Chawke's, im Centra Lebensmittelgeschäft und bei Scaddan's. Sie fragt im Kloster, aber das Weinen der Spanierin ist so laut, daß sie nicht hören kann, was man zu ihr sagt. Das Weinen der Spanierin lastet auf ihr, drückt sie nieder. »Man kann es Ihren Augen ansehen«, sagt jemand anders, der auf ihrem Bett sitzt, jemand Schweres, der das Bettzeug zurückschlägt, so daß es kalt wird. Sie hört Atemgeräusche, jemand holt Luft, als würde er nach jedem Atemzug ersticken.

»Das, woran Sie denken, ist da, Felicia.«

Sie versucht aufzuwachen, sich aus ihrem Traum zu winden. Aber es gelingt ihr nicht.

»Machen Sie nicht das Licht an.« Die Atemzüge werden tiefer, eindringlich, heiser und sind nur wenige Zentimeter von ihrem Gesicht entfernt. Die Stimme ist ein Flüstern. »Das verdirbt alles, Felicia. Alles wird zerstört.«

Sie schlägt die Augen auf. Vom Fenster kommt kein Licht, keine dunstige Morgendämmerung schimmert durch die Vorhänge. Dadurch, daß er auf ihrem Bett sitzt, ist eine Mulde entstanden, die ihren Körper zu ihm hinzieht.

Er spricht von anderen Mädchen, nennt jede einzelne beim

Namen und beschreibt sie. Niemand außer jenen Mädchen habe jemals davon gewußt, sagt er; wegen ihrer engen Beziehung hätten sie davon gewußt. Er habe immer nur neben ihnen sitzen wollen; er habe ein Vermögen für sie ausgegeben, für Geschenke, Essen, Fahrten überallhin, wohin sie gewollt hätten. Beth und Elsie Covington. Sharon, Gaye, Bobbi und Jakki. Es sei seine Privatangelegenheit, daß sie seine Freundinnen gewesen seien.

»Ich erzähle Ihnen das, damit Sie verstehen, Felicia. Ich habe es noch nie einer Seele erzählt. Wir hätten die Beziehung fortsetzen können, Sie hätten in meinem Haus bleiben können. Kein anderes Mädchen ist je in meinem Haus gewesen. So war das ja nicht.«

Es ist jetzt überhaupt nicht wie in einem Traum. Sie sagt, es tue ihr leid, wenn sie irgend etwas Falsches getan habe. Weil er von seinem Haus spricht, sagt sie, daß sie ihn nicht stören wollte.

»Sie sind in Ihrem Nachthemd runtergekommen.«

»Ich bin bloß runtergekommen, um Sie zu bitten, mir das Geld zu leihen. Sonst nichts.«

»Ich bin mit jeder Stunde, die Sie hier waren, ein Risiko eingegangen. Jeden Tag hab ich gedacht, jemand würde dahinterkommen. Sie hatten ein Bett. Sie haben die Toilette und das Badezimmer benutzt. Wer weiß was für Schatten auf der Scheibe.«

»Niemand hat mich gesehen. Ich hab alles gemacht, was Sie gesagt haben.«

»Was wir hatten, hat doch gereicht, Felicia. Einfach dasitzen in den Kneipen, in die wir gegangen sind, und reden, und Sie erzählen mir all diese Sachen. Aber als ich in den Rückspiegel geschaut habe, konnte ich es in Ihren Augen sehen.«

»Was? Könnte ich das Licht anschalten? Ich verstehe nicht, was Sie meinen.«

»Wenn man so was weiß, macht einem kein Mädchen so leicht mehr etwas vor.«

Sie ist wieder so nervös wie am Busbahnhof, als er ihr zum

ersten Mal angeboten hat, sie im Auto mitzunehmen. Sie war auch am nächsten Morgen nervös, als sie sich umsah und feststellte, daß seine Frau nicht im Fond des Wagens saß. Sie hatte sich nicht groß Gedanken gemacht, als er erklärte, daß seine Frau unerwartet ins Krankenhaus gemußt hätte, aber jetzt weiß sie plötzlich, ohne nachdenken zu müssen, daß er nie eine Frau hatte.

»Ich habe es verdrängt, als ich Ihre Augen im Rückspiegel gesehen habe. Ich wollte es nicht einsehen. Aber dann sind Sie die Treppe runtergekommen.«

»Tut mir leid, wenn ich Sie verletzt habe. Ich wollte Sie nicht verletzen. Ich verstehe nicht, was Sie mir sagen wollen.«

»Niemand macht Ihnen einen Vorwurf. So etwas kommt vor. Die Dinge nehmen eine Wendung.«

Eine Hand legt sich auf eine von ihren Händen. Es sei nur schade, sagt er, daß alles kaputt sei. »Nein, schalten Sie nicht das Licht an«, sagt er; er wolle kein Licht.

»Lassen Sie mich bitte allein.«

»Alle haben sie gesagt, daß sie gehen, und ich habe sie gefragt, warum, aber das war gar nicht nötig, meine Liebe. Verstehen Sie das? Sie verstehen, was ich Ihnen sagen will?«

»Ich gehe weg. Ich werde Sie nicht stören. Das mit dem Geld spielt keine Rolle.«

»Ich bin die Welt für sie gewesen. Als sie jemanden gebraucht haben, haben sie sich auf mich verlassen.«

Sie weiß, daß die Mädchen tot sind. Irgend etwas in dem Zimmer sagt es ihr, die rasselnden Atemzüge, sein Schweiß, den sie einen Augenblick lang auf ihren Wangen spürt, die Art, wie er spricht. Die Dunkelheit ist erfüllt vom süßlichen Duft des Tods der Mädchen, ein Duft, der droht, zum Gestank zu werden.

»Ich fahre Sie fort von meinem Haus.« Da ist wieder sein Flüstern, und sie spürt den schwabbligen Mund ganz nah. »Ziehen Sie sich an, dann fahren wir fort. Ich habe Geld, das ich Ihnen für die Reise gebe. Gehen Sie einfach aus dem Haus und steigen Sie in das Auto.«

Sie weiß, daß sie das nicht tun darf. So sicher, wie sie das mit den Mädchen weiß, so sehr ist ihr bewußt, daß sie sich nicht in das bucklige Auto setzen darf. Er hat auf die Nacht gewartet: Die Dunkelheit sucht er sich aus, und das Auto.

»Ja«, stimmt sie zu. »Ja, ich ziehe mich an.«

Die Dielen knarren, als er zur Tür stapft. Sie hört das Schnappen des Türgriffs, aber es ist kein Licht zu sehen, als die Tür aufgeht, keine Silhouette erscheint. Sie hört ihn auf der Treppe, die immer noch im Dunkeln liegt, wie er mit schweren Schritten hinabsteigt.

Unfähig, sich zu rühren, wie versteinert aus Angst vor dem, was als nächstes passieren könnte, ängstlicher, als sie in seiner Gegenwart war, liegt sie, wo er sie zurückgelassen hat, und zweifelt, daß sie die Kraft aufbringen wird aufzustehen. Aber allmählich steht sie doch auf und tastet sich auf wackligen Beinen durchs Zimmer. Sie macht leise die Tür auf, um auf der anderen Seite nach einem Schlüssel zu suchen. Es ist keiner da. Sie spürt, daß Blut an ihren Beinen herunterläuft, schaltet dann das Licht an und wischt es mit dem Zipfel eines Bettlakens ab. Ihre Hände und Arme zittern, was jede Bewegung erschwert.

Sie sitzt auf der Bettkante und blickt sich im Zimmer um, bis ihr Blick schließlich auf ein abgebrochenes Stück vom Feuerrost fällt. Ruß und zerkrümeltes Mauerwerk sind auf das rote Kreppapier gefallen, das in den Kamin gestopft wurde; die zerbrochene Stange hat sich gelöst und liegt auf der Feuerstelle. Sie färbt ihre Hand schwarz und ist zu kurz, um sich wirkungsvoll damit schützen zu können, aber sie ist besser als nichts. Sie zieht ihre Kleider an und den Mantel darüber. Von weit unten hört sie seine Schritte draußen auf dem Kies. Sie zieht eine Ecke des Vorhangs zurück, aber es ist immer noch zu dunkel, um ihn zu sehen. Leise schlägt die Autotür zu, und sie weiß, daß er jetzt im Auto auf sie wartet.

Sie geht vorsichtig auf den Flur hinaus und hält immer noch das Stück Feuerrost fest, die beiden Tüten hat sie in die Beuge des freien Arms gehängt, ihre Handtasche um den Körper geschlungen. Sie steigt die unbeleuchtete Treppe hinunter und bleibt dabei alle zwei, drei Stufen stehen, um zu horchen, für den Fall, daß er ins Haus zurückgekommen ist. Die Metallstange klirrt auf den Fliesen im Flur, als sie ihr aus den Fingern gleitet. In panischer Angst tastet sie nach einem Lichtschalter, weil sie den Riegel der Haustür nicht finden kann.

20

Mr. Hilditch besucht, wie er es sonntags oft tut, ein herrschaftliches Anwesen. Er kommt früh an, mehr als eine Stunde, bevor er Zutritt erhalten kann, parkt sein Auto auf dem leeren Parkplatz, breitet seinen Regenmantel unter einer Eiche auf dem Gras aus und ißt die Sandwiches, die er sich gemacht hat: Thunfisch und Ei, mit Salat, Tomate und Frühlingszwiebeln.

Der Parkplatz ist eine ebene Fläche, die man in einen Hang geschnitten hat; von seinem Platz unter dem Baum kann er den größten Teil der langen, geteerten Zufahrtsstraße, die sich durch Grünland schlängelt, und das Haus selbst sehen, ein riesiges Gebäude aus rotem Backstein und Naturstein, mit Ecktürmen und Schornsteinen und ummauerten Gärten. Krokusteppiche blühen in der Nähe seines Picknickplatzes. Die Rinde des Baumes in seinem Rücken fühlt sich schartig an.

Er beobachtet, wie ein blauer Bus durch die weit entfernten Eingangstore biegt und auf der Zufahrtsstraße näherkommt. Einen Augenblick lang verschwindet er hinter dem Hügel; das Motorengeräusch dringt zu ihm, bevor der Bus wieder zu sehen ist. Er rollt langsam auf den Parkplatz, setzt zurück, fährt vor und wiederholt dieses Manöver, bis er schließlich stehenbleibt. Stimmengeplapper setzt ein, während die Fahrgäste aussteigen; ein Mädchen in blauer Uniform macht eine Durchsage und verkündet, daß alle um halb fünf vor dem Souvenirladen sein sollten. Die Fahrgäste verstreuen sich und gehen auf unterschiedlichen Wegen zu dem Haus hinunter. Alleingelassen zündet der Fahrer sich eine Zigarette an und breitet auf einem rustikalen Tisch eine Zeitung aus.

Autos tauchen in der Zufahrtsstraße auf und biegen schließlich auch auf den Parkplatz. Ein zweiter Bus – graugelb – kommt an und spuckt weitere Besucher des Hauses aus. Mr. Hilditch sieht dabei zu, wie sie sich strecken und sich paarweise oder in Gruppen auf den Weg machen. Dann wickelt er, nachdem er seine Sandwiches aufgegessen hat, noch ein KitKat aus, bevor er sich in dieselbe Richtung aufmacht.

Er fühlt sich wie immer, wenn eine Freundschaft zu Ende gegangen ist: leer, als wäre ein Teil von ihm in sich zusammengesunken. Die kleine Irin hat sich auf seinem Pfad der Erinnerung schon zu den anderen gesellt: Ihr rundes Gesicht mit den großen Augen starrt ihn an, wenn er an sie denkt, das Bild ist von der gleichen strahlenden Lebendigkeit wie das von Beth oder Elsie Covington. Nach einem Abschied plant er immer sobald wie möglich einen Ausflug, ein Versuch, seine Niedergeschlagenheit zu bekämpfen. An dem Tag, nachdem Gaye weg war, ist er zu demselben herrschaftlichen Anwesen gekommen.

In den Gärten, die um das Haus herum liegen, verweilt Mr. Hilditch, während die anderen Sonntagsbesucher Sträucher und Blumenbeete betrachten und die winterlichen Triebe bestimmen. Er bleibt in der Nähe der Leute; er hat es nicht eilig. »Schön, diese Zeit des Jahres«, bemerkt er zwei Frauen gegenüber, die Schwestern zu sein scheinen. »Die Natur ist untergetaucht, hm?« Die Frauen finden das amüsant und lächeln. An einem Drehkreuz, das zu einem gepflasterten Hof mit Ställen führt, beträgt der Eintrittspreis für Erwachsene ein Pfund. Mr. Hilditch bezahlt und geht mit den anderen in den Küchenbereich des Hauses, wo antike Küchenutensilien ausgebreitet sind, um die Atmosphäre vergangener Zeiten zu vermitteln. Die Speisekammern und Küchen sind gründlich geschrubbt worden und sind bis auf Käseglocken aus Fliegendraht und riesige, kupferne Formen für Wackelpudding leer.

»Faszinierend, hm?« sagt Mr. Hilditch zu einem Paar, das ein Gerät bewundert, mit dem man Butter wieder in Rahm zurückverwandeln kann. Seine Begeisterung ist aufrichtig, da er vieles entdeckt, was sein berufliches Interesse weckt.

Oben stehen in einem hohen, quadratischen Saal mit Säulen, in einem Speisezimmer und anderen Wohnräumen lebensgroße Figuren von Lakaien in würdevoller Hingabe. Versteinerte Dienstmädchen stauben die Bände in einer Bibliothek ab oder polieren die Platten prunkvoller Tische. Auch eine Familie, die das Haus einmal bewohnt hat, wird aus einer anderen Epoche zurückgerufen, ins Gespräch vertieft, beim Musizieren oder beim Tanz; ein Mädchen, das einem anderen Mädchen das Haar bürstet; eine einsame Gestalt, die auf einer Fensterbank liest. Mit Troddeln versehene rote Seile trennen jede Darstellung von den lebendigen Betrachtern, die jetzt flüsternd vorbeiziehen. In den wohlriechenden Schlafzimmern sind Szenen nachgestellt, in denen man sich diskret entkleidet und wo das Sitzbad wartet.

Die Stunden vergehen und Mr. Hilditch genießt weiterhin die Ruhe des Hauses und der Landschaft. In dem Café neben dem Souvenirladen wird er von Mädchen in geblümten Kleidern bedient, die ihnen bis zu den Schuhen reichen, aber es ist noch zu früh, sich auch nur Gedanken darüber zu machen, ob eins von ihnen freundschaftliche Wärme gebrauchen könnte: Heute ist das nicht nötig.

»Schöner Ausflug«, sagt er unbeschwert zu den Leuten, mit denen er an einem Tisch sitzt. »Füllt den Sonntag aus, hm?«

Die Leute stimmen höflich zu, das sei richtig, und setzen dann das Gespräch fort, das durch seine Bemerkung unterbrochen worden ist. Als sie aufstehen, um zu gehen, lächelt Mr. Hilditch und sagt auf Wiedersehen.

Als letzter, der das Café verläßt, kauft er, als er bezahlt, ein paar von den Gebäckstücken und Scones, die noch übrig sind. Die beiden Busse und die meisten Autos sind schon weg, als er am Parkplatz ankommt.

Als er behutsam hinters Lenkrad gleitet, sieht er wieder das Mädchen vor sich, mit dem er sich zuletzt angefreundet hat, und fährt mit diesem Bild langsam durch die zunehmende Dämmerung. Als er in die Duke of Wellington Road kommt, ist es schon lange dunkel; er bleibt noch kurz in seinem Auto sitzen, nachdem er auf dem Kies gehalten hat, weil er erst die Haustür aufschließen und in den Flur treten will, wenn er etwas Kraft gesammelt hat, die ihm in der Stille des Hauses vielleicht hilft. Allmählich findet er sie und steigt die vier Stufen zu seiner Haustür hinauf.

Später an diesem Abend wirft Mr. Hilditch den Abfall in seine Mülltonne und bemerkt den schwachen Duft von verbranntem Stoff, als er den Mülltonnendeckel hochhebt. Er gibt weder einen heimlichen Kommentar dazu ab, noch wird seine Neugier geweckt: Es ist ihm nicht einmal verschwommen in Erinnerung geblieben, daß er in der vorhergehenden Nacht verschiedene Frauenkleider mit Zubehör verbrannt hat, indem er in seiner Mülltonne mit der Zeitung vom Tage und einer halben Tasse Paraffin ein Feuer entfachte. Er erinnert sich auch überhaupt nicht daran, daß er die Schuhe seiner Mutter wieder draußen in den Schuppen gebracht hat, wo sie schon Schimmel angesetzt hatten, bis er vor kurzem eine Verwendung für sie fand. Auch nicht daran, daß er eine Stange aus dem Feuerrost von den Fliesen in seinem Flur aufgehoben und in die Büsche geworfen hat.

Für Mr. Hilditch ist es normal, auf diese Art zu leiden, wenn eine Freundschaft zu Ende ist. Er ist sich undeutlich bewußt, daß etwas fehlen könnte, und schreibt die mangelnde Erinnerung der Größe des Verlustes zu – der Augenblick des Weggangs war jedesmal so schmerzlich, daß etwas in ihm unbewußt die dazugehörigen Einzelheiten ausgelöscht hat. Anfangs, als Beth gegangen war, hat ihn das beunruhigt, und er bemühte sich, zu dem Augenblick und allem, was damit zusammenhing, zurückzufinden. Erfolglos. Und seitdem hat er sich mit den Gedächtnisschwächen abgefunden, er empfindet sie als Gnade, verschlossen sogar vor ihm selbst, am besten fragt man nicht nach.

An diesem Abend sitzt er, nachdem er gegessen hat, in seinem großen vorderen Zimmer und schwelgt in den Gedanken an den Tag, den er verbracht hat: die Krokusse in voller

Blüte, die Fahrgäste, die aus dem blauen Bus steigen, die kupfernen Formen für Wackelpudding, das Mädchen, das seiner Freundin das Haar bürstet. Er findet Trost in diesen zwanglosen Erinnerungen, von denen eine auf die andere folgt und dann verblaßt, bevor sie wiederkehrt, die Bilder klar und lautlos. An diesem Sonntag abend spielt er keine Musik auf seinem Grammophon ab; ihm ist nicht nach Musik zumute, wie immer, wenn eine Freundschaft zu Ende ist. Es wird ein, zwei Tage dauern, bevor in der Duke of Wellington Road Nr. 3 wieder Musik gehört wird, wahrscheinlich bis Dienstag oder Mittwoch.

Um halb zehn stellt Mr. Hilditch sicher, daß seine Haustür abgeschlossen und die Hintertür verriegelt ist. Um fünf nach zehn liegt er im Bett und schläft.

Während der darauffolgenden Wochen erledigt Mr. Hilditch seine beruflichen Aufgaben mit der Sorgfalt und Aufmerksamkeit, für die er an seinem Arbeitsplatz allgemein bekannt ist. An den Wochenenden macht er sein Haus sauber – den Flur und die Treppe, sein Eßzimmer und sein großes vorderes Zimmer. Er fegt den Hinterhof und recht den Kies vor dem Haus. Bei Tesco's kauft er Vorräte ein. Er entspannt sich mit seinen Platten und dem *Daily Telegraph.*

In ruhigen Augenblicken oder nachts im Bett zieht es ihn in die Umgebung, von der er während der Freundschaft, die zu Ende gegangen ist, so oft gehört hat: das Schlafzimmer, das sie sich mit einer Frau im hundertsten Lebensjahr geteilt hat, der Platz mit dem Soldatendenkmal, die Tischplatten mit dem Diamantenmuster in dem Café. Da sind der Vater und die unverheirateten Zwillingsbrüder, die Freundinnen aus dem Nonnenkloster, die Mutter des Verführers. Dieser Ausflug in die Verhältnisse von jemand anderem ist in Mr. Hilditchs Privatleben nichts Neues. Als Beth gegangen war, ist es ihm schwergefallen, seine Gedanken an die Zuhälter loszuwerden, die sie einmal verfolgt hatten und von denen sie ihm erzählt hatte; als Gaye gegangen war, sind es die Einbrecher gewesen, denen sie geholfen hatte. Da war die Eiterflechte, die Sharon als Kind gehabt hatte, und Bobbis Blindheit auf dem einen Auge. Den Namen der kleinen Irin hatte ihr Vater gefunden, der damit eine Frau ehrte, die an einer Revolution teilgenommen hatte: Das hatte er im Auto erfahren oder in Buddy's Café, schwer zu sagen.

»Lecker, lecker, die Frikadellen«, bemerkt ein Angestellter, nach Mr. Hilditchs Ansicht aus gutem Grund, da man die Frikadellen nach seinen genauen Anweisungen fachkundig zubereitet und gebraten hat.

»Freut mich, daß sie Ihnen geschmeckt haben.« Er zeigt mit einem Lächeln seine Dankbarkeit. Komplimente hört er gern, wenn eine beendete Beziehung ihm noch frisch im Kopf herumgeht.

Ein anderer Angestellter macht eine Bemerkung über den Marmeladenpudding, und er gibt ein Geheimnis preis: Der Nierentalg müsse fein geschnitten werden, die Marmelade und die geschlagenen Eier müßten den trockenen Zutaten beigegeben werden, und nicht umgekehrt. Er weist darauf hin, daß Verarbeitung und Menge unterschiedlich seien, je nachdem, ob der Pudding gekocht oder gebacken werde. Seit seiner Kindheit esse er selbst ihn lieber gekocht.

Die weiblichen Angestellten bitten oft um ein Rezept und ziehen es immer vor, ihn darauf anzusprechen statt jemanden vom Küchenpersonal. Er ist ihnen in dieser Hinsicht gern zu Diensten. Der Gedanke, daß die Gerichte aus der Kantine den Familien der Angestellten serviert werden, gefällt ihm. »Mr. Hilditchs Pudding« oder »die Art, wie Mr. Hilditch ihn macht« könnte es dann heißen. Obwohl er nie darüber spricht, glaubt er, daß es so sein könnte.

»Sehen Sie, wir leben in einer Wunderwelt. Sehen Sie sich diesen Garten an. Sehen Sie die Früchte an den Bäumen und die Völker aller Nationen.«

Eine Schwarze, mit Juwelen behängt und geschminkt, hält ihm eine grellbunte Illustration auf dem Umschlag einer Broschüre hin. Ein junges weißes Mädchen, ordentlich gekleidet, steht mit einem Bündel ähnlicher Bilder neben ihr.

Mr. Hilditch, den man beim Schuheputzen am Küchentisch gestört hat, begrüßt das Paar freundlich, zeigt aber seine mangelnde Begeisterung für das drohende Gespräch, indem er den Kopf schüttelt.

»Heute bringen wir Ihnen das Wort Gottes, unseres Vaters«, redet die Schwarze weiter, ohne seiner Reaktion Beachtung zu schenken. »Ich selbst bin aus Jamaika. Das hier ist Miss Marcia Tibbitts. Wenn meine Freundin und ich nur kurz hereinkommen dürften, würden wir nicht mehr als zehn Minuten von Ihrem Tag in Anspruch nehmen. Darf ich Sie fragen, Sir, ob Sie mit den Schriften der Bibel vertraut sind?«

Mr. Hilditch ist nicht besonders vertraut mit den Schriften der Bibel. Als Kind ist er jeden Sonntagmorgen von seiner Mutter zur Sonntagsschule geschickt worden. Er erinnert sich vage an sonderbare Geschichten über geopferte Lämmer und geopferte Söhne und darüber, wie jemand übers Wasser gegangen ist. Das alles ist lange her, und er hat nie das Bedürfnis verspürt, über irgendwas davon nachzudenken. *Was würde Jesus tun?* spekulierte eine Inschrift aus bunten Wollfäden, die die Lehrerin der Sonntagsschulklasse zeigte. Sie hatte das Ganze unter schützendem Glas mit einem Passepartout gerahmt und als Wandschmuck aufgehängt.

»Ich bin leider nicht daran interessiert.«

»Gern würde meine Freundin Ihnen von ihrer eigenen Erfahrung berichten, davon, wie sie bekehrt worden ist.«

Erneut schüttelt Mr. Hilditch den Kopf, aber es gelingt ihm nicht, eine Geschichte über die Rettung aus einem Videoladen und das Versprechen des Paradieses auf Erden zu verhindern, wo Schlangen sich harmlos ringelten und die Kobra ein Spielzeug für Kinder sei.

»Ich hatte mich verirrt und wurde gefunden«, erklärt das weiße Mädchen in einem Singsang. »So wie es geschrieben steht.« Dann beginnt sie von neuem von dem Videoladen und der besseren Welt mit der Kobra als Spielzeug.

»Hören Sie«, unterbricht Mr. Hilditch sie schließlich. »Ich habe viel zu tun.«

»Wir würden wiederkommen«, schlägt die Schwarze vor. »Wir würden um jede Uhrzeit kommen.«

»Nein, nein.«

»Zehn Minuten von jedem Tag sind kein großes Opfer. Gott, unser Vater, gibt uns Zeit ohne Anfang und Ende.« Die Schwarze zeigt zwei Reihen gesunder Zähne und drängt Mr. Hilditch die Broschüren auf, die sie bei sich hat. »Den, der stirbt, erwartet eine Zukunft, Sir«, setzt sie hinzu, und ihr Ton deutet an, daß das angebotene Informationsmaterial weitere Einzelheiten zu dieser Behauptung enthält.

In diesem Augenblick, während sie immer noch über den, der stirbt, spricht, bemerkt Mr. Hilditch, wie eine plötzliche Neugier in ihre dunklen Gesichtszüge tritt, und das verwirrt ihn. Da er beruflich mit den Praktiken der Verkaufstechnik vertraut ist und davon ausgeht, daß die Verbreitung religiösen Gedankenguts durchaus dieser Sparte zugeordnet werden kann, fragt er sich, ob das irgendein Verkaufstrick ist. Aber zu seiner großen Bestürzung ist die Erklärung nicht kaufmännischer Natur.

»Ein Mädchen aus Irland hat Sie erwähnt, Sir. Jetzt, wo wir hier stehen, erinnere ich mich daran. Ein guter Mensch, hat das Mädchen gesagt, jemand, der ihr geholfen hat. Duke of Wellington Road, hat sie gesagt. Groß und schwer und großherzig, ich glaube, so hat sie Sie geschildert.«

»Ich kenne überhaupt keine Iren.«

»Sie haben diesem Mädchen auf ihrem Weg geholfen und sind nicht achtlos an ihr vorübergegangen. Sir, Sie stehen im Einklang mit unserer Kirche.«

»Nein, nein. Tut mir leid. Ich muß weitermachen. Damit hab ich nichts zu tun.«

»Dieses Mädchen war geschwätzig, so ist es zur Sprache gekommen.« Miss Calligary hält inne. »Eine Schwindlerin, wie sich später herausgestellt hat.«

»Ich muß Sie bitten, jetzt zu gehen.«

»Dieses Mädchen hat versucht, Geld von uns zu bekommen. Ist es bei Ihnen die gleiche Geschichte, Sir?«

Mr. Hilditch knallt die Haustür zu, lehnt sich mit geschlossenen Augen dagegen und erinnert sich daran, wie das Mädchen gesagt hat, sie habe ein paar Tage im Haus dieser Leute verbracht. Er geht das Zusammentreffen, das gerade stattgefunden hat, von dem Moment an durch, da die Schwarze plötzlich begriffen hat, daß sie mit jemandem spricht, von dem sie schon gehört hat. Erwähnt? »Ein irisches Mädchen hat Sie erwähnt«: Was genau bedeutete das? Geschwätzig, sagte die Frau, und dann etwas über eine Schwindlerin, was immer damit gemeint war.

Einen Augenblick lang fragt sich Mr. Hilditch, ob es sich bei der ganzen Sache nicht um einen Irrtum oder ein Mißverständnis handelt: Das Mädchen aus Irland, mit dem er verkehrt hat, konnte man beim besten Willen nicht als Schwindlerin bezeichnen. Andere, die er gekannt hat, könnte man so bezeichnen, aber was dieses Mädchen betrifft, da würde einem das als letztes einfallen. Und doch ist es eindeutig dasselbe Mädchen: ein Mädchen, dem er geholfen hat und für das er deshalb von seinen Prinzipien abgewichen ist. Das hat sie selbst gesagt; anscheinend hat sie es vor anderen wiederholt.

Langsam löst sich seine massige Gestalt von der Haustür und geht durch den Flur zur Küche. Das bedeutet nichts, sagt er sich, nicht mehr als eine Unregelmäßigkeit, ein sich in die Länge ziehendes Ende; wenn es außergewöhnlich erscheint, dann nur, weil es noch nie vorgekommen ist. Ein Mädchen, zu dem er nett gewesen ist, ist ihm gegenüber später noch niemals von irgend jemandem erwähnt worden.

»Zuerst war mit diesem Mann alles in Ordnung«, bemerkt Miss Calligary, während sie und ihre Begleiterin die Duke of Wellington Road entlanggehen. »Alles war in Ordnung, und dann benimmt er sich so komisch.«

Es macht Miss Calligary Sorgen, daß das passiert ist. Dieser große, korpulente Mann war da, um bekehrt zu werden;

das könnte sie beschwören. Ein allein wohnender Mann, ein einsamer Mann: Jeder konnte das sehen. Vielleicht hatte er falsch verstanden und gedacht, das Mädchen sei selbst eine Bekehrerin, und war jetzt eben deswegen zurückgescheut – ein gebranntes Kind scheut das Feuer. Miss Calligary merkt sich einen Tag vor, an dem sie wiederkommen werden, und bittet Marcia Tibbitts, sich die Hausnummer zu notieren.

21

Mehrere Tage lang beruhigt sich Mr. Hilditch immer, wenn die Tatsache, daß ein Dritter von seinem Umgang mit der kleinen Irin weiß, seine Gedanken durcheinanderbringt, damit, es für völlig belanglos zu erklären. Inzwischen hat die Jamaikanerin wahrscheinlich alles vergessen und interessiert sich wieder mehr für ihr Paradies. So eine Frau, mit ihren Broschüren und ihren Reden, hat auch, ohne daß sie ihre Nase in die Angelegenheiten anderer Leute steckt, genug, um ihren Tag auszufüllen.

Trotzdem bringt ein Unbehagen Mr. Hilditch kurze Zeit später langsam aus der Fassung. Er erinnert sich daran, wie er, als die kleine Irin ihn zum ersten Mal ansprochen hat, spürte, daß das Versprechen einer Freundschaft anders war als sonst. Es war schließlich nicht so gekommen, weil die kleine Irin sich auch von ihm getrennt hatte; aber jetzt scheint es so, als könnte seine Vorahnung vielleicht auf eine andere, noch nicht augenscheinliche Weise zutreffen.

Während einer schlaflosen Nacht hört er, wie die Stimme der Schwarzen den Leuten mitteilt, daß er nicht achtlos an dem Mädchen vorbeigegangen sei, daß sie Hilfe gesucht und er ihr welche gegeben habe. Es ist durchaus möglich, daß die Frau so reden würde, überlegt er, den Blick ziellos in die Dunkelheit gerichtet; es ist sogar wahrscheinlich, da sie ihm gegenüber davon angefangen hat. Im Laufe dieser Nacht macht Mr. Hilditch, als der singende Tonfall der Jamaikanerin und alles, was sie gesagt hat, ihn immer mehr bedrängen, den Versuch, seinen Gedanken eine andere Richtung zu geben, indem er sie auf etwas anderes lenkt: auf die Kantine, seine Küchenräume, den Essensbetrieb am Mittag. Er wendet seine Konzentration wieder der Zeit zu, als er noch Fakturist gewesen ist, der Überraschung, als man ihn vor dic Firmenleitung zitiert und ihm gesagt hat, er solle sich hinsetzen, während man ihm anvertraute, daß sein Name für die Position des Kantinenleiters vorgeschlagen worden sei. Aber obwohl er sich mit Freuden an dieses Ereignis erinnert – die Einzelheiten von Ausbildung und Vergütung wurden ihm aufgedrängt, bevor er auch nur gesagt hatte, daß er Interesse daran habe –, sieht er sich von demselben Gedankengang in eine frühere Zeit seines Lebens versetzt, in der er noch auf eine militärische Laufbahn gehofft hat. »Oh, Khaki würde dir gut stehen!« Die Stimme seiner Mutter klingt ironisch, sie sind in dem Heilbad, in dem sie das Wasser trank und badete, während er dasaß und wartete oder in der Stadt herumschlenderte. In dem Bad gab es einen gemeißelten Fries: Soldaten, die verwundet dalagen und denen man die Hemden ausgezogen hatte, und Offiziere, die ihnen Beistand leisteten. *Die Kameradschaft, die bis in den Tod verbindet* lauteten die Worte der in den Stein gehauenen Inschrift. Im Bad kam seine Mutter mit einer Frau ins Gespräch, die an der Garradschen Krankheit litt, und seine Mutter fragte, was das sei. So etwas Ähnliches wie die Dupuytrensche Sehnenkontraktur, behauptete die Frau, obwohl manche Leute das bestritten. Das Gesicht der Frau war geschminkt, tiefrote Lippen, verschmierte Wimperntusche, Puder auf pickliger Haut. »Hör dir das an«, drängte seine Mutter. »Diese Dame ist sehr interessant!« Aber er hörte nicht zu, während die Frau über ihr Gebrechen sprach und seine Mutter »Nein, so was« und »Ach du meine Güte« sagte. »Würde Khaki ihm nicht gut stehen?« fragte seine Mutter in der Bar des Clarence. »Will unbedingt Soldat werden, der kleine Mann!« Im Zug, auf dem Rückweg vom Heilbad, schenkte ihm ein bärtiger Mann ein Dreipennystück. »Was für eine Überraschung!« sagte seine Mutter, Hals und Gesicht knallrot, nachdem sie durch den Longridge Tunnel gefahren waren. »Nein, so was!«

Trotz dieser Beschwörung seiner eigenen Vergangenheit drängen sich Mr. Hilditch, als ihm die Augen zufallen, erneut seine Spekulationen über das Gerede der Schwarzen vor seiner Tür auf. Als er dann versucht, sich die kleine Irin inmitten der hübschen Porträts vorzustellen, aus denen seine Erinnerung an die anderen besteht, gelingt ihm das erstmals nicht.

An dem Tag, an dem er das herrschaftliche Anwesen besucht hat, ist sie widerspruchslos aufgetaucht: Jetzt kommt nichts, so, als hätte das Gerede der Schwarzen sie ihm geraubt.

Als der Morgen dämmert, steht Mr. Hilditch mehrere Stunden früher als sonst auf. Er macht sich in der Küche Tee und geht langsam im Haus herum, betritt ein Zimmer nach dem anderen. Als es Zeit wird, das Frühstück zuzubereiten, stellt er fest, daß er keinen Hunger hat. Später fährt er weg, ohne etwas im Magen zu haben.

Im Laufe der Zeit fällt es den Leuten auf, und Mr. Hilditch sieht, daß es ihnen auffällt. In der Kantine stochert er im Lammfrikassee und dem Ananas Surprise herum; er rührt die Rinderkeule kaum an, und man sieht, wie er sich am Mittwoch nur eine bescheidene Portion von seinem Lieblingsgericht nimmt. Als er Vorstellungsgespräche mit Bewerberinnen fürs Abwaschen führt, muß er mehrmals an Namen erinnert werden, die man ihm schon genannt hat. Seine Keksdose für die Teestunde muß länger als vierzehn Tage nicht nachgefüllt werden.

Als er eines Abends nach Hause fährt, geht ihm das Benzin aus, ein Mißgeschick, das er später mit seinem Geisteszustand in Verbindung bringt. Er muß fast eine Meile laufen, sich von einem mürrischen Tankwart einen Blechkanister leihen und so tun, als würde ihn seine eigene Gedankenlosigkeit amüsieren. Zwei Streifenwagenbesatzungen stehen um sein kleines Fahrzeug herum, als er wieder dort ankommt, und er behält diese leutselige Selbstbespöttelung bei und entschuldigt sich dafür, daß er ihnen solche Umstände gemacht hat. Die Polizisten sind mißmutig und streng. Als er sie anlächelt, zeigen sie keine Reaktion. Nichtsnutzige Männer, die wichtigtuerisch in ihren Fords und Vauxhalls herumbrausen, dumm wie Bohnenstroh. Er lächelt sie an und sieht zu, wie sie davonfahren.

Von dem Augenblick an, als sie in ihrem roten Mantel und mit ihrem Kopftuch auf dem Hof erschienen ist, war er ihr gegenüber großzügig. Er hat zugehört, nicht einmal hat er Ermüdungserscheinungen gezeigt. Er half ihr mit Ratschlägen; er leitete und beschützte sie und warnte sie vor Straßenkriminalität und den Gefahren beim Trampen. Er hat ihr genausoviel wie allen anderen gegeben, und er hat es gerne getan. Hat sie das alles der Schwarzen weitererzählt? Wurde über all das gesprochen? Und über was noch? Womit ist es noch ausgeschmückt worden, welche Neugier wurde geweckt? Was für Klatschgeschichten kursieren inzwischen?

Verstört geht er, während er die unterbrochene Fahrt fortsetzt, noch einmal alles durch, was vor seiner Tür gesagt worden ist. Später, in seinem großen vorderen Zimmer, überlegt er, wie geringfügig, wie unbedeutend es ihm erschienen ist, als die kleine Irin gesagt hat, sie sei von den Leuten aufgenommen worden, die sie jetzt eine Schwindlerin nennen. Er dreht die Musik lauter in dem Versuch, seine Sorgen, die Stimme der Schwarzen und das Raunen der Neugier zu ersticken, das sich daraus nährt. In dieser Nacht schläft er wieder unruhig und hat Alpträume, an die er sich nicht mehr erinnern kann, als er aufwacht.

»Oh ja, es hat sich manches verändert«, stimmt die Frau an dem Geldautomaten zu und steckt vier Fünfpfundscheine in ihre Brieftasche. »Kann nicht behaupten, daß sich nichts verändert hat.«

»Nicht älter als acht Jahre«, verrät Mr. Hilditch. »Sind immer mit dem Zug hergekommen.«

»In dem Fall nicht wiederzuerkennen. Da gibt es keine Diskussion.«

Die Frau mit Brille ist älter als Mr. Hilditch, hat einen Korb auf Rädern, graue Baumwollstrümpfe und einen fusseligen grauen Mantel. Auch ihr Haar ist grau und struppig.

»Dachte, daß ich mal wieder herkomme«, fährt Mr. Hilditch fort und steckt seine Plastikkarte noch nicht in den Geldautomaten. »Muntert dich auf, hab ich mir gesagt, ins Heilbad zu fahren.«

»Heutzutage hat es nicht mehr viel von einem Heilbad. Damit haben sie vor einer Ewigkeit Schluß gemacht.«

»Die Quellen sind versiegt, hm?«

»Hat nie irgendwelche Quellen gegeben, irgendein Kerl hat das ausgeheckt. Damals haben die Leute einem alles abgenommen.«

»Meine Mutter auch.«

»Tja, da haben Sie's. Nichts als Schwindel.«

»Meine Mutter hat gesagt, daß es ihr guttut.«

»Man bildet sich viel ein, wenn es um Krankheiten geht.«

»Stimmt wahrscheinlich.«

»Len war fest davon überzeugt. Alles Einbildung, war seine Formulierung dafür.«

»Das ist Ihr Mann?«

»Verstorben. 1970.«

Mr. Hilditch schiebt seine Plastikkarte in den Schlitz und gibt seine persönliche Kennummer ein, 9165. Die Frau zieht sich graue Handschuhe an und faßt nach dem Griff ihres Einkaufskorbes auf Rädern. Scheine im Wert von vierzig Pfund kommen aus der Wand.

»Äußerst praktisch«, bemerkt Mr. Hilditch, dem es recht ist, die Begegnung zu verlängern. »Unser flexibler Freund.«

»Die Sache ist bloß, daß man zuviel ausgibt. Wenn es so was nicht gäbe, wären wir besser dran.«

»Hätten Sie Lust auf einen Kaffee?«

Die Frau zögert. Sie gibt keine Antwort, aber sie erhebt keine Einwände, als Mr. Hilditch neben ihr hergeht. Er stimme ihr voll und ganz zu, versichert er; Geldautomaten brächten einen dazu, zuviel auszugeben, indem sie das Geld so leicht verfügbar machten. Die Banken wüßten schon, was sie täten, sagt er, und er wiederholt seine Einladung vor einem Kaufhaus, in dem es, so vermutet er, eine Cafeteria geben dürfte.

»Ich nehm's mal nicht so genau«, sagt die Frau und geht durch eine Schwingtür voran.

Es ist ihm am frühen Morgen eingefallen, in das Heilbad

hinüberzufahren, weil Samstag ist. Er braucht Tapetenwechsel, einen Ausflug an irgendeinen Ort, der zu einer anderen Zeit seines Lebens gehört. Zwei Stunden hat er mit dem Auto gebraucht; mit dem Zug hatte es länger gedauert, da man einmal umsteigen und auf den Anschlußzug warten mußte.

»Nett ist es hier«, sagt er mit aufrichtiger Begeisterung, als sie Platz genommen haben. »Ich trinke vormittags gern eine Tasse.«

»Regt einen an, dieses Wetter.«

Diese Frau fühlt sich geschmeichelt: Das kann er daran erkennen, wie sie sich umschaut, um zu sehen, ob irgend jemand, den sie kennt, sie bemerkt hat. Auf der Straße war es genauso. Sie hätte es gern, wenn die Leute Vermutungen darüber anstellten, wer der Fremde ist, der gut zehn Jahre jünger ist als sie. Er sagt:

»Ich hätte Ihnen wegen Ihres Mannes mein Beileid aussprechen sollen. Tut mir leid.«

»Das ist zweiundzwanzig Jahre her. Man kommt drüber weg.«

»Trotzdem hätte ich etwas sagen sollen.«

»Dazu besteht wirklich kein Anlaß.«

»Es tut mir trotzdem leid.« Und da das Thema einmal angesprochen ist, erklärt er, daß er selbst nie geheiratet habe.

»Genau wie Vera. Würde die Finger davonlassen, wie sie gesagt hat.«

»Ist das Ihre Tochter?«

»Meine verstorbene Schwester. Wir haben uns nicht verstanden, haben nie übereingestimmt.«

Ihr Kaffee kommt. Bei Mr. Hilditch regt sich zum ersten Mal seit mehreren Wochen wieder Appetit, und er fragt, ob es Cheese Scones gebe. »Ich war die ganze Zeit auf den Beinen«, erklärt er seiner Begleiterin entschuldigend.

»Ich glaube, sie wollte Len haben, und als sie ihn nicht kriegen konnte, war's das. Als sie Len nicht kriegen konnte, hat sie die Finger ganz davongelassen.«

Im Verlauf der weiteren Unterhaltung nennt Mr. Hilditch

von sich aus seinen Namen und teilt ihr mit, daß er Kantinenleiter sei. Er nennt den Namen der Stadt, in der er wohnt und arbeitet, und fügt hinzu, daß er dort geboren sei und daß die Einwohnerzahl über einer Viertelmillion liege und ständig steige. Er bestreicht drei Cheese Scones mit Butter, während er diese Informationen gibt, und sieht freudig dabei zu, wie die Butter auf der warmen Fläche schmilzt. Seit er das Gespräch mit der grau gekleideten Frau begonnen hat, haben ihn die Qualen, die ihn nachts wachhalten und tagsüber durcheinanderbringen, nicht einmal geplagt.

»Er hat immer das Ziel gehabt«, sagt sie jetzt, »einmal die Hängenden Gärten von Babylon zu sehen.«

»Sie sprechen von Ihrem Mann, oder?«

»Sein großes Ziel, und natürlich hat sie das geschickt ausgenutzt. Schamlos in dieser Hinsicht. Hat sich über das Thema informiert – die Namen der hängenden Pflanzen oder was auch immer.«

Er nickt verständnisvoll.

»Ich muß eine Menge Leute für die Küche anstellen. Eine vorlaute Frau hätte keine Chance. Das ist eine meiner kleinen Regeln.«

»Die letzten Worte, die sie gesagt hat. Jetzt hab ich ihn, hat sie gesagt. Schamlos bis zum Schluß.«

Bald darauf verkündet die Frau, daß sie weitermüsse, und da die Begegnung nicht verlängert werden kann, lächelt Mr. Hilditch liebenswürdig und sagt, es sei ihm eine Freude, sie kennengelernt zu haben. Er bleibt an dem Tisch sitzen und bestreicht, als die Frau nicht mehr zu sehen ist, das letzte Cheese Scone mit Butter. Beinahe sofort kehren die Qualen, die ihre Gesellschaft in Schach gehalten hat, zurück.

Sie begleiten Mr. Hilditch im Laufe dieses Tages, und der Appetit, der so kurz zurückgekehrt ist, kommt nicht wieder. Er lenkt sich ab, so gut es geht: Es fällt nicht schwer zu glauben, daß irgendein einfallsreicher Geschäftsmann einmal das Märchen von einer örtlichen Mineralquelle in die Welt gesetzt und die Kranken seit Generationen irregeführt hat. Er denkt eine Weile darüber nach und gleitet dann in seine persönliche Vergangenheit hinüber. »Das ist eine öffentliche Toilette«, hat seine Mutter erklärt, als sie zum ersten Mal herkamen, und deutete auf ein Backsteingebäude in der Nähe des Zauns von einem Park. »Merk dir, wo sie ist, Kleiner.« Sie hatte sich eine Kameenbrosche ans Revers geheftet und eine doppelte Perlenkette angelegt. Sie trug ihren Badeanzug in einem kleinen blauen Koffer, zusammen mit den Sandwiches, die sie immer mitbrachte, und einer Thermosflasche voll Tee. Im Bahnhofsrestaurant trank sie einen Gin mit Pfefferminz, während sie auf den Zug warteten, und noch einen, wenn sie umstiegen und erneut warten mußten.

Mr. Hilditch geht in die Zwei-Uhr-Vorstellung von *Basic Instinct,* findet es widerlich, bleibt aber bis zum Schluß, da er dafür bezahlt hat. Dann geht er durch die Straßen und bewundert die Reihen blasser, schöner Häuser mit Oberlicht, die Säulen, die halbmondförmige Straßen und Promenaden auszeichnen, die hohe Statue von Queen Victoria vor dem Rathaus. Aber weder all das noch das, was ihm von *Basic Instinct* in Erinnerung geblieben ist, bekämpft die andrängenden Gedanken, die ihn peinigen, so wirkungsvoll wie seine Begleiterin an diesem Morgen. Als die Läden zu schließen beginnen, hält er den Tag für einen Reinfall.

Auf dem Nachhauseweg erinnert er sich, wie Beth auf Wiedersehen gesagt hat, der letzte Augenblick, bevor die Erinnerung zu schmerzvoll wurde. Sie brachte es ihm plötzlich bei: Morgen wolle sie in den Süden fahren. Jakki sagte es als erstes, als er ihr eines Abends vor dem Heimwerkermarkt begegnete, bei dem sie sich immer trafen. Sharon sagte es ihm gar nicht und hatte es auch nicht vor, aber er erriet es. Bobbi erzählte es am beiläufigsten. Elsie Covington sagte, sie werde ihn vermissen. Gaye tat so, als weinte sie, weil sie Geld haben wollte, bevor sie ging.

Da sind sie und stehen vor seiner Haustür, haben ihm zunächst den Rücken zugekehrt und drehen sich erst um, als sie das Auto auf dem Kies hören, um ihm das Gesicht zuzuwenden. Ihre beiden Gesichter werden vom Scheinwerferlicht eingefangen, das eine schwarz und glänzend, die wulstigen Lippen aufgeworfen, das andere ängstlich in das grelle Licht starrend. Er hat sich ein paarmal Gedanken über ihre angedrohte Wiederkehr gemacht und beschlossen, die Tür nicht aufzumachen, ohne sich zuerst davon zu überzeugen, wer da ist. Langsam und müde stellt er den Motor ab und schaltet die Scheinwerfer aus.

»Sir, wir sind froh, Sie zu sehen.« Die Schwarze spricht, sobald er den Kies betritt.

Er schließt die Autotür ab, dreht sich dann um und schüttelt zu ihrem lächelnden Gesicht den Kopf. Er selbst lächelt nicht. Er ist nicht in der Stimmung für das hier: Das läßt er erkennen.

»Zehn Minuten von Ihrem Tag, Sir...«

»Ich habe einen langen Tag gehabt. Ich muß Ihnen eine gute Nacht wünschen. Ich muß Sie bitten, nicht wiederzukommen und mich nicht weiter zu belästigen.«

»Haben Sie die Gelegenheit genutzt, über die Geschichte von Miss Marcia Tibbitts nachzudenken? Wie wir vereinbart haben, Sir?«

»Ich habe nichts vereinbart.«

»Vor einer Weile haben wir bei Ihnen vorbeigeschaut, Sir...«

»Ja, ich weiß, ich weiß.«

»Wir sind gespannt zu hören, wie die Geschichte meiner jungen Freundin auf Ihr bekümmertes Herz gewirkt hat, Sir.«

Darüber ist Mr. Hilditch entsetzt. Seine kleinen Augen starren Miss Calligary an, bis er schließlich blinzelt in dem Bemühen, die Sorge, die er nicht verschleiern kann, aus seinem Blick zu vertreiben.

»Bekümmert?« Das Wort entschlüpft ihm, ohne daß er es will, und seine Lippen verleihen unbeabsichtigt seiner Beunruhigung Ausdruck.

»Sir, das Mädchen, dem Sie geholfen haben, gehört nicht

zu unserer Kirche. Bloß jemand, der in unserem Haus untergekommen war, Sir. Nur vorübergehend.«

»Sie haben das alles falsch verstanden...«

»Dieses Mädchen macht ein großes Theater darum, daß man sie bestohlen hat, und erwartet, daß man im Versammlungshaus den Hut für sie rumgehen läßt.«

»Ich sage Ihnen, Sie verwechseln da etwas.«

»Wenn sie etwas anderes gesagt hat, als daß sie nur vorübergehend bei uns war, dann stimmt das nicht. Betrachten Sie heute abend besser meine junge Freundin hier, Sir. Betrachten Sie besser ihre Freude, während sie vor Ihnen steht.«

An dem Mädchen gibt es nicht viel zu sehen. Ihr unscheinbares Haar wächst aus einem spitzen Haaransatz, ist zurückgekämmt und mit Haarspangen festgesteckt. Sie ist klein und ähnelt einem Kaninchen.

»Bedenken Sie ihr tägliches Gewerbe, Sir, bevor sie von dem Versprechen Gott, unseres Vaters, erfahren hat. Bedenken Sie die gräßlichen Darbietungen, die sie über den Ladentisch verkauft hat, Sir. Enthauptungen und andere Brutalitäten, Harems voller Tiere. Widernatürliche Praktiken, Sir, das Erregende an körperlichen Schmerzen.«

Mr. Hilditch hört kaum, was gesagt wird, und beobachtet weiter das kleingewachsene Mädchen. Er fragt sich, ob sie von den Leuten, denen sie sich angeschlossen hat, weggehen und schließlich in den Straßen herumstreunen wird. Sie sieht danach aus, mit ihrem leeren Blick, der ihm vertraut ist.

»Bald werden die Leute von überall zu unserem Gebetsjubiläum kommen. Darf ich Sie fragen, Sir, ob Sie Zimmer in Ihrem Haus frei haben?«

»Zimmer? Wovon reden Sie?«

»Sir, die Leute kommen, um zu frohlocken.«

Mr. Hilditch will sich an ihnen vorbeidrängen, seine Haustür aufschließen und sie ihnen dann vor der Nase zuknallen. Er will sagen, daß er die Polizei rufe, wenn sie nicht weggingen, daß sie kein Recht hätten, jemanden vor seiner Tür zu belästigen, daß sie sein Grundstück widerrechtlich betreten hätten. Aber er bringt kein Wort hervor und rührt sich nicht vom Fleck.

»Denn die Zukunft, Sir, ist im Werk der Gewißheit niedergeschrieben. Es sind Früchte für alle da, die Bäume hängen voll davon. Und die grünen Hügel erstrecken sich bis zum Horizont, und das Getreide wird von der Scholle genommen. Sehen Sie die gezähmten Füchse in ihrem Bau, Sir, und die glücklichen Gänse in der Scheune des Bauernhofs. Hören Sie das Geschrei der spielenden Kinder und die Stimmen, die mit lautem Gesang Gott, unseren Vater, preisen. Das ist das Versprechen, Sir. Das ist die Zukunft für den, der stirbt.«

»Warum reden Sie so mit mir?« Heiser und erneut ungewollt entschlüpft ihm diese Frage, die schon gestellt ist, bevor er sich darüber klar wird. Seine Stimme klingt, als gehörte sie jemand anderem, irgendeinem wütenden, schreienden Menschen. Er will nicht schreien. »Warum kommen Sie dauernd hierher? Was wollen Sie von mir?«

Dann stößt er sie heftig mit den Ellbogen zur Seite und drängt sich zwischen ihnen hindurch. Er läßt seine Autoschlüssel fallen, das Mädchen hebt sie auf und reicht sie ihm, berührt dabei seine Finger, aber er bemerkt es nicht.

»Lassen Sie sich nie mehr hier blicken«, befiehlt er in schroffem Ton. »Ich will Sie hier nicht mehr sehen.«

Gelassen und unbeeindruckt rät ihm Miss Calligary, seine Worte zu bedenken. Keiner von uns könne dem, der für uns gestorben sei, entfliehen, beteuert sie, denn der, der für uns gestorben sei, erwarte uns, wenn auch wir geläutert und bereit für das Paradies auf Erden seien. Und dann setzt Miss Calligary hinzu, so, als hätte es keinerlei Einwände gegen ihren Besuch gegeben, kein Aufbrausen und keine Entrüstung:

»Die Bekümmerten werden getröstet werden, Sir.«

Eine schwarze Hand legt sich auf Mr. Hilditchs Arm. Miss Calligary zeigt wieder ihre gleichmäßigen Zähne. Marcia Tibbitts schreibt etwas in ein Notizheft.

»Was macht sie da? Was schreibt sie da auf? Das hier ist Privatbesitz.«

»Es wird nur die Adresse aufgeschrieben, Sir – Duke of Wellington Nr. 3, und die Anzahl von Leuten, für die Sie Platz haben, wenn das Jubiläum bevorsteht. Sie würden sehen, Sir, daß Ihnen mit den Leuten um Sie herum bald leichter ums Herz wäre. Bis dahin werden wir Sie keinesfalls im Stich lassen.«

Mr. Hilditchs Hände zittern so stark, daß es ihm nicht gelingt, die Schlüssel in die Schlösser an seiner Tür zu stecken. Er sieht sich gezwungen, den beiden den Rücken zuzukehren, um seine Erschütterung zu verbergen und die eine Hand mit der anderen abzustützen. Auf die Bitte, Leute in seinem Haus zu beherbergen, antwortet er nicht.

Im Versammlungshaus denkt Miss Calligary über das groteske Verhalten des Mannes nach, der Duke of Wellington Road Nr. 3 bewohnt. Ihre Bemühungen, alle Mißverständnisse, die möglicherweise aufgekommen sind, richtigzustellen, haben eine Reaktion hervorgerufen, die sie jetzt daran glauben läßt, daß es zunächst einmal kein solches Mißverständnis gegeben hat. Irgend etwas stimmt nicht. Als sie den Mann zum ersten Mal besucht haben, hat er Marcia Tibbitts ihre persönliche Geschichte zu Ende erzählen lassen, und obwohl es stimmt, daß er danach kurz protestiert hat, ist das im Rahmen geblieben. Nach Miss Calligarys Erfahrungen ist tatsächlich die spätere Überzeugung der Leute um so größer, je mehr sie sich anfangs widersetzten. Das Gefühl, das sie nach ihrer ersten Begegnung hatte – daß der Mann früher oder später in ein Verhältnis zu der Kirche, die ihr Lebenswerk ist, treten würde, die Priscatts würden dies »eine Beziehung« nennen –, das Gefühl stellt sie jetzt in Frage: Daran muß eindeutig noch gearbeitet werden. Denn die Gesellschaft, die sie ihm angeboten hat, ist nicht nur kategorisch zurückgewiesen worden, sie scheint auch Angst ausgelöst zu haben. Miss Calligary hat ihren jungen Begleiterinnen, die gemeinsam mit ihr die Botschaft überbringen, mehr als einmal erklärt, daß man nicht zu hoffen brauche, irgend etwas zu erreichen, wenn man kein Durchhaltevermögen habe, daß mangelndes Interesse und selbst Beschimpfungen einen nicht aus der Fassung bringen oder entmutigen dürften. Aber Angst ist etwas völlig anderes; das hat sie als Reaktion vorher noch nicht erlebt.

»Wirklich grotesk«, stimmt Mr. Priscatt zu, als sie ihm davon erzählt, und Mrs. Priscatt erinnert sich an ein Paar, das sich während ihrer ersten Zeit als Bekehrerin komisch verhalten, sie und ihren Mann ins Haus gebeten und ihnen dann Streiche gespielt habe: Aufziehbare Spinnen seien Mrs. Priscatt an den Beinen hochgekrabbelt; jedesmal, wenn sie und Mr. Priscatt sich auf ihren Stühlen bewegt hätten, habe es ein unangenehmes Geräusch gegeben; aus den Tassen, in denen man ihnen Tee serviert habe, sei der Boden herausgefallen, so daß ihre Kleider von der warmen Flüssigkeit durchnäßt worden seien.

»Nein, so etwas ist das nicht«, erklärt Miss Calligary.

Miss Calligary erzählt auch den anderen Bekehrern von der Nervosität des Bewohners von Duke of Wellington Road Nr. 3 und fragt sie um Rat. Der alte Äthiopier bekommt es zu hören, genau wie Bob und Ruthie, Mr. Hikuku und all die anderen. Und als die Geschichte bei Agnes ankommt, erinnert sie sich, daß sie es war, mit der das irische Mädchen zuerst über diesen Mann gesprochen hatte und der gegenüber die Duke of Wellington Road erwähnt worden war.

Da Miss Calligary dafür verantwortlich ist, daß das irische Mädchen sich im Versammlungshaus aufgehalten hat, macht sie sich Vorwürfe, und es liegt Gewißheit in ihrem Ton, als sie ihre endgültige Meinung kundtut. »Dieses Mädchen hat dem Versammlungshaus Kummer gebracht, und ich glaube jetzt, daß sie auch diesem Mann Kummer gebracht hat, denn wenn man von ihr spricht, wendet er sich von einem ab.«

Das könne zutreffen, stimmt Mr. Priscatt zu, und der alte Äthiopier, der in den Straßen und an den Türen mancherlei erlebt hat, nickt weise mit dem Kopf. Bob und Ruthie flüstern miteinander und sagen sich, daß all das sie traurig mache.

»Man hat ihn übers Ohr gehauen, und jetzt ist er

mißtrauisch«, erklärt Miss Calligary. »Er ist ziemlich nervös.«

Die anderen widersprechen dem nicht. Da sie selbst von dem schwangeren Mädchen, das sie beherbergt haben, gekränkt worden sind, kommt es ihnen wahrscheinlich vor, daß auch ein gutmütiger Mann darunter leiden würde.

»Wir haben in dieser Angelegenheit eine Verpflichtung.« Davon überzeugt, auf dem richtigen Weg zu sein, bessert sich Miss Calligarys Laune.

22

Er erkennt ihn sofort: das gepflegte dunkle Haar, die grünlichen Augen, die hohen Wangenknochen. Andere Kennzeichen sind in der Beschreibung, die Mr. Hilditch so oft gehört hat, nicht genannt worden: eine Verschlagenheit in den Augen, ein wissendes Lächeln, durch das der Mund schräg steht, ein frisch gewachsener Schnurrbart.

Mr. Hilditch wartet, bis er ganz sicher ist – bis er hört, wie der Name des Jungen genannt wird –, bevor er sich in den Schatten der Ecke zurückzieht, in die er sich im Goose and Gander gesetzt hat. Das ist die erste Gastwirtschaft in der Nähe der Old Hinley Kaserne, die er ausprobiert hat, zwanzig Minuten von der Duke of Wellington Road entfernt. Er hat gerade so lange in seiner Ecke gesessen, daß er das Glas Mineralwasser, das er bestellt hatte, erst zur Hälfte ausgetrunken hat, als die fünf Soldaten lärmend hereingekommen sind. Obwohl sie keine Uniformen tragen, kann man an ihrem Haarschnitt und ihrem Gang erkennen, daß sie Soldaten sind.

Gesprächsfetzen flattern über die Bar zu seinem Platz: Es scheint um Autorennen zu gehen, ein lockeres Rad, das in die Menschenmenge gewirbelt wurde. »Hat einen Kerl verdammt noch mal umgebracht«, sagt einer der Soldaten.

Mr. Hilditch weiß nicht, warum er hergekommen ist. Irgend etwas hat ihn hergetrieben und drängt ihn darüber hinaus, dieses Gespräch zu belauschen. Als er dem darauffolgenden Wortwechsel über Rennstrecken zuhört, erinnert er sich nicht mehr daran, was er überlegt hat, bevor er das Haus verließ, und begreift, daß er sich gar nichts überlegt hat: Er ist in dem Wissen, wo es hingeht, einfach losgefahren.

»Deine verdammte Runde, Kumpel«, erinnert einer der Soldaten barsch einen anderen, und es ertönt allgemein zustimmendes Gejohle. Gläser werden geleert. Als Ermunterung für den Soldaten, dessen Runde es ist, schlägt man wiederholt auf die Tischplatte.

Es ist schon seltsam, wenn man bedenkt, was sie alles

durchgemacht hat, hinters Licht geführt von diesem Rüpel, der abgehauen ist, ohne ihr irgendeine Möglichkeit zu geben, Kontakt mit ihm aufzunehmen, und so gerissen, daß ihm klar war, daß seine verbitterte Mutter ihn schützen würde. Mr. Hilditch erinnert sich an die Tränen, die so oft geflossen sind, wenn sie zusammensaßen und die Tür eines Cafés beobachteten, an ihre Verzweiflung, wenn sie an einer Fabrik wieder kein Glück gehabt hatte, an die Schuldgefühle, die durch die Abtreibung hervorgerufen worden sind. Es war ein Mittwoch, als sie auf dem Hof auftauchte. Er konnte immer mühelos den Wochentag hersagen, an dem irgend etwas vorgefallen war: Freitag, als der Sergeant im Musterungsbüro sagte, er solle lieber etwas anderes probieren; Montag, als er den Satz Abziehbilder und Schablonen zum Geburtstag bekam – der Geruch von Wäsche, die kleinen roten Kerzen, Onkel Wilf war extra gekommen. Es war immer Samstag, wenn sie mit dem Zug in das Heilbad fuhren.

»Verdammter Schwuler«, sagt einer der Soldaten. »Ecke Brunswick Way jeden Abend auf die Minute. Vierzig Mäuse bietet er.«

»Nie im Leben«, lautet ein verächtlicher Kommentar, und: »Junge, das glaubst du doch selber nicht.«

»Ich mach euch nichts vor. Steht auf Uniformen, der Schwule.«

Mr. Hilditch weiß nicht, warum er sie nicht wie all die anderen vor sich sehen kann, und er kann es sich nur so erklären, daß sie ihn auf eine andere Art verlassen hat; er hat das Gefühl, seit die Schwarze alles wieder aufgerührt hat, indem sie von ihr gesprochen hat. Daß er hier ist, hat etwas damit zu tun, wie sie sich getrennt haben: Das erkennt er jetzt, er weiß es. Er ist hier, weil für sie auf seinem Pfad der Erinnerung kein Platz ist, weil sie jeden Augenblick hereinspazieren könnte. Er lehnt sich in den Schatten zurück und kann die Unterhaltung der Soldaten nicht mehr verstehen. Er bleibt mit dem einen Glas Mineralwasser in der Ecke sitzen, bis der Wirt die letzten Bestellungen entgegennimmt und sich dann erkundigt, ob seine Gäste kein Zuhause hätten. Die Gläser werden von einem Barmädchen eingesammelt, dem die fünf Soldaten schmeichlerisch den Hof machen, bevor sie sich randalierend trollen.

Draußen beobachtet sie Mr. Hilditch aus seinem Auto, fährt dann durch die Straßen und sucht genauso verzweifelt, wie sein Opfer es einmal getan hat.

Eines Tages, an einem Donnerstag, eine Woche nach seinem Besuch im Goose and Gander, geht Mr. Hilditch nicht zur Arbeit. Er begibt sich zu der Telefonzelle am Ende der Duke of Wellington Road, ruft in der Küche an und sagt, daß er sich nicht wohl fühle. Er kehrt zu seinem Haus zurück, sitzt den ganzen Tag da, ohne zu essen, und hört sich in seinem großen vorderen Zimmer eine Auswahl seiner Platten an. Wenn eine zu Ende ist, steht er nicht sofort auf, um eine andere auf den Plattenteller zu legen, sondern lauscht eine Weile dem Wimmern der Nadel. Danach versammeln sich Bing Crosby und Frank Sinatra, Perry Como, Alma Cogan, Nelson Eddy und Jeanette MacDonald, Eve Boswell, Doris Day und Howard Keel, um seinen Tag auszufüllen, als Geräuschkulisse zu den Sorgen, die sich vermehrt haben und nicht aufhören. Selbst als es dunkel wird, verläßt er das Zimmer nicht. Der *Daily Telegraph* bleibt ungelesen im Flur liegen, wo er ihn auf die Garderobe gelegt hat, als er nach draußen gegangen ist, um mit der Küche zu telefonieren.

Um neun Uhr macht er sich eine Kanne Tee und toastet eine einzige Scheibe Brot.

Niemand macht auf, als Miss Calligary klingelt. Das überrascht sie, weil das kleine grüne Auto auf dem Kies vor dem Haus geparkt ist.

»Nein, wir warten ein bißchen, mein Kind.« Sie läßt die Vermutung ihrer Begleiterin, die schon weitergehen will, nicht gelten. Der Bewohner dieses Hauses mache vielleicht einen Spaziergang oder sei zu Fuß zu der Spirituosenhandlung gegangen. Miss Calligary klingelt noch einmal, für den Fall, daß er es nicht gehört hat.

»Hallo, hallo«, ruft sie durch den Briefschlitz.

Drei weitere Wochen vergehen. Die Tage werden länger. Wenn Mr. Hilditch wieder dasselbe herrschaftliche Anwesen besuchen würde, würde er an dem Hang oberhalb des Parkplatzes, da, wo vorher Krokusse standen, Osterglocken in voller Blüte vorfinden und überall in den Gärten grüne Triebe.

Aber das tut Mr. Hilditch nicht. Er ist seit dem Tag, an dem er sich telefonisch entschuldigt hat, nicht in die Kantine zurückgekehrt; nur einmal war er einkaufen, und auch das nur halbherzig. *Ich unterziehe mich einer Behandlung von Furunkeln* hat er in einem Entschuldigungsschreiben an seine Vorgesetzten geschrieben und hinzugefügt, daß das eine Behandlung sei, die strenge Bettruhe und Diät erfordere. Da er in all den Jahren noch nicht einen Tag wegen Krankheit gefehlt hat, betrachtet man die Angelegenheit nachsichtig, und es kommen Karten mit Genesungswünschen vom Kantinen- und Küchenpersonal.

Nachts schläft er weiterhin schlecht. Er hat etwas Gewicht verloren; sein Gesicht hat jetzt etwas Verhärmtes, und das überschüssige Fleisch hängt locker herunter. Wenn sie die Schwarze wieder trifft, wer weiß, womit sie dann herausrückt? Wer weiß, wie es sich dann herumspricht, wie viele Leute dann erfahren, daß sie in seinem Haus gewesen ist? Das Küchen- und das Kantinenpersonal könnte es bereits wissen, alle möglichen Leute, überall. Der Frau mit dem Tee könnte es jetzt jeden Tag peinlich sein, ihm einzugießen.

Eines Morgens erwacht er, nachdem er kurz nach Tagesanbruch vor Erschöpfung eingenickt ist, mit dem absonderlichen Gedanken, daß die kleine Irin ihn überfallen hat, wie man ein Territorium überfällt. Er hat das dunkle Gefühl – so flüchtig, es ist kaum wahrnehmbar –, daß bei einer Gelegenheit, die ihm entfallen ist, der Kies vor dem Haus vom Flur her hell erleuchtet war, daß er in seinem Auto den Kopf von dem grellen Licht abwenden mußte.

Ich bedaure, Ihnen mitteilen zu müssen, daß die Behandlung noch etwas Zeit in Anspruch nimmt schreibt er ein paar Tage später an seine Vorgesetzten, nachdem er am Abend zuvor die Straßen wieder bis spät in die Nacht abgesucht hat. *Das ist bedauerlich und war nicht vorherzusehen, aber ich glaube, es wird jetzt nicht mehr lange dauern.* Zuerst vergewissert er sich, daß die Schwarze nirgends zu sehen ist, dann eilt er zum Briefkasten am Ende der Duke of Wellington Road, um seinen Brief einzuwerfen, das erste Mal seit vierzehn Tagen, daß er tagsüber aus dem Hause geht.

»Hallo, hallo«, ruft Miss Calligary durch den Briefschlitz.

Das Auto steht immer noch da wie vorher. Die von Vorhängen verhüllten Fenster des Hauses wirken auch genauso wie zuvor.

»Hallo, hallo«, wiederholt Miss Calligary mit lauter Stimme.

Es kommt immer noch keine Antwort.

Er durchstreift die Straßen zu Fuß, damit sein Auto nicht von einem Angestellten erkannt wird, um eine Tageszeit, in der er darauf vertraut, daß man ihn selbst nicht erkennt. Er geht zu Orten, die er seit Jahren nicht mehr besucht hat, in die Viertel, in denen die Inder oder Pakistani sich breitgemacht haben. Der Boroda Express bietet die Varietéstars Indiens auf: Bhangra Garta, Miss Bhavana, Deepa, die Stimme aus Lata. Das Koh-I-Noor Restaurant hat eine neue Geschäftsführung. Der Wolladen, an den er sich erinnert, Fachhändler für Sirdar Wolle und Kinderkleidung, ist jetzt die Rupali Boutique.

Er eilt an leerstehenden Läden und Cafés vorbei, in denen keinerlei Einrichtungsgegenstände mehr sind und vor denen vereinzelte Reklamezettel herumliegen, die von den tiefhängenden Briefkästen der Geschäftsgebäude gefallen sind. Er geht durch die Foundries, in seiner Kindheit eine prosperierende Gegend, die einzigen Überbleibsel des einstigen Reichtums sind jetzt die schwarzen Ziegel- und Natursteine ihrer nutzlosen Fabrikhöfe und eintönigen Fassaden. Er geht durch Vorstädte, in denen es schon grünt, mit auf Einstellplätzen geparkten Autos, mit Häusern, in denen alles schläft, die Fenster dunkel. Er geht nahe an dem Freizeitzentrum vorbei, das er für unnötig hält, und an der cremefarben gekachelten Bingohalle, die einmal ein ABC-Kino gewesen ist. Ohne daß es ihm auffällt, kommt er an Kirchen, einer Synagoge und einer Moschee vorbei, an einer der beiden Schulen, auf die er gegangen ist, und am alten Stadtkrankenhaus, viktorianisch und prachtvoll, in dem jetzt Büros untergebracht sind. Am frühen Morgen beobachtet er das Obdachlosenheim der Heilsarmee von der anderen Straßenseite aus und mustert, als die Leute ihr Nachtquartier verlassen, jedes einzelne Gesicht.

Nach einem dieser Streifzüge, während er müde zur Duke of Wellington Road zurückgeht, kommt Mr. Hilditch schließlich zu dem Schluß, daß das Mädchen, nach dem er gesucht hat, weitergezogen sein muß. Er nickt und hätschelt den Gedanken, begierig darauf, jeglichen Trost anzunehmen, der sich ihm in seinem Trübsinn bietet. Das Mädchen ist wieder in ihrer Heimatstadt, am Ende der Welt, so wie es sich angehört hat. Nur da wissen die Leute davon, und welches Interesse sollten sie an einem Menschen haben, der ihnen fremd ist und mehrere hundert Meilen weit weg?

An diesem Morgen macht er in seiner Küche eine Dose Bohnen auf und ißt sie mit Speck und frischem Brot, den *Daily Telegraph* vor sich ausgebreitet. Seine Euphorie hält sich in Grenzen, ist nicht mehr als eine Abwechslung zu dem, was vorher war, aber er ist entschlossen, sich daran festzuklammern, und redet sich ein, daß es dem Mädchen, wenn es immer noch in der Gegend wäre, inzwischen bestimmt klargeworden ist, daß ihr Vater damit recht hatte, daß Lysaght Soldat ist. Sie hätte bestimmt zu ihm gefunden, was eindeutig nicht der Fall ist. Und wenn ihr das nicht klargeworden ist, würde man sie in den Straßen sehen. Was genaugenommen bedeutet, daß als einzige Sorge bleibt, was sie weitererzählt hat, als sie im Haus dieser Sekte war.

Mr. Hilditch geht alles sorgfältig durch: Sie hat zu einer Zeit im Haus der Sekte gewohnt, als noch nichts weiteres zwischen ihnen vorgefallen war, als daß er sie an dem Morgen zu jener Fabrik und dem Krankenhaus mitgenommen hatte. Also gab es nicht viel zu erzählen. Und als sie sich mit den beiden Obdachlosen zusammengetan hat, von denen sie gesprochen hat, war die Sache ähnlich gelagert; nicht daß es einen Grund zu der Annahme gäbe, daß sie jenen Leuten seine Adresse gegeben oder ihnen gesagt hat, wie er aussieht. Worauf es also hinausläuft, ist, daß vielleicht weniger Schaden angerichtet worden ist, als er sich eingeredet hat.

Mr. Hilditch wäscht das Geschirr ab, und denkt, daß ihm etwas Glück zusteht, nachdem er in letzter Zeit keines gehabt hat, und er hat das Gefühl, daß es endlich gekommen sein könnte. Aber im Laufe des Tages verliert er die Zuversicht wieder, und nach zwei oder drei Tagen steckt er erneut in dem tiefen Zweifel, der ihn jetzt schon so lange erfüllt. Sein Appetit hält nicht an; sein einziger Wunsch ist immer mehr, nur noch im Haus zu bleiben.

Eines Abends steht er, als es klingelt, nach kurzem Zögern aus seinem Sessel auf, um die Nadel von der Platte zu heben. Die einzige Möglichkeit, sich zu beruhigen, besteht darin zu erfahren, was erzählt worden ist. Getrieben von den wirren Gedanken, die ihn quälen – die Hoffnung, die im einen Augenblick da ist und im nächsten schon nicht mehr, die Suche nach einem Ausweg aus seiner Verzweiflung, nach irgendeinem winzigen Trost –, durchquert er langsam den Flur. Er schließt das eine Schloß auf und dann das andere und sagt sich, daß man Erkundigungen einziehen kann, ohne etwas zu verraten. Von seiner Seite aus bedarf es nicht vieler Worte. Laß die Schwarze reden, laß sie sich verhaspeln. Stell eine beiläufige Frage, wenn der Augenblick reif ist.

»Sir, Sie sind während dieser vielen Wochen in unseren

Herzen gewesen«, beteuert die Frau sofort in ernstem Ton, als er die Haustür aufmacht, und er sieht in ihrem Gesicht den Gedanken widergespiegelt, daß hier ein Mann steht, der sich stark verändert hat, dessen Kleider nicht wie früher sind. Er bemerkt, wie sie registriert, daß sein Hemdkragen nicht sauber zu sein scheint, daß der Bademantel, den er um sieben Uhr abends trägt, stellenweise eingerissen ist, und daß er um diese Uhrzeit auch noch unrasiert durch die Gegend läuft. Das Gesicht des Mädchens, das sie begleitet, desselben Mädchens wie bei den beiden vorangegangenen Malen, bleibt ausdruckslos.

»Ich hatte verschiedene Sachen im Haus zu erledigen«, erklärt er. Er probiert zu lächeln und will die Angelegenheit mit diesen Leuten auf eine heitere Art hinter sich bringen. »Kamine und so was. Ich habe gern ein Kaminfeuer an.«

Er hat jetzt elektrische Kamine und einen mit Gas, aber davon wissen sie nichts. Früher hat er einmal mit Kohlen geheizt und Feuerholz und Zeitungen im Wärmefach getrocknet, damit er das Feuer besser anbekam. Dazu hat er immer alte Kleider angezogen und alte Handschuhe getragen. Daran ist nichts Seltsames, auch jetzt nicht.

»Sir, dürfen wir hereinkommen, wenn Sie nicht gestört sind?«

Komisch, wie ihr ab und zu Fehler unterlaufen, während ihre Sprache bei anderen Gelegenheiten so geschwollen klingt, so, als würde sie an einer Straßenecke predigen. Als seine Mutter noch lebte, rief sie immer, wenn ein Vertreter an die Tür kam, egal, wo sie sich gerade aufhielt, sie brauche nichts. »Sag der gnädigen Frau, daß sie eine Menge Geld sparen kann, mein Junge«, sagte einmal ein Vertreter für Bürsten. »Bei Ofenwichse, bei Schuhen und etwas bei Staubwischen. Teppichkehrer, Besen. Du zählst es auf, mein Junge. Sag das der gnädigen Frau.«

Er hält die Tür auf, und die Schwarze und das weiße Mädchen betreten den Flur. Er ist sich der Probleme bewußt, die vor ihm liegen, aber der Zwang, unter dem er steht, ist größer als die ihm eigene Vorsicht. In seinem großen vorderen Zimmer bittet er seine Besucherinnen, sich zu setzen.

»Du meine Güte«, sagt die Schwarze und läßt ihren Blick über den Billardtisch und das Grammophon, die beiden Standuhren, die mit Briefbeschwerern vollgestopfte Vitrine und den Krimskrams auf dem Kaminsims schweifen. »Du meine Güte«, sagt die Schwarze erneut.

Mr. Hilditch ist geduldig. Das Gebetsjubiläum habe schon stattgefunden, hört er: Die Leute, die von überallher gekommen seien, seien nach Hause zurückgekehrt. Sie sei nicht wegen des Gebetsjubiläums gekommen, verrät die Schwarze, sondern um zu sagen, daß sie in einer Zeit der Nervosität und Besorgnis Hilfe anbieten könne. Sie spricht vom Paradies auf Erden und skizziert in Einzelheiten die Berufung der Bekehrer, ihre Weihe und ihre Aufgabe. Während sie das tut, schießt Mr. Hilditch in dem Versuch, einen Weg zu finden, wie er seine Fragen gut verkleiden kann, alles Mögliche durch den Kopf. Das Mädchen sitzt schweigend da und wird nicht aufgefordert, sich zu äußern.

»Ist das Leben nicht mehr als die Speise, und der Leib mehr als die Kleidung? Würden Sie die Botschaft, die wir Ihnen jetzt bringen, Sir, von Tür zu Tür tragen, damit Ihnen leichter wird ums Herz? Denn sie liegt in der Verbreitung der freudigen Nachricht für den, der für uns gestorben ist.«

Mr. Hilditch ist dadurch, daß er seine Besucher hereingelassen hat, einen Augenblick von seinem Vorhaben abgelenkt, und er erwidert scharf:

»Warum sagen Sie mir das ständig?«

»Es ist die heutige Botschaft und die jedes anderen Tages. Stark im Glauben, und den Herrn preisen.«

»Ich habe nichts Unrechtes getan«, hört Mr. Hilditch sich sagen, obwohl er es nicht will. Er weiß nicht, warum er es sagt oder wo die Beteuerung herkommt. Seine Überlegungen sind vergeblich, denn als er in seinem Kopf nach einem eleganten Weg sucht, um an die Informationen zu kommen, die er benötigt, fällt ihm nichts ein. Da ist keine Reaktion auf sein innerliches Flehen, das sich zur Raserei steigert, als die Schwarze ihm noch mehr Ratschläge aufdrängt und wieder aus der Heiligen Schrift zitiert. Das Mädchen, das sie begleitet, ist immer noch still, und während Mr. Hilditch sich erfolglos abmüht, läßt er sich durch die Überlegung ablenken, daß er in diesem Augenblick mit diesem Mädchen in einem Happy Eater sitzen und ihrer jammervollen Geschichte zuhören könnte. Er weiß, daß sie eine hat; alle haben sie eine jammervolle Geschichte.

»Der gute Hirte läßt sein Leben für die Schafe«, sagt die Schwarze jetzt, und in Mr. Hilditch breitet sich ein Gefühl panischer Angst aus. Er hat einen Fehler begangen. Er hat sich einer Fehleinschätzung schuldig gemacht. Er hätte die beiden nicht in sein Haus lassen dürfen: Es besteht keine Möglichkeit, sie verklausuliert auszufragen. Er wagt nicht, den Namen der kleinen Irin zu erwähnen oder auf eine andere Art von ihr zu sprechen. Er hätte die Tür aufmachen und diesen Leuten ein für allemal sagen sollen, sie sollten verschwinden.

»Bald wird ein weiteres Gebetsjubiläum bei uns stattfinden, und Sie haben unbewohnte Zimmer, Sir. Mit den Leuten, die dann kommen, könnten Sie hingehen und die freudige Botschaft empfangen.«

Mr. Hilditch, der sich nicht mit seinen Besuchern hingesetzt hat, sagt, daß es nicht in Frage komme, daß in seinem Haus jemand wohne. Seine Stimme hat etwas von ihrer Kraft eingebüßt; unter seinen Kleidern ist die Haut auf seinem Rücken feucht und warm geworden. Auf seinen Wangen und seiner Stirn bilden sich Schweißperlen; seine Brille ist beschlagen. Er stolpert über die Worte, die er auszusprechen versucht und verschluckt sie beinahe.

»So etwas wird nicht passieren.« Seine Stimme hört sich jetzt heiser an, ein Flüstern, das er kaum als sein eigenes erkennt. Er schüttelt den Kopf. Die Schwarze will, daß er mit ihr betet.

»Daran hab ich kein Interesse«, versucht er zu sagen und spürt, daß seine Unterlippe zittert. Das ist es, was ihm das

Sprechen so erschwert: Jedesmal, wenn er versucht, ein Wort herauszubringen, geht es im Zittern seiner Lippe unter. Er weiß, daß er nicht dazu fähig sein wird, seine Wut herauszulassen, wenn er es versuchen sollte.

»Parther, Meder und Elamiten«, zählt die Schwarze mit verrücktem Gebaren auf und ist schon auf den Knien. Auch das Mädchen kniet sich nieder. »Und die Bewohner von Mesopotamien und Judäa...«

Die Schwarze hat ihre Hände fest zusammengepreßt und über ihren gebeugten Kopf erhoben. Das Mädchen hat eine ähnliche Stellung eingenommen: Eine ihrer Schuhsohlen ist reparaturbedürftig, und ihr kurzer Rock rutscht etwas hoch.

»Wir hören sie in fremden Zungen reden. Wir hören sie, einige aus ihren Gärten, einige aus der Wüste. O Gott, unser Vater, wir sagen dir Dank.«

Das einzige Mädchen, das er unter seinem Dach aufgenommen hat, ist im Nachthemd aus genau diesem Zimmer verschwunden: Das ist es, was von ihrer Trennung geblieben ist. Dann taucht der erste der zwei Busse auf der Zufahrtsstraße zu dem Haus auf, und der Geschmack von Thunfisch auf dem Sandwich ist da, das knackende Geräusch des Salats zwischen seinen Zähnen. Während er den Gebeten der Schwarzen zuhört, sieht er wieder den blauen Bus , die Fahrgäste, die aussteigen, den Fahrer mit seiner Zeitung.

»Daran hab ich kein Interesse«, protestiert er, und jetzt gelingt es ihm, die Worte auszusprechen.

Aber die Schwarze redet weiter irgendwelches Kauderwelsch, und die Lippen des Mädchens bewegen sich, als würde sie einen eigenen Beitrag leisten. Was für ein Leben ist das, fragt sich Mr. Hilditch, für dieses Kind, mit seinem kaninchenhaften Gesicht? Sie ist nicht gläubig wie die Schwarze; das kann man erkennen, ohne nachzudenken. Daß sie sich diesen Leuten angeschlossen hat, bedeutet nur, daß sie einen Ort gefunden hat, wo sie hingehen, ein Plätzchen, an das sie sich klammern kann. Sie läuft vor irgend etwas davon; auch das kann man erkennen, ihre Augen verraten es. Was für ein

Leben wird es für sie sein, den Rest davon mit Spinnern zu verbringen und mit Broschüren und irgendwelchem Kauderwelsch herumzuzuckeln?

Das Mädchen löst seine Hände voneinander und steht auf. Die Schwarze tut das gleiche. Er geht in den Flur voran und macht die Haustür auf, jetzt bestrebt, diese Leute loszuwerden. Er räuspert sich. Als er spricht, klingt seine Stimme immer noch schwach, aber die panische Angst, die ihn befallen hat, hat sich etwas gelegt.

»Gute Nacht.«

»Wir verstehen Ihre Probleme, Sir. Als wir zum ersten Mal vorbeigeschaut haben, hab ich das meiner jungen Freundin gesagt. Wir haben zwei und zwei zusammengezählt, Sir.«

»Was ist mit zwei und zwei? Was meinen Sie?«

»Dieses irische Mädchen hat unseren Leuten Kummer gebracht, Sir, genau wie Ihnen. Ich bin dafür verantwortlich.«

»Was hat sie Ihnen gesagt?« Die Worte sprudeln aus Mr. Hilditch hervor, gedankenlos und unkontrolliert. Er wollte den Kopf schütteln, sagen, daß er ihr nicht folgen könne. Es gelingt ihm, zu lächeln und hinzuzufügen:

»Ich frage nur ganz beiläufig. Ich kenne das Mädchen überhaupt nicht. Ich bin ihr nur auf der Straße begegnet.«

»Genau wie ich, Sir.«

»Sie hat mich nach dem Weg gefragt.«

»Wir hätten ihr den Weg gezeigt, Sir, so wie wir ihn heute abend Ihnen gezeigt haben. Sie sind mit uns niedergekniet, Sir...«

»Ich bin nicht niedergekniet. Bitte gehen Sie. Dieses Mädchen war bloß eine Straßenbekanntschaft.«

»Sir, in Ihrer Güte haben Sie ihr das Geld gegeben, das sie den Leuten im Versammlungshaus abzuluchsen versucht hat. Wenn man zwei und zwei zusammenzählt, dann kommt man drauf. Mr. Priscatt sagt das und Agnes auch. Es ist ganz natürlich, daß man nervös ist, wenn ein Fremder bei einem klingelt. Es ist ganz natürlich, wenn man übers Ohr gehauen worden ist.«

»Ich hab ihr gar kein Geld gegeben. Mit Geld hatte das nichts zu tun. Sie hat mich nach dem Weg gefragt.«

Mr. Hilditch merkt, daß er sich zu widersprechen beginnt, daß es jedesmal, wenn er etwas ableugnet, fragwürdiger klingt als beim letzten Mal. Er merkt, daß seine Worte keinen Sinn ergeben. Und erneut verliert er die Kontrolle über das, was er sagt.

»Man würde sich bei jedem Mädchen, das einen auf der Straße anspricht, Sorgen um sein Wohlergehen machen.«

»Es ist das Beste, daß sie weg ist, Sir. Denken Sie nicht mehr an das Mädchen, Sir. Der Kummer wird hinweggespült werden.«

»Ich habe keinen Kummer. Ich weiß nicht, was Sie mit Kummer meinen.«

»Sie werden davon genesen. Aus diesem Grunde werden wir ausgesandt, um die Menschen zu bekehren.«

Mr. Hilditch ist jetzt übel. Die Schwarze geht schon die vier Stufen auf den Kies hinunter, dreht sich dann aber um und steigt wieder hinauf. Von Gott, unserem Vater, gesandt, sagt sie und legt ihm nahe, weiterhin zu beten. Sie lächelt ihn an, und ihre schwarzen Lippen geben den Blick auf die dicht stehenden, kräftigen Zähne frei. Einen Augenblick lang will er die Hand ausstrecken, sie wegstoßen und dabei zusehen, wie sie auf den Stufen das Gleichgewicht verliert und auf den Kies stürzt. Aber er widersteht der Versuchung und spricht dann in ruhigem Ton:

»Kommen Sie nie wieder hierher. Halten Sie sich von meinem Haus fern.«

Er knallt die Tür zu und schließt zweimal ab, und als es fast im selben Augenblick klingelt, schenkt er dem keine Beachtung. Jemand klappert am Briefschlitz, und die Stimme der Schwarzen kommt hindurch, aber er kümmert sich nicht darum. Mein Wille hat mich verlassen, sagt er sich im Flur: Er hat sie in sein Haus gelassen, er hat sie hereingebeten, obwohl sie die ganze Zeit sein Leid verhöhnen.

Wie kann sie wieder in ihrer Heimatstadt sein, wenn sie

kein Geld hat? Das ist der Gedanke, der ihn beschäftigt. Er ist, wie so vieles andere in letzter Zeit, aus dem Nichts aufgetaucht. Die kleine Irin streunt in den Straßen herum, und das ist der Grund dafür, daß er sie nicht vor sich sehen kann wie die anderen, daß sie nicht unter den Erinnerungen ist, die ihn glücklich machen.

23

Pünktlich kehrt Mr. Hilditch an die Arbeit zurück. Es ist die beste Möglichkeit, die er hat, überlegt er, um sich wiederzufinden. Er wird in der Küche und in der Kantine willkommen geheißen und widmet sich pflichtbewußt der unerledigten Schreibarbeit in seinem kleinen Büro. Aber er hat immer noch keinen Appetit, was ihn als Kantinenleiter in Verlegenheit bringt. Er versucht, sich so gut er kann herauszureden, und man sagt allgemein, daß er sich noch nicht völlig von dem Leiden erholt habe, das ihn so lange ans Bett gefesselt habe.

Dann kommt es eines Nachmittags ohne Vorwarnung zu einer Ergänzung in seiner Erinnerung. Zwischen dem im Nachthemd nach oben gehenden irischen Mädchen und dem blauen Bus, der auf der Zufahrtsstraße zu dem herrschaftlichen Anwesen auftaucht, kommt etwas anderes zum Vorschein: Da ist das Geräusch von Schritten auf der Treppe, von einer Tür, die oben im Haus geschlossen wird. In seiner Erinnerung ist er sich bewußt, daß sie Bescheid weiß, daß es an jenem Tag und am Abend Augenblicke gegeben hat, in denen er das Wissen in ihren Augen gesehen hat.

Es ist Dienstag, als ihn die Erinnerung überkommt. Der letzte Tag im März, fünfundzwanzig vor vier. Unterbrochen bei der Überprüfung der allgemeinen Betriebskosten des letzten Monats, starrt Mr. Hilditch einen Kalender an, der an der Bürowand hängt, und versucht vergeblich, dessen vertraute Details zu erkennen: zwei Kinder in viktorianischen Kleidern, die Seifenblasen steigen lassen, mit den besten Empfehlungen der Trafalgar Suppenpulver AG. Die bruchstückhafte Erinnerung tritt ihm lebhafter vor Augen als die Szene, die Trafalgar Suppenpulver ausgewählt hat. Er hat geweint, als sie wieder im Nachthemd nach oben ging, bereits auf dem Weg, wieder ihrem Vater und ihren zwei Brüdern zur Verfügung zu stehen, dem Weg zu einem freudlosen Dasein, zu einem schlechten Gewissen für immer. Die Grammophonnadel kratzte auf der Platte. Der Schein des elektrischen Kamins lag rosa auf seinen Schuhen und Hosenbeinen.

»Tee, Mr. Hilditch«, bietet die Frau ihm an. »Ich habe ihn Ihnen als erstes gebracht.«

Das sagt die Frau mit dem Tee immer. Er bekommt seinen Tee immer als erster, angemessene Behandlung für einen Kantinenleiter.

»Vielen Dank.« Er versucht zu lächeln und fragt sich, ob es ihm gelingt.

»Wieder köstlich«, bemerkt die Frau, aber er hört es nicht und erwidert nichts, was sie später dazu veranlaßt zu sagen, daß Mr. Hilditch durch das Leiden, das ihn ans Bett gefesselt habe, wohl taub geworden sei.

Seine Augen lassen davon ab, die Kinder mit den Seifenblasen an der Wand zu betrachten, ohne etwas wahrzunehmen. Ausdrucke bedecken seine Schreibtischplatte, und die Tasse Tee steht auf ihrer Untertasse mittendrin. Er streckt die Hand aus und rührt gewohnheitsmäßig zwei Stück Zucker in die warme, milchige Flüssigkeit. Auf ihrem Weg zurück ins Nichts, sagte er sich immer wieder in seinem großen vorderen Zimmer, auf ihrem Weg in eine Trostlosigkeit, die ihre Unschuld zugrunde richten würde: Wem wäre damit gedient? Er hat nach ihr gerufen, aber sie hat es nicht gehört, und dann ist er nach oben gegangen, um ihr zu sagen, daß sie ein bißchen rausfahren sollten. All das fällt ihm jetzt wieder ein.

Er spielt wieder »Blue Hawaii«. Er bringt sich dazu, den *Daily Telegraph* von vorn bis hinten zu lesen – Auslandsnachrichten, Wirtschaftsteil, eine Kolumne über Fernsehsendungen, die er nicht gesehen hat, die Klatschspalte. Er brät eine vier Pfund schwere Putenbrust, der Versuch, sich wieder Appetit zu machen.

Aber was an einem Dienstagnachmittag in seinem Büro als Rinnsal der Erinnerung begonnen hat, wird im Lauf der Tage zu einem reißenden Strom. In der Nacht, in der die kleine Irin ihr Nachthemd trug, bestand seine letzte Aufgabe darin, die

Kleidungsstücke, die er übers Haus verteilt hatte, in seiner Mülltonne zu verbrennen. In der Nacht, in der Elsie Covington sagte, sie werde ihn vermissen, sah er zu, wie sie einen Pfirsich Melba aß, und fuhr dann zu dem Parkplatz am Canal Wharf, wo sich montags niemand aufhielt. »Sie haben vor, sich davonzumachen«, sagte er zu Sharon, und sie lachte.

Seine Erinnerung verläuft chaotisch, und die erinnerten Bruchstücke ähneln eher Splittern aus vergessenen Alpträumen als Ausschnitten aus der Wirklichkeit. Denn auch der Augenblick, in dem Gaye Bescheid weiß, stammt bestimmt aus einem verdrängten Alptraum – ihr Blick, die Art, wie sie ihn ansieht, als sie fragt, ob er ihr einen Zwanziger geben könne, bis sie wieder auf die Beine gekommen sei. Die einzige, bei der er sich bemüht hat, es zu erklären, ist die kleine Irin gewesen. Ihre Unschuld hat es ihm entlockt: wie sie ihm unterschiedliche Namen gegeben hatten – Colin, Bill, Terry, Bob, Ken, Peter, Ray, irgendeinen Namen, der ihnen einfiel, da sie zu der Art Mädchen gehörten, die gern einen Namen verwendeten. An einem anderen Namen war nichts dabei, genauso wie nichts dabei war, daß ein Mann in seiner Stellung mit einem Mädchen nicht am Ort ausging. »Ich gehe in den Süden, Bill«, sagt Beth, dann sagt eine Weile keiner von ihnen etwas, und er fährt weiter. »Wo fahren wir hin?« fragt Beth, und draußen auf dem Lande biegt er auf die Straße zu einer Müllkippe ein und fährt an den verschlossenen Eisentoren vorbei weiter. »Wo fahren wir hin, Bill?« fragt sie wieder, und ihre Zigarette glüht im Dunkeln. Er sagt, das sei eine Überraschung, und hält auf dem Parkplatz an, wo er einmal gehalten hat, um ein Sandwich zu essen und einen Schluck Tee aus seiner Thermosflasche zu trinken. Er muß auf die Zigarette aufpassen. Er muß vorsichtig sein; mit einer brennenden Zigarette kann in einem Auto alles Mögliche passieren. Danach ist er direkt zu Nr. 3 zurückgefahren und hat sie mitgenommen, weil das das Beste gewesen ist.

Auf eine unheilvolle, unangenehme Art bringt der Inhalt dessen, was sich in Mr. Hilditchs Erinnerung geschlichen hat, ihn dazu zu glauben, daß er an geistiger Verwirrung leidet: Daß er langsam verrückt wird, ist die einzige Erklärung, die er dafür findet. Jeden Morgen stellt er sein Auto auf den Firmenparkplatz und überquert den Hof, begrüßt die Angestellten, die in der Nähe sind, und sie erwidern seinen Gruß, ohne etwas zu merken. Ab und zu kommt es in der Küche zu einem Streit, wenn zwei der Tellerwäscherinnen sich in den Haaren liegen, dann redet er vernünftig mit ihnen, so wie er es immer getan hat. Er probiert das Essen, er plaudert mit nachmittäglichen Besuchern. Ein Team von Moulinex führt seine Waren vor. Und unter dem Anschein von Normalität, den er erweckt, flimmern flüchtige Szenen und sprechen Stimmen.

Seine Tage werden zu einer Tortur, und jeden Abend, wenn er zur Duke of Wellington Road Nr. 3 zurückkehrt, wird er mit seinem Verdacht konfrontiert, daß er den Verstand verliert. Er geht die Zeit durch, die seit dem Augenblick verstrichen ist, in dem sein Unbehagen begonnen hat, durchlebt noch einmal die erste seiner sorgenvollen Nächte, ruft sich seine Bemühungen, die zunehmende Besessenheit durch seinen Besuch in dem Heilbad abzuschütteln, und seinen Aufenthalt im Goose and Gander ins Gedächtnis zurück. Warum wurde die Aufmerksamkeit der Schwarzen gerade auf ihn gelenkt? Warum kann er nichts essen? Warum hat er seinem Arbeitgeber unaufrichtige Briefe geschrieben? Warum leidet er jetzt unter Wahnvorstellungen? Mr. Hilditch hat von solchen Entwicklungen im Leben anderer Leute gehört, er hat im *Daily Telegraph* darüber gelesen: Das normale geistige Gleichgewicht wird ohne ersichtlichen Grund erschüttert. Er sucht eine Bibliothek auf, etwas, was er noch nie in seinem Leben getan hat. Er schlägt in einer Reihe medizinischer Bücher nach und findet schließlich, was er sucht:

Wahnvorstellungen gehen weder Symptome von manischer Depression noch von Melancholie voran, und sie müssen nicht von einer Beeinträchtigung der Urteilsfähigkeit begleitet sein. Im Frühstadium ist der Patient introspektiv und verschlossen, spricht seine Gedanken selten aus und grübelt statt dessen im stillen darüber nach. Nach Beendigung dieses Stadiums setzen sich die Wahnvorstellungen fest und nehmen im allgemeinen eine beängstigende Form an.

Er weiß nicht, was er davon halten soll. Er sitzt in seinem Auto auf dem Bibliotheksgelände, während andere Autos gestartet werden und davonfahren, und sagt sich, daß es nichts anderes als bruchstückhafte Alpträume sind. Nichts davon ist wirklich passiert. Es war nie ein Mädchen in seinem Haus. Es hat keine Geschichte über einen Vater und zwei Zwillingsbrüder und eine verbitterte Frau mit einer Narbe im Gesicht gegeben. Beth hat es nie gegeben; reines Wunschdenken, genau wie die anderen. Er ist der Kantinenleiter Hilditch, den die Angestellten mögen.

Glücklich zurück in Duke of Wellington Road Nr. 3, einem Haus, das er sein ganzes Leben lang kennt, in dem er als Kind geschrien und auf der Treppe mit Spielzeugautos gespielt hat, versucht er, die Hirngespinste, die ihn quälen, zu vertreiben, indem er den Text von »You Belong to Me« als Begleitung zu Jo Stafford flüstert. Aber die Hirngespinste bleiben, und als die Platte zu Ende und es in seinem großen vorderen Zimmer wieder still ist, steht er mitten im Raum, ausgelaugt davon, seinen Willen zu behaupten. Seine Lippen bewegen sich nicht, er gibt keinen Ton von sich, und doch spricht eine Stimme, das Echo seiner eigenen Stimme im Zimmer, das ihm sagt, daß das hier wirklich ist.

Eines Nachts, nachdem zu viel an einem einzigen Tag passiert ist, beschließt Mr. Hilditch entschiedener als bisher, nie wieder sein Haus zu verlassen und sich, wenn nötig, darin zu verbarrikadieren, denn wie kann er fröhlich weiterleben, wenn dieser üble Spott ihm ständig vor Augen steht? Wie kann er, der seine kahlen Räume nach seinem Geschmack eingerichtet hat, der angesehen ist und niemanden belästigt, die Hauptfigur in dieser Dunkelheit sein, die plötzlich erleuchtet wird wie ein Film, den man im Kino vorführt? Aus seinem Badezimmerspiegel blickt ihm sein Gesicht entgegen, dasselbe Gesicht wie immer, aber das gibt ihm keine neue Zuversicht. Er blättert die Seiten eines Fotoalbums um, da ist ein pummeliges Kind, mit Eimer und Schaufel in einem Garten, oder wie es mit anderen Kindern beim Turnunterricht um die Wette läuft. Seine Mutter lacht mit ihm, sein Onkel Wilf zündet sich eine Zigarette an. Tauben hocken auf seinen ausgestreckten Armen, eine auf seiner Schulter. *Erste lange Hose,* steht da in der Handschrift seiner Mutter.

In einem Schrank sind seine Spielzeugautos und auch andere Spielsachen: ein Stabilbaukasten, ein Happy Families-Kartenspiel, ein Kreisel, den er auf einer Nadelspitze tanzen lassen konnte. Er würfelt auf dem Spielbrett eines Leiterspiels. »Immer gewinnt der Kleine«, sagt seine Mutter, und da ist ein Schulzeugnis, in dem er als aufmerksam und ordentlich bezeichnet wird. Die Abzeichen, die einmal in seinen Wölflingspullover genäht worden sind, sind unter diesen kleinen Erinnerungsstücken, eins mit einem Besen darauf, als Symbol für Hilfe bei der Hausarbeit, und ein anderes mit einem Rechen, für Gartenarbeit.

»Tut mir leid, daß Sie gehen«, sagt er vor dem Heimwerkermarkt, als Jakki es ihm sagt, und später fährt er zu der Straße Richtung Müllkippe hinaus und an den verschlossenen Eisentoren vorbei. Ein Auto fährt vorbei, als sie auf dem Parkplatz stehen, und er erinnert sich daran, daß er schon einmal dort gewesen ist und woanders hinfahren mußte, weil ein Auto neben ihnen gehalten und ein Pärchen darin geschmust hat. Mit Bobbi war das gewesen. »Also, vielen Dank für alles«, hatte sie zehn Minuten vorher gesagt.

Oftmals, nachts oder am Tag, klingelt es bei ihm. Die Stimme ruft durch den Briefschlitz und bietet ihm Hilfe durch Gebete an. Er lauscht darauf, daß sie die kleine Irin oder den, der gestorben ist, erwähnt. Es kommt nicht dazu, aber er weiß, daß sie nur aus Gerissenheit darauf verzichtet, daß sie beides sofort zur Sprache brächte, wenn er die Tür öffnete. Morgens überprüft er zuerst, ob niemand vor der Tür steht, und trinkt dann seine Milch. Nach Einbruch der Dunkelheit kauft er von Zeit zu Zeit das Notwendigste ein und vergewissert sich bei seiner Rückkehr immer sorgfältig, daß niemand vor seinem Haus wartet. Er beantwortet einen Brief seiner Vorgesetzten, in dem sie sich erkundigen, ob er einen Rückfall bekommen habe. Er bestätigt ihre Vermutung, gibt aber keine weiteren Informationen. So etwas spielt jetzt keine Rolle.

Eines Morgens ganz früh steht er inmitten seiner Lorbeerbäume und starrt auf seine Füße, auf die Schichten alter Blätter, die die umgegrabene Erde bedecken. Er bohrt mit einem Finger hinein: Unter der Blätterdecke ist die ausgelaugte Erde staubtrocken. In seiner höllischen Besessenheit sieht er, wie sich die Wurzeln der Lorbeerbäume schon zwischen Knochen hindurchschlängeln, deren Fleisch zur Hälfte von Insekten aufgefressen ist, wie sich die unförmigen Wurzeln in der Erde winden. Er sieht sich selbst: sein Gesicht danach im Auto, und jedesmal weint er so hemmungslos wie an dem Tag, als er sich im Alter von sechs Jahren mit dem Bein im Zaun verfangen hat. »O du ungezogener Junge!« hat sie ärgerlich gerufen, weil sie im Begriff waren, zu spät zu kommen. »Laß ihn einen Moment aus den Augen, und schon stellt er so was an!« Zwei Sekunden ist sie weggewesen, und jetzt muß sie einen Polizisten um Hilfe bitten! »Immer sachte, mein Junge. Was reingeht, muß auch wieder rausgehen, hm?« Und der Polizist hört zu, während er ihm erzählt, er habe es nur getan, um zu sehen, ob sein Knie zwischen die beiden senkrechten Latten passe. »Unheimlich nett!« ruft sie, als der Polizist ihn befreit hat, und der erwidert, das gehöre zu seiner täglichen Arbeit. »Kommen Sie auf einen Drink vorbei, wenn Sie in der Nähe sind«, lädt sie ihn ein. »Duke of Wellington Road Nr. 3.«

Er macht eine Büchse Sardinen auf, weil er glaubt, daß er Lust darauf haben könnte, und schneidet sich in den Finger. Er sieht zu, wie das Blut über das Blech läuft, und behandelt die kleine Wunde nicht sofort, sondern zieht nur die Hand vom Inhalt der Dose weg. Es fallen Tropfen auf den Rand des Spülbeckens und auf die Abtropffläche. Was würde eine Analyse dieser Flüssigkeit, in der seine Knochen schwimmen, die sein Herz antreibt und ihn am Leben erhält, ans Tageslicht bringen? Unterscheidet es sich in irgend etwas vom Blut anderer Leute? Ist auch das verletzte Fleisch anders? Er hat sich mit dem jungen Vater im Wartezimmer dieser Klinik unterhalten, wie jeder andere es getan haben könnte. Er ist mit anderen durch das herrschaftliche Anwesen gebummelt; auf seine freundliche Art hat er angemerkt, was für ein schöner Ausflug es sei. Er hat zugehört, während die Frau von den Hängenden Gärten von Babylon und von ihrer Schwester gesprochen hat, die nicht vertrauenswürdig gewesen sei. Niemand hat ihn stehenlassen, wenn er geredet hat. Dieser Frau hat sein fröhliches Gesicht gefallen.

Er schleppt seinen massigen Körper durchs Haus, den ganzen Tag lang, unruhig. Eine einzige Pechsträhne. Wenn das Mädchen nicht bei den Spinnern gewohnt hätte, würde er wie immer in seine Kantine gehen, zufrieden und mit seiner Arbeit beschäftigt. Statt dessen ist sie zufällig dorthin gegangen und hat einer Schwarzen die Möglichkeit gegeben, sein Privatleben zu bedrohen, darin herumzustochern und zu -wühlen, ihre Zähne und ihren Schmuck aufblitzen zu lassen und ihn mit ihrem Kauderwelsch in die Enge zu treiben. Fromme haben einen sechsten Sinn, da gibt es Beispiele. Fromme können einen durcheinanderbringen und die Verwirrung geschickt ausnutzen, bis man nicht mehr scharfsichtig genug ist, um die richtigen Fragen zu stellen, und dann sagt man zu viel, als wäre man selbst sein schlimmster Feind. »Der Kleine ist selber sein schlimmster Feind!« Er erinnert sich daran, wie das gesagt worden ist, und an das Lächeln, das den Witz dieser Bemerkung unterstrichen hat.

Und während er sich erinnert, ist er zum ersten Mal fähig zu sagen, daß es so sein mußte, wie es ist: Es blieb keine andere Möglichkeit, keine Wahl. Denk daran, daß die kleine Irin in den Straßen herumstreunt, und du kannst sie sofort vor dir sehen. Denk daran, wie sie, wo auch immer sie hingeht, etwas mit sich herumträgt, was sie nichts angeht, und daß sie es weiterverbreitet: Dann weißt du sofort, daß das andere passieren mußte. Und wenn er sie ausfindig machen könnte, dann gäbe es wieder die Gnade des Vergessens: So ist das nun mal, das weiß er jetzt. Er hält seinen Entschluß, das Haus nicht mehr zu verlassen, nicht ein und macht sich wieder auf die Suche nach ihr. Wieder ist sie nicht zu finden.

Er starrt in das Gesicht seiner Mutter, unscharf und verschwommen auf dem Foto, das er mit schwarzem Krepp verziert hat, weil er sagen mußte, das sei seine verstorbene Frau. Die Augen starren ihn an, und das Gesicht ist voller Fältchen, weil seine Mutter ein leicht affektiertes Lächeln zeigt, wie es ihre Art war. »Oh, war das nicht herrlich?« schwärmte sie, als sie nach *Der Zauberer von Oz* in der Busschlange standen. Das war an einem Mittwoch, und es war kalt für Oktober. Ei im Glas, sobald sie nach Hause kamen; Ei im Glas und schönen, heißen Kakao.

»Und was macht das Knie?« erkundigt sich der Polizist, als er auf den Drink vorbeikommt, den sie ihm aufgedrängt hat. »Alles wieder in Ordnung?« Und ihre Stimme ertönt von oben und fragt, wer da sei, und er ruft zu ihr hinauf, der Polizist von neulich. »Na, das ist aber nett!« bemerkt sie im Eßzimmer und schenkt Getränke ein, während der Helm auf dem Tisch liegt. Sie hat die hochhackigen Schuhe angezogen, bevor sie heruntergekommen ist. »Prost!« sagt der Polizist, und als er geht: »Bis bald.« Und sie sagt, ja, warum nicht?

Den Namen Ambrose hat sie in einem Roman entdeckt. »Oh, vor Jahren gab es mal einen Joseph«, sagte sie, als er sie fragte, wo dieser Name herstamme. »Nur ein Stutzer.« *Joseph Ambrose Hilditch:* schrieb er, als man sie eines Tages im Unterricht aufforderte, ihren vollen Namen aufzuschreiben. »Ambrose?« sagte später ein Junge. »Was für ein weibischer Name.« »Ambrose Lafitte, ein Mann, der immer die Nachrichten verlesen hat«, sagte sie. Und dazu sei er noch Fassadenkletterer gewesen. Es sei ein Liebesroman gewesen; es mache ihr große Freude, Liebesromane zu lesen. Die Leute im ganzen Land hörten den Sechs-Uhr-Nachrichten zu, ohne zu wissen, daß der Mann, der sie verlas, in ein paar Stunden ganz in Schwarz gekleidet auf den Dächern herumturnen würde. »Hat mir wirklich gefallen«, sagte sie, »Ambrose.«

J. A. Hilditch: Das wurde zu seiner Unterschrift, die er geübt hat, als er vierzehn war, das J durch eine Schleife mit dem A verbunden, der mittlere Teil des Nachnamens unleserlich. Als er fragte, wer Hilditch sei, war aus ihr nichts mehr herauszubekommen. Niemand von Bedeutung, sagte sie.

Der Vertreter für Bürsten breitete seine Waren für sie aus, obwohl sie, als sie ihn an der Tür gehört hatte, gerufen hatte, daß sie heute nichts brauche. »Er kann einen wirklich zum Lachen bringen!« sagte sie über den Polizisten, nachdem er ein paarmal wiedergekommen war. Und bei einer anderen Gelegenheit: »Bleibst du über Nacht hier, Onkel Wilf? Ist stürmisch draußen.«

Im Longridge Tunnel war es mit einem Mann, den sie ein paar Minuten vorher zum ersten Mal in ihrem Leben gesehen hatte. Als das Licht wieder zu flimmern begann, brachte sie ihr Haar in Ordnung, und der Mann bückte sich, um seinen Regenmantel vom Boden aufzuheben. Nachher sprach er auf dem Bahnsteig mit ihr, und sie lachte, als er weg war, und sagte, heutzutage sei man in einem Eisenbahnwagen nicht mehr sicher.

Major Hilditch schrieb er einmal heimlich auf, als niemand in der Nähe war. Er mußte nie nachdenken, wenn man ihn fragte, was er einmal werden wolle, wenn er erwachsen sei. In Filmen gab es die Mädchen vom Heereshilfsdienst, und er sagte sich, immer noch heimlich, daß es so eines Tages sein würde: Mit einer von ihnen würde er unter einem Spalier aus Schwertern hindurchgehen. Manöver in der Ebene von Salisbury; ein Haus in Wiltshire, das einmal ein Pfarrhaus gewesen ist, ein Garten, und eine Familie, die langsam größer wird.

Er zieht die Uhren in seinem großen vorderen Zimmer auf. All die Jahre, die er mit ihnen verbracht hat, hat er sie gern ticken gehört, das war entspannend nach einem anstrengenden Tag. Er saugt das Zimmer, Flur, Treppe und sein Schlafzimmer mit seinem Electrolux. Er wischt den Vinylfußboden im Badezimmer und in der Toilette und erfüllt die Luft mit einem Kräuterduft. Das hält seine Gedanken einen Augenblick in Schach, aber als er sich ausruht, sind sie wieder da.

Hatte sie es immer schon vorausgesehen, als er sechs, acht oder zehn war, als er neben ihr saß und sich *Jumbo* und *Bambi* ansah, als er zum ersten Mal seine Unterschrift übte, als er *Major Hilditch* schrieb: Hatte sie immer gewußt, daß sie sich ihm zuwenden würde, wenn niemand anders mehr da wäre? Als der Versicherungsvertreter zwinkerte und sagte, er habe heute keine Zeit, hat sie – schon da – vorausgesehen, was in diesem Haus geschehen würde? Der Barmann im Heilbad sagte, seine Frau habe ein Machtwort gesprochen, kein Techtelmechtel mehr. Nach ein paar Monaten kam der Polizist nicht mehr vorbei. »Nein, ich fahre am besten noch zurück«, flüsterte Onkel Wilf im Flur.

Hatte sie es vorausgesehen, als er noch mit seinen Spielzeugautos spielte, oder schon davor, als die Treppenstufen zu hoch für ihn waren und sie ihn an der Hand nahm, um ihm zu helfen? Hatte sie es vorausgesehen, als sie zum ersten Mal sagte: Nur du und Mama in ihrem eigenen kleinen Nest? Oder war es ganz anders, ganz spontan, als sie ihn weckte, um ihm die Ringe an ihren Fingern zu zeigen? Sein blaugestreifter Schlafanzug, ein Krümel Tabak an ihren Zähnen, als sie zu ihm herablächelte, Gin im Atem: Wenn er allein war, war das immer da, wurde nie – nicht einen Augenblick – dem Vergessen anheimgegeben, das gnädigerweise alles andere zudeckte. Wie eine Tätowierung, sagte sie, der Lippenstift auf seiner Schulter. Damals sah ihr Gesicht anders aus.

Er scheuert seine Kochtöpfe. Er nimmt die Emailverkleidung des elektrischen Kamins ab und macht die Metallplatten unter den Ringen sauber. Er taut den Kühlschrank ab und wäscht seine Fächer und Behälter aus.

Ihr Puder war parfümiert; er verstopfte die Poren ihrer beiden Nasenflügel, färbte sie leicht aprikosenfarben. Sie sagte, bei Puder nehme sie gern das Beste, und nachher saß sie vor dem Spiegel und betupfte ihre Haut mit der Puderquaste. Wunderschöne Haut seinerzeit, sagte sie und zog ihre künstlichen Wimpern ab, und auch das konnte er im Spiegel sehen. »Muß mich für einen Kerl zurechtmachen!« sagte sie. Das war an einem Samstag.

Erneut klingelt es, erneut der Versuch, sich durch den Briefschlitz zu verständigen. Bereits durch das Yale- und das Doppelschloß geschützt, hat er die Tür auch noch oben und unten verriegelt, die Hintertür auch. Er läßt die Vorhänge vor den Fenstern im Erdgeschoß zugezogen, aber nicht um zu verschleiern, daß er im Haus ist: Sein Auto auf dem Kies zeigt, daß er da ist, und nach Einbruch der Dunkelheit sind Lichtstreifen zu sehen. Es ist nur, daß er jetzt die Vorhänge gern zugezogen hat. »Hallo, hallo«, dröhnt die Stimme der Schwarzen im Flur, bis sie von der Stimme Rosemary Clooneys übertönt wird.

Man konnte sehen, wie Beth es sich dachte; man konnte sehen, wie sie ihre Gedanken durchging und es entdeckte. Und Elsie Covington, dann auch die anderen: Sie brachen irgendwie ein. Sie verletzten seine Privatsphäre, obwohl er mit ihnen ausgegangen und ihnen gegenüber ziemlich großzügig gewesen war, wenn sie in Geldschwierigkeiten waren, auch der kleinen Irin gegenüber. An der Art, wie sie in ihrem Nachthemd dastand, konnte man sehen, daß sie weder sein Haus noch ihn selbst respektierte, weil sie es wußte. Beth hätte es weitererzählt, wenn sie etwas getrunken gehabt hätte; Elsie auch, irgendeinem Mann, der sie abgeschleppt hätte. Als die kleine Irin ging, sagte er, er wolle kein Licht . Aber der Flur hinter ihr war erleuchtet, und wenn sie in seine Nähe käme, würde man es wieder in ihren Augen sehen. Sie rannte davon, weil er wegsah, ihre Schritte auf dem Kies, ohne am Auto stehenzubleiben, obwohl er das Auto für sie bereitgemacht hatte. Es mußte das Auto sein; er konnte es nicht im Haus tun, kein Mann konnte das. Alles, was er von ihr verlangt hatte, war, neben ihm einzusteigen, sie brauchte nichts zu sagen, nicht einmal, daß es ihr leid tue.

Von dem Foto, das er vor kurzem mit einem Trauerflor drapiert hat, funkeln ihn die verblaßten Augen immer noch an, die vollen Lippen, die zu einem reizenden Schmollmund gekräuselt sind. »Bürste Mama das Haar, mein Junge«, fleht eine kaum hörbare, murmelnde Stimme. Das Haar ist dick und grau auf dem zart gepuderten Rücken, und das blaue Band liegt auf der Frisierkommode bereit.

»Hallo, hallo«, ruft die Stimme in seinem Flur, und dann schielt jemand durch den Briefschlitz.

»Sir, ist mit Ihnen alles in Ordnung?« erkundigt sich Miss Calligary besorgt, und Mr. Hilditch steht schweigend im Flur, bis der Deckel seines Briefschlitzes klappernd wieder zufällt und Schritte sich entfernen.

»Kommen Sie zurück«, flüstert er dann, eine Hand zu dem Yale Riegel der Haustür erhoben, die andere auf dem Schlüssel des Doppelschlosses. Vor Wochen wollte er von dieser Frau Informationen erhalten, deren Bedeutung sich inzwischen verringert hat, da ihn jetzt die dringlichere Überlegung beschäftigt, daß das Mädchen noch in der Gegend ist. Diese Frau kann ihn zu dem Mädchen führen, weil sie weiß, wie das Mädchen aussieht, und es irgendwo gesehen haben könnte, da sie selbst immer auf der Straße ist. Das Mädchen ging in den Samstagabendnebel hinaus und ließ es lieber darauf ankommen, als mit einem Mann zu verkehren, über dessen Kindheit sie intuitiv Bescheid weiß.

»Kommen Sie zurück«, ruft Mr. Hilditch von den Stufen seines Hauses.

Seine wuchtige Gestalt steht erleuchtet in der offenen Tür, als Miss Calligary und Marcia Tibbitts sich umdrehen, um wieder zurückzugehen. Die kleine Irin, sagt er, die kleine Irin ist am Leben.

»Dieses Mädchen ist ein ziemlicher Nichtsnutz, Sir.« Und Miss Calligary setzt hinzu, daß so ein Mädchen einen mit geschlossenen Augen hinters Licht führen könne.

Er scheint nicht zu hören. Auf seinem Kinn und seiner Stirn glänzt Schweiß. Sie seien es gewesen, die seine Ruhe gestört hätten, sagt er, indem sie das Mädchen überhaupt erst erwähnt hätten. Sie seien es gewesen, die alles durcheinandergebracht hätten, wo vorher Seelenfrieden geherrscht habe. »Wo ist die kleine Irin jetzt?«

»Sir«, unterbricht ihn Miss Calligary, aber er schüttelt den Kopf, und Marcia Tibbitts' Augen wandern vor Aufregung von einem Gesicht zum anderen, weil hier etwas Sonderbares vor sich geht.

»Sagen Sie mir die Wahrheit«, fleht der Mann. »Ich bin Kantinenleiter. Ich habe mein ganzes Leben in diesem Haus gewohnt. Ich bin ein angesehener Mann. Hilditch heiße ich.«

»Mr. Hilditch, wir machen uns Sorgen um Sie. Warum knien Sie nicht mit uns nieder? Warum erlauben Sie uns nicht, um Erleuchtung zu bitten?«

»Ist die kleine Irin bei Ihnen? Ist sie in Ihr Haus zurückgekehrt?«

»Nein, nein. Sie ist jetzt nicht bei uns. Dieses Mädchen wäre nicht willkommen.«

»Wo ist sie dann? Wo ist sie hingegangen? Sie sind immer unterwegs, Sie wissen, wie sie aussieht.«

»Niemand hat das Mädchen gesehen, Sir. Niemand weiß etwas.« Bestimmt, vermutet Miss Calligary, sei das irische Mädchen inzwischen wieder in seiner irischen Heimat.

»Sie hat kein Geld.«

»So ein Mädchen kann immer Geld auftreiben.«

»Ihr Freund trinkt im Goose and Gander. An der Strecke nach Hinley. Einen Steinwurf von der Kaserne.«

Er sei dort gewesen, gibt Mr. Hilditch preis. Er habe im Goose and Gander gesessen und ein Mineralwasser getrunken.

»Weil Sie Antialkoholiker sind, Sir? Sie trinken Mineralwasser, weil Sie das Trinken aufgegeben haben?«

Mr. Hilditch sagt, nein. Er habe aus einem Zwang heraus im Goose and Gander gesessen, und später habe er begriffen, daß das etwas mit der Möglichkeit zu tun gehabt habe, daß der kleinen Irin vielleicht ein vorbeifahrender Militärlastwagen aufgefallen sei, was Militärlastwagen ja manchmal täten. Es habe damit zu tun gehabt, daß dem Mädchen da vielleicht klargeworden sei, daß die Behauptungen ihres Vaters über den Beruf ihres Freundes wohlbegründet seien. Es habe damit zu tun gehabt, daß sie eventuell Erkundigungen eingezogen habe, die sie vielleicht zu ihrem Freund geführt hätten.

»Mr. Hilditch...«

»Sie haben mich damit, daß Sie mir keine Ruhe gelassen haben, dazu getrieben, medizinische Bücher zu wälzen.«

»Sie haben das falsch verstanden, Mr. Hilditch. Ich wollte Sie nie zu irgend etwas treiben. Ich weiß nicht mal, was Sie damit meinen.«

»Sie haben von dem Mädchen angefangen. Tag und Nacht haben Sie immer von ihr gesprochen.«

»Mr. Hilditch, wir haben Ihnen gegenüber von diesem Mädchen gesprochen, um Ihnen ein Kompliment wegen Ihrer tätigen Nächstenliebe zu machen. Wir sind gekommen, um Sie zu bekehren, Mr. Hilditch, so wie wir jeden Tag zu den Häusern anderer Leute kommen. Das hatte nichts mit einem unredlichen Mädchen zu tun.«

Mr. Hilditch schüttelt den Kopf. Er zeigt ihnen, wo er sich an einer Sardinenbüchse in den Finger geschnitten hat. Das Blut sei auf die Spüle getropft, sagt er, und habe ihn veranlaßt, sich darüber und über das offenliegende Fleisch Gedanken zu machen. Zu Marcia Tibbitts' noch größerer Überraschung setzt er hinzu:

»Sie sind gekommen, um mir mein Grab zu schaufeln.«

»Nein, nein, Sir. Wir bekehren die Lebenden, nicht die Toten. Das sind grausige Gedanken, ohne die Freude, die alle Dinge schön macht. Sie sind nicht ganz auf der Höhe. Das hab ich gesehen und habe es auch gesagt.«

»Dieses Mädchen hat mir Sachen von sich erzählt. Sie hat mir erzählt, wie ihre Mutter gestorben ist und die alte Frau weitergelebt hat, und wie ihr Vater alles mögliche in sein Sammelalbum eingeklebt hat. Sie ist in den Samstagabendnebel rausgegangen, um sich noch einmal von mir im Auto mitnehmen zu lassen, aber aus unerfindlichen Gründen ist sie daran vorbeigegangen.«

Er redet weiter. Hilditch sei sein Name, sagt er erneut. Joseph Ambrose, so genannt nach einem Nachrichtensprecher, der in seiner Freizeit Fassadenkletterer gewesen sei. Felicia heiße die kleine Irin, ein Name, der ihm unbekannt sei, der Name einer Revolutionärin. Wenn man darüber nachdenke, sei es komisch, wie die Leute zu ihren Namen kämen. Komisch, wie den Leuten ein Leben zugeteilt werde. Komisch, was den Leuten zustoße, der kleinen Irin und ihm selbst vor allem. Alles, was er wissen müsse, sei, wo sie sich jetzt aufhalte.

»Es wäre Ihnen bestimmt eine Hilfe, Mr. Hilditch, wenn wir Ihnen den Weg zum Versammlungshaus zeigen würden, so daß Sie jederzeit vorbeikommen könnten. Da gibt es viele nette Leute, die Ihnen Ihren Seelenfrieden zurückbringen könnten.«

»Ich kann sie jetzt hören«, entgegnet Mr. Hilditch zur Freude von Marcia Tibbitts. »Ihre Schritte auf dem Kies.« Er ging in dieser Nacht in sein Haus zurück, und die schwarze Stange aus dem Feuerrost lag da, wo sie sie hatte fallenlassen, auf den Fliesen.

»Mr. Hilditch, dieses Mädchen...«

»Ich habe ihr das Geld gestohlen, um sie bei mir zu halten, aber sie ist trotzdem weggegangen.«

Das ist ein Verrückter, sagt sich Marcia Tibbitts, der erste, dem sie jemals gegenübergestanden hat. Und Miss Calligary, erfahren in solchen Dingen, erkennt, daß die letzte Äußerung sich nach der Wahrheit anhört, und sagt sich innerhalb kürzester Zeit, daß dieser Mann nicht so ist, wie er zu sein scheint. Aus seinem eigenen Mund ist ein Geständnis gekommen, das einem den Atem verschlägt. Er hat in furchtbarer Absicht das Geld eines Mädchens gestohlen und so dafür gesorgt, daß sie anderen in schlechtem Licht erschienen ist. Miss Calligary bittet ihn, seine Äußerung zu wiederholen, um sicherzugehen, daß sie ihn richtig verstanden hat. Der Mann sagt jetzt leiser, daß er unter Wahnvorstellungen leide. Er bringe Sachen durcheinander, sagt er und wendet ihnen dann jäh den Rücken zu.

Verrat war das Wort, das er insgeheim benutzte, an dem Tag, an dem er das über seinen Onkel Wilf erfuhr. Freund und Ratgeber hatte sein Onkel Wilf sich genannt, und wer hätte behaupten können, daß das nicht stimmte? Er war die Quelle seines Wissens über das Leben bei der Truppe, eine Inspiration. »Sind immer eine Soldatenfamilie gewesen«, sagte sein Onkel Wilf, aber das hatte er sich ausgedacht. Alles ging damals kaputt: Es hatte keine Soldatenfamilie gegeben, nichts dergleichen; sein Onkel Wilf war die ganzen Jahre über nicht ins Haus gekommen, um Freund und Ratgeber zu sein, auch nicht, um ein Talent zu fördern. Hatte noch etwas nebenher laufen, bis er keine Lust mehr hatte und nie mehr wiederkam. »Sei lieb, mein Kleiner«, flüstert die vom Gin schnarrende Stimme, diese ganz spezielle Stimme.

Er knallt die Haustür zu, sobald er es in den Augen der Schwarzen sieht. Natürlich hatte es nichts mit seinen Füßen und seiner Kurzsichtigkeit zu tun: Wer weiß, was sich alles herumgesprochen hatte, wer weiß, was für eine Meinung der Offizier im Musterungsbüro gehabt hatte? Alles Lügen, was die Schwarze darüber gesagt hat, daß sie dem Mädchen nicht mehr über den Weg gelaufen sei. Die Schwarze weiß es; deshalb kommt sie an seine Tür. In ihrer schwarzen Phantasie kann sie die Lippenstifttätowierung sehen, das blaue Band, das auf der Frisierkommode liegt, und die Hände eines kleinen Jungen, die immer so geblieben sind, Kleider, die vom Körper einer Frau zu Boden fallen, die Nacktheit darunter. Der Duft des Parfüms und auch der des Puders steigt der Schwarzen in die Nase, genau wie den Angestellten in der Kantine und in der Küche, in der Lackierwerkstatt und in den Büros. Sie hören das Flüstern, das immer weitergeht, die Worte, die gesprochen wurden, seine eigene Folgsamkeit. »Sei lieb, mein Kleiner«, mit dieser ganz speziellen Stimme, das Versprechen, daß sie ihn nie wieder darum bitten werde, das sie jedes Mal brach.

Es war nie seine Schuld, daß später, nach so vielen Jahren, darin herumgeschnüffelt wurde; daß immer noch darin herumgeschnüffelt wird. Jedesmal hat er gehofft, daß es nicht dazu kommen werde. Jedesmal hat er gehofft, daß die Freundschaft ewig dauern würde, daß zwei Menschen sich gegenseitig helfen könnten, daß Fremde, die sie zusammen sahen, sagen würden, daß sie zusammengehörten.

Niemand, der in der Duke of Wellington Road vorbeigeht, keine vorbeieilende Hausfrau, kein Kind und kein Geschäftsmann, niemand, der Nr. 3 vom Oberdeck der Busse sehen kann, die auf einer nahegelegenen Straße vorbeifahren, hat einen Anlaß, sich über dieses Haus oder seinen einzigen Bewohner Gedanken zu machen. Niemand, der vorbeikommt, weiß, daß der Kantinenleiter einer Fabrik, beliebt und ohne Feinde, nicht mehr imstande ist zu leiden.

In der höhlenartigen Küche dieses Hauses hat Mr. Hilditch seine Schuhe ordentlich geschnürt und die Schnürsenkel ordentlich zugebunden. Er trägt karierte Socken unter seinen Hosenaufschlägen. Wie gewöhnlich trägt er seinen Anzug aus blauer Serge und hat die Weste bis auf den untersten Knopf zugeknöpft. Sein Hemd ist sauber, die Manschettenknöpfe stecken in den Manschetten. Die Krawatte ist die gestreifte, die er immer trägt. Er hat die Brille aufgesetzt und sich vor einer Stunde rasiert.

Die Hintertür ist nicht mehr verriegelt, steht sogar einen Spaltbreit offen, wurde absichtlich so gelassen. Eine Lampe, die bei Dunkelheit die Mülltonnen in dem kleinen Hinterhof beleuchtet und die Lorbeerbäume und die Mahonien am Rand streift, bleibt an. In der Küche ist es völlig still.

Als wieder der Abend dämmert, kehrt eine Katze auf Nahrungssuche zurück, die schon vorher von der offenen Tür angezogen worden ist, und schleicht sich diesmal hinein. Schwarz, mit einem Halsband, an dem einmal ein Glöckchen befestigt war, ist diese Katze vor langer Zeit ihrem Haustierdasein entflohen, das für die Instinkte einer Katze zu bequem war. Lautlos macht sie einen Rundgang durch die Küche, springt von Zeit zu Zeit irgendwo hoch, bis sie sich einen Überblick verschafft hat. Ihre grünen, rautenförmigen Augen wandern über das Geschirr im Küchenschrank und das weiße Email des elektrischen Kamins, über Wandschränke und Regale, die Wasserhähne über dem Spülbecken, die Holzstühle, den Tisch, auf dem ein weiterer Stuhl umgekippt liegt, und einen herunterhängenden menschlichen Körper. Der baumelt an einem Stück Stromkabel von dem einzelnen Haken für Schinken an der Holzdecke, der Kopf hängt unbeholfen nach vorn, der Fleischwulst unter dem Kinn ist schräg darunter festgeklemmt. Das interessiert die Katze bei ihrer Nahrungssuche nicht. Nichts interessiert sie, außer einem Kochtopf auf dem Herd mit einem Rest Milch darin.

24

Die Mädchen aus dem Kloster beeilen sich, den St. Joseph's Hill hinaufzusteigen, während die Glocke noch läutet. Außer Atem unterhalten sie sich, als sie durch die Klosterpforte biegen, im Laufschritt jetzt und mit geröteten Gesichtern. Schwester Benedikta erwartet sie am Fenster eines Klassenzimmers, wo andere Mädchen bereits versammelt sind. In einiger Entfernung gräbt eine Gestalt das Stück Land um, auf dem bald die Kartoffeln gesetzt werden. Von dieser Gestalt an das vermißte Mädchen erinnert, betet Schwester Benedikta.

In Hickeys Hotel sieht ein Vertreter für Büromaterial, der über den Resten eines späten Frühstücks durch den Zigarettenrauch hindurch hustet, in seinem Terminkalender nach. Über dem Kinderwagen- und Fahrradladen verspürt Connie Jo die morgendliche Übelkeit, die ihre Freundin, damals frisch verschwägert mit ihr, vor fünf Monaten verspürt hat. In Flanagans Steinbrüchen werden die Lastwagen mit Schotter beladen, während die Fahrer daneben warten und schweigend rauchen. Im Hof der Genossenschaft transportiert Shay Mulroone Maschendrahtrollen mit dem Gabelstapler. »Mein Gott, was für eine tolle Frau«, vertraut der kleine Crowley irgendwo jemand anderem an; und Carmel, von der er spricht, wischt im Krankenhaus den Fußboden und macht sich leichte Sorgen darüber, daß sie jetzt vielleicht schon zu lange eine tolle Frau ist.

Die Alte stirbt an dem Tag vor ihrem hundertsten Geburtstag. Man hat den steif gewordenen Leichnam aus dem Schlafzimmer gebracht, so daß es jetzt leer ist. Was für eine Ironie, so die allgemeine Meinung, gerade jetzt dahingerafft zu werden, aber so sei das nun einmal.

Eines Nachts treten die Stiefel der Zwillingsbrüder Johnny Lysaght in den Bauch und gegen die Rippen, und er liegt besinnungslos im Dunkeln, neben dem Denkmal auf dem Platz. Er blutet im Gesicht, ein Auge ist zugeschwollen. Die

Angreifer haben die Zigaretten während der Bestrafung nicht aus dem Mund genommen. Niemand hat ein Wort gesagt. Der bewußtlose Junge bleibt liegen, wo er hingefallen ist, und die Gläser, die man in Myles Bradys Bar stehengelassen hat, werden geleert und wieder aufgefüllt.

Vor langer Zeit hat man das Foto eines Mädchens im Brautjungfernkleid verbreitet. Auf der einen oder anderen Polizeiwache hat man es sich sorgfältig angesehen und sich Einzelheiten über das Verschwinden notiert. Mit der Zeit hat man die Notiz und das Foto zu den Akten gelegt.

Ihr Vater glaubt, von Schuldgefühlen geplagt, daß sie zurückkommen wird. Bei der Beichte ruft er sich seinen Zorn jener Zeit ins Gedächtnis zurück, und es wird ihm vergeben, aber er kann sich selbst nicht vergeben. Er macht das Schlafzimmer fertig für sie, ordnet ihre Muscheln auf Flächen an, die ihr jetzt ganz allein zur Verfügung stehen, und räumt die Habseligkeiten der Alten aus den Schubladen. Er nimmt das Bett der Alten auseinander und schafft in dem Schuppen hinten im Garten Platz dafür. »Sie müssen Vertrauen haben«, bittet ihn die Mutter Oberin eindringlich im Klostergarten. »Eines Tages kommen Sie nach Hause, und sie wartet in der Küche auf Sie.« Das wisse er auch, sagt er; er wisse, daß sie da sein werde. Alles, was zähle, sei, daß sie ihm vergebe. Sie werde zurückkommen, um ihm Vergebung zu gewähren, das liege in ihrer schlichten Natur.

Mrs. Lysaght geht bei Chawke's Garn kaufen, in einem blassen Blauton. Sie geht mit den Rollen, die man ihr anbietet, zur Tür, um sie bei Tageslicht zu betrachten, ist aber nicht zufrieden damit und bringt sie zurück. Es würden noch andere geliefert, teilt man ihr mit, und sie sagt, sie werde wiederkommen. Die unerfreuliche Situation ist jetzt vorbei, und man kann Genugtuung darüber empfinden: Als sie den Laden verläßt, ruft sie sich das in Erinnerung, was sie im Laufe eines Tages sehr oft tut. Ihm wurde durch die Umstände, die sich ergeben haben, eine Lektion erteilt; in gewisser Hinsicht ist alles, was geschehen ist, vielleicht sogar gut gewesen.

In der Küche und in der Werkhalle hat man seine Schlüsse gezogen. Der Kantinenleiter, der mit seiner liebevollen Art so lange ein Teil des täglichen Lebens gewesen ist, hat an einer rätselhaften Krankheit gelitten: Er hat sich in dem Glauben, daß die Ratlosigkeit der Ärzte auf eine bittere Diagnose hindeute, das Leben genommen. In der Kantine führt man eine Sammlung durch. Man schickt einen Kranz. Die Beerdigung ist gut besucht.

Vor Duke of Wellington Road Nr. 3 verkünden Schilder, daß das Haus zum Verkauf steht. »Ein attraktives Haus«, bemerkt ein junger Immobilienmakler, der Kaufinteressenten herumführt, und setzt hinzu, daß eine Versteigerung stattfinden und der ganze Ramsch verschwinden werde. Das Auto des Verstorbenen, das auf dem Kies vor dem Haus geparkt gewesen sei, habe man bereits beseitigt. Alles, was da sei, gehöre dem Staat, da es keinen Erben gebe.

»Also, das ist doch klar, oder?« erwidert ein Polizeisergeant, als Miss Calligary beharrlich beteuert, daß derselbe Verstorbene nach eigenem Eingeständnis an Wahnvorstellungen gelitten habe. »Er hätte es wohl kaum getan, Miss, wenn er nicht geistig verwirrt gewesen wäre.«

»Dieser Mann war nicht, wie er zu sein schien.«

»Das überrascht mich nicht, Miss. Es passieren alle möglichen Sachen. Aber was wir für die Akte haben, ist, daß der Herr nicht mehr unter uns weilt.«

Miss Calligary bringt die Sprache auf die Bibel und erkundigt sich, ob der Sergeant jemals Grund gehabt habe, darin zu lesen. Sie bietet ihm eine Broschüre an. Für den, der stirbt, gebe es ein Paradies auf Erden, verspricht sie und setzt hinzu, der Verstorbene habe Interesse gezeigt, als man ihn darauf hingewiesen habe, er habe sie und ihre junge Freundin in sein Haus gebeten, damit er mehr darüber hören konnte. Wo er doch die ganze Zeit Geld gestohlen habe. »Der Herr weiß, wo dieses Kind jetzt ist«, setzt Miss Calligary hinzu. »Wir beten Tag und Nacht für sie.«

»Machen Sie damit weiter«, rät der Sergeant forsch und

weist darauf hin, daß er heute morgen ziemlich viel zu tun habe.

Anderc Mädchen laufen davon auf der Flucht vor irgendwelchen Schwierigkeiten oder einfach, weil sie wollen, daß sich etwas ändert. Streunerinnen nennt man sie, wenn sie einem auf ihrem Weg auffallen; und in Städten, die groß genug sind, daß es dort Prostitution gibt, gehen die Türen der Rover, Volkswagen oder Toyotas auf, um sie einsteigen zu lassen.

Im Haus von Mr. Caunce kommen und gehen sie. Sie probieren die Ladeneingänge aus. Für alles gebe es irgendwann ein erstes Mal, sagen sie und machen es sich in ihren Quartieren im Freien gemütlich. Eine Weile vermissen sie irgendwelche Menschen, doch dann nehmen sie eine neue Identität an. Gesindel nennt man sie jetzt.

25

Haben sie den Frühstücksraum schon zugemacht?« erkundigt sich ein Mann aus der Pappkartonsiedlung auf der Straße.

Ja, der sei zu, bestätigt Felicia, und er murmelt häßlich klingende Flüche vor sich hin und starrt wütend in Richtung der Gemeindehalle, die in jeder Beziehung der ähnelt, in die Lena und George Felicia vor langer Zeit mitgenommen haben. Sie hat sich seitdem in vielen solchen Einrichtungen um Frühstück angestellt.

»Sie müssen früh hingehen«, sagt sie dem Mann, aber er beachtet die Ermahnung nicht und flucht weiter vor sich hin. Als er damit aufhört, tut er es nur, um nach der Uhrzeit zu fragen.

Sie weiß nicht, wie spät es ist. Sie hat ihre Armbanduhr vor einer Weile verkauft, zusammen mit dem Kreuz, das sie immer um den Hals getragen hat. Sie hat versucht, ihre Handtasche zu verkaufen, aber die wollte keiner haben. Tapper war es, der ihr gezeigt hat, wie sie die Armbanduhr und die Kette verkaufen konnte, an einen Freund, den er gut kannte und dem er vertraute. Vierzig Pence hat sie dafür bekommen; das sei nicht schlecht, hat Tapper gesagt. Die Stadt, in die sie gekommen ist, nachdem sie in anderen Städten gewesen war, ist ihr nicht mehr fremd. Sie kennt den Weg zum Fluß, und auf dem Weg dorthin fällt ihr jetzt ein, wie Effie Holahan gesagt hat, sie habe die heilige Jungfrau gesehen, und wie Carmel entgegnet hat, das sei nur ein Traum gewesen. Typisch Effie, hat Carmel gesagt, typisch, den Unterschied nicht zu kennen. Arme Effie, mit ihren glanzlosen Augen, ihren Frostbeulen und ihrer Art, alles fallenzulassen! »Klar, hat nicht jeder solche Träume?« Carmel war voller Spott, und sie lachten alle und ließen die Beine von der Klostermauer baumeln, und Effie Holahan war ganz aufgeregt, rot wie eine Tomate. Das ist lange her, daß sie auf der Klostermauer gesessen haben; es liegt viel weiter zurück als Lena und George; das gehört der Vergangenheit an, wie die Stimme auf der Polizeiwache an jenem Tag gesagt hat, was auch eine Ewigkeit her ist.

Felicia bettelt nicht, während sie ihren Weg fortsetzt. Um diese Tageszeit werden die Leute nicht gern belästigt, weil sie sich beeilen, zur Arbeit zu kommen. Sie selbst hat es nicht eilig. Die Sonne kommt heraus, löst die Wolkenfetzen auf und wärmt ihr Gesicht und Haare. Mit ein bißchen Glück kann sie die Kleider trocknen, die letzte Nacht naß geworden sind. Ihre ersten beiden Tüten sind nun auch schon vor einer Ewigkeit kaputt gegangen; nachdem sie sie für den Fall, daß sie noch zu gebrauchen wären, sorgfältig untersucht hatte, hat sie das, was von ihnen übriggeblieben war, weggeworfen. Sie hat jetzt andere Tüten, insgesamt fünf, weil sie gern Sachen sammelt, während sie herumzieht. Es ist erstaunlich, was die Leute alles nicht mehr brauchen.

Sie geht langsam und nickt dazu, dann fällt ihr der Tag ein, an dem Mr. Logan sein Kino eröffnet hat und in seinem Nadelstreifenanzug und seiner blauen Fliege auf den Stufen gestanden hat. Weiberheld nannte ihr Vater Mr. Logan, und sie wußte nicht, was das bedeutete, bis er es ihr sagte. Gewieft, sagte ihr Vater ein anderes Mal; gewieft, wie Mr. Logan das Geschäft mit der Unterhaltung einschätzte und mit seinem Tanzsaal und seinem Kino Erfolg hatte, über Fünfzig und immer noch Junggeselle. *Die Frau in Rot* lief am Abend der feierlichen Eröffnung, und Rose sagte, wenn Mr. Logan eine junge Braut suche, würde sie nicht nein sagen, und den Mädchen auf der Mauer, auch Carmel, verschlug es den Atem, als sie so etwas hörten.

Man muß herumziehen. Irgendwann kennt man die Schaufenster der Läden, die Straßen bei unterschiedlichem Wetter, die Gesichter, die man immer sieht, die H. Samuel Uhr, die Uhren der Postämter und die Turmuhren, die Politessen, die den Bürgersteig versperrenden Gerüste, die rotweißen Plastikbänder, die einen warnen sollen, die angehenden Straßenlaternen. Man zieht umher, weil man es will, und dabei fällt einem alles mögliche ein. *Gegrüßet seist du, Maria, voll der*

Gnade: Als sie das zum ersten Mal wiederholt hat, ist sie sich erwachsen vorgekommen, die Perlen fühlten sich in ihren Fingern kalt und glatt an. *Gebenedeit bist du unter den Weibern...* Das Votivlicht im Treppenhaus ging niemals aus, ein roter Fleck im Dunkeln, ein winziger Schein, den man bei Tag übersehen konnte, weil man daran gewöhnt war. Ihr Vater stand immer auf, wenn der Soldier's Song gespielt wurde, reglos wie eine Statue, während die Leute sich heimlich verdrückten, da war er eigen. Er nannte es Gottes Willen, an dem Tag, als ihre Mutter starb, und ihre Brüder trugen schwarze Diamanten an ihren Ärmeln, die Mrs. Quigly aufgenäht hatte. Am Tag der Beerdigung schien die Sonne; um zwölf, vor dem Angelusläuten, waren sie wieder zu Hause. »Das Kreuz, das wir tragen«, sagte Mrs. Quigly an einem anderen Tag. »Jeder Monat eine Mahnung.« Ja, bestimmt, sagte Carmel. »Jeder verflixte Monat.« Und Rose fragte seelenruhig, was an einem älteren Mann verkehrt sei, wenn er genügend Knete nach Hause bringe?

Die Leute holen sich in einer Imbißbude Pappbecher mit Kaffee: Büroangestellte, Mädchen mit frischaufgelegtem, glänzenden Make-up, junge Männer in langen Mänteln, die Gürtel hinten zugebunden. Sie marschieren die Straßen entlang, durch die sie bummelt, und gehen um sie herum, ein Mann spricht in ein Telefon, das er bei sich trägt. Ein neues Glasfenster wird eingesetzt, man hat die neue Scheibe noch nicht aus der Halterung an der Seite des Lieferwagens genommen. Fünf Arbeiter stehen bereit, um sie an ihren Platz zu tragen, nachdem man die Holzplatte, mit der das kaputte Fenster abgedeckt ist, heruntergeholt hat. Ein vorbeifahrender Taxifahrer begrüßt einen von ihnen und ruft ihm einen Witz zu.

»Hallo, Felicia.« Sie selbst wird von einem Inder begrüßt, der Obst auf den Stand vor seinem Laden legt. Er spricht sie jedesmal an, wenn sie vorbeigeht und er nicht mit einem Kunden beschäftigt ist. Er gab ihr eines Abends, als er seine Waren zusammenpackte, eine Kiwi, weil sie sich über Nacht nicht halten würde. Sie weiß nicht, wie er heißt. Letzte Nacht hat eine Frau, die sie in dieser Straße angebettelt hat, nein gesagt, es sich dann anders überlegt und ein Päckchen in Scheiben geschnittenes Brot in ihrer Einkaufstüte aufgerissen. Sie solle das statt dessen nehmen, sagte sie, bot ihr vier Scheiben an und sagte, sie wisse genau, daß das Geld, das man gebe, nur für Alkohol verwendet werde. Felicia widersprach dieser Annahme nicht; man gewöhnt sich an das, was die Leute einem sagen; es spielt keine Rolle.

Sie weiß, daß sie nicht mehr ist wie früher; sie ist nicht mehr die Brautjungfer bei der Hochzeit im Herbst, nicht mehr das Mädchen, das sich im Fond eines Autos mit einer Wolldecke zudeckt. Die Unschuld, die sie einmal ausgezeichnet hat, kommt ihr jetzt, mit der Zeit, wie Dummheit vor, und doch verleugnet sie sie nicht, und sie achtet diese verlorengegangene Person, denn die hat sie dahin gebracht, wo sie jetzt ist. Nach einer regnerischen Nacht geht sie durch einen schönen, neuen Morgen, läßt die Gelassenheit, die sie erfüllt, ohne Erstaunen zu und feiert die neue Morgenfrische. Sie hat die Stange aus dem Feuerrost fallenlassen, weil ihr vor Nervosität die Hände zitterten; sie hat das Licht angeschaltet, weil sie an der Haustür herumgefummelt hat und den Riegel nicht finden konnte. Sie glaubte nicht, daß sie entkommen würde; sie betete, daß es nicht weh tun und schnell vorübergehen möge. Die Novizin im Kloster hatte zu Felicia gesagt, ihre Mutter warte im Himmel auf sie; daran dachte sie, als sie das Yale-Schloß entriegelte. Und dann erleuchtete das Licht aus der offenen Haustür den Nebel und reichte gerade bis zu dem kleinen grünen Auto auf dem Kies. Er saß übers Lenkrad gebeugt, duckte sich vor dem Licht, das angegangen war, und hielt die Hände vors Gesicht. Als sie loslief, kam das Auto nicht hinter ihr her. Aber die Schnüre der Tüten schnitten ihr in die Finger, weil sie sich so beeilte und sie nicht so hielt, wie sie es sich beigebracht hatte. Die Häuser waren in Nebel gehüllt, die Straßenlaternen verschwommen; nur das Geräusch ihrer Schritte war zu hören, bis sie an die breite

Hauptstraße kam, wo der Verkehr dröhnte und die Scheinwerfer schwach leuchteten, bevor sie weiß oder gelb aus dem Nebel auftauchten. »Hab Sie kaum gesehen«, hatte der Lastwagenfahrer gesagt und später hinzugefügt, daß er selbst zwei Töchter habe, sein krauses Haar grau im Licht des Führerhauses, als er anhielt, um einen Bouillonwürfel in seiner Thermosflasche aufzulösen. In der Stadt, in deren Nähe er sie abgesetzt hatte, sah sie von den Stufen eines Gebäudes zu, wie der Himmel sich aufhellte; da war der Nebel schon verschwunden. Eine Frau saß eine Weile neben ihr und redete wirres Zeug, ein Fahrzeug der Straßenreinigung schlich vorbei und bespritzte und kehrte währenddessen die Straße. Als es wieder ruhig war, tschilpten Spatzen. »Wir waren mal verheiratet«, vertraute die Frau ihr an. »Benny Hill war das.« Stimmen sprachen mit der Frau, Benny Hill, Gary Glitter. »Das sind nette Jungs. Tun alles für dich.«

Ein Pappbecher mit Kaffee bleibt wie durch ein Wunder aufrecht stehen, ohne daß etwas verschüttet wird, nachdem ihn jemand in einen an einem Laternenpfahl befestigten Abfallkorb geworfen hat. Felicia trinkt ihn aus und findet einen angebissenen Muffin, der noch in dem Papier steckt, in dem man ihn gebacken hat. »Ganz schön jung für 'ne Stadtstreicherin, was?« hat vor zwei Tagen jemand im Vorbeigehen gesagt, und sie sagte ja, weil sie Lust hatte, ihm zuzustimmen. »Prost«, grüßte sie letzte Nacht ein alter Mann, ordentlich mit Hut und Mantel, und kam schwankend, weil er etwas zu viel getrunken hatte, aus der Menge auf sie zu, um ihr zu sagen, daß sie wie Marilyn Monroe aussehe.

»Santa Ponsa«, sagt jetzt ein Mädchen. »Phantastisch!« Und ein Mann läßt einen Teil seiner Zeitung fallen, weil ihm die Blätter unterm Arm herausrutschen. Jemand anders ruft ihm nach, daß er seine Zeitung verloren habe, aber der Mann sagt, es sei nur der Sport- und Wirtschaftsteil. Felicia hebt die Blätter auf, weil sie später noch nützlich sein könnten. »Ich kann diesen Lovejoy nicht ausstehen«, sagt ein anderes Mädchen, und ihre Begleiterin widerspricht und beharrt darauf, daß Lovejoy sexy sei. Das Schaufenster eines Ladens ist voll mit Perücken, Bärten und falschen Schnurrbärten. *Theaterbedarf!* verkündet ein aufblinkendes rotes Schild. *Das große Warenhaus!* Auf der Wiese beim alten Gaswerk hat sie eine Brennessel ins Bein gestochen, aber das spielte keine Rolle, sie spürte es kaum. Das einzige, womit sie Schuld auf sich geladen hat, ist, daß sie zugelassen hat, daß man ihr das Baby nahm: Das hätte sie nicht tun sollen, aber so ist das nun mal. Sie richtet jetzt den Blick nach vorn und grübelt nicht: Was vorbei ist, ist vorbei. Sie grübelt nicht über den Verrat ihres ehemaligen Geliebten. Sie ist einem Mann entkommen, der Mädchen umbringt. Er hat zugelassen, daß sie entkommen ist: Das ist, was ihr im Kopf herumgeht.

Als sie an den Fluß kommt, setzt sie sich auf eine Bank, auf der es in der Herbstsonne angenehm ist. Durch Zufall gleitet ihr Blick über ihre Kleider und über ihre Hände und Füße, über die Schuhe, die sie in einer Mülltonne gefunden, den Rock, den ihr eine Frau geschenkt hat. Ihr Äußeres oder die Geschichte, die es erzählt, interessieren sie nicht. Die Missionsschwestern in Afrika fallen ihr ein, ihre weiße Tracht feucht in der ungesunden Hitze des Dschungels. Betet für unsere Missionsschwestern, hat Schwester Franziska Xavera eindringlich gemahnt. Knien Sie nieder mit uns im Versammlungshaus, hat Miss Calligary gebeten, wenn sie von Tür zu Tür getrottet ist. Die heilige Ursula stand unerschütterlich am Ruder und tröstete die Mädchen in ihrer Begleitung, als das Schiff von den Wellen hin- und hergeworfen wurde. Die Missionsschwestern pflegten mißgebildete Säuglinge, hungerleidende Säuglinge, deren Knochen sich unter der Haut abzeichneten. Sieh die leuchtenden Farben dieser Vögel! hat Miss Calligary gedrängt. Riech den Duft dieser Blumen! Schlendern die Mädchen, die gestorben und nie vermißt worden sind, jetzt inmitten der duftenden Blumen und lauschen dem Gesang der Vögel? Leisten sie der heiligen Ursula, die auf Reisen ging, um dem Ehebett zu entkommen, und den Missionsschwestern Gesellschaft, die ihre Städte und ihre

Umgebung verlassen haben? Bewohnen jene gesichtslosen Mädchen den Himmel, von dem die Novizin gesprochen hat, und berühren sie die richtigen Finger der heiligen Jungfrau? Elsie Covington und Beth. Sharon und Gaye. Jakki und Bobbi. Für den Tod auserwählt, weil niemand es wissen würde, wenn sie nicht mehr da wären. Warum wurden sie zu Opfern? Ahnten sie, was sie erwartete, kurz bevor es soweit war? Ihre Trauer besteht darin, sich das zu fragen.

Sie wühlt in einer ihrer Tüten und entdeckt die Zeitungsseiten, die sie aufgehoben hat. Tommy Griffiths im Sattel, Lone Ranger hat mit einer Quote von fünf zu vier gewonnen; ein Olympiasieger ist in Ungnade gefallen; ein Fußballtrainer hat aufgehört. Sie liest einen Augenblick, dann ist Tapper wieder da. Also, das ist ein Anblick: die Fontänen und die vier schwarzen Löwen, das erste Mal in ihrem Leben, daß sie sie gesehen hat. Einfach prächtig, hat Tapper gesagt, das Empire in seiner verdammten Glanzzeit, Charles James Napier auf einem Sockel, weil er mit Soldaten umgehen konnte. John Reginald Christie haben sie auf keinen Sockel gestellt, der hatte ein anderes Repertoire, weil er mit Frauen umgehen konnte. Da haben sie ihn geschnappt, sagte Tapper und deutete auf die Brücke. Da hat er zum letzten Mal in Freiheit gegessen, Weißkraut und Speck, in den Speiseräumen des Lacy. Da hat diese Frau einen Nachtclub geführt, die, die den Rennfahrer erschossen hat. Diese Stadt ist voller Sehenswürdigkeiten. Das ganze Spektrum menschlichen Lebens.

Redland verkauft drei Niederlassungen von Steetley steht auf den Wirtschaftsseiten. *U.S. Währung spielt Schlüsselrolle.* Hast du Lust auf ein bißchen Seeluft? hat Tapper gefragt, und sie sind mit dem Zug hingefahren, die Fahrkarten hatte er in einer Handtasche entdeckt. Guck mal da, sagte er, als zwei Männer in Pelzmänteln aus einem polierten Auto stiegen und zwei Frauen die Türen aufhielten. Entschuldigen Sie, Sir, sagte Tapper auf der Promenade, das Meer schmutziggrün unter der Gischt, und der Mann sagte, er solle verschwinden. Nichts für ungut, sagte ein anderer Mann in einer

Bar, im Fernsehen lief gerade ein Ringkampf. Nichts für ungut, aber ich glaube, Sie haben meine Glimmstengel genommen.

Groß wie ein Telegraphenmast, Tapper. Er beugte sich runter, um dem Opfer auf die Schulter zu klopfen; das gehörte dazu. Alaska, das wär's, sagte er, dann wieder Johore Bahru. Aber es sieht eher so aus, als wäre Tapper wieder im Knast. Das ist typisch Tapper: Das hat er selbst gesagt, und vielleicht hat Lena es auch gesagt, man kann sie geradezu hören. Man verliert den Kontakt zu jemandem, der mal drin und mal draußen ist; sie kannte Tapper erst eine Woche, länger als Lena und George damals, länger als Kev und die einarmige Frau.

Die Sonne ist jetzt warm, das Wasser des Flusses glatt. Möwen wippen auf dem Geländer vor ihr, Boote fahren vorbei. Die Reihe von Bäumen, die die Eintönigkeit des Bürgersteigs auflockert, trägt Blätter in verschiedenen Rosttönen. In Sichtweite gehen Gestalten mit entschlossenem Schritt auf einer Brücke, Gestalten in Kleinformat, Geschöpfe, die unwirklich sein könnten. Eine Möwe beäugt sie und erwartet ein paar Krümel, die anderen fliegen davon. Von irgendwo kommt eine laute Stimme aus einem Megaphon. Auf dem Fluß ertönt ein Horn.

Sie hat keinen Hunger. Es wird noch ein paar Stunden dauern, bis sie Hunger bekommt, und dann gibt es das Zeug, das man in die Abfallkörbe geworfen hat. Der Himmel ist von einem gleichmäßigen Azurblau, das am Horizont kaum blasser wird. Sie fährt mit einer Hand über eine Latte der Bank, auf der sie sitzt, und ihre Finger streicheln das glatte Holz, das an den Stellen, wo die Farbe abgeblättert ist und die Maserung durchkommt, anders beschaffen ist. *Gemeinsam mit anderen 1938 gestorben* war an einer anderen Bank eingraviert, und George sagte, er werde dem Bischof von Bath und Wells eine Karte schicken und das Gedicht, das er kannte, darauf schreiben: *Greater are none beneath the sun than oak or ash or thorn. Carmel* mit einem Herz drum herum hatte irgend jemand auf dem Platz in einen Baum geritzt, und Rose dachte, es sei Packy Egan oder Lomasney gewesen. Rose war jetzt vielleicht schon Mrs. Logan, in einem komfortablen Haus an der Straße nach Mountrath. Es passieren komischere Sachen.

Die Stelle, an der ihr vor vierzehn Tagen ein Zahn gezogen worden ist, tut nicht mehr weh. Sie befühlt sie mit der Zunge, indem sie die Zungenspitze in das Loch schiebt und sich die Schmerzen ins Gedächtnis ruft, die sie dort verspürt hat. »Es gibt eine Zahnärztin, die das in Ordnung bringt.« Davo, der Waliser, hat das gesagt, und sie sind zusammen hingegangen, weil er den Weg kannte. Um deine Zahnschmerzen würden sich nicht viele kümmern, sagte Davo; es würden nicht viele auf den Gedanken kommen, daß ein Obdachloser Zahnschmerzen haben kann. »Kommen Sie jederzeit wieder«, sagte die Zahnärztin. »Ersparen Sie sich die Schmerzen.«

Felicia faltet den Sport- und Wirtschaftsteil mehrmals zusammen und läßt ihn wieder in eine ihrer Tüten gleiten. »Okay?« hat der Fahrer des Lastwagens gefragt, der mit Heizkesseln beladen war, und sie sagte, ja, weil es nicht mehr als gerecht war für eine Fahrt von zweihundert Meilen, alles, was sie als Bezahlung zu bieten hatte, und sie mußte unbedingt zurück. Es dauerte eine Nacht und einen Teil des Morgens, drei verschiedene Lastwagen und ein Lieferwagen, aber sie mußte es tun: Sie mußte zur Duke of Wellington Road Nr. 3 zurück. Sie mußte es wissen, und dann war es soweit: das Schild des Immobilienmaklers vor dem Haus, und irgend jemand erzählte es ihr. Als sie sich dann später auf einer öffentlichen Bank ausruhte, rief eine Stimme nach ihr. »Mein Kind«, rief Miss Calligary, und über ihre Wangen liefen Tränen des Kummers, während sie um Verzeihung bat und über den Toten herzog.

Felicia nimmt ihr Kopftuch ab und öffnet ihren Mantel für die Sonne. Die Möwe sitzt reglos auf dem Geländer und beobachtet sie weiterhin genau. Ein leichter Wind raschelt in den Bäumen auf dem Bürgersteig, und die ersten schlaffen Blätter eines weiteren Septembers fallen herab. Eins schwebt sanft und langsam herunter, bis sie den Arm ausstreckt und es in der hohlen Hand fängt. Minutenlang starrt sie es an, noch nicht welk, vor der Zeit geholt; und dann setzen ihre Gedanken wieder ein.

Erbärmlicher, entsetzlicher Mann, Zerrbild eines menschlichen Wesens, mit seinem gesprenkelten Brillengestell und den winzigen Händen, die nicht zu dem Rest von ihm paßten, sein Zwang zum Töten. Daß sie am Leben geblieben ist, hat ihm den Tod gebracht, aber das sagte sie nicht an jenem Tag, sondern hörte zu, wie man über ihn herzog; sie sagte nicht, daß er Schrecklicheres getan habe als einem unglücklichen Mädchen sein Geld zu stehlen; sie sagte nichts von Mord, denn was für einen Zweck hatte das, jetzt, da er sich selbst umgebracht hatte? »Bitte, mein Kind, komm zu uns zurück!« rief Miss Calligary, aber sie schüttelte den Kopf, obwohl sie sich an die Großzügigkeit und Freundlichkeit im Versammlungshaus erinnerte, als sie dort zum ersten Mal eingetroffen war. Sie schüttelte bei jeder weiteren Einladung den Kopf und hörte zwischen den Bitten von den Besuchen in der Duke of Wellington Road Nr. 3, wie das Verhalten des Hausbewohners Miss Marcia Tibbitts wie Wahnsinn vorgekommen sei und wie sie nach seinem Tode auf einer Polizeiwache gewesen seien, bei einem Sergeant, der die Angelegenheit als erledigt betrachtet habe. Am Ende sind Miss Calligary und Miss Marcia Tibbitts widerwillig davongegangen und für immer aus ihrem Leben verschwunden.

Erneut treiben ihre Gedanken weiter: zu einer Mutter, die auf dem Küchenfußboden zusammengebrochen ist, und zu Meeresmuscheln, die man später als freundliche Entschädigung mitgebracht hat; zu gesprenkelten grünen Vogeleiern und dem Gesang von John Count, noch keine Spur von Bitterkeit damals in den Augen ihres Vaters; zu der Wunde, die eine Frau sich wegen der Niedertracht ihres Ehemannes beigebracht hat, der sie sitzenließ, und der Liebe zu einem Sohn, so liebenswürdig wie ein Krebsgeschwür. Unsichtbar existierte in einem Mann, der gemordet hatte, eine Seele wie jede andere, die bestimmt einmal völlig unbefleckt gewesen war.

Solche Betrachtungen, die Felicia einmal fremd gewesen sind, füllen ihren Tag aus. Sie sucht nach keiner Bedeutung in den Gedanken, die ihr kommen, genausowenig, wie sie in ihrer ziellosen Reise nach einer sucht oder in dem Durcheinander von Zeit und Personen eine Gesetzmäßigkeit entdeckt; trotzdem sind die Gedanken da. Allein, kein Kind und kein Mädchen mehr, geht sie mit der Ausdauer eines dankbaren Menschen von einem Ort zum anderen, von einer Straße zur anderen und verbindet sich die Füße, naß bei Regen, der durch ihre Kleider dringt, steifgefroren, wenn die Pfützen im Rinnstein mit Eis überzogen sind. Tagsüber treiben die Wolken dahin oder bewegen sich kaum von der Stelle, in Grautönen verdrängen sie die Sonne oder ziehen in dichten, schwarzen Haufen weiter, wie unheilverkündende Ungeheuer des Himmels. Sie kommen wieder in windzerzausten Rauchfahnen, in großen, weißen, daunenweichen Ballen, in scharlachroten morgendlichen Streifen. Manchmal herrscht den ganzen Tag ein leeres Blau, von Dunst durchzogen oder strahlend klar, Hintergrund für spindeldürre, winterliche Bäume,dann wieder für sommerliches Grün. Nachts gibt es das Abendrot der Stadt. Im Morgengrauen liegt Glück in ihrer Einsamkeit.

Das Blatt fliegt ihr bei einer weiteren leichten Brise aus der Hand. Die wachsame Möwe stolziert auf dem Geländer herum, immer noch hungrig auf Krümel, die nicht da sind. Irgend jemand, der es nicht nötig hatte, blieb stehen und rief einen Krankenwagen für die stumme Hanna, als sie bewußtlos auf der Straße lag. Damen kommen nachts mit Suppe, wohlmeinend, ohne es je zu vergessen, egal bei welchem Wetter. Die Zahnärztin sagte, sie solle sich die Schmerzen ersparen. Die Zahnärztin hat ihr Leben den faulen Zähnen von Obdachlosen gewidmet, ihrem Schmutz und ihrem Gestank. Ihre Güte ist ein größeres Rätsel als die Bosheit, die jedes Wort, das ein Mann sagte, und jede Bewegung, die er machte, verzerrte. Man würde es sagen, wenn man könnte, kommt ihr ein neuer Gedanke, aber manchmal ist es nicht leicht, etwas zu sagen.

Ein Idiot glotzt, ein Dummkopf marschiert nach nirgendwo: Spuren halberschöpften Mitleids werden in Richtung einer Gestalt am Straßenrand geworfen, bevor der eilige Blick auf etwas anderes fällt. Es wird andere Städte geben, und die Straßen anderer Städte und andere Landstraßen, Tappers, Georges und Lenas, Kevs, Davos und stumme Hannas. Es wird Nächstenliebe und Zuflucht, Erbarmen und Verachtung geben; und immer und überall das Glück, das die Lebenden von den Toten trennt. Erneut gehen ihr dieselben Leute durch den Kopf: die Heilige und die Missionsschwestern, Elsie Covington und Beth, Sharon, Gaye, Jakki und Bobbi, ihre Mutter, die keinen Tag älter geworden ist. Sind sie wirklich alle zusammen inmitten der duftenden Blumen, unversehrt und glückselig? Auch sie könnte bei ihnen sein, wenn es passiert wäre; aber sie überlegt, daß sie jetzt sicher ist, wofür sie sich im Zweifelsfall wohl entscheiden würde. Sie dreht die Hände, damit die Sonne anders darauf fällt, und neigt etwas den Kopf, um die andere Seite des Gesichts zu wärmen.